李泽亮 著

戏道

中国文联出版社

图书在版编目（CIP）数据

戏道 / 李泽亮著 . -- 北京：中国文联出版社，2024. 8. -- ISBN 978-7-5190-5557-8

Ⅰ . I247.5

中国国家版本馆CIP数据核字第20243NK030号

著　　者　李泽亮
责任编辑　刘　丰
责任校对　秀点校对
封面设计　吉　辰

出版发行　中国文联出版社有限公司
社　　址　北京市朝阳区农展馆南里10号　　邮编　100125
电　　话　010-85923025（发行部）　010-85923091（总编室）
经　　销　全国新华书店等
印　　刷　三河市龙大印装有限公司

开　　本　710毫米×1000毫米　　1/16
印　　张　26.5
字　　数　352千字
版　　次　2024年8月第1版第1次印刷
定　　价　86.00元

版权所有·侵权必究
如有印装质量问题，请与本社发行部联系调换

目　录

引子　　一声叫板："好——大——雪——"	1
第一章　　朝思暮想为学艺	20
第二章　　变声期遭遇残酷"打戏"	37
第三章　　河边练功偶遇王小雅	55
第四章　　求师访友，历数梨园大师	64
第五章　　台上"砸锅"，却因祸得福	82
第六章　　铜钟大吕竟是女儿身	95
第七章　　戏台打擂，流落塞外小城	116
第八章　　"文化支边"，接受考验	129
第九章　　那些难以忘却的日子	142
第十章　　一座神奇的娘娘庙	151
第十一章　寇大娘的遭遇，令人唏嘘不已	166
第十二章　石破天惊	186
第十三章　壮马靠"夜草"，好角儿凭"私功"	196
第十四章　挥别十年生死地	215
第十五章　清澈的河水，不容人间龌龊	238
第十六章　不期而遇，缘分匪浅	247
第十七章　天降大任于斯人	259

第十八章	赵丽华的糟心事	267
第十九章	说一千道一万,不如唱出好戏给人看	279
第二十章	强强联手,另辟蹊径	290
第二十一章	好个藏龙卧虎之地	303
第二十二章	祸起醉酒之后	312
第二十三章	"救场如救火"方显艺术家本色	334
第二十四章	本是同根生,相煎何太急	349
第二十五章	好好坏坏全接受,酸甜苦辣皆营养	364
第二十六章	京腔大戏,一把打开心锁的钥匙	381
尾声	沧桑人间好戏道	401

引子 一声叫板:"好——大——雪——"

东北腊月天,人称"鬼龇牙"。

雪下了整整一天一夜,还没有停下来,到处是一片白茫茫的世界。

"嘚儿——驾——"傍晚,海二哥赶着马车像往常一样,从下洼子的机电产品调配站,送完最后一批货出来,往东北大马路的毛君屯而去。他天天如此,早上八点在离住处不远的电焊机厂,将十台电焊机装上车用绳子拢好,就赶着马车送往机电产品调配处,然后返回去再送一批过来。每天两趟,下午四五点完活儿,再然后把马和车交回毛君屯马车社,他就可以回到家里接茬儿喝酒了。

海二哥赶着马车往回返,用嘴里的热气哈了哈手,从怀里掏出来一个扁形的铝质小酒壶,打开壶盖如饥似渴地把嘴一吮。嘿,这醇香味儿美的酒,还热乎着哪。几口下肚,他来了精神头儿,血流也加速了,嗓子也痛快了,望着漫天大雪,他触景生情,不由大喊一声叫起板来:

　　好大雪——
　　大雪飘,扑人面,
　　朔风阵阵,透骨寒。
　　……

从下洼子到毛君屯的这条"L"形路上，本不甚繁华，且由于大雪封盖道湿路滑，更不多见有人走动。海二哥索性信马由缰，任车不紧不慢地行驶着，自己吟唱着京剧《野猪林》中林冲的那段"反二黄散板"转"原板"。

老马识途，那辆车慢慢地从西下洼拐向令闻街的山东堡，又从山东堡拐向小北边门外，朝大北边门而来，过了大桥眼前是一望无际的旷野。趁四下无人，海二哥提高调门儿，满宫满调地唱上了：

彤云低锁山河暗，
疏林冷落尽凋残。
往事萦怀难排遣，
荒村沽酒慰愁烦。
望家乡，去路远，
别妻千里音书断，
关山阻隔两心悬。
……

"妈的，那个老家伙竟敢带人在光天化日之下，抢他的新媳妇！"海二哥小声忿忿地咕哝了一句。

海二哥名叫海中山，北京门头沟人。自幼学习京剧，工文武老生，拜师京剧大家张云溪。在师兄弟中排行老二，人称海二哥。海二哥六岁入科，他刻苦练功，积极进取，很得老师的认可和同行们的赏识与喜爱，八年大科下来，已是"四功五法"娴熟，"文武昆乱"不挡。得张云溪亲授《猎虎记》《三座山》《三盗令》《三岔口》《四杰村》及《野猪林》等戏，尤其是在《野猪林》一戏中，他把林冲这一角色演绎得出神入化，栩栩如生。几年以来，他的演出在京津冀一带引起人们的关注和好评。如果不是那场意外，海二哥很有可能跨入中国京剧四小文武老生的行列。

然而，就在他风华正茂、踌躇满志的时候，命运的蓝天上被狂风吹卷过来一片乌云。

那年，他二十四岁，已经到了谈婚论嫁的年纪。难得他有个好人缘，师长们要为他物色对象，弟兄们要为他牵线搭桥。可是他哈哈一笑说，不忙不忙。其实他是不敢应允，他是个名副其实的大孝子，这些事情都得听从父母的安排。虽然父母都是老实巴交的农民，但是，他们不想让儿子找个土里刨食的农家女孩儿结婚，他们深知农民的日子太苦了，他们希望儿子娶个开明、知书达理的城里女人当儿媳妇，好为老海家更换一代门风。何况，他是海家三代单传的独苗。爹娘在几年前，就托付亲戚朋友为儿子选媳妇了。

海二哥二姨夫的弟弟的女儿叫霍华玉，那年刚好十八岁，在城里的师范学校读书。这姑娘不但肤色白皙身材高挑，模样长得就像她的名字一样，如花似玉。虽然这门亲戚有点拐弯儿，但也算知根知底儿。待海二哥回家探亲的时候，父母领着儿子就到霍家登门提亲。霍家人见海二哥面目周正，身姿挺拔，言谈举止也不俗。霍家二老特别满意，便悄悄地问女儿意下如何？

霍华玉是个受过教育也见过世面的人，她满心欢喜地答应了。相亲当天，霍华玉还当着众人的面，将陪伴了自己好几年的一支钢笔作为信物，亲手挂在海二哥的上衣兜上，她说："文化是一切的基础，希望你学好文化、演好戏，为国家、为社会做出大的贡献。"到底是文化人，说出话来也不一般。

海二哥虽然自幼学戏，没受过多少文化教育，但是他是在剧本戏文里泡大的，受的熏陶自然不少。他连忙从口袋里取出一块儿雪白的手绢送给霍华玉，好半天才憋出一段不知是哪出剧中的"戏词"来，权当用"诗"表达自己的心意。好在这段"戏词"是雅俗共赏的那种：

天飞化为比翼鸟，
地生便是连理枝。
有情儿女当报国，
心比钢坚志不移。

海二哥的这首"诗"一出口，原本热闹的场面一下子静默了。双方老人和那些穿针引线的亲朋好友们，大都是从旧社会过来的人，他们根本不懂得这首诗的含义，甚至弄不清他说的是哪几个字？不知道该叫好还是该说不好。大家把眼睛都盯着霍华玉姑娘，只有她才有资格评判这首诗的是非好坏，一者她是知书达理的才女，二者她是相亲的当事人。其实霍华玉一直在对海二哥密切关注着。她听说他戏唱得不错，可没承想他的诗写得也不赖，这不就是一首诗吗？它不但平仄分明、节奏性强，而且与自己的话语有问有答，上两句是对自己的爱情忠贞不渝，后两句是对追求事业的胸怀大志。诗如其人嘛，自己嫁给海二哥这样的人肯定错不了。

霍华玉竟满怀欣喜地说："这样的好男人我相中了，希望双方老人早日成全我们，尽快把喜事给我们办了。"她说完话，上前去握了握海二哥的手，又深情地看了他一眼，满面笑容地走出屋子。

没想到好事情却出了岔头。当天晚上村长刘家礼带人来到霍家，进门他往炕上一坐说："老霍头，你欠的债怎么不还呀？"霍三泉急忙沏茶敬烟地赔着笑脸。

三年前当霍华玉上师范学校读书时，怎奈女儿的学、书、杂等各种费用霍家无力支付，就向同村的刘家礼筹借。刘家是本村的第一大家族，刘家礼是村长，大儿子刘正凯是县公安局副局长，二儿子刘正旋是县财政局的保卫科科长，只有三儿子刘正明患小儿麻痹综合征，自幼失去劳动能力，三十多岁了还没讨上个媳妇。

当霍三泉说明来意，刘家礼问："借多少钱？"霍三泉说："怎么也得三百多块。"刘家礼说："借钱借钱，有借有还。你什么时候还？"霍三泉说："两三年吧。"刘家礼沉吟一会儿说："为人在世谁家还能不遇到点事？乡里乡亲的互相帮衬一下是美德呀，你家这个忙我帮定了，但是咱把丑话说在前头，如果这钱两三年还不上咋办？"霍三泉说："你说咋办就咋办。"刘家礼说："霍三泉这话可是你亲口说的。"

霍三泉借钱心切，就使劲儿地点着头说："没错，这话是我亲口说的。"刘家礼说："俗话讲一还加一报，两家都需要。到时候你家也得帮我家一个忙行不？"霍三泉说："指定行。"刘家礼说："你也不问问什么事就答应？"霍三泉说："我们家这一堆一块儿、三人三口的都在这儿摆着哪，不管什么事都行。"刘家礼说："交人还得交你这样的好，其实我们家也有个大事，需要有人帮我们一把，就是我这个三儿子都这么大了，连个媳妇都没讨上。老话说'不孝有三无后为大'不是？到时候你真得给帮个忙，给我家老三解决一个媳妇。"霍三泉不假思索地说："行。"

刘家礼有些心不落体地说："万一你把钱借到手到时候又说不行了怎么办？"霍三泉说："人又不是牲口，怎么能说话不算数呢？你说怎么办都行。"刘家礼哈哈一笑说："那我可要把你女儿霍华玉娶过来，给我三儿子当媳妇了。"霍三泉还是点头说："行。"刘家礼说："空口无凭，咱们可得立个字据，这叫'君子协定'。你看行不？"霍三泉又点头说："行。"

刘家礼马上写了个字据，让霍三泉看。霍三泉根本不认识字，看都没看一眼，就在上面摁下了自己的手印。刘家礼把三百块交给了霍三泉。

霍三泉带着钱就回家了。当时他心里想："你刘家礼也太小瞧人了，我干吗还不上你这三百块钱？这年头只有豆子能卖钱，我家这七亩地用六亩地种豆子，多说两年工夫就能把这三百块钱还上，喊，干吗还要等到三年啊？"

霍家老两口儿把借来的三百块都交到霍华玉的手里，送她高高兴兴地进城里读书去了。霍三泉没把借钱的事放在心里，至于立字据摁手印的事也似乎忘了，根本没对任何人提起过。

俗话说，"天有不测风云，人有旦夕祸福"。连续三年大旱，击碎了霍三泉的豆子还债的美梦。豆子在地里颗粒无收，连撒下的豆子种子也都搭进去了。更让霍三泉糟心的是，实指望女儿毕业后，能在城里找个工作，顶不济分配到哪个乡村教书也行，起码能混口饭吃。可是霍华玉刚念到二年级时，不幸染上了肺结核病。可真是应了那句话："不怕没钱，就怕有病。"肺结核病俗称"痨病"，是传染性很强的一种病。花钱治病不说，卫生部门有规定，这种病要隔离治疗。霍华玉只得回家边治疗边休养。

两年后，病虽无大碍，但学校回不去了。她只好在家闲着。可是，已经到了该还钱的最后期限。刘家礼没有像黄世仁那样催债要钱，倒是霍三泉每逢跟刘家礼碰面表示歉疚时，刘家礼总是一笑地说："不急不急嘛，再等等看嘛。"

让霍三泉窃喜的是，海二哥一家主动上门求婚，而且相亲非常之顺，那海二哥和霍华玉一见钟情两情相悦，并期盼选个良辰吉日早日完婚。这样一来女儿有了归宿，生活有了着落，剩下老两口儿就好办了。

就在霍家要将女儿送往海家的老家北京门头沟，与海二哥举办婚礼的前几天，刘家礼带着老大、老二两个儿子，突然闯进霍家时，即将成为新娘子的霍华玉才知道事情的真相。她在理解父亲的苦衷的同时，坚决反对刘家的附加条件和不近情理的要求。

刘家礼手里扬着字据称，还债的最后期限已过，要霍家立即还钱，要么立马接人。霍家老两口儿吓得跪在地上，苦苦哀求再缓几天。刘家礼就是不开面儿。他说:"老霍头,你女儿上学缺钱时你向我借,你女儿嫁人你却偷偷摸摸。"霍三泉说:"眼下我们确实没钱还债呀。"刘家礼说:"你私下找了个唱戏的女婿,怎么还说没钱呢?"霍三泉说:"总不能女儿还没过门,就让人家给咱还债吧?"刘家礼说:"我管不了那么多,今天必须还钱,你女儿要是过了门,这钱就更不好要了。"

霍三泉被逼无奈地说:"那你看看这家里有啥值钱的东西可以抵债,你就拿啥吧。"刘家父子在屋子里踅摸了半天,也找不出一件值钱的东西来。刘家礼冷笑着说:"你这屋里的东西,别说能抵三百块钱,破被烂袄的,倒给钱都没人要,除非你把这老宅搭上。"霍三泉说:"那可不行,这老宅是祖宗传下来的,再说,老宅搭给你,我们老两口儿送完闺女回来,可上哪儿去住呀?"刘家礼说:"我可管不了那么多喽,再说这契约上明明写着:'倘若无力还债,可将女儿许配刘家三子刘正明为妻'的话哪。"谁料霍华玉"噌"的一下从里屋跑了出来。她冲着人们吼道:"你们谁借钱谁还,干吗把我也写进契约,知不知道这是违法的,现在都是新社会了,难道还允许你们贩卖妇女吗?"屋里的人都鸦雀无声了。

两家人都大眼儿瞪小眼儿地熬磨得人困马乏。过了后半夜,刘家父子临撤走时,警告霍家人说:"明天再来时,我们把行李也搬来,就在你家安营扎寨了。"好不容易待刘家礼父子撤走后,霍家三口人商量决定把霍华玉连夜送往北京门头沟,等到与海二哥完婚后,再设法偿还刘家的钱。凌晨三点,霍家三口人逃难似的赶往县城汽车站,乘车向门头沟奔去……

唉,要不是自己的婚礼被砸,要不是新婚妻子被打伤后险些让人抢走,要不是那一脚把老头踹了个嘴啃泥,他哪会落得如此境地……

海二哥长叹了口气,一仰脖子将小壶里的酒全喝了下去。

刘家礼父子得知霍家人负债出逃后，气急败坏地带领亲戚朋友十余人追到门头沟，好不容易找到海家，偏巧那天正是海二哥和霍华玉办结婚典礼的日子，刘家一伙人就把这股火气撒在办喜事的现场了。人们都见过闹洞房的，怕是没有见过砸洞房、砸场子、抢新娘的。就在海家这边新郎和新娘刚拜完天地还没有进洞房的时候，便和刘家短兵相接了。刘家人不但砸东西、打人，刘家礼还把新娘子硬往外面的车上拽，口口声声说，刘霍两家早有契约在先，霍华玉是刘家的儿媳妇。撕扯中霍华玉被刘家人打破了头，鲜血顺着她的脸流了下来。虽然刘家来的十多个人都是些五大三粗的小伙子，但是在海家门口动手是不会有他们好果子吃的。好家伙，只一会儿工夫，刘家的那伙人都爹一声妈一声地趴在地上了。

"新婚破相头挂彩，家破人亡受祸害。"这是当时人们常说的一句话。海二哥见自己新娘的脑袋被打破了，一怒之下将刘家礼猛地一脚踢翻在地。也该那老头太不经打，一骨碌倒在地上，再也爬不起来了。当派出所警察赶到现场阻止时，刘家人重伤三个轻伤七个，刘家礼已经没了呼吸，刘大和刘二全被打昏过去了。海家这边也有五个人受了伤。

当地政府和公安部门组织人员将双方受伤者都拉到医院救治，老大刘正凯、老二刘正旋等人也苏醒过来。这次斗殴被判定为本地一九四九年以来较为严重的群殴事件，主要责任由刘家礼承担。因刘家礼在斗殴中死亡，刘正凯、刘正旋将海二哥一家起诉到法院。半年后，法院将海二哥以斗殴致人死亡罪判处有期徒刑五年，对刘家进行适当的经济赔偿。真可谓未入洞房先进牢房。洞房与牢房仅一字之差，却有天壤之别。判决后，海二哥被送往东北的北阳第二监狱服刑改造。

海二哥是个血气方刚的汉子，他没有怨天尤人，也没有破罐子破摔，他决心在哪儿跌倒就在哪儿爬起来。由于他积极配合改造，豁出命地劳动，先后两次减刑。他入狱服刑三年两个月就获得提前释放。获释的当天，海二哥火速地赶回老家。他牵挂着受到意外打击的父母，当然，还有和他一同倒霉的霍华玉。令他高兴的是父亲和母亲熬过几年艰辛困苦的生活，身体还算可以；让他悲伤和沮丧的是，霍家二老经受不住这场打击，父亲于事发的当年就去世了，母亲也于第二年故去。霍华玉发送完老人后，就去向不明了。她的一个远房亲戚说，霍华玉去了海二哥服刑的北阳，她要在那里等候海二哥出狱。

海二哥安慰了父母，只在家里待了两天，就急忙返回了北阳。可是他几乎把北阳的大街小巷都找遍了，也没有见到霍华玉，他心有不甘地将火车站、长途汽车站、一些防空洞，甚至连所有的收容所、遣送站和地下通道等凡是能容身的地方都找遍了，仍然不见霍华玉的影子。海二哥决定不回北京了，索性在北阳住了下来，边做工挣钱养活自己，边寻寻觅觅、四处查找霍华玉的消息。找工作他并不打怵，天下戏班一家人嘛，自己的能耐在那儿明摆着，哪个剧团不要好唱戏的。

那天，他径直去了北阳京剧团。按戏班的规矩行事，进门见同行双拳齐胸道一声："辛苦！"见到管事的报上自己坐科的科班和字号，被引到单位的伙房就餐，然后被送进大公房住下，第二天同团里演员"插对戏"，接着"海报"一贴，"打炮"三天。事情就这么简单。这个"死规矩"在他学戏时，老先生们都教好了。可是意外发生了。当海二哥把自己当初如何打架入狱、服刑来北阳的前因后果——道来时，团里的三个领导说，"要不你先回去等等信儿吧，你这搭班唱戏的事儿需要请示一下上级领导"。起初，他以为这事也就等个三五天，可是两个多月过去了愣没接到北阳京剧团方面的任何回复。

他托了一个朋友帮他打听一下消息，那位朋友告诉他说，剧团的一位领导说海中山的戏不错，只是上边有规定，对刑满释放人员需要审查待定。

"哼！此处不留人，自有留人处，处处不留人，就去卖豆腐。"不过海二哥没有去卖豆腐，思量再三，他又到北阳的东风京剧团去搭班。他听说这个京剧团的姚团长，以前曾和师父张云溪在一块儿唱过戏，论辈分他得称姚团长为师叔。到了东风京剧团他报上科班、字号和自己的名字，姚团长不仅热情地接待他，还立马答应邀请他来团唱戏，先开三天"打炮"戏，再定进班的工资和其他待遇。不过海二哥这回长心眼儿了，他把入监服刑这骨碌掐了没说。三天戏打得很响，海中山的名声造得也挺红，可是几天后不知哪位先生把他的"糟心事"捅到了上级领导部门。那天，海二哥刚打完炮，姚团长就把一沓子钱递给他说，"本团池小水浅，请师侄另谋高就"。海二哥心里自然明白，他向姚团长深鞠一躬转身走了。

坐吃山空。海二哥把带在身上的钱花完了，已经到了无米下锅的地步。他不得不求狱友树墩子给他找个地方落脚，再找份活儿干，一是为了养活自己，二是在北阳继续寻找霍华玉。

树墩子叫树德冬，长得一副膀大腰圆的模样，是一个土生土长的北阳人。因为与人打架，致对方重伤入狱服刑。三年间和海二哥同住一个监舍。他在社会上认识的人比较多，办事的路子也比较宽，树墩子先把海二哥安顿在毛君屯自家的一间十多平方米的小平房住下，又为他在不远处的电焊机厂找了一个赶车送货的临时工作，虽然活儿不多，挣钱也不多，但能养活自己。一天送两趟电焊机，工作不算累，也比较自在，只是没有戏唱让海二哥郁闷，没有找到霍华玉让海二哥心里纠结。

人生的坎坷和命运的不公，为海二哥遮蒙上一层凄凉。他赶着马车，望着白茫茫的旷野，索性放声大唱起来：

满怀激忿问苍天，
　　问苍天，
　　万里关山何日返？
　　问苍天，
　　缺月何时再团圆？
　　……

　　海二哥突然停下来，他听到身后有人跟着他在唱，准确地说，是随同着自己哼唱。谁呢？他猛地回头望去。啊，车上半蹲半坐着一个人，嗯——是一个小男孩。他十岁左右的样子，穿着一件黑色棉衣，两只手插在袖子里，这么冷的天竟然连帽子也没有戴，头低低地缩进棉衣领子里，一动不动地听着，嘴里还跟着哼唱。海二哥仔细一瞧，是那个叫李晓星的孩子。

　　李晓星在下洼子的令闻小学读书，他放学后，几乎会坐上马车走一段儿路回家，有时候在车上赖着不走，就是为了听海二哥唱戏。

　　"晓星，你刚刚放学吧？"海二哥说。可是，李晓星没有说话。

　　"咦，你每天都在山东堡下车，今天怎么坐到大北边门来了？"海二哥又说。

　　"光顾着听你唱了，忘了下车。"那个叫李晓星的孩子说。

　　"那怎么办？"

　　"我能走回去。"

　　"十多里路你走回去？"

　　"嗯哪，一会儿就到。"

　　"这么个雪天，天这么晚了，道上一个人也没有，你一个小孩子怎么行啊？"

　　"没事儿。"

　　"有事儿就晚了。"

"我不怕。"

"小孩子不怕,可大人怕。我把你送回去。"

"不用的。"

海二哥磨过马车要把他送回去。可李晓星却执拗着不让。"不要你送我。"李晓星说着,禁不住一阵咳嗽。海二哥用手摸了摸这孩子额头说:"好烫,你感冒了?"

"可能是吧。"

"今天是星期六,你们下午不上课的。"

"嗯哪。"

"天这么冷你怎么还出来了?"

"听你唱戏。"

"你简直不要命了?"

"戏不就是——就是命吗?嘿嘿……"

"快,我赶紧送你回家。"

"那也行,道上你得给我多唱几段,尤其是'大雪飘,扑人面'这段。"

"为什么要听这段?"

"首先是好听,再说这段我都学会了,可就是那句'反二黄板''埋乾坤难埋英雄怨,忍孤忿山神庙暂避风寒'老是慌调。"

"唉,这孩子,又是一个戏痴!"

这个叫李晓星的孩子就是我。那年,我十一岁。

北阳这个叫山东堡的地方不大,方圆三四公里的样子,居住人口也就几万人,跟个大集镇似的。一片高低不齐的青红砖瓦房散落而立,一些用油毡纸封顶而搭建的偏厦子也混于其中,虽然简陋不堪,被大风一刮就倒的样子,但里面照样繁衍着几代人。从东往西排序的边门外为一条胡同、二条胡同……一直到临近惠工广场共有八条胡同。一年四季这个地方都散发着两种味道，一种是炉子里燃烧的湿煤烟子味儿，一种是发霉的烂白菜帮子味儿。

顾名思义，山东堡是自辽代起，关内烽火不断，群雄割据，连年灾荒民不聊生，山东的难民牵家带口地逃荒到东北，有几个人在这里安顿下来，在一片空荒的地方盖起几间平房，或靠给人打工干活儿，或开办织布染印作坊为生，后来，又有不少山东人投奔而来，投亲靠友，一波接着一波，一茬续着一茬地在这块土地上工作、生活和生息繁衍，因此得名山东堡，山东堡是山东人居住的堡子。我就是在这里成长起来的。

山东堡有我的发小，有我的同学、伙伴和朋友，有我的泪水、汗水，也有我的累累创伤，当然，山东堡也是我梦开始的地方。祥子、大山、德义和玉杰等，都是我无话不谈的好哥们儿，我们好就好在几个人有一个共同的喜好，就是学唱京剧。每逢放学放假，哥们儿几个聚一块儿，聊京剧，跑到公园、广场听京剧，钻进剧场看京剧。凡是和京剧有关的活动，不需招手，不用喊叫，只要站在马路牙子上"啪！啪！啪！"拍三下巴掌，哥们儿几个闻声即出，一块儿到那个地方去听、去看、去侃、去聊，这帮人数我的年龄最小。

那个星期天的上午，我正在家里写作业，听得对面的马路牙子上响了三声巴掌。我放下手里的笔就出来了，看见祥子在那里等着我。我问他："有事呀？"他问我："作业写得怎么样了？"我说："其他都完事了，只有地理没完。这个破地理课是我最怕又烦的功课。"他说："写完作业还有别的事吗？"我说："一会儿还要去铁道北那边捡垃圾卖钱哪，这个学期的学费、书费和作业本钱都得靠捡破烂儿卖的钱来交。"他说："这些钱我也没交哪，等下个礼拜天咱俩一块儿去捡呗。"我说："今天干吗？"他说："你回家揣上个大饼子，咱们去北市场看戏去。"我说："什么戏呀？"他说："《十八罗汉收大鹏》。"我说："谁主演的？"他说："黄云鹏。"我说："竟谁去？"他说："就大山咱们仁。"我说:"大山呢?"他说:"大山先去踩点儿了。"我说:"踩什么点儿?"他说:"看看从哪儿能溜进剧场里去。"我说:"晚上演戏,怎么这么早就去了?"他说:"人家下午五点前清一次场,戏开演前还得再清第二次场哪,咱们得趁他们清完第一次场后就钻进剧场的厕所里躲起来,等演出前往里放人时,咱们再从厕所里钻出来。"我说:"让人家抓住咋办?"他说:"抓不着的,趴在厕所的水箱上面谁也发现不了。"

虽然我心里有点胆儿怵的,但经不住戏的诱惑,马上跑回家往兜里揣上一个玉米面大饼子,兴冲冲地跟着祥子直奔北市场去了。

大山正在剧场门口着急地等着我们。大山把我和祥子拽到剧场后面说:"里面正在清第一次场,再过一会儿,剧场那几个把门的就回家吃晚饭,只留下售票处那个女的一个人,六点二十分往剧场放人,咱们现在就从剧场后门的存车处进去,后门上有个小气窗,把手伸进去就能打开里面的插销,从开水房拐进剧场的厕所里,从大便间的冲水管爬到上面水箱旁边猫起来,等放人后咱们就可以从上面下来,混进剧场里去。你俩明白没?"我和祥子说:"明白了。"

大山又叮嘱说:"水管子有点湿滑,别使大劲儿,要是劲儿大了就会秃噜下来。"我俩说:"知道了。"大山说:"祥子把后,晓星跟中间,我打头,千万不要说话。"我们俩立马不说话了,只是点了点头。

时间不长,在剧场工作的那些人从里面出来,有的骑上自行车,有的步行着回家吃饭去了,只剩下售票处的那个瘦女人待在那里。我们三个人直奔剧场的后门而去。

一会儿工夫,我们顺利地打开了小角门,从开水房穿过去拐进了剧场里的男厕所。大山指着蹲位间说:"祥子上三号间,晓星上二号间,我去一号间,记住剧场不放观众进来千万不要下来,下来后咱们在剧场里的最后一排座位见面。"

我有一身爬树上房的好功夫,眼下这点小玩意儿算得了什么?我三下两下就爬到水箱上面去了。可是，两手抓住水箱管却怎么也转不过身来。因为水箱管和顶棚的间隙窄小，容不下整个身子，我只能塞进去半个脑袋。好不容易上去了，但两条腿却游荡在下边，到底是顾头不顾腚？还是顾腚不顾头？弄得我翻来覆去地转起了磨磨。转了好一会儿，也没把全身都藏起来。

这时忽听场子里喊了一声："开始第二次清场子啦——"我赶紧将下半身躲在水箱后面，双脚蹬在水管阀门上，将上半个身子佝偻着，贴在顶棚的天花板上，一个粗声大气的男人走进来喊道："厕所里有人没有？清场子啦！"我大气不敢喘一下地紧贴在那里。运气还不错，清场子的人只四处张望了一下便走了。

时间真难熬，一分一秒地过去了，都清完场子好一会儿了，外边愣是没有一点动静。怎么还不往里放观众呢？眼下我真的坚持不住了。这时，我突然发现顶棚上面露出一根黑色的电缆线头，我心里想千万别碰它，藏在顶棚上的电缆线肯定有电，触上它就会要命的。但仔细一看，原来是一根不带电的单相电线，我轻轻地把它拽过来。哟，这根电线好长啊。我用手背试了试，它真的一点电也没有。我把电线系了个大扣，套在自己的左臂腋下，又把脑袋伸进去，用电线将我的上半身悬挂于天棚上，这下省劲儿多了，哈，真是舒服极了。

这时，我才觉得饿了。可不是嘛，在家里忙着写作业，连午饭都没来得及吃，现在都是晚上了，能不饿吗？多亏兜里还揣着一个大饼子。我掏出大饼子啃起来。也许是过于紧张恐惧和饥饿所致，啃着啃着，手里攥着大饼子竟然睡着了，台上都开戏了我还浑然不知。事情就这么巧，一个五十多岁的男胖子观众上厕所，他方便完后用手拉水箱里的水冲便池，可是，怎么拽水箱里都不出水。他扭过头朝上边的水箱上看，他这一看魂消魄散，吓得他"妈呀"的一声大叫，冲出蹲位间向外边跑去。他一边跑一边喊叫着："快来人啊，有人上吊自杀啦！"这一嗓子，把满场看戏的人全惊到了，连台上正在唱戏的演员也都吓了一跳，戏也停了下来，台下台上所有的人目光齐刷刷地注视着厕所这里。

那位五十多岁老胖哥心脏病被吓犯了，就一骨碌趴在剧场的过道上不能动弹了。他的嘴也歪了，眼也斜了，口里吐着白沫，还露着半个大屁股。剧场经理和工作人员都跑了过来，对他又捶胸又拍背，又掐人中又按穴位地好一番折腾，这位老胖哥才苏醒过来。人们问他："怎么了？"他气若游丝地说："有人……在……上吊了！"人们问他："在什么地方？"他诚惶诚恐地说："在男……男厕所里……"

人们"呼"的一下朝男厕所涌去。我对剧场里发生的事情一无所知，仍然在男厕所蹲位间的水箱上面做着"游荡梦"。被人们七手八脚地卸了下来时，还有些懵懵懂懂的。这些人把我连推带搡地带进了剧场办公室里。剧场经理走上台，向观众们深鞠一躬表示歉意说："刚才不知是谁家淘气的孩子，跑到剧场里来玩藏猫猫儿，爬到厕所的顶棚上去，下不来了，把正在解手的那位同志吓着了。问题已经解决了，影响大家看戏啦，我代表剧场向大家表示诚挚的歉意！"

这时，大山和祥子正在楼上楼下地找我哪，看到这种情形，吓得他俩逃出剧场，不知跑到哪儿去了。

在办公室里一个留着大胡子的人吹胡子瞪眼地审问我，问我姓什么？叫什么？家住哪儿？那个学校的？怎么进入剧场来的？为什么跑到厕所"上吊"？……

我知道自己闯大祸了，虽然心里发慌，但不能告诉他们，如果说了，他们会告诉我爸爸和妈妈，也会通知学校的。那可不光是挨顿揍的事，学校要开大会点名批评，严重的还会受处分，弄不好会被开除。我一声不吭地站着。大胡子猛拍桌子说："你装什么傻，我在问你话呢？"我还是一声不吭。

大胡子打量着我说："给你两分钟考虑时间，再不说看我怎么削你！""喊，吓唬谁哪？怕削我就不这么做了。再说，我是读着书上的英雄人物长大的，董存瑞、刘胡兰、黄继光哪个怕过死，难道我还怕你削我？"我心里暗道。于是，我干脆把胸脯一挺说："就不告诉你，爱咋的咋的。"大胡子说："我叫你嘴硬。"他说着，一把薅着我的耳朵，使劲往墙角儿拽。"咕咚"一声，我的头撞在墙上，磕起了一个大包，贼拉拉地疼。我忍住眼泪没哭，仍然一副英雄好汉的样子。当大胡子又要薅我耳朵的时候，走进来一个梳着齐耳短发的女人。她喊住他说："大胡别乱来，不要这样对待孩子。"

原来这个人不光留着大胡子，他还姓胡。进来的女人，四十多岁的样子，长得很漂亮。她走到我跟前，轻轻地摸着我头上的包，说："疼了吧？"我没理她。她对大胡子说，"小孩子哪有不犯错的，批评几句吓唬吓唬就算了嘛，你这个人做事怎么还是这样没深没浅的？"说着，她在我头上吹口气说，"瞧，多么精神的孩子，吊眉梢，还有两颗小虎牙呢"。她从口袋里掏出两块糖递过来。我没有接，连看都没看她一眼。她说："哟，小小的人儿，这脾气还挺大呢？告诉你吧，我儿子也像你这么大，那个淘气劲儿不比你差，你要是不信，等一会儿我领过来你们俩比一比。"我还是没理她。她说："困了吧？在厕所的天棚上挂着睡觉也不舒服啊，我们送你回家好吗？"

我以为这些人还要接茬儿地收拾我哪？竟要送我回家，心里好感动哦！她说："但是有个条件。"我说："什么条件？"她说："你必须把这两块儿糖吃了。"我摇摇头。她说："要不我们就把你送到派出所去。"我心里一激灵，派出所谁敢去呀？我问她："说话算数不？"她说："我是剧场经理，怎么能说话不算数呢？"我立马从她手里抓过糖块塞进嘴里。啊！糖块还带芝麻心儿的，我长这么大头回吃这么又甜又脆的糖。她笑着说："好，大胡，等戏散了咱们去车棚取车子，送这个孩子回家。"

时间不久，散戏了。她领着我，又叫上那个叫大胡的人，一块儿取出自行车，对我说："你就叫我钟阿姨，好吗？"见我点头，她又说,"你姓什么,叫什么名字?"我怕被大胡子听见,就悄悄地告诉她:"我姓李,叫晓星。"她说:"李晓星,多好的名字啊,是爸爸给你起的,还是妈妈给你起的?"我说:"当然是爸爸啦,妈妈哪有这样的水平。"她说:"那妈妈的水平是啥呢?"我说:"妈妈的水平就是拿笤帚疙瘩打人,还专往人的屁股上打。"她一下子笑了,说:"屁股上肉厚,数那里禁得住打。"我说:"可疼了,挨打后,一天到晚总得站着,就是累了也不能坐下。"她笑了半天说:"哎,晓星,你家住哪儿呀?"我说:"住在山东堡四条胡同。"她说:"山东堡不远,你坐在我车子的后架上,好,上车。"

钟阿姨用车带上我,和大胡一起送我回家。路上,她悄悄地问我:"今晚到底是怎么回事?"我就把事情的经过告诉了她。她听后又笑了,说:"孩子,爱看戏、爱唱戏是一件好事,以后你没钱看戏跟我说,我给你买票。"我说:"让你自掏腰包那怎么行呢?"她说:"为了让孩子们高兴的事没啥不行的,再说,每场戏我还有发几张招待票的权力嘛。嘿嘿,说不定以后从我们这儿,能走出一个京剧表演艺术家哪,真有那么一天,你得来看看我,可不能忘了你钟阿姨哟!"我感动地说:"我保证,钟阿姨我一定会来看的!"

钟阿姨一直把我送到家门口,向我挥了挥手就回去了。可是,这个承诺成了我终生的遗憾。虽然事过多年我一直在剧团里东奔西跑忙于演戏。可是,却没有成为京剧表演艺术家。倒是多年以后,我们剧团做巡回演出时,我终于有了在这个剧场领衔主演三场戏的机会。上戏前的一天,我特意买了几包糕点、小吃之类的食品,其中有各式各样甜脆好吃的糖块,就迫不及待地去看望钟阿姨。

钟阿姨的家特别好找,凡是在剧场工作的人,都住在剧场后院的剧场员工家属宿舍,我几乎没费多大劲儿就找到了。走进大院见了一位老大娘一问才知道,钟阿姨已经不在人世了。我心里一阵悲伤。听老大娘说,那个大胡还在。我想见见大胡也行,也不能白来一趟,从他那里知道一些钟阿姨的情况,也算是没忘了钟阿姨的恩情。我问老大娘大胡住哪儿?老大娘用手朝南边的墙角处一个晒太阳的老头一指说:"你看看那个人是不?"当我确定那人就是大胡时,便走上前去让他猜猜我是谁?他端详了好半天,还是认不出我来。当我告诉他,我就是当年被他薅着耳朵往墙上撞的那个孩子时,不想他那个已经患了"梗塞"的脑袋里,竟然还记得我的名字。

大胡惊呼道:"你就是那个晓星?哎哟,谢谢你还来看我。"我说:"我是来看钟阿姨的。"他告诉我:"钟经理两年前去世了,在她过世的前些日子,我去医院看望她时,她还跟我提起过你哪,说:'那个叫晓星的孩子不知现在干什么哪?这些年也不知跑到哪儿去了……'"

听了大胡的话,我难过得眼泪都流下来了。我把那几包糕点、小食品都塞到他的怀里。

不知道大胡是为逝去的年华而留恋,还是为我看望他而感动?他紧紧拉着我的手,连摇带晃地好半天没松开,唉声叹气了好半天。他还留着大胡子,不过他的胡子已经变得稀疏而花白了。

以上是我不由自主地倒叙了几笔,还是把话题再拉回来吧。

第一章　朝思暮想为学艺

本来那场"看戏风波"的主意是大山他们几个人出的，事情也是他们带着我干的，但捅出娄子来，他们却把黑锅往我背上扣，还明讥暗讽地指责我，并拿这次"看戏风波"说事，说我这也不行、那也不对，且逢人就说，见人就讲。我说："这事本来就不怪我嘛，怪大山没把话说明白，水箱上面就那么点儿地方，把两条腿踩在水管阀门儿上是行了，可上半身往哪搁？得亏有几根电线拽着，要不非掉下来摔成八瓣不可。"他们说："你把脑袋藏起来不就行了？"我说："把脑袋藏在哪儿？"他们说："把它藏在水箱里嘛。"我说："水箱里有水啊。"他们"哄"的一声笑了，说："你是死人啊，把水放出去嘛。"我说："放出去，一会儿又流满了，不就把我脑袋泡了吗？"他们说："你用手指头把流水口堵上呀。"我说："水龙头的口太大，根本堵不上。"他们答不上来了，就说："你知道猪是怎么死的……"

然而，一波未平一波又起。国庆节学校放了两天假。大山跟我说："石门京剧团在北陵公园的露天剧场演出京剧《失空斩》，此剧特别火爆，你想去看不？"我没有打奔儿地说："必须的嘛。"大山说："公园的门票两角钱够全家几口人一顿菜钱了，哪弄两角钱去？"我说："要不咱们从后门儿铁丝网下钻进去。"大山说："听人说铁丝网上都通电了，你不想活啦？"我说："那怎么办？"大山说："我有个办法看你敢不敢？"我说："啥办法我都敢。"大山说："从河里游进去。"我没听明白。大山说："真笨，就是在戏开演前我们几个人，顺着从公园外边流进公园里边的河水游到公园里面，然后再从河里上岸。"

我高兴地说："哎，这个办法实在是高。"

大山指着我说："你的水性没问题吧？"我不高兴地说："别的我不敢吹，就说这水性，在山东堡一带，比我好的人还没出生哪。"大山说："行，咱就这么定了。"我豪不含糊地说："赡好吧您哪。"大山说："赶快回家一趟。"我说："不用告诉家里，咱立马走就是了。"大山说："回去揣个大饼子，一整天啊，饿不死你呀！"我马上跑回家里从干粮筐里取出了个大饼子揣在兜儿里。我妈妈看见了，说："一会儿就吃饭了，你干吗去？"我说："我们几个去趟北陵，一会儿就回来。"说话的工夫，我已经蹿出了家门。

半个小时后，我和大山、祥子、铁成、玉杰五个人，在北陵公园西门外的桥头上会齐了。大山说："你们都听我指挥，晓星水性好打头阵，祥子路熟打二，其余的人紧跟其后，千万别落单儿。"我说："咱们脱不脱衣裳？"大山说："哎呀，你不说我还忘了，大伙把衣裳脱下来交给玉杰，玉杰抱着衣裳，买张票从正门进去，在里边的荷花池等我们。"

一切妥当后，大山喊着口令："一、二、三，下水——"大山的话音刚落，我"扑通"一声跳下河去。我不紧不慢地划着自由式，顺着流淌的河水向公园里游去。我身后的几个人也跳下水后，紧紧跟着我向前游着。这时我特别兴奋。哈，好不容易有这么个"显摆"的机会，让你们见识见识我的能耐，免得说我这不行那也不行。虽说我这游泳是从河泡子学会的，前年还参加了全市少年游泳大赛，虽然没进前四，但取得了第五名的好成绩，还获得一个崭新的文具盒和两支铅笔的奖品哪。我最拿手的是潜泳，憋足一口气一个猛子扎下去，在水下能潜泳四五十米远。自打那次比赛后，一位教练评价我说："这孩子有游泳的天赋，要是坚持下去将来一定有出息。"如果不是我一门心思地放在唱戏上，早就进市里的少年游泳队了。

我游在通往北陵公园的河水里，时而使用自由式、时而使用蛙式、时而手脚并用有节奏地拍打着浪花,发出"啪啪"的声响,时间不长就冲到流入公园的那座桥下面。这时,身后的祥子提醒我说:"注意啊,要进公园了。"我说:"赌好吧您哪。"说着,我加快速度游进桥洞里。

这桥洞不太大,但桥下的水好凉好急,水下面还有漩涡。大山对我大喊道:"晓星,桥下水深流急千万当心——"我说:"我是天上的晓星,我啥也不怕!"为了显摆水技高超,我深吸一口气,一个猛子扎进水里。这招叫"串糖葫芦",就是从桥这边扎下去从桥那边穿出来。可是,这个糖葫芦弄穿帮了,串出了一场大祸。

让人没有料到的是,桥底的河水里有一道铁丝防护网。事后有人说,这铁丝防护网是清朝时期布下的,目的是防备有人从河水潜入公园里盗窃或破坏皇帝陵寝的珠宝,也有人说铁丝防护网是日本人占领这里时布下的,这里驻扎着日本关东军的一个指挥部,防备抗日人员从这里游进去搞袭击。何况这里不单单是一道铁丝防护网,而是一道比铁丝网更厉害的铁蒺藜网。你问我怎么知道得这么清楚?因为我是深受其害的第一人。

当我一头扎进水里时,被铁蒺藜网挂了个正着,我觉得脸上一阵疼痛,可能是脸被铁蒺藜划破了,那不要紧,要紧的是我的头发被铁蒺藜缠绕在网上了。我拼命地往下拽,可是无论怎么拽也拽不下来,那网上好像有吸铁石似的。我手撕脚踹地拼命挣扎着,也许是撕撕扯扯地起到了破网作用,后面的大山和祥子等几个人都顺利地游过桥洞,在荷花池聚齐了。

大山见我没上来,问他们:"晓星上来了吗?"大伙摇摇头说:"没看见呀。"大山说:"怎么回事?"大伙说:"没事吧,我们都过来了,他水性那么好还能有事吗?"大山的脸色立刻变了,说:"不好,他是打头的没露面,这不是要出大事嘛!"

这下,大家可急坏了。一群光着屁股的小子顺着河沿往回跑,边跑边大喊着:"晓星——你在哪儿——"

俗话说:"该井水死的,河水死不了。"这句话说的就是我。在河水里挣扎时,突然被一口带着汽油味儿的水呛进肚子里,尽管我拼命地咬着嘴唇不让水灌进来,但还是无法控制自己的鼻孔和嘴巴,就一口一口地喝了起来。当时我心里头明白,完了,这回可完了。就当我被河里的漩涡裹挟着慢慢地进入河底的时候,朦胧觉得自己的双脚踩在一块儿坚硬的石头上,那块石头托着我往上浮,我的身体也漂荡起来。不一会儿,一束强烈的阳光照射在我的脸上。我睁眼一看,自己竟然被河水冲到公园里一个沙滩上了。那凉冰冰且带有汽油味儿的河水,冲刷着我的五脏六腑。我张着嘴"哇哇"地吐了起来。

呕吐之后,我软得像一摊烂泥,动弹不得,索性趴在河滩上昏昏欲睡。不知过了多久,听见有人在大声呼喊我的名字:"晓星,你在哪儿——"呼喊中带着哭腔。"我在这儿——"我有气无力地回应着。大山和祥子几个人朝我跑来。见我这个样子,问我:"咋的了?"我说:"没咋的,只是游累了。"祥子说:"怎么把食物都吐了?"我说:"没事,可能是疲劳过度。"大山看了我一眼说:"哎,你脸上手上头上的一道道血口子是在哪儿划的?"我说:"没有这些血口子你们能游过三八线吗?"大山觉得不对劲儿,说:"今天这戏不能看了,先把你送医院吧。"我说:"别呀,不看戏我们到这儿干什么来了?"大山搋住我的肩膀说:"你不想活了,戏重要还是命重要?"我还是那句话:"没有戏的话,还要命干什么?"

突然,露天剧场那边,传过来一阵开戏的锣鼓声。我穿上玉杰递过的衣服,甩开大山抓住我的手,一溜小跑地朝露天剧场而去。

嘿,这场精彩的《失空斩》是我从来没看过的好戏。

然而福无双至,祸不单行。"悲催"发生在快要过年的冬天里。

小雪落在地上瞬间融化了,道上到处是泥泞,走起路来"吧唧吧唧"地溅起泥点子，稍不留神"啪嚓"摔你个四仰八叉没商量。

人民中学一年级三班的班主任高琴芳，手里拿着一张学生登记表，在山东堡街上东张西望地寻觅着。她时而用手抹去额头沁出的汗水，时而用手托一托滑落下鼻梁的近视眼镜，口里轻轻地念着："山东堡街四条胡同30号。"她踅摸好半天了，却怎么也找不到这个门牌号码在哪？她向附近的人打听。人家说："大办街道工厂那阵子，把门楼子和院墙都拆掉了，几个大院也通起来，有的大门洞都改成了车间和作坊了，哪里还有门牌号码？你直说要找谁吧？"高琴芳说："学生的父亲叫李文广、母亲叫于桂芬。"那人想了一会儿说："不太清楚。"高琴芳说："这个学生叫李晓星。"这时，一个半大小子接上话茬儿说："找晓星啊？你跟我来吧。"高琴芳老师谢过他，就跟在这个半大小子身后走着。不一会儿来到一个大杂院里。半大小子手指着两间南下屋说："那两间南下屋就是李晓星家。"他朝着屋子里喊道："李婶——有人找你家晓星。"

屋子里应声走出来一个中年女人，她中等身材，着装朴素，肌肤红润，满脸忠厚地操着浓浓的山东腔说："俺是晓星的妈妈，你是哪位？"高琴芳说："我是李晓星的班主任，叫高琴芳。"妈妈说："噢，是高老师来了，请屋里坐吧。"高琴芳说："我这次来是对三个学生进行家访的，没想到山东堡这么难找，以致耽误了对那两家家访的时间，我就不进屋了，就在这里说几句吧。"妈妈说："那也行，高老师请说吧。"高琴芳说："这次家访我想弄清两个问题，一是李晓星为什么中途辍学？"妈妈说："什么叫辍学？"高琴芳说："辍学就是不上学了。"妈妈惊讶地说："他天天上学呀？"高琴芳也惊讶地说："他在哪儿上学？"妈妈说："就在你高老师这个学校上学呀。"高琴芳说："他天天上学？"妈妈说："一天也没落。"高琴芳说："他每天几点上学？几点放学？"妈妈说："早晨六点吃完早饭就背着书包带着午饭上学，下午五点多背着书包放学回家了。"高琴芳说："这就怪了。"

妈妈说:"怎么怪了?"高琴芳说:"他根本没来上学呀。"妈妈说:"他今天没去上学?"高琴芳说:"从一年级下学期开始,他就没上过学。"妈妈说:"哎哟俺娘哎,等他回来我问问他。你说第二个问题吧。"高琴芳说:"他今年的学费至今没交,家里是否把钱给他了?"妈妈说:"学费在他上学的第一天就给他了呀,我还问过他哪,他说全年的学费都交了。"高琴芳说:"你看这是学校总务处下来的'催交学费通知书',不会有错的。"妈妈说:"俺不识字不用看了,那肯定是没交,老师的话不会有错的。俺的娘哎,这孩子是怎么啦?"妈妈的脸色变得铁青。高琴芳说:"你千万别着急,等问问清楚再说吧。"妈妈说:"俺一定问问清楚,给老师添麻烦了。"

将高琴芳老师送走后,妈妈一下子跌坐在门口的木墩上,心里又气又急。她叹了气,自言自语地说:"哎哟,俺的那个娘哎,这孩子怎么学坏了!"

下午五点多,我背着书包,兜里揣着刚刚买到的两本小说——《水浒传》和《三国演义》,嘴里哼着京剧《探皇陵》中的一段"二黄"唱腔:

> 听樵楼打罢了初更时候,
> 开山府来了我定国王侯。
> 先王爷晏了驾太子年幼,
> 恨李良起反心谋篡龙楼。
> ……

爸爸还没有下班,只有妈妈一个人在院里的木墩上坐着。我放下书包,从干粮筐里拿了个大饼子往外走。妈妈拦住我,问我去哪儿?我说:"去祥子家玩一会儿。"妈妈说:"先别走,我有事问你。"我说:"啥事?"妈妈说:"今天你去哪儿了?"我说:"上学了。"她说:"真的上学了？"我说："当然是真的。"她说："今天上的什么课？都是哪个老师讲的课？"我说："上午上了四节课，是数学、语文、历史、地理；下午上了三节课，是政治、音乐和体育。"见她的脸绷得紧紧的，我说："怎么了？"她说："没怎么的，你说说，都是哪个老师讲的课？"

我当然早有准备了，就掰着手指头说："数学是魏老师讲的，历史是赵老师、地理是张老师、政治是王老师、语文是高老师、音乐是刘老师，体育是程老师上的。咋啦？"她说："语文课是哪个高老师讲的？"我说："当然是高琴芳老师讲的呗。"她说："是你们班主任高老师吗？"我说："就是啊。"她说："你们学校有几个叫高琴芳的老师？"我说："就一个呀。"她说："你敢保准就这一个？"我说："敢保准，就这一个叫高琴芳的老师。"她说："那我就心里有数了。"我愣了愣神儿，说："妈，你啥意思，心里有啥数了？"她说："心里有打你的数了。"我说："为什么要打我呀？"她说："好，让我慢慢地告诉你。"

妈妈的话音未落，一个大力扣杀的巴掌劈了下来，"啪"的一声落在我的脸上，打得我眼前一片金光灿烂。我甚至怀疑妈妈年轻的时候，是不是在哪个排球队当过主攻手啊？要不这个"大力扣杀"哪来这么大的劲儿呢？我不敢怠慢，"哧溜"一下从她胳肢窝下钻了出去，想拽开门往外跑。可是，门不知什么时候被她划上了插销。妈妈抄起一把笤帚疙瘩，又一把将我后脖领抓住，像拎小鸡崽子似的把我拎到炕沿边上，一顿狂风暴雨般的打击，落在我的屁股和后背上。哎呀，贼拉拉地疼啊！

我默念着："千磨万击还坚劲，任尔东西南北风。"索性不求饶、不喊疼、不说软话、一声不吭地享受着妈妈亲手给我做的这顿"笤帚疙瘩炖肉"大餐，心里盼着要是爸爸快点下班，就是来个串门的人也好给我救个急啥的呀！过了一会儿，妈妈像审讯革命党人那样，一边拷打一边审问。她说："你逃学这么久去干什么了？"我不作声。她说,"你是去北市场看戏了,还是又跑到剧场厕所的顶棚上装神弄鬼地吓唬人了?"我不说话。她说,"要不就是去北陵公园看戏了?我再问你,为什么跳进河里野浴?"我不开口。她又说,"你逃学干什么去了?让你交学费的钱弄哪去了?"我心一惊:"哎哟,这些事情她都知道了?哪个叛徒告的密?哼,该死的甫志高!"

我的眼睛瞪得大大的一声也不吭。由于使劲儿太大,一会儿工夫,妈妈手里的笤帚疙瘩就散花了。她坐在炕上"呼哧呼哧"地喘着粗气。我趁机打开房门飞快地逃了出去。"还没吃饭哪你又去哪儿?"妈妈大喊道。我头也不回地向街上跑去。可是北阳之大,我却不知该往何处?熟人再多,我不知哪里可以容身?望着天渐渐黑了下来,我有些蒙圈了。我生气、我怨恨有人向妈妈告发了我。本来不打算向那几个叛徒求助的,但我在黑漆漆的夜里围着山东堡转了好几圈,还是找不出个安身之处。无奈之下,我决定去找祥子。当然,我相信他是不会告发我的。祥子被我的三声巴掌招呼出来,听我诉说了事情经过,借着路灯的光亮见我一副狼狈的模样,答应帮我。他说:"在五条胡同北头,有一间废弃的豆腐作坊,原先是我爷爷做豆腐、卖豆腐用的,我爷爷过世后,这个手艺无人继承而废弃了豆腐坊,因多年无人居住和伺弄破烂不堪。"见我答应了,他便跑回家里偷偷地取钥匙。

一会儿工夫,祥子就过来了。他不但拿来了钥匙,还从家里偷出来两个窝头,又顺手从他家房檐下的咸菜缸里,捞出来一块儿腌咸的芥菜疙瘩。他说:"先将就一口吧,明天再给你弄吃的。"说着,他领我走向五条胡同的豆腐坊。那间豆腐坊虽然破落,但能遮风挡雨,屋里还有个小炕。虽然好久没有住人了,屋里炕上都有些潮湿,但拿些苞米秸子铺在炕上,躺上去也挺暖和的。

祥子陪我待了一会儿就回家了。幸亏我用学费买的《三国演义》和《水浒传》还带在身上,这两本书陪着我度过了两天三夜。每天祥子都给我送两个窝头或者两张煎饼过来,他不敢多拿,怕家里人发现。对我来说，渴点饿点不算啥，他给送点啥我就吃点啥，不送啥吃的我也不饿，反正有书看，别的我都不在乎。

离开家的第三天一大早儿，我怀里正抱着《水浒传》读完第七十一回《忠义堂石碣受天文，梁山泊英雄排座次》。还没合眼哪，祥子急三火四地跑来了。刚进门他就说："你今天无论如何也得回家。"我说："怎么了？"他说："你爸爸、妈妈找你都找疯了，他们认准我知道你在哪里，昨天晚上来我家坐守到大半夜，被我妈和我哥好不容易给劝回家，今天一大早又来敲我们家的门，非要让我一块儿去找你。"我说："你是怎么脱身的？"他说："脱什么身啊？我对他们说憋不住了要上厕所，顺着尿道就跑到这豆腐坊来了。"我说："你妈他们不知道我在这豆腐坊的事吧？"他说："哪能让他们知道，要是知道了非打扁了我不可。"我说："要是你妈要把他们领到这来咋办哪？"他蒙头蒙脑地说："我也不知道该咋办？"我说："这开门的钥匙你家有几把？"他说："咋啦？"我说："你拿着这钥匙，他们肯定知道我在儿。"他说："我就不给她能咋的。"我说："他们都是大人，三下两下就能把钥匙抢过去的，你把它放在我这儿，他们找不到钥匙就记不清放哪儿了，所以就不会来这儿啦。"祥子想想也对，就从兜里掏出钥匙给我了。我说："这样就安全了，你尽管放心地回家吧。"祥子临走时，似乎还有些顾虑，就磨磨叽叽地说："你快点回家得了，老这么的也不是个办法呀……"

一阵大风刮过，眼看就要下雨了。李玉琴目不转睛地望着食堂门外，心里嘀咕着，还有十多分钟食堂就要关门了，如果赶不上饭点儿，他这一下午的活儿可怎么干啊？奇怪的是昨天中午他也没来食堂吃饭，今天午休的时候不知他骑了谁的自行车匆匆地出了厂子的大门，好像有什么急事？李玉琴小声对身边的小秦说："你去趟印染车间的一号机床，看看李师傅回来没有，咋还不过来吃饭？"小秦点点头摘下身上的围裙，朝对面的印染车间快步走去。不一会儿，小秦回来了，说："李师傅没有在车间。"李玉琴说："你没问问别人他去哪儿了？"小秦说："二号机床的朱师傅说，他早就去食堂吃饭了。"李玉琴说："怪了？该吃饭的时候不来吃饭，一天的活儿还咋干？再说，这身体也受不了啊。"

李玉琴是厂里食堂的炊事员，她说的李师傅叫李文广，是印染车间一号机床工人，这个人就是我父亲。我父亲对她十岁的女儿有救命之恩。

两年前深秋的一天夜里，电闪雷鸣、风雨交加。和女儿相依为命的李玉琴，从酣睡中惊醒，把她惊醒的不是狂风暴雨声，而是一个极其微弱的呼叫声。她摸了摸身旁沉睡的女儿心里踏实了，只要女儿安好她就无所牵挂。她又迷迷糊糊地睡过去了，突然那个呼叫声又响了起来。她悚地一下又醒了过来，觉得那个声音是从女儿那里发出的。李玉琴赶忙打开灯，只见女儿脸色通红、呼吸急促，嘴唇嚅动着，用极其微弱的声音叫着："妈……妈妈……"

李玉琴伸手摸了摸女儿的额头，哎呀，烧得好烫手。她一边轻晃着女儿一边叫着女儿的名字："珊珊，你怎么了？"但是女儿丝毫没有反应。她知道女儿病了，而且病得不轻。这可怎么办？外边大雨倾盆、遮天盖地不说，单就这么大的孩子自己也背不动啊。她又想，宁可摔倒在路上再爬起来，也不能待毙在家里。

李玉琴找出家里唯一的一件雨衣，罩住女儿的身体，自己穿上一件旧风衣，使出一股激劲儿，背起女儿就往外走去。被狂风裹挟着的大雨猛地将她打了个趔趄，顿时全身上下浇了个净透。她稍稍定了下神儿，背着女儿朝马路西边走。那边不远处有家盛天门诊部，也是可以解燃眉之急的。可是，在盛天门诊部门前她失望了，往日灯火通明的诊室，今天却暗然无光。

情急之下，李玉琴使劲儿敲着那扇上了锁的大门，连个回音都没有。她又背着女儿往前走，好不容易到了顺城街十字路口，附近的一家小医院和一个诊疗所，也都闭灯关门。漆黑的雨夜里路断行人，偶尔有汽车疾驰而过，将地上的污泥浊水喷溅起来。她猛地想起正阳医院是家规模较大的医院，昼夜有大夫值班，只有去那里才能使珊珊转危为安。

可是，正阳医院离这至少有三四里路。此时的李玉琴已经是精疲力竭、寸步难行了。但女儿就是她的命啊，这鬼天气连个蹬三轮的也没有。她突然想起在自己工作单位的食堂里，有辆买粮买菜用的手推车，最好的办法是用它将女儿推送到医院去。可是，这里离厂子至少也有二里多路，自己已经折腾不起了。踌躇间，她有个发现：从对面这条小胡同横穿过去，就是她的工作单位市印染厂。但小胡同窄小难行不说，万一遇到坏人，自己走不脱、跑不掉、喊破嗓子别人也听不到。此刻，她扭头看了看生命垂危的珊珊，牙一咬、脚一跺地朝黑黢黢胡同里走去。

还好时间不长，她背着女儿走到了印染厂的大门口，叫开大门后，她把昏迷不醒的珊珊放在传达室的小床上，让更值员宋大叔照料一下，自己跑到食堂门口，把手推车推了过来。宋大叔帮她将珊珊放在车子上。李玉琴转身推车往外走，谁料眼一黑，"咚"的一声摔倒在地。她的头摔在门口的石阶上，鲜血直流。宋大叔一看不好，立马跑到车间里喊人。

上夜班的工人不多，印染车间的李文广正在机床上操作着，见宋大叔慌慌张张地跑进来忙问怎么回事？宋大叔向他诉说了事情经过。他问："李玉琴母女现在在哪里？"宋大叔说："在工厂大门口。"李文广问："需要怎么处理？"宋大叔说："我要将她母女一并送往正阳医院进行救治，请您替我值一下班。"李文广想了一下说："你还是回去做你的更值，我送李玉琴母女去医院就行。"宋大叔说："我去是一样的。"李文广说："那不一样。"宋大叔说："怎么不一样？"李文广说：

"现在上边要求得严，要是安全保卫部门查岗的话，你也不好交代。"宋大叔想了想说："你的工作是有指标、有定量的，完不成咋办？"李文广说："我从医院回来接着干活儿，天亮前肯定能干完。"

说着话，李文广关了机床来到厂门口，同宋大叔一起将李玉琴抬到车子上躺在珊珊身旁，又脱下自己的衣服盖在李玉琴身上。推着车子向正阳医院飞奔而去。他先将李玉琴送往急诊室进行包扎处理，又将珊珊送到内诊科室就诊。经认定是急性阑尾炎导致胃部发炎，必须马上做手术切除阑尾，稍迟即有生命危险。

医生填写完一张手术单说，请孩子的家长在手术单上签完字才能进行手术。李文广点点头，看了一眼就签上了自己的名字。急火攻心加疲劳过度的李玉琴苏醒后还不能走动。李文广守候在手术室外面，一个小时后手术顺利完成，珊珊转入病房，李文广像伺候自己女儿那样护理了珊珊一夜。第二天天色将亮时，他把珊珊交给了已经完全恢复过来的李玉琴。

李玉琴感激得不知说什么好，她握着他的手，语不成句地说："兄弟，姐不知怎么感谢你才好。"李文广平静地说："大姐不用感谢，我家也有孩子。"说着，他转身出了医院，推着那个手推车回到厂子，又进车间继续去干他还没干完的活儿了。

半个月后，李玉琴领着完全康复的珊珊出了院。从此，李玉琴逢人便讲李文广雨夜救助她们母女的事情。为了表达感谢之情，她给他送过钱，他没要；她又给他送过吃的、喝的和用的物品，他也不收；她要请他吃饭，他不去。他拒绝的方式就是一句话："事情赶上了，谁都会那么做的。"李玉琴心里想，这个人可真是的，好歹不吃、横竖不拿，当年的老红军、老八路也就这样呗，此人是老革命军人后代咋的？

此时，李玉琴让和自己要好的小秦，设法打探这个李文广的情况，关心和关注他需要哪些帮助？知恩图报是中国人的传统美德嘛，再者说，愣把一份沉甸甸的人情债压在心里，是件使人最难受的事情！

　　李玉琴不相信世间真有见好处不伸手、见便宜绕道走的人。小秦哈哈一笑对她说："大姐，这个李文广真的就不是一般人。"她说："他到底是个啥样的人？"小秦用手指头点着她的脑门说："大姐你真是不读书、不看报，到厂子就干活儿，关上家门就过日子的人啊，连他是什么人你都不知道？"她一脸茫然地说："我确确实实不知道他是什么人？"小秦嘻嘻哈哈地说："你自个儿到厂子的宣传栏那儿看看去呗。"她说："我听你说说不是一样嘛。"小秦说："百闻不如一见，你还是亲自去看看吧。"这时厨灶间传来魏厨师招呼的声音："小秦，准备一下晚上的饭菜。"小秦答应一声，向灶间走去。

　　离晚饭时间还有好几个钟头哪。李玉琴解下工作服挂在衣架上，没有像以往那样穿过斜胡同，回到自己家里看看，做点什么零活儿或者躺在床上小憩一会儿。反正女儿上学得傍晚回家。于是，李玉琴朝着工厂大门左侧的宣传板报栏那边走去。宣传板报栏是厂里最有人气的地方。午休时，人们大都聚集到这里，有的手里端着水杯，有的嘴里咀嚼着饭菜，打着哈哈、开着玩笑地谈古论今，观看浏览着嵌在玻璃窗子里的报纸上的新闻、国家大事和厂里发布的各项通知。李玉琴平时不怎么来这里，她认为这里虽然热闹但人多嘴杂，是个招惹是非的地方，有道是"寡妇门前是非多"，她是个走出家门勤勤恳恳干活儿、关起家门踏踏实实过日子的女人。

　　幸好已经快到了工作的时间，人们都返回车间工作去了，这里一片静悄悄的。李玉琴从第一板报栏的国内国外大事开始，一直看到第八板报栏的厂里的重要关注，也没有看到"李文广"这三个字，咦，怎么回事，难道小秦在骗她？不可能的事啊，她俩好着哪，从来不开玩笑。

　　李玉琴又来了个逆向反转，两只眼睛又从第八板报栏寻找到第一板报栏，还是没有她要找的那三个字。"哼，回去找小秦算账，这个该死的，明明咱俩关系不错，你没事要拿我开涮哪？"在她转身往回走的时候，"李——文——广"三个字倏地闪进她的眼帘。她侧目望去，只见那排板报栏上头，加上的一层长方形玻璃的橱窗里面，镶嵌着一张大幅人物照片，横额条幅上一行大字写着：本年度全市劳动模范李文广同志先进事迹。李文广，男，三十二岁。市印染厂工人。由于勤奋工作、积极生产，连续三年荣获"全市劳动模范"光荣称号……"哎呀，真就不是一般人啊！"李玉琴心里一惊，自言自语地说。

此刻，一个人骑着一辆自行车从厂门口急驰而入，在过道口一闪，飞快地向后院的车棚去了。那人上身着一件海魂衫，下穿一件藏蓝色裤子，稍高的个子，强壮的体魄，这个人不正是她"众里寻他千百度"的李文广吗？好生奇怪呀，他已有两天没到食堂吃饭了，这几天他又急匆匆地在干什么呢？感到好奇的李玉琴决定非看个究竟不可。

当我一路小跑地来到爸爸的工厂时，车间里一片寂静，一号机床前空无一人。爸爸到哪儿去了呢？朱叔叔正坐在二号机位前看报纸。他看见我说："哎，小子，来找你爸爸是不是？"我说是。他说："你爸爸被食堂的好饭好菜给撑得回不来了，现在他还在食堂里挪不动窝哪。"我听后扭头向食堂跑去，可是食堂的大门关得紧紧的。我爬上食堂外边的窗台，隔着玻璃往里面瞅，里面空空荡荡的，连个人影都没有。咦，怎么回事？爸爸在哪呢？

此时，李玉琴正从板报栏那里回来，她瞧见我趴在阳台上，问道："小朋友，使这么大的劲儿往里瞅啥哪？"我说："找人呗。"她说："找谁呀？"我没吱声，头也没回。她说："快告诉我，我帮你找。"我说："找我爸爸。"她说："你爸爸是干什么的？"我说："是干活儿的工人。"她说："干吗不到车间找呀？"我说："爸爸来食堂吃饭了。"她说："都开过饭了，食堂已经关门啦。"我说："爸爸让食堂做的好饭好菜给撑得挪不动窝了。"李玉琴笑了起来说:"这话是谁说的?"我说:"是车间的朱叔叔告诉我的。"她说:"人家说啥你都信啊?这孩子太可爱了,你转过头来让阿姨看看你长得什么样?"我头也不回地说:"里面最后一排饭桌被一堵水泥柱子遮挡着,我怎么也看不见。"她说:"里面真的没有人吃饭。"我说:"你怎么知道没有人吃饭?"她说:"我就是食堂的人。"

李玉琴搂着我的后腰,把我从窗台上抱下来。她仔细地端详着我说:"哟,小家伙长得挺精神啊,红润的脸蛋、吊眼梢子,还有两颗小虎牙,长得像爸爸还是像妈妈呀?"我说:"像妈妈呗。"她说:"为什么还有点不情愿的样子?"我摇摇头没说话。她说:"如果长得像爸爸会咋样?"我说:"如果像爸爸就不会这么难看了。"我的一句话把李玉琴逗得哈哈大笑起来。她说:"这孩子说话怎么这样逗啊?你是说妈妈不如爸爸漂亮呗?"我说:"当然了,爸爸高个子、白皮肤、大眼睛,老好看了,妈妈个子不高、小眼睛、单眼皮儿、皮肤也黑,贼拉拉磕碜。"

李玉琴笑得前仰后合,眼泪都流下来了。她说:"你得告诉我,你像爸爸的成分多,还是像妈妈的成分多?"我说:"你不知道有句话说'爹的骨头娘的肉'吗?我像爸爸的精神气质,像妈妈的忠厚善良,我有他们两个人的共同元素。"她说:"这到底是谁家的孩子,怎么这样能说?"我说:"请阿姨猜猜呗。"她说:"全厂子好几百人我上哪猜去?"我说:"我为阿姨的智商感到遗憾。"她说:"遗憾就遗憾吧,小家伙,我都要急死了,快说你爸爸到底是谁呀?"

我一字一板地说:"李——文——广——"谁料,一直哈哈大笑的李玉琴一下子呆住了。她凝视着我说:"你是李文广的儿子?"我说:"难道不像吗?"她说:"像倒是像,但你爸爸是个文静的人,不像你这么能说。"我说:"那你们还是不熟悉他,熟悉了你就会发现爸爸是个特能说的人。"她说:"这个话题咱们以后再谈,你先告诉我,你爸爸为什么这几天不来食堂吃饭了？"我说："那不可能，妈妈每天给他五角钱的饭钱，他不来食堂去哪儿吃啊？"她沉默了一下说："是真的。好几天了，他没有在食堂吃饭，前几天午间，他只是买了两个窝头或两个大饼子，并不买炒菜，就匆匆地拿走。昨天和今天连主食也没有来买，要开饭时不知向谁借了台自行车，骑着出了厂子大门，刚才又急急忙忙地赶了回来。"我说："爸爸现在在哪儿呀？"她说："我看见他往后院的存放自行车的车棚去了。"我说："去后院怎么走？"她说："我领你去，但只能把你送到停车棚门口，阿姨不进去行吗？"我说："行，谢谢阿姨。"

李玉琴领着我，向后院的自行车停车棚走去。她边走边问我："孩子，你得告诉我，你急着找爸爸干什么？"我说："妈妈打我。"她说："为什么打你呀？"我说："我逃学了，还把学费钱偷花啦？"她说："花钱买什么了？"我说："买书了。"她说："买什么书了？"我说："《水浒传》和《三国演义》。"她说："买书看好，长知识啊，可以跟妈妈要钱嘛，为什么要偷花交学费的钱？"我说："要过，妈妈不给，妈妈说：'钱是买饭买菜吃用的，不能给你买闲书看。'"李玉琴说："孩子，你以后买书的钱管阿姨要，阿姨给。"我摇着头说："爸爸不许我要别人的东西，要钱就更不行了。"她想了一下说："要不，咱俩合伙买书。"我说："我又没钱，咋合伙买呀？"她说："我拿钱你去买，你买了先看，看完后再给我看，这样总行吧？"我感激地说："行，谢谢阿姨！"

来到自行车棚门口，李玉琴告诉我："从这个门口进去就能看见你爸爸了。记住，别告诉他是我领你来的。"李阿姨朝我摆了摆手就回去了。

我快步走进自行车棚，果然，爸爸正坐在一辆自行车的后架上，一只手抓着两个棒子面窝头，一只手里捧着一个小纸袋，他咬一口窝头蘸一下纸袋里的东西，正狼吞虎咽地吃着。

我悄悄走近才发现，原来爸爸的午饭竟是棒子面窝头蘸着咸盐粒。

我忍不住"哇"的一声哭了，抱着爸爸的腿说："爸爸你怎么能这样啊？"爸爸说："你怎么来了？"我说不出话来，就是一个劲儿地哭。爸爸说："别哭了，叫外人听见还以为咋样了呢？不就是一顿饭的事吗？一顿饭两顿饭的不算个事，但不上学可是耽误你一生的大事。"爸爸一边给我擦泪一边说："我把你的学费钱又攒出来了，刚才趁吃午饭的时候给高琴芳老师送去啦。从明天起你就可以回学校继续读书了。"

爸爸要拉我起来，可是却怎么也拉不起来我。跪在地上的我，哭得更厉害了。

第二章　变声期遭遇残酷"打戏"

> 世间唯有事难料，
> 晴天落雨起风暴。
> 横竖只为一条路，
> 学业艺业两遥遥。

这是我人生以来写的第一首诗。严格地说，这不是诗，是我用以倾诉和描述自己逆境中心情的一种感悟，充其量是一首"顺口溜"而已。

俗话说，人生中每十年必遇一道"坎儿"。那一年，我真的走到了这道"坎儿"上。

初中二年级的上学期，功课落下得太多，我实在读不下去了。语文倒好说，数学真的不好弄。老师讲了又讲，同学帮了又帮，我还是解不了方程，也弄不清因式分解是怎么回事。学习成绩直线下滑，平均分数不及格，自己丢人现眼是小事，拖了班级的后腿才是大事。年级共十个班，因为我的分数太低，硬是把个排名前三的班级，活拉拉地拖到了倒数第二名，弄得天怒人怨，我成了全班的众矢之的。还是那位班主任高琴芳几次三番地跑到我家里找家长，先是商量对策，后是研究办法，再是劝我退学。我巴不得早点结束这令人难熬又让人遭罪的学校生活，去学我最钟爱的京剧表演艺术。

然而，命运又一次捉弄了我。

那年的秋天，我如愿地考取了省艺术学校京剧专业班，算是正儿八经地坐了科。俗话说，师傅领进门修行在个人。极其严格的训练、超强度练功，不但没使我觉得苦和累，反而激发了我的潜能和斗志。同学们一天早、晚练两遍功，我给自己加了一个码，每天早、晚、夜练三遍功。这还不算，趁"冬练三九""夏练三伏"之际，每天早晨五点，踩着冰茬儿、挂着霜花地跑到河边上去喊嗓子，夜里等人睡下后又偷偷溜进大厅练私功。两年时间，我的基本功得以夯实，唱、念、做、打技艺大幅度提升。

可是，入校第二年的期末，躲在云层里的命运之神，又对我露出了狰狞的面目。真应验了那句话："福无双至，祸不单行。"一次晨功中，我由于走"虎跳前扑"冲力太猛、高度不够，没有抱住脚腕，落地后致肩部锁骨摔裂。到医院里住院治疗了半年，才算愈合。随之又患了咽部肿痛难忍的病症。最初，我以为得了感冒什么的，吃药打针地折腾了一个多月仍不见好转。后来竟失声，有时干张着嘴却发不音来。戏班里有句话说："嗓子是演员的命根子。"这下可把我吓坏了。从这家医院出来，又进那家医院，查西医问中医地治疗。西医说炎症很重得吃药打针，我照做不误，但好长时间也不见好；中医说急火所致声带疲痹，得服中药治疗，外加针灸除痹，我不敢怠慢。又是几个月过去了，不但没见好转，且大气不敢哈。我吓得要死、怕得要命。"命根子"眼看要断了，还何谈艺术生命啊！

为此，我吃不下饭、睡不着觉，一个心眼儿地跑医院治嗓子。经过几个医院的治疗，虽然能说出声来了，但也是语句断条，声带嘶哑，说出话来劈劈拉拉的像口破铁锅。

眼看戏饭难保，艺业无门，我身上的肉噌噌往下掉，才四个月时间就掉下二十多斤分量。同学们给我编个顺口溜说：

走道水上漂，

说话静悄悄。

远看人幌子，

近瞧一病猫。

在我万念俱灰的时候，有人给我推荐了中街的一家私人诊所，医生叫宋鼎名。此人是祖传三代耳鼻喉科专家，在全国赫赫有名。据说宋鼎名的爷爷曾是清朝皇帝爱新觉罗·溥仪的皇宫御医，专为皇帝亲诊治病，有时也为皇亲国戚医治疑难杂症，很得皇家赏识。回归故里后，宋鼎名在中街开了家鼎名诊所。当时每天登门求医问药的人多得很，往往天不亮门外已是排起一字长龙了。宋鼎名亲自发放挂号牌，每天50个。

临看病的前一天晚上八点多，我就跑来鼎名诊所排队，想排个第一第二的。不想到那一看，早已有十多条铺盖卷排置在诊所门口。一打听，躺在铺盖上的人都是外地来找宋鼎名大夫看病的。我才排了个13号。虽然看一次病仅花了两元钱，但夜里排队挂号的这一番折腾，是一般人难以承受的。宋鼎名大夫为我看病不到三分钟就做出结论，然而，这个结论真令人啼笑皆非。他听我用那不连贯的声音述说了病情，又用反光仪器检查了我的喉咙和咽部，对我说了两个字："正常。"这下我可急了。我说："我大老远地跑来，又排了一整夜的队才挂上号，你用两个字就把我打发了？什么叫正常啊？"

宋鼎名脸上没有任何表情地说："规律正常，发育正常。"我说："到底是什么病呀？"他说："既然正常就不是病。"我说："那是什么？"他说："这叫变声期。"这"变声期"我当然懂，我们叫"倒仓"。我说："不是吧，别人'倒仓'不是这个样子的？他们起码能说出话来，我为什么就不能？"他说："因人而异，因身体而异，当然不一样了。"我有些不相信地问他："为什么我倒得这么厉害？"他说："慢慢变的叫'软倒仓'，突然变的叫'硬倒仓'，民间俗称'鬼倒仓'。你这还不算最厉害的,有的人在倒仓的前些天伴随着忽冷忽热、出汗、打哆嗦等症状。"我说:"那我怎么治疗?"他说:"不用治疗,回去后好好休息、加强营养、保护声带、适当禁声。"我说:"得多长时间能倒过来?"他说:"少则两三年,多则四五年。"我的心里甭提有多窝囊了,肩部锁骨摔伤还没好利索,又添了个"鬼倒仓",这可真是,倒霉他妈给倒霉开门——倒霉到家了!

谁料,还有更倒霉的事情在等着我。那年初春的一天上午,我被学校教导处的一个负责人叫去谈话。他说,鉴于我的伤病和自身情况,经学校领导研究决定,让我回家休养治疗,以后根据我的恢复情况,学校再考虑我的学业问题。

那个时代的孩子真是太老实、太听话了,听了这个"领导决定"只痛哭了一场,然后扛着行李回家了;那个时代的大人也真是太老实了,爸爸看到自己的孩子受了委屈,也只是安慰和叮嘱了几句,然后就骑着自行车上班去了。

按着戏班行话讲,这是我第一次"抱蹲"。

有句话说,人一定要受过伤,才会有沉默和专注。无论是心灵上的还是肉体上的创伤,对成长都会大有益处。也有句话说,上天完全是为了坚强你的意志,才在道路上为你设下重重阻碍,逆风方向更适合飞翔,不怕千万人阻挡,只怕自己投降。

禁声不禁功,养伤不养懒。把边门外北运河南岸的草地当作练功场所,是海中山几经考虑后为我做的选择。一是这块地方空气新鲜,环境幽静,属于有河、有水、有土丘,没有闲人来逗留的荒郊野外,尤其青稞子起来后,这里三步不见人,五步不见影,即使你翻跟头、打把式,也无人看得见,任凭你把嗓子喊破了,也无人听得着,就是把跟头翻进沟里,也没人笑话你,更不会有人投诉你扰民;二是离这儿不远的前边的小岔道儿处,是海中山天天送货的必由之路,是他给我说功、说戏,提供方便的最好所在。何况我缠着他学戏的时候,他对我说:"不忙说戏,你先练功走着,'磨刀不误砍柴功'嘛。"

起先,我对"磨刀不误砍柴功"这句话总是懵懵懂懂的。后来,我去问爸爸,在爸爸讲解后才知道了它的含意。

"工欲善其事,必先利其器。"两年间,在海中山"残酷"教授下,我终于学会了"起霸""走边""趟马"等程式动作,还学会了"大快枪""小快枪""小五套""大刀枪""双刀枪"等刀枪把子。同时,在我身上的腰部、手上、腿上、胳膊上和屁股上也有了好几处他"发威"时留下的、好不容易才愈合的伤疤。真是应验了戏班的那句话:"打戏打戏,不打不出戏!"

从此,我每天早晨五点来这里练功。一切按学习的规程走,先是将腿搭在河堤上,踢腿、下腰,然后在河岸小道上"溜虎跳""扎蹳子",即使嗓子不在家,也闷声闷气地说上几句"道白",念上几句"引子",哼上几段"唱腔",练练"张口音"和"闭口音"。一番功夫折腾下来,近一个钟头过去了,海中山就来了,他每天都是这个时候来给我说功。

让我压根儿就没有想到的是,看似老实巴交甚至有些窝囊的海中山,竟会动手打人,而且下手还特别狠,劲头儿也重,打人的家什是手里的刀劈子。真是又准、又狠。"啪"的一下,打在人的腿上、背上、胳膊上,立马涌起一道血印子,渗出一条血斑痕,疼得人龇牙咧嘴。倘若"啪、啪、啪"三家什下去,你不哭出声来,算你小子骨头硬。当然,那个挨打的人就是我。挨打事件发生在海中山给我说功的头一天。

那天,虽然是刚刚春暖花开,但我觉得像已经走进炎热的夏天了。当时,我只穿了一件练功裤,上身穿了一件薄薄的衬衫。练罢踢腿、下腰以后,我又走了几个虎跳,扎了几个蹳子,身上开始出汗了。这时,海中山赶着那辆马车过来了。每天都是这个时间,在他装完第一趟货物，送往地处下洼子的市机电调配站的途中。只有这个时候，是他忙里偷闲为我说功的一个最合适的机会。海中山把马车拴在道边的一棵大树下，走到河岸的堤坝上，为我说功。

只要一说上功，海中山就像变了个人似的。他目光如炬、脸面如霜，手里紧握一把练功用的刀劈子，对我走的一招一式，甚至连一个细节都不放过，要求那叫一个苛刻。稍有一点做不到位，他那带有"炸音"的嗓子，猛然一声断喝："重来！"

他曾不止一次地对我说过："既然你请我来说功，别的我先不管，主要归置你的'起霸''走边'和'趟马'。因为戏班的老先生们常说，要学好'四功五法'，先练'起霸''走边'和'趟马'。"海中山对我说"起霸""走边""趟马"，都是京剧表演艺术中的重要程式动作。咱就先说"起霸"吧，它是通过连续的舞蹈动作，来表现古代武将整盔束甲，准备上阵杀敌的情景，用以烘托舞台上的战斗气氛。"起霸"分为全霸和半霸。全霸又分正、反两种。半套叫半霸，两个人同时"起霸"叫"双起霸"。每出戏中的主要角色，大多用"全霸"，如京剧中《挑滑车》的高宠，《空城计》中的马谡等。"起霸"时只舞不唱。据传明代时期《千金记》一戏中，楚霸王项羽开始使用这种连续的舞蹈动作。后来，人们把这种动作称之为"起霸"。

海中山又讲解"走边"。他说，"走边"又是一种重要的京剧表演形式，这种成套的连续的舞蹈动作，专用于武戏中，大多表示剧中人物夜间潜行、靠路边疾驰的动作。单人独行如《林冲夜奔》叫"单走边"，两人同行如京剧《清风寨》中的李逵与燕青叫"双走边"，也有多人齐舞的集体"走边"，如京剧《四杰村》的黑旋风李逵等。"走边"时唱"曲牌"的称为"响边"，否则称为"哑边"。还有另外一种说法是，用锣鼓伴奏的叫"响边"，仅用堂鼓伴奏的，如京剧《雁翎甲》中的时迁，那也叫"哑边"。

海中山说到这停了下来，对我说："哎，我说小子，你先别跟着比画，要记住它的意义和作用，这比你做十遍都重要。"

他见我记住了，又继续说"趟马"。"趟马"又称"马趟子"，同样是戏曲中重要的一种表演程式动作。通过成套的连续舞蹈动作，表现打马疾行。一般都是单人"趟马"，如京剧《连环套》《十三妹》和京剧《樊江关》中的薛金莲的出场；也有双人"趟马"，如京剧《打孟良》和《杨排风》等戏，在下场中都使用了这种"趟马"。当听完了海中山的讲解，我心里一阵窃喜。自入省戏曲学校以后，我天天必练这三种功。所吃的苦和受的累，不必细说，光练功鞋都磨破十多双了。何况省戏曲学校的教功老师，大都是来自全国各地的著名京剧名家。此刻，我巴不得在海中山面前显摆一下自己的能耐哪！可是，事与愿违，我却闹了个烧鸡大窝脖。

海中山看了我的"走功"说："嘿，小子，你按《挑滑车》中的高宠上场'起霸'的路子再走一遍给我好好看看。"

开始，我侧背着身子，手拎着靠牌，嘴里念着"四击头"的家伙点儿"呛、呛、哒叭、呛、嘟儿……"，出台"亮相"。凡是能发挥自己特长的功夫，我都用上了。尤其是"双骗腿儿"接着走"月亮门儿"。高高的一个"骗腿"抬起，我的脚尖儿贴着自己的额头上划过，心里还没忘记给自己喝着彩。

这时，让我没想到的是海中山的一声厉喝："回去。"我愣了一下说："怎么了？"他说："什么叫怎么了？回去重来。"我说："你告诉我怎么了？我再重来嘛。"他还是满脸冰霜地说："别那么多废话，叫你回去重来，你就回去重来。"

我只好走回去又念着家伙点儿走了一遍。海中山问我："小子，你在第几声打锣里出场？"我说："在'四击头'的第三声打锣里的'呛——台'时出场啊。"他说："干吗要往后押两小节？"我说："当初老师就是这么教的，死规矩。"他说："规矩是死的，可人是活的。"我说："老师说无论死活，都必须这么演。"他说："我们演戏是给活人看的，得符合剧中人物的特点。"我说："剧中人物高宠，是一个久经沙场的战将，作战经验十分丰富，具有沉着冷静、不慌不忙的性格，所以'起霸'时往后抻了两小节。"

海中山说："这是谁的观点？"我说："这是我们老师的观点，后来转化成了我的观点。"他说："你们老师是谁？"我不含糊地说："戏班里人称活高宠的高老师。"他说："不管活高宠也好，死高宠也罢，这个观点是错误的。"我说："错在哪儿了？"他说："高宠一不是统领全军的元帅，二不是打头阵的先锋，只是岳飞手下的一员虎将，当敌军用滑车轧死宋军大批人马时，他为了拯救弟兄们的生命才义愤填膺、请命上阵、力挑滑车的，怎么会四平八稳、慢慢腾腾的哪？他应该急不可待地奋勇杀敌。在'起霸'中，不应往后抻，应往前冲，更不应该为了卖弄技巧把'双骗腿儿''月亮门儿'都用上。"

我低头想了一下，觉得他说的也有些道理，但还是有些犹豫，就嘟囔着说："有不少名演员也都是往后抻着走的嘛。"他说："那要看他扮的是什么角色啦，还有的'起霸'一直抻到'四击头'打完后，在'回头'中出场的哪。据老戏骨们讲，京剧大师裘盛戎在《姚期》一戏中的起霸，打完了'四击头'不出来，之后打完'回头'还不出来，一直等到'家伙点儿'长了调门儿，才从里面迈出一条腿来。他一是体现姚期老将军年迈苍苍的身体状况，二是借机突出一下戏份儿。有的人说他是要卖弄一下'派头儿'。人家有这个'派头儿'可卖。可是，你是谁啊？你有这个资格吗？"我被他说服了，又走回原地去重新"起霸"。可是积习难改，一抬腿又错了。然而一步错导致步步错，在整个"四击头"里，没有一步踩在点上。

谁料，海中山猛的一刀劈子打了下来。"啪"的一声把我的右大腿打出来一道鲜红的血印子。这一疼痛，一紧张，我又连续两次出错。他手里刀劈子又"啪啪"地落在我的后背上和胳膊上。

一条条鲜红的血印渗出血来。我不出声、不喊痛、不流泪，直到等到他不打了。我说："这是新社会怎么还兴打人哪？"他说："新社会不假，但戏是旧社会流传下来的。'打戏打戏'不打就不出戏。"我说："你打的是我本人。"他说："我打的是宋朝岳家军虎将高宠。"我说："那是我扮演的角色。"他说："谁要你非要唱戏哪？谁要你非要扮演这个角色呢？"我说："你为什么下手这么狠？"他说："下手越狠打得越疼，打得越疼让你记得越深，记得越深以后你取得的成绩就越大，成绩越大你台上的获得和掌声就越多，喝彩声就越响。我就是要你记住'戏中自有黄金屋，戏中自有颜如玉'。小子，我看你是块好材料，今天就让你好好地长长记性！"我说："你还不是我师父，就下这样的狠手？"他说："我是不是你师父没关系，但这戏是我给你说的，你这活儿不是那么回事，有人问起的时候，我丢不起那个磕碜！"

我身上一阵剧烈地疼痛，"咕咚"一下子坐倒在地上。海中山走到我跟前将手伸过来要搀扶我。我猛的一下扒拉开他的手。他说："好小子，有种，男子汉就得有点血性。"我仍然坐在冰冷而潮湿的地上一动也不动。

海中山将挂在小树叉上的衣服摘了下来，抖落了几下说："真感情是打不散的，假情意即使不打，早晚也会散。你今天好好地想一想，如果还认我的话，明天我还来这儿为你接荏儿说功，如果你明天不认我了，那咱们的情意到此为止，权当你没有认识我这个哥哥。"

海中山说完话，又使劲儿抖落了几下衣服披在身上，上了大道。他解下拴在大树上的马车，大喊了一声："驾——"

那辆马车发着"吧嗒吧嗒"的声响走远了。不知道是身上的疼痛，还是心上的疼痛。夜里，我辗转反侧、彻夜未眠。好不容易熬到天蒙蒙亮，我就悄悄地起床，早早地来到北运河岸的练功场上，等候着海中山，我生怕他从此以后不再来这儿了。

终于，把他等来了。还是以往那个时间，他像往常一样，把马车拴在道边的大树上，先是朝这边望了望，然后向河岸边走来。我急忙迎上前，傻傻地看着他，不知该说什么。他朝我旁若无事地笑了笑。我上前抓住他的手："我以后不叫你二哥了，我想拜你为师，称呼你老师行吗？"他打量了我一会儿说："不行，绝对不行。"我说："为什么？"他说："古人讲：'师者，所以传道受业解惑也。'我哪有那能耐？除了唱戏外，我百无一用。何言为师？再说，我已是犯过前科的人，真要扯上师徒关系的话，会给你带来影响的。"

海中山说着，从衣兜里取出来刚从药房买来的止痛膏和红药水，分别为我敷在腿上、背上和胳膊上。敷完后他对我说："千万别让伤口感染了，那样就会像我一样了"。说着，他撸起自己的衣服给我看。只见他的腿上、背上、胳膊上一道道伤疤，一条条印痕，横七竖八地交错着。有的竟在阳光照射下发着紫红色的光。原来"打戏"二字，已在他的身上开了先河。我开玩笑地说："怪不得你打人时候，是那样地既准、又稳，还特别狠，一点情面也不留，原来你早已饱尝了这挨削的滋味啦！"

"哈哈——"我们俩同时大笑起来。

又是一年花开时，海中山不但把"起霸""走边"和"趟马"等几套重要的京剧程式功，给我教了个边边式式，还为我传授了两出大戏。戏码是，《草桥关》《铁笼山》；角色是，一文一武、黑红二净。

每天的这个时候，我才擦去身上的汗水，迈着轻盈的脚步回到家里吃过早饭，然后走到图书馆里独坐一隅，细细品阅着有关文化艺术的图书，重点研看中国戏曲之类的文章。日复一日，风雨不误。

我每天上午九点半开门即入，手里拿着笔记本边看边记，融入于心，经常忘了吃午饭，一看就是一天。甚至到闭馆关门时还浑然不知，常常被工作人员撵出门来。

每天晚上是我最开心的时候，开心中伴随着紧张、激动，并有期盼中的忐忑。那就是守在剧场门边寻找"蹭戏"的机会。

所谓"蹭戏",就是不花钱、不买票的意思。要不然我这个身无分文的穷孩子,到哪里去弄钱?当然,无论是到图书馆看书还是到剧场"蹭戏",都有着不同寻常的经历和惊心动魄的境遇。

这些日子,图书馆发生了一件怪事。馆里经常丢失图书,丢失的大都是些有关戏曲类和文艺类的新书。怪就怪在已经丢失的图书,隔两三天后,又完好无损地回来了,致使图书馆的工作人员相互猜疑,认为是内部有人把书拿回家里,给家人看完后又把书送了回来。图书馆早有规定,内部员工不准将图书及一切公家物品带回家中,对违反规定者,按情节轻重予以处罚,大会警告、点名批评,对屡教不改者将予以开除公职。虽三番五次地警告,接二连三地批评,但有的图书照丢不误。事后两天,此书不撕片、不丢页,完好无损地又出现在书架上面了。他们在大呼"见鬼了"的同时,把疑点转移到我的身上。

那天下午五点,我还在《裘盛戎京剧艺术》的情景中徜徉,这时,一个叫景荣的图书管理员,按响了阅览室的铃声。他一边按铃一边大声说,闭馆了,请大家退场。景荣开始整理桌凳、收拾卫生,阅览室里的人们向外走去。唯有我坐在那里没有动弹。景荣敲着阅读的桌子说:"快点走吧,要下班了。"

"哦,还差一页没看完。"我说。

"明天再来看吧。"

"每天不是五点半下班吗?"我指着墙上的挂钟说。

"今天有特殊情况。"

"就差几行字啦。"

"你这孩子怎么不听话?"说着,他转过身去用拖布擦地。趁此机会我将那本崭新的《裘盛戎京剧艺术》一下塞进了怀里,拿起桌上的一本《中国戏曲的起源与发展》放在书架上,快步向阅览室的门走去。身后的景荣一声猛喝:"站住!"我站在那里,头也不回地说:"有事吗?"景荣说:"你把什么揣进怀里了?"我说:"什么也没有揣。"景荣走到我跟前盯着我的前胸说："你怀里怎么鼓鼓囊囊的？"我说："原本就是这样子的。"他说："怎么个原本？"我说："原本就是原先呀。"他说："就是说你生下来就是这样？"我说："对呀。"他说："原来你是'鸡胸'呀？"我说："可能有点吧。"他说："我怎么没看出来呢？"我说："那会儿你也不认识我啊。"他说："我早就认识你了。"我说："早就认识我是啥时候？"他说："从你第一天来这里看书的时候。"我说："是吗？"他说："当然是了。"

说着，景荣的手一下子伸进我的怀里，用力往外一拽，只听"刺啦"一声，那本崭新的《裘盛戎京剧艺术》的封面，撕开了一个大口子。他不心疼，我可心疼了。我说："哎呀，你干什么把这么崭新的书给撕坏了？"他说："我愿意，书是我们的。"我说："书是国家的。"他说："是国家的你就偷书？"我说："我没有偷。"他说："没偷揣进怀里干什么？"我说："在这儿没看完，拿回家去接着看。"他说："那就是偷，怪不得前些天总是丢书？原来都让你给偷走了。"我说："前些天都丢了什么书？"他说："有《梅兰芳舞台艺术》《中国传统戏剧简论》，还有小说《林海雪原》《红岩》《野火春风斗古城》《铁道游击队》《烈火金刚》等多得去了，连外国小说《静静的顿河》《茶花女》都丢失过。"我说："那这些书不是都还在书架上放着吗？"他说："偷完了又给拿回来了。"我说："那叫偷吗？据为己有才叫偷。"他说："拿走就叫偷。"我说："有丢有失叫丢失，丢而不失能叫丢失吗？"他说："从这里把公家的东西拿回家都叫偷。"我不屑一顾地说："你那叫以偏盖全。"他说："我管不着那些，只是想问问，你这小小年纪跟谁学的？"我说："是跟你学的。"他瞪大了眼睛说："跟我学的？你血口喷人，什么时候跟我学的？"我说："一个月前的傍晚，你的自行车慢煞气，你下班后就把公家的气管子拿走了，自行车骑一段路，你就下车打几下气，一直打到你家门口，你连自行车的气管子都拿到你家里了，这不能说你偷了公家的气管子吗？"景荣惊讶地看着我说：

"这事儿你咋知道的？"我说："那天因为顺道我就跟在你的后面来着。"他急头白脸地说："我那是纯属偶然。"我抢白说："事情的性质都是一样的，怎么发生在你身上就是偶然，发生在别人身上就是必然哪？"他说："你总跟着我干吗？"我说："实话告诉你吧，我是怕你车子坏在半路上，你一个人搬不动，好帮你抬车。"

他"吭哧"了好半天，也没说出一句话来。我拿过那本书，轻抚着撕开了的口子，向他深深地鞠了一躬说："景荣老师对不起，是我错了，以后我再也不这样做了！"景荣慌忙地向我回了一个礼说："小同学对不起，是我的态度不好，以后我坚决改正。"

当两只手紧紧握在一起的时候，我们都笑了起来。他说："有个让人纳闷的事，请告诉我，你把书拿回家以后，为什么又把它悄悄地送了回来？而且把书上污渍擦干净了，有的折页损篇也修补好了？"我说："是为当天把书读完，我读书特慢，一边看一边琢磨。有的重点章节和语句，还要用笔记录下来，所以只有拿回家才能看完。"他说："第二天再来看不行吗？"我说："不行，夜里一宿也不能睡觉了。"他说："为什么？"我说："书里的那些人物和那些情节，在我脑海里跟我诉苦，同我打架，有的人物活蹦乱跳，有的翩翩起舞，搅得我六神不安。"他的目光在我脸上凝视了好一会儿。对我说："我理解了，今晚你还是把这本书拿回家吧。"

不知为什么，此刻我却犹豫起来。见我这样，他又说："要不你写张借书条放在这里也行。"我高兴地写了张借书条交给了他。他拉住我的手说："咱俩的这些事儿，千万别跟别人说。"我拍了一下他的手说："必须的。"从此，我和景荣成了很要好的朋友。我在这个图书馆看了三年的书。直到我离开北阳十多年后，这个图书馆仍然存在，不过，来这里看书的人却寥寥无几了。有意思的是，那年趁回乡看望父母与亲戚朋友的机会，我又体验了一次当年的生活，扮演了一个读者的角色，来追寻自己少年时期的影子。

那天，我坐在阅览室里，在自己曾经雷打不动的南面窗子下的座位上，坐了很久很久，也想了很多很多……那里一切物是人非，景荣不知道哪里去了？打听过好几个图书管理员，他们都不知景荣是谁？最让我没想到的是，当初我读过的那本《裘盛戎京剧艺术》还孤零零地立在书架上，只是它的书页已经卷角、纸张泛黄了，封面上被撕破的那道口子上，还留着当初我用胶水粘补过的痕迹。

我的"蹭戏"经历没有惊心动魄的故事，也没有引人入胜的情节，但却让我终生不能忘记。

以前我看戏，是用自己到铁道北的垃圾站捡拾垃圾卖的钱来买戏票的，有时还用来买书、买学习用品。后来，这个垃圾场挪到十多里外的沙子坑去了，就此断了我的来钱路。之所以"蹭戏"，一是我渴望学戏、增长技艺；二是囊中羞涩身无分文。开始时，我把妈妈让我去"聋子小铺"打酱油、买醋、买盐或者买姜、葱、蒜、花椒、大料等食材佐料时，扣留下的几分几角的钱凑起来，买一张戏票。

那时的戏票分为甲、乙、丙、丁四个等级。甲票五角钱一张，乙票四角钱一张，丙票三角钱一张，丁票是站票两角钱一张。只要我给妈妈去买三四回食材佐料，就够买一张两角钱的丁票来看一出戏了。剧院通常是一出戏能上演一个星期。正好和我家买食材佐料的时间相同，只要看完这出戏，就设法积攒下出戏的戏票钱。妈妈并没有发现我的克扣行为。

可是，后来剧团觉得不够本，戏演着演着就出幺蛾子，他们改成演"连台本戏"了。这"连台本戏"就像时下的电视连续剧似的，每天只演一出戏，或者叫一本戏，连续演个四五天，或者五六天的样子，再连演下一本。这下可把我坑苦了。不看吧，剧情感人舍不得、放不下，看吧，家里的食材佐料没有用完，没法儿使用那种克扣招数了，急的是无钱买票，弄得我抓心挠肝地难受。

有一天，情急之下我总是问妈妈，咋还不去买醋、打酱油呢？

谁料这下把妈妈给问毛了,她估摸这里面有问题,就亲自去"聋子小铺"问问清楚。我不知道"聋子小铺"的聋子是如何跟妈妈说的,从此,凡是买这些东西的事,都是妈妈亲自去办,再也不让我去买什么食材佐料了。

积习难改,是我从看唐韵笙的戏开始的。唐韵笙是享誉国内的著名京剧表演艺术家,素有"南麒北马关外唐"之称的大角儿。他唱、念、做、打无一不精,善演文武老生,红净一角儿尤为出色。他戏路宽,台缘好,代表剧目有《铁龙山》《艳阳楼》《刀劈三关》《古城会》等,反串《法门寺》的刘媒婆角色也令人叫绝。后来,他自编自导和自演了《驱车战将》《好鹤失政》《闹朝扑犬》等以列国故事为题材的剧目,大多以唱念并重、文武兼备,别具特色。接着,他又创作演出了新编历史剧《郑成功》《詹天佑》《云罗山》等戏。

我也弄不清楚自己是养成了好习惯还是恶习俗?虽然没钱看戏,我也喜欢在剧场门前转悠。与其说是从门缝里传出来的丝竹管乐和锣鼓铙钹的声音,使我兴奋不已,莫不如说是散戏后,人们兴致勃勃地谈论着剧情中的人物、情节、唱腔、念白,让我欣喜若狂。这个时期,我的知识和对戏的了解,大多是混迹在观众的人流中,听到的和学来的。

一天晚上,京剧《郑成功》已经开戏十多分钟了,我正在剧场外边的东墙下,把耳朵紧贴在墙上,听着里面的动静,因为这旮旯儿是离舞台最近的地方,能隐隐约约地听见剧场台上的念白和唱腔声。

这时,从十字路口匆匆走来一个五十多岁的男人,他边走边借助路旁的灯光,看着手中的戏票。好一会儿,他也没看清楚,就招呼我说:"小朋友,这边的光线太暗,你帮我看一下票上是几排几号好吗?"我看了一眼戏票,告诉他是楼下六排十六号。他竟高兴地拉住我的手说:"六排十六号,六六大顺哟,好好幸运、好好吉利的数字。"瞧他那个高兴劲儿,好像这幸运吉利的数字,是我给他带来的。

趁着他的兴头，我说："祝您幸运连连、吉利永驻。"他使劲儿抓住我的手不松开了。他说："今天我在八王寺占了一卦，卦签就在这里。"说着，他从兜里掏出一张金黄色的纸签来。上面写道：

　　十字路口往东走，
　　琴瑟笛箫梨园柳。
　　夜沉自有吉星照，
　　莫使妙音空守候。

那男人准是把我当成幸运和吉利之星了。他紧紧地抓住我的手，好像怕我跑了似的。他大声地说："就是你了。"我一脸懵懂。他说："走，我们先去看戏吧。"我说："我可以叫你伯伯吗？"他说："当然可以了。"我说："伯伯，我没有戏票啊。"他说："我这儿有。"他从兜里掏出一张戏票塞到我的手里。我一看两张戏票紧挨着，这张是六排十五号。我高兴地蹦起来说："哈，今天我终于能看上戏了，谢谢您。"他说："如果你喜欢，每出戏都可以来看。"我噘着嘴说："家里没钱给我。"他说："我可以给你买票的。"我说："谢谢伯伯，你家住哪儿呀？"他说："离这很近，五分钟就到了，买票挺方便的。"我说："伯伯贵姓？是做什么的？"他说："我姓肖，是做特业工作的。"

我实在不晓得特业工作的含义，就不再问了。我们走进剧场，坐下来看戏。可是时间不长我就看不下去了。不是唐先生的艺术不好，也不是舞台效果不佳，而是我根本看不明白台上的演员唱的是什么？说的是什么？做的是什么？表演的又是什么？

我如坐针毡一般的感觉被肖伯伯觉察到了，他笑着说："看不下去了吧？"我笑了笑没有说话。他说："你看不下去的原因是你对郑成功这段历史不清楚，对这些人物不了解。"于是，他指着台上的出场人物和剧情发展一一给我讲了起来。以前我都是坐在剧场里看戏，而这次却是听人给我讲戏：

郑成功本名森，又名福松，字明俨，号大木，是福建泉州南安人，祖籍在河南固始。汉族，是位明末清初的军事家、抗清的名将，被人称为民族英雄。他的父亲叫郑芝龙，母亲田川氏。弘光时期任监生，隆武帝赐明朝国姓朱，赐名成功，并封忠孝世称"郑赐姓""郑国姓"，又因蒙永历帝封延平王，称"郑延平"。

清顺治二年，弘光元年，清军攻入江南不久，郑芝龙投降清朝，田川氏在乱军中自尽。郑成功率领父亲旧部，在中国东南沿海抗清，成为南明后期主要军事力量之一。曾由海路突袭包围清江宁府，终遭党政军击退，只能凭海战优势固守泉州府的海岛厦门、金门。清顺治十八年，率军横渡台湾海峡，翌年，击败荷兰印度公司在台湾大英的驻军，收复了台湾。有《延平王集》行世。郑成功死后，台湾民间陆续建立庙宇祭祀，其中以台湾南延平郡王祠最为著名……

大幕在一片热烈的掌声中落下。当我握着肖伯伯的手，向他道谢并说"后会有期"时，他对我说："艺术没有止境，你年纪很小，不要轻易说'后会有期'，要抓紧时间学习，想做的事情马上做。下个星期天的晚上，是唐韵笙先生上演的下一个新剧目《詹天佑》，同样是不可多得的一部京剧艺术精品，你还来吗？"我毫不犹豫地说："一定来的。"他笑了笑说："还是那个时间，还在剧场的东墙下，我等你。"我向他鞠了一躬说："谢谢肖伯伯。"连我自己也没有想到，此后，我迷上了唐韵笙，成了一个地地道道的"唐派"迷。可是，如约而至的那天晚上，却发生了一个意外。开戏已经过了二十多分钟，还不见肖伯伯的身影。我站在剧场的东墙下，焦灼地等待着。又过了一会儿，从十字路口匆匆忙忙地走过来一个身材瘦小的中年女人。她走到我跟前说："你是晓星吗？"我说："是的。你是哪位？"她说："我是替肖伯伯给你送戏票的。"我说："你是肖伯伯的什么人？"她说："我是你肖伯伯的一个亲戚。"我说："肖伯伯怎么没来？"她说：

"他有急事去外地了。"我说："肖伯伯什么时候回来？"她说："没有准时间。"我说："他去哪儿了？"她说："我也不知道他去哪儿了，反正好远好远的。"说着，她把一张戏票递到我的手里，转身走开了。我追了几步说："是不是家里出了什么事情？"她转过头说道："也许以后你会知道的。"

我拿着那张戏票进了剧场。糟糕的是，我一直入不了戏，满脑子都是肖伯伯的影子。

第三章　河边练功偶遇王小雅

倒仓莫要急，
如同鬼猜谜。
提心又吊胆，
不死扒层皮。

两年时间过去了，我的嗓子还在"仓门儿"上待着。想要喊喊嗓子调调腔吧，嗓子破破拉拉地发不出声来，找不着调如同声带撕裂一般。如果不喊声不调嗓，又担心腭骨下垂、声带闭合不严等问题出现。每天只能打打把子、练练武功、走走身上，弄得我难受极了。

戏班里常讲："冬练三九，夏练三伏。"这两个季节正是出功的好时机。

那天，正是三九的第一天。清晨五点多，我顶着嗖嗖的北风，来到北运河大浪桥边的堤岸上练功。先是耗腿、踢腿、拿顶、下腰、溜虎跳、扎蹍子，本想翻几个"前扑"，走几个"出场"，但怕在被冻实的土地上翻跟头落地不安全，只好背对着呼呼的北风，小音量地念几句"道白"、打几段"引子"。突然，大浪桥对面坡那边，传来几声"衣——啊——"的喊嗓声。接着，一阵旦角儿的"西皮摇板"和"念白"声音传了过来：

单人独骑下山岭，

不报父仇心不平。

"我，何玉凤。爹爹何纪。在经略七省大将军麾下充当中军官。只因那纪献忠向我爹爹与他子提亲，我父未允，那贼怀恨在心，抓了我爹一个错处拿问在监。唉，谁想我爹一气在监牢丧命。又恐怕他陷害我母女性命，故此叫乳母、丫鬟扮作我母女模样，扶着我爹爹的灵柩转回原籍。是我保定老母远奔他乡，找个安身之处，容我单身好寻找纪贼与我爹爹报仇，故此将何玉凤的玉字拆为十三两字，改名十三妹。幸遇一位侠义的老英雄叫邓九公，将我母女收留安置在青云山庄居住，倒也清闲自在。不想老母上月忽得重病，医生说必须用些人参、肉桂等药方能痊愈。怎奈我手中空乏，又不好对师父言讲，无奈骑着这匹乌云盖雪的驴儿走下山来，一是打听仇人的下落，二是演习演习武艺，顺便再劫些不义之财，好与老母调治病症。看天色不早，就此紧紧加鞭。"

催动驴儿趱路径，
常把父仇挂在心。
……

哎哟，我心中不由一愣，这是谁呀？把个一大段的道白，念得抑扬顿挫，层次分明，错落有致。京剧的"四功五法"虽然把"念"排在第二位，但又有"千斤念白四两唱"之说，可见念白的重要性。京剧念白的文学性是极强的，不亚于小说或影视剧中的精彩对话。京剧大师梅兰芳、马连良、周信芳等人，且不说他们的唱腔柔美，单说他们个个都是以念白见长。据此，我敢肯定地说对面大浪桥坡地的这位练功者，是一个有功底、有修养、有艺术造诣的京剧旦角儿。她那精妙入神的道白和拨人心弦的唱腔，让我情不自禁地大喝了一声：

"好——"我这一声喝彩,对面的唱念声音戛然而止,犹如一颗石子投进河里,荡起一层波纹后再也没有动静了。我不敢出声,平心静气地等候着那美妙的声音再次响起。可是,除了传来的嗖嗖的风声外,别无其他声响。我忍不住地一溜小跑地绕到对面坡地上去看个清楚。看到的是大浪桥墩下面的雪地上,留下一片散乱的脚印。正当我站在桥墩下面,琢磨这片脚印是什么人留下的时候,忽听岸上有人呼喊着我的名字。我探出身子一看,原来是大山和祥子。三年不见,他俩的个头儿蹿起了一大截,两个人都比以前胖了不少,尤其是大山,胖乎乎的浑身都是膘。

我有些意外地说:"大山、祥子,你们怎么到这儿来了?"他俩说:"你没在家,我婶说你在这儿练功哪,我们就到这儿来找你,可是在这蹓摸好半天了,愣是没找到你。我们正往回走时,正碰到王小雅从河沿的对面过来。听王小雅说,大浪桥下有个练功的不知是什么人,我俩猜肯定是你,就找到这来了。"

"哪个王小雅?可我不认识这个人呀?"

"我们也是刚认识没几天,正要告诉你这个事哪。"

"什么事?"

"当然是个好事啦。"

"我这两年挺点儿背的,哪有什么好事?"

"市里成立了一个大众京剧团,最近就要开张演戏,眼下正缺演员哪。"

"我这嗓子还没倒过来,这胳膊也不太好使,来不了什么大活儿。"

"人家行当俱全,不缺演大活儿的。"

"那缺干什么的?"

"就缺跑龙套的。"

"什么?要我去跑龙套?"

"就凭你现在的状态,论唱,你大气不哈,论打,你摔伤后手脚不灵,你不跑龙套还能干什么?"

"大众京剧团的事你们听谁说的?"

"啥叫听谁说的?我俩都跟着排了好几天的戏了。"

"你俩演的什么活儿?"

"当然也是跑龙套呗。"

"你是说那个王小雅也和你们在一个团?"

"王小雅在团里可不是跑龙套的。"

"她是干什么的?"

"人家是团里最年轻的角儿。"

"噢……"

"你到底去不去呀?"

"那就去试试吧。"

本不想去的我,自己也不知道为什么,这时却一口答应了。从此,我在大众京剧团干起了底包。

那年北风刮起的时候,冷冷清清的北市场多了几分人气。北阳市剧场门前的灯火铮明瓦亮,售票处早早地排起了一字长龙。宣传窗上一幅大型海报映入人们的眼帘:北阳市大众京剧团成立纪念日演出剧。

      演出时间:11月7日至11月10日(每晚七时)
      演出剧目:《群英会》
      主要演员:王小淑 张玉图 周学立 纪秉义 趋大鹏

      演出时间:11月11日至11月14日(每晚七时)
      演出剧目:《失空斩》
      主要演员:王小淑 张玉图 党国鹏 路山水

演出时间：11月15日至11月20日（每晚七时）

演出剧目：《红楼二尤》

主要演员：可英华 王小莲 王小雅

  前台人群熙熙攘攘络绎不绝，人们在高谈阔论，笑说热议，大有爆棚之势。后台演职人员一直处在极度的紧张和亢奋之中，或笑语欢颜，或击手相庆。加之业内同行与相关领导前来看望的、祝贺的、探班的、走访师友的……真是一片热闹非凡的景象。开班唱戏的第一天，要说最忙最累最操劳的要数一个年轻的女人，这女人三十多岁的样子，她中等身材，举止潇洒，说话干脆，办事利落，眼睛不大却炯炯有神，眉宇之间透着刚毅。

  她身为团长，又是导演，还是团里的挑梁主演。这不，刚和文场那边试弦定完调，又与武场这边商议锣鼓经，接着，为几个"串场""钻锅"的演员说罢路子，迎送了一拨拨来看望她的同行、票友、戏迷，又同几个前来搭班唱戏的人谈了意向。她刚刚坐在化妆室定下神儿正要扮戏，前台经理带人过来说，全部戏票已经售完，还有不少从外地赶来的观众看不上戏，要求在座位前后加几个板凳的事儿……嚯，真忙！按她自己的话说，这一天办的事和说的话，都超过她平时干半年的了。她就是京剧名家王小淑。

  大众京剧团以王家班为主。王小淑，河北省人，她生长在梨园世家，是王家班第二代班主王明田的二女儿。王明田共有七个亲生儿女，并收养一名义女，其中，有两个女儿不幸夭亡。大女儿王小静：后台主事、剧务；二女儿王小淑：工文武老生领衔挑班儿；三女儿王小莲：工青衣花衫；四女儿王小雅：工刀马花旦；义女王英：工武生武旦；二女婿张玉图：工花脸，是全国闻名遐迩的京剧演员；七女儿和儿子正在幼年时期，尚未入科学戏。当时在东北一带流传着一段顺口溜：

> 王家戏班是奇迹，
> 关里关外唱大戏。
> 行当俱全自家班，
> 京评梆子没比的。

新中国成立后，王家班积极响应政府号召，私班入公。1958年被当地政府以"支援边区"委派到文化生活尚不发达的吉林省松江京剧团工作，五年后，重新回北阳组建大众京剧团。

也许是王家班影响所及，也许是王小淑的技艺精湛，一个建团纪念演出，如同开山重炮"咣咣"轰响，观众们说，这哪里是纪念演出啊，分明是精彩纷呈、激情四射的好戏打炮啊！

《群英会》是根据《三国演义》第四十五回改编的传统京剧。这是一出以老生诸葛亮、鲁肃，小生周瑜，丑行蒋干，净行曹操、黄盖等角色为主的重头戏，又是一出文唱武打的功夫戏。此剧中，前演诸葛亮后饰鲁肃的王小淑，唱腔高亢明亮，念白悦耳动听，加上那精湛的做戏，让观众一饱京剧艺术魅力。对她的表演，观众报以热烈的喝彩和经久不息的掌声。张玉图的演技也让观众大饱眼福。众人皆醉唯我独醒，我和这些人不但进行零距离接触，还连续观看了三场戏，那叫收获颇丰，真而切真。因为我就站在舞台上，为《群英会》这出戏跑了三天龙套。

这个世界并没有我们看上去那么简单。人各有命，上天注定。有人天生为王，有人落草为寇。脚下的路，如果不是你自己的选择，旅程的终点在哪儿？也没有人知道你会走到哪儿？会碰到谁？这些，都是不尽相同的事。

由于大势所趋和诸多因素，犹如昙花一现的大众京剧团，虽然熬过了一年多时间，最终还是解体了。还好没有什么经济纠纷，也没有留下任何后患，只是团里把一些戏装行头和积攒的物件，作了变卖分发处理，又给每个演职人员发放了工资和路费，全团人员在一家饭店吃了顿散伙饭，便各奔东西了。

从此，王小淑的家里门庭冷落车马稀，洗净铅华耐寂寞。这便是世间常态。可是，他们全家十几口人吃饭穿衣、饥寒冷暖的大事将如何解决？王小淑真的夜不成寐了。

王小淑刚十岁的时候就跟着父亲王明田，走关里闯关外地演出，夜以继日，风餐露宿。王明田望着孩子疲乏难奈的样子，感慨地叮嘱："孩子啊，练好能耐唱好戏，养活好你妈和你弟弟妹妹们，我足可瞑目了。"

那年，积劳成疾的王明田领班到辽西一带演出，一日偶感风寒。开始他并没在意，以为只是头痛脑热的小毛病，没去医院也没瞧大夫，只是沏上一碗红糖姜汤，趁热猛地喝下肚，盖上厚厚的被子，发上一身透汗，然后再睡上一觉，以为就会病症全除。可是，姜片红糖水也喝了，蒙上被子这觉也睡了，不但病症没除反而更厉害了。入夜时分，高烧不退，激烈咳嗽带着血丝，还没等到天亮便没有生命迹象了。孩子们拍打着他僵硬的身体哭，亲友们抓住他冰冷的手号，可是人无回天之术，经商量全团只好撤班回戏。人们租了两驾马车，将班主王明田的遗体运回原籍河北省。事情应验了父亲嘱咐的那句话："练好能耐唱好戏，养活好你妈和你弟弟妹妹们。"

王小淑在几十年风风雨雨里，磕磕绊绊地前行着。她带着全家人，就是这样度过的。生活中，她总感到脊梁上背着一座山，压得她有些喘不上气来。为挣口饭吃，丈夫张玉图去南方搭班谋生，几年没有音讯。可眼下家底耗尽，坐吃山空啊！老娘已过花甲，弟弟妹妹们有的上学，有的在家待业。儿子尚在幼年之中。哪有半点收入啊？明天是粮站下街道"开票卖粮"的日子，没有钱这粮要开不上的话，全家老小可吃什么呀？离下次开粮得四五天，这四五天可怎么活啊？

　　王小淑急出一身冷汗。她一骨碌爬了起来，走到外屋的灶间，在装粮食的小缸里摸了摸，里面的几条粮袋子都空了，只有一条装米的袋子里，剩下两把高粱米。她倒吸了一口凉气，心里想着如何解这燃眉之急。少顷，王小淑又回到里屋打开衣柜，翻动起自己的衣物包裹来，从压柜底的小包里拿出一件"女帔"，禁不住又仔仔细细地端详起来。

　　这件帔是红绸缎制的戏曲服装，为传统戏中的帝王将相、豪绅贵族穿的便服，左右衬襟，胯下开叉，满身绣团寿、龙凤、鹿鹤等金衣团花，有十二、十、八团颜色各不同的花：红、黄、蓝、黑、紫等。红帔常用作官宦、豪门结婚之男女礼服，黄帔上绣有龙凤团花，为帝王、皇后、太后的便服，其他是告老居家的显宦和豪绅官吏家居时的便服。女帔长仅及膝，用法与男帔相同。这件帔是她刚学戏时，父亲为她置办的。

　　王小淑刚学戏时，她只穿了两次便把它放起来，舍不得再穿。可是今天为了娘和全家人的性命，顾不得许多，只好把它当出去了。此刻，她心里有些犹豫，倒不是关键时刻舍不得，她在想自己今天把它送到当铺，明天马上就会蜚语四起。有的说，看看王小淑穷不起，把戏装都当出去了；有的说，瞧瞧王小淑"卖胰子"（行话：失业、穷困潦倒），都卖到这个份上了……戏班里，不光有的人嘴损，"牙子"（嘴损的人）也多，说什么难听的人都有。

　　凡是搞戏曲服装买卖的，大都是干戏班这行的，指不定说出更难听的话来。再说，自己唱了大半辈子角儿，还没有抛头露面地去典当行当过东西哪。找个什么人去呢？外行人去，当铺会蒙人压价，内行人去，一时又没有合适的人选。这时，她的眼睛转来转去，在红色立柜的玻璃镜子旁边停了下来，立柜把手上面挂着一挂"黑三"。"黑三"别名"三绺"。她的心忽的一下亮了,这挂髯口是晓星拿过来跟她学髯口功用的。哎哟,怎么把这茬儿给忘了?让晓星去是再合适不过了。

第四章　求师访友，历数梨园大师

朔风萧萧的北市场，冷冷清清，空空荡荡。我手拎着一个小包，推门走进一个写着"永昌押铺"字样的门市房里。一条又长又高的黑色吧台横在屋子中间，将我隔在台外，台里却没有人。我喊了声："有人吗？"吧台里面露出一个肥头大耳的脑袋，嗯，是个男人。他说："什么事呀？"我说："押点东西。"在那个时期，凡到这里来的交易不能说卖也不能说当，因为"当铺"是旧社会用过的字号，那时只能说押。押的含义就是凡是着急用钱的将东西抵押在这里，半个月内可以赎回，如无力赎回的，就算卖给人家了。

肥头大耳说："押什么东西？"我说："一件戏装。"他说："递过来看看。"我将那个包袱放在吧台上。他打开看了一会儿，两眼盯着我说："这是什么戏装？"我说："是件帔。"他说："什么帔？"我说："女帔。"他说："什么材质的？"我说："上好的苏州绸缎。"他说："何时制衣成装的？"我说："一九四九年初期。"他说："哪个厂家制衣成装的？"我说："王恒泰戏剧服装厂。"

他明里是打量着戏装，不如说在暗中打量着我更加确切。半晌，他说："这件帔值不了几个钱。"我说："给个价。"他说："也就二十块钱。"我说："能再加点吗？"他说："既然你张一次嘴，我也不好意思回绝。顶多二十五块钱。"我说："一件这么好的帔，就值这么点钱？"他说："这帔不行事儿了。"我说："材质没损坏，金线没断头，绣花没磨损，帔面没污渍，怎么就不行事儿了呢？"他说："就是这么个价，你爱押不押。"我把台上的包袱拿在手里说："我再去别家看看。"他说："全北市场只有我们永昌押铺，再没有别家了。"我说："皇寺广场那边还有一家永泰押铺哪。"他有些惊讶地说："你小小年纪，怎么对这行知道得这么清楚？"我说："那你就别管了。"

其实，"押铺"这个词，我是不久前才知道的。前些日子的一个星期天，爸爸休息，带着我去曲艺茶社听京剧清唱段子，路过皇寺广场，看见马路边有个大铜钱图样，上面写着"押铺"。我不明白什么是押铺，就问爸爸，爸爸不但把"押"字念我听，还给我讲了押铺的来龙去脉……

突然，肥头大耳眼珠一转说："小家伙，这帔是你的吗？"我说："我拿来的怎么不是我的？"他说："你从哪里拿来的？"我说："我们家传下来的，咋的？"他冷笑着说："有这样戏装的人家，全城没有几个，除非你家里开过戏园子、组过戏班子？"我说："我们家正儿八经地开过园子、组过戏班子哪。"他说："小子，你姓什么？"我说："姓李。"他哈哈大笑地说："全城组过戏班子、开过园子的共有六家，没有一家姓李的。"说完话，他朝后屋喊了声："小六，快去派出所报个案，这件红帔特像今年春节期间，北阳大舞台戏箱被撬，丢失的那批戏装中的一件。"

那个叫小六的小伙子答应一声，从里屋走出来向门外走。我一把抓起包来，紧跟在那个叫小六的人身后也往外走。肥头大耳说："你别跑！"我说："我一没犯法，二没作贼，干吗要跑呢？"他说："那你干什么去？"我说："去派出所啊。"他说："你去派出所干什么？"我说："去告你们。"他说："告我们什么？"我说："告你们押铺对我进行欺诈、行抢。"肥头大耳也从里面跑出来，拉住我说："小家伙，我可能误会你了，有话咱慢慢说，行不？"我甩开他的手，还是往外走。当我们三个人撕扯的时候，从后屋走出一个男人来。他大声说："都住手！你们是怎么回事？"

肥头大耳和小六都放开我，后退了几步，毕恭毕敬地对那个人说:"经理,这孩子拿了件女帔来抵押,我看有点像大舞台被盗案里说的其中一件,就问了他几句,没想到他就急了,要去派出所告我们,我和小六拦着他不让他去。"那位经理说:"我在这儿都听着哪,不是你让小六去派出所报案吗?"肥头大耳说:"啊……啊……我是让小六去和公安那边打个招呼,生怕咱们收下之后摊上事嘛。"经理说:"怀疑人得有证据,哪有你这么办事的呀?还不快向人家道个歉。"肥头大耳笑嘻嘻地说:"对不起啊,误会你了,小兄弟。"

我还是不愿搭理他,把头扭向外面。经理拍着我的肩膀说:"让你受委屈了,来请喝杯茶吧。"经理把一杯茶递到我面前。不知为什么,我认为这家典当行的人都不好,我啥话也没说,推开门往外走。谁知那个经理一把抓住我的手说:"这小同志怎么有些面熟哪?"我回过头来,不由一下愣住了,说:"啊,你是肖伯伯?"经理也认出我来,惊讶地说:"晓星,是你呀!"

我们俩紧紧地抱在一起。他正是那个给我买戏票的肖伯伯。我说:"肖伯伯,你怎么会在这里呀?"他说:"我就在这里工作,这个店就是我们的。"我问他这几年去哪里了?他说:"没去哪儿,只是生意上遇到了些纠纷,现在已经过去了。"他问我今天到底是怎么回事儿?我把事情的来龙去脉,原原本本地讲给了他。

肖伯伯告诉我,他与王小淑有过多次交往。他说:"既然小淑二姐遇到困难,我理当出手相助。"他让肥头大耳从柜子上拿出五十元钱,连同那件帔让我一并拿回去交给二姐。我说:"那可不行,二姐的性格你是知道的,她是让我来抵押典当的,不是让我来借钱的,这钱我收下了,但这帔你得留下,否则我回去跟二姐没法交代。"

他见我执意不肯,只好让人把那件帔留下,要我回去告诉小淑二姐,无论有钱没钱,可随时将红帔取回去。肖伯伯把我送出门外,要我将五十元钱带给小淑二姐并带个话给她:改日一定登门去看望。我点头应允着,和肖伯伯相拥而别。

屋漏偏逢连夜雨，船破又遭顶头风。正当王小淑带着一家人在逆水行舟的时候，张玉图从南方回来了。这次回来不是休假也不是探亲，而是从南方一个京剧团辞职回来的，本来就生活难的家里更加困难了。好在街道主任是个好心人，她将王家人的窘状反映到公社领导层，街道主任出面跟市劳动局联系了一下，劳动局便向王家人特召了两个用工名额去修建马路，工资标准按一级临时工计算，每天一元八角六分钱，一天一结算，干完活儿就走人。

好事倒是件好事，但是家里人除老的老、小的小外，有上学的、有生病的、有体格不好的……谁能去干这么重的体力活儿呢？这几乎成了件让人难心的事儿。可眼下吃饭断顿、生活断条，不去还真的不行。最后母亲刘素梅出面了，她由矬子里拔大个儿，瘦人中挑胖子，派三女儿王小莲和二女婿张玉图出去干修马路的活儿。

早晨七点半，一队头戴红色安全帽、身穿蓝色工作服的工人们，迎着阳光，顶着烈日，在烤人的热浪中，挥汗如雨地一字排开，"砰砰啪啪"地刨着脚下坚而硬的石块和土层，荡平路面后，又是一铁镐下去，地上"砰"地冒出一溜火星，只划出一道白印。唉，这活儿那叫一个"苦"，再加一个"累"。

听到张玉图回来的消息，是他干上修马路活儿的第二天头上。那天，我在河沿上练完功回家吃完饭，骑着自行车带着那挂"黑三绺"，到王小淑二姐家继续跟她学练髯口功。"髯口功"是老生行当使用的一大技巧，演员在表演时，根据人物的身份、地位、性格和处境，在表达情绪时使出不同技巧运用。常见的有抖髯、搂髯、掏髯、顺髯、甩髯，等等。

一进门，见王小淑二姐正炒菜做饭，灶前灶后地忙活着。我说："难得二姐亲自下厨，有客人吧？"王小淑二姐说："你玉图哥回来了。"我说："太好了，正想找机会让玉图哥给我说说《六号门》这出戏哪，他在哪儿？"王小淑说："和你三姐一块儿去大南边门干活儿去了。"我说："干什么活儿？"王小淑说："修建马路。"我说："那你为谁做饭炒菜？"王小淑说："为他们准备送中午饭哪。"我说："平时谁去送饭？"二姐指着自己说："连做带送都是我一个人的事。"我说："今天放你的假，我替你去送。"她笑着说："那敢情好了。"

稍时，她将两份饭菜分别装进饭盒里，把它们装入一个白色的帆布兜交给我说："你从小北大街出去，奔中街，然后……"我接过帆布兜说："哈，二姐，北阳的大街小巷我比你熟多了。"

说着，我拎过兜子出了大门，登上自行车飞速地朝大南边门而去。

大南边门一处破烂不堪的马路上，果然有百十来号人的队伍分成两路在刨挖着地面。我把自行车停在不远的地方，拎着帆布兜向他们走去。然而，我把两伙人都找了好几遍，愣是没有看见张玉图。我又一个个地过着筛子，不但没有找到他，连三姐王小莲也没看见。

哎呀，这就怪了！踌躇间，一个不大的眼睛从红色安全帽下扫着我说："你要干吗？"我说："找人哪。"他说："找哪儿的人？"我说："找在市政大队修建马路工程队干活儿的人。"他说："你找谁？"我说："找张玉图和王小莲。"他挺直了腰说："你是谁？"我的眼睛继续在人群中搜索着，没怎么搭理他。他端详着我说："你是晓星吧？"我定神一看："哎哟，玉图哥，你好哇！"我大叫了一声上前抱住了他。

这一嗓子，引得那些干活儿的人都停了下来，直盯盯地看着紧紧抱在一起的我俩。玉图哥说："今天你怎么来了？"我说："听二姐说你回来了，在这里干活儿，就替她给你们送饭来了。"他笑着点点头。我说："怎么也没见三姐，她在哪儿？"他说："你三姐在马路那头干活儿，你把那盒饭给她送过去吧。"我转身给三姐把饭送了过去。当我返回来时，听得一声哨子声响起，工头宣布收工开饭。人们仨一群俩一伙地各自找地方吃起饭来。

我和张玉图选在不远处的一棵柳树下，找了几块砖头铺在地上，又捡起几块木板搭在上面，搭成一个长方形小桌，把饭盒和吃的东西放在上面。张玉图说："你来得正好，我真的饿了。"他打开饭盒，闻了闻味道说："好菜好饭。"他要我坐下也陪着他吃。我说："我在家里吃过了。"说着，我从口袋里取出来一瓶北京二锅头和一瓶鱼罐头晃了晃说："好东西在这儿哪。"他说："你二姐不让我喝酒，怎么还带酒了？"我嬉笑着说："二姐不让你喝酒，今天我请你喝，无酒不成敬意嘛。今天我犒劳犒劳你，算是为你接风洗尘了。"说着，我用牙咬开酒瓶盖，瞬间一股浓浓的酒香味儿飘了出来，他的鼻翼抽动着说："好酒好酒，正宗的北京二锅头，在哪儿买的？"我说："知道你们北京人特好这口儿，我绕了个大弯儿，拐到大南副食商店买的。"

我们席地对坐，他吃着菜喝着酒，我陪着他听他说话，跟他唠嗑儿。我特喜欢听他聊天儿，他不但对梨园行的奇闻逸事知道得多，而且生、旦、净、末、丑样样精通。

张玉图先是默默地喝了几口酒，用手抹了抹嘴巴说："我知道你要学《六号门》这出戏，但唱戏容易练功难。先不着急学唱，首先需把基本功打实了，必须开阔视野增长知识，清楚自身所具备的条件，不但要知道'四大须生''四大名旦'是谁，还要知道'五大花脸'是谁，他们的特点是什么，都演过哪些戏码，有哪些创新和出彩，他们都唱多高的调门儿，他们的唱腔是否适合你的嗓子，所以学唱之前必须晓得和掌握这些东西。"

好家伙，听君一席话，胜读十年书。"四大须生"和"四大名旦"我早就知道，甚至连"四小名旦"我也知道，可是"五大花脸"我却前所未闻。张玉图说："根据嗓音条件，你适合唱花脸行当，我就给你说说'五大花脸'吧。"我说："真的不知道还有'五大花脸'一说。"他说："连这个你都不知道，以后唱戏这条道可怎么走啊？"张玉图先呷了一口酒，不慌不忙地说下去。当年，在北京的戏迷和票友中，流传说：

五大花脸震京城，

一个更比一个能。

郝金侯袁好大师，

十净九裘盛戎功。

  见我急于要问，张玉图把手一摆说："别急，听我一个一个地道来。"张玉图认识郝寿臣的时候，自己还是一个十几岁的孩子。他酷爱京剧，但不知道声名鹊起的京剧名角儿郝寿臣是何许人也。他一边上学读书，一边跟着几个京剧界的名流学习京剧。每天清晨，他到家附近的公园儿里喊嗓练唱。当他"咿——啊——"地喊上几句开口音和闭口音后，就开始念"引子"和"白口"。这时，一个头不是很高，身材微胖，肤色较黑的小老头总是站在离自己不远的地方闭目驻足静听，有时点点头，有时摇摇头走开。这个人从不说话。两年以后，这个小老头再也没来公园。有一次他到广和楼戏院看京剧《盗御马》时，发现演窦尔敦的郝寿臣有些面熟。因台上勾着脸没有看出来，在打住戏，演员脱去行头抹去油彩向观众谢幕时，他一眼认出郝寿臣正是在公园里见过的那个小老头。如果按缘分讲，他们算是有一面之缘的。

  张玉图说："为什么要把郝寿臣排在'五大花脸'之首，因为他不但比那几个人年长，出道时间也比那几个人早。"

  郝寿臣原名叫都万通，河北人。出身贫苦家庭。自幼学习京剧艺术，拜李连仲为师，曾取名小奎禄。先唱铜锤花脸，后来改唱架子花脸。早年他常在河北、东北、河南一带演出，后来回到北京，向名家黄润甫、何桂山、金秀山等人学习，技艺长进很大，加上他善于刻画人物，在做功和念白方面尤为突出。演出的京剧《盗御马》《李七长亭》《专诸别母》等，收到好评。尤其是以《逍遥津》《青梅煮酒论英雄》而扬名。他在表演艺术上自成一派，有"活孟达"之称。

郝寿臣演戏严肃认真，最大的特点是善于创造。曾任北京市戏曲学校校长，培养出很多优秀京剧演员，如著名京剧花脸演员袁世海、周和桐等人。他留下的影音不多，有《郝寿臣演出剧本选集》《郝寿臣脸谱集》《郝寿臣铜锤唱腔集》等书刊流行。

张玉图问我："晓星你带笔没有？"我说："干什么？"他说："记下来呀，我讲了半天别白讲了。"

我掏出钢笔和纸，准备把他说的话记下来。他又强调："你记住，郝寿臣的最大特点，就是善于创造人物！"

张玉图喝了两口酒，用手抹了下嘴唇又讲起第二个花脸金少山来。

金少山本名金义，是地道的北京人，满族。京剧花脸名家金秀山的儿子。幼年随父学艺，演架子花脸，后演铜锤。曾与父亲同台演《父子会》《洪洋洞》等戏，锋芒初露。他身材高大，声音浑厚、洪亮，天生一副响亮的嗓子，有"声震屋瓦"之说，"十金大净"之誉。他在父亲创造的铜锤唱腔的基础上，改进了架子花脸的唱功和做功，突破了两者严格分工的界限，突破了对吐字、润腔、气口等技巧的传统运用，也比一般铜锤花脸细致入听，形成了自己的艺术风格，人称"金派"。

金少山演的戏比较多，代表剧目有《草桥关》《盗御马》《锁五龙》《牧虎关》等戏，同梅兰芳合演的《霸王别姬》与杨小楼所演各有特色。金少山由上海回到北京后，同陈少霖、李多奎等人组成"松竹社"，以花脸挑大梁演出的《打龙袍》《断密涧》等戏影响很大。金少山晚年贫病交加，暴殁北京。

张玉图说到这儿对我说："你记住金少山的特点，不是他的嗓子怎么好，也不是他的戏如何如何多，而是在花脸行当上有突破。"张玉图几杯落肚，脸上红润起来。他精神亢奋地讲起了第三个花脸名家侯喜瑞。

南金北郝老侯爷。每当提起京剧花脸名家侯喜瑞的时候，张玉图总是掩饰不住兴奋地说："他给我说过戏，算是我的老师哪！"张玉图虽然没进过专业艺术学校深造，但他很有艺术天分，尤其对京剧花脸行当有着极好的悟性，难能可贵的是他天生一副又高、又宽、又响、又亮的好嗓子，不但音质好，音色也美。十几岁时，已经得不少名家指教。他在京剧花脸《盗御马》中的唱腔"将酒宴摆至在聚义厅上，我与那众贤弟叙一叙衷肠"让人刮目相看，一段"乔装改扮下山岗，山洼一带扎营房"让人点头称好。

那时，曾在北京京剧团挑梁的侯喜瑞，兼职到北京戏曲学校任教，听说北新桥有个叫张玉图的小伙子唱得不错，就让人捎信，让他来戏校，要见见这个后生。张玉图见到侯喜瑞。侯先生问他学过什么戏？演过哪些活儿？张玉图说，演过《盗御马》的窦尔敦，《战宛城》的曹操。侯喜瑞叫来琴师为张玉图吊吊嗓子。别看张玉图人年轻，但不怯场。他先唱了那段西皮导板转原板：

将酒宴摆至在聚义厅上，
我与众贤弟叙一叙衷肠。
窦尔敦在绿林谁不尊仰，
河间府为寨主除暴安良。

侯喜瑞听后点了点头说："《盗御马》唱功活儿在'坐寨'上，做功活儿在'盗马'上。你现在把边走身上、边唱盗马给我来一下。"张玉图接过侯喜瑞递过来的马鞭，边表演边唱道：

御马到手精神爽，
金鞍玉辔黄丝缰。
两旁镶衬赤金镫，

项下的提胸对成双。

认镫板鞍把马上，

扬扬得意我转回山岗。

侯喜瑞看完后说："这孩子唱得真不错，但是这'趟马'缺少了点东西。现在我给你说说这段戏。孩子看看啊，捋马毛，上鞍镫，坐在马背上，扬鞭打马屁股……"

《盗御马》这出戏张玉图唱了一辈子，侯喜瑞和他的这段不解之缘，他也逢人便讲了一辈子。

侯喜瑞是著名的京剧花脸演员。幼入富连成科班先学梆子老生，又师从萧长华、韩乐卿学架子花脸。出科后，拜黄润甫为师，得到实授。他经常与梅兰芳、尚小云、程砚秋、荀慧生、孟小冬同台演出。曾经在富连成科班担当净行和武生教师。那些年，在中国戏曲学院、北京市戏曲学校任教，他教过的学生无数。

"侯派"的工架注重身段矫健、灵活、力感强，手、眼、身、法、步特别讲究，要求膀如弓、腰如松、胸要腆、腕要扣、腿起重、落应轻，强调"力"和"劲"，注重力的美感。他更重视的是"眼法"，认为"眼"是心中苗。侯派在注重唱功的同时，也注重念白。他吐字功深力厚，使唱别有韵味，其演唱特色偏重于沙、低、沉、宽、厚，异常动听。每句唱，都有准确的表现目的，抒发人物情怀，他完美展现了自己从喉部深处发音的特点，使侯派的唱腔深沉而带哑音，宽厚而独具风韵、别具一格。侯派的念白与众不同的是张弛结合，舒疾自如。运用起来得心应手。无论大戏、小戏，大小人物亦如此。他对台词都逐字逐句地分析，语气吐字有棱有角，富于一种韵律美，听起来让人有一种绕梁三日而不绝之感。侯喜瑞的代表剧目有《连环套》中的窦尔敦，《长坂坡》《阳平关》中的曹操，《空城计》中的司马懿，《法门寺》中的刘瑾，《下河东》的欧阳芳等。

张玉图拍了拍我的头说:"你一定要记住,侯喜瑞在舞台上塑造过许多个被群众喜爱的艺术形象,他的创作原则只有两个:一是来源生活;二是真实可信。他常说的一句话是,艺术源于生活高于生活,只有来源于生活的艺术,才是好艺术。他经常对学生们讲:'装龙像龙,装虎像虎。扮戏不是我,上台我是谁!只有发于内,才能行于外。'"

也许是天气太热,也许是酒力所致,张玉图通身是汗。他索性甩去上衣,光着膀子又兴致勃勃地对我说:"戏班里有些人就有一样不好,当面说好话,背后甩狗屎。"我说:"怎么啦?"他说:"对袁世海先生,我就气不公。"我说:"到底咋回事?"他说:"背后对袁先生有不公的评价,主要是人家的架子花脸铜锤唱的一些非议。"

张玉图抹了一把汗,讲了起来。

袁世海先生八岁拜徐德义练功学艺。最初,向吴彦衡学习老生行当,后来入北京富连成科班,向叶福海、裘桂仙、王连平和孙盛文学花脸行当。学习期间一直是技艺超群,学业突出。出科后,先后与京剧梅、尚、程、荀"四大名旦"和李、张、毛、宋"四小名旦"合作演戏,又与马、谭、杨、奚"四大须生"及诸多京剧名家同台竞艺。戏班有"戏不过百"之说,可他演的戏有一百多出。其间,他又创作和改编了很多新编历史戏和现代戏。代表剧目有《群英会》《华容道》《连环套》《将相和》《野猪林》《黑旋风》《桃花村》《九江口》《白毛女》《红灯记》等。

作为架子花脸的代表人物,他的做功扎实、精细、漂亮、完美。他的嗓音宽亮、浑厚,他将自己的特有的炸音,与圆润之音调和使用,听起来刚劲明爽,咬字发音真切清透。他善于运用节奏鲜明的流水板和快板一类的唱腔,表达角色丰富的内心变化。架子花脸和铜锤花脸是净行的两个分支。架子花脸以工架念白表演为主,铜锤花脸又有唱功花脸、黑头之称,偏重唱功。如《二进宫》《大保国》《探皇陵》等戏，架子花脸表演豪放刚劲，情感酣畅饱满。铜锤花脸以唱功取胜。通俗地讲，架子花脸的唱功要低于铜锤花脸，所谓的架子花脸铜锤唱，实质是提高架子花脸的唱功。这个提法，是净行一代名师郝寿臣首先倡导后，经袁世海加强、发展了架子花脸的唱法，完成了架子花脸铜锤唱的美学追求。

架子花脸把自己运用各种表现手段的先后顺序排列成做、念、唱，而铜锤花脸的手段顺序为唱、念、做。架子花脸追求的境界顺序是情、字儿、味儿。铜锤花脸追求的境界是味儿、情、字儿。这就是对郝寿臣先生唱"架子味儿"的准确解释。也就是说，"架子花脸铜锤唱"和"唱铜锤"是有根本区别的。"架子花脸铜锤唱"这一美学思考的实践发展、提高了架子花脸的艺术品位，并没有因"架子花脸铜锤唱"而取消架子花脸的个性。

张玉图说到这儿，戛然而止。他提起酒瓶猛地一口灌了下去，半天不说话了。我问他："怎么了？"他手搭凉棚眯缝着那双本来就不大的眼睛望着天空出神。天上连丝云彩都没有，只有一轮足以把人烤化的太阳。一会儿他"嘿嘿"地笑了起来。我说："你笑什么？"他说："见景生情，想起了一件特别有意思的事，让人忍俊不禁。"我说："怪哉，这么大热的天哪来的'景'和'情'呀？"他说："哎，那景、那情、那人，就是在这么大热天里发生的。"我说："你指的那个人是谁啊？"他说："还有谁呀？当然是当今最值得一谈的、最火的京剧大师裘盛戎啊。"

他的一句话，把我的魂儿都给勾住了，可以说，我是疯狂的裘迷。裘盛戎有特好的艺术，特美的唱腔，还有他的故事，究竟和这么个大热天又有怎样的联系？

张玉图吊足了我的胃口。我说："快说呀！"可是，他把那个空空如也的酒瓶提起来，朝我晃了晃说："酒干菜无，底气不足，再歇会儿就要干活儿了，还是且听下回分解吧您哪。"我说："别介呀，我等不了下回。"可是，他却眯缝着眼睛说："晚上你去我家里，我再给你讲。"我说了声"我是个性子急的人，等不到晚上了"，就骑上自行车蹬出一站多地，在那家副食商店又买了一瓶北京二锅头，还有一瓶牛肉罐头。我知道他爱吃这口。东西拿回来后，张玉图乐了。他拍了拍我的肩膀说："就凭你这份心意，我也得好好地讲给你听。"

张玉图喝了口酒，又夹了口菜，就开讲了。

"那是我在一次京剧训练班上，一天上午，文化宫运动处的足球教练老肖找到我说：'中午十二点，我们训练班足球联队在工人体育场与市同文足球队进行一场比赛。对方是一支攻防能力特别强的足球队，是全市出了名的，尤其是对方的五号队员，不但进攻速度快，而且带球过人技术也十分了得，同文队每次获胜，都是他攻入的球。之所以让你作为首发上场，就是因为你年轻体力好，能跑能跳速度快，攻守技术也很娴熟，要不惜一切力量死死缠住对方五号，不给他留任何机会。'

"同文队的五号球员，三十来岁，个头不高却很墩实，长瓜脸，眼睛不大，却很有神。且不说他的跑动速度极快，带球的能力也特好，开球二十多分钟，球到了他脚下，他的脚腕一翻把球扣住，那球就像被磁场吸住似的，牢牢地粘在他的脚上，三晃两晃就越过我队的后卫线。这时，场外的肖教练急得冲我大喊：'快，快跟住他，坚决不能让他起脚！'

"我心里正纳闷哪，此人个头不高的五号奔跑速度怎么这样快呢？在右边路，他接住一记秒传，用头摆渡了一下，一阵风似的晃过我方两名队员，情急之下，我猛地冲了过去。可是，他将球一拨来了个人球分过。场外的老肖又冲我大喊：'坚决不能让他起脚——'

"我从后面猛地一个飞铲，听得'咔'的一声，对方那个五号一个趔趄朝地上倒去，幸亏他不是等闲之辈，就在倒地瞬间，他膀子一披，就势一个'抢背'翻了过去。若是没有点功夫的主儿，至少也得抬下去拉到医院抢救不可。

"裁判员一声哨响亮出黄牌，给我来了个警告。数十人冲进球场去搀扶五号。有的还大声惊呼着：'先生——不要紧吧您？'五号一个'骨碌毛'爬了起来。还好，没开口子没见红，只是额头鼓起个包。那些人把我围了起来指责：'你这是怎么踢球哪？怎么还带使扫堂腿的？'我说：'我是奔球去的，这脚已经先铲到球了，怕踢就别这儿玩球嘛。'若不是被受了伤的五号拦住，那帮人非揍我不可。

"五号被替换下场处置一下伤情，我也同时被换下场。嚯，人们左一个先生右一个老板地没完没了。当时，我脑子里直划魂儿。

"'切，哪儿来的这么个先生，不就是摔了跟头磕了包吗，全世界踢球的就没一个不摔跟头不磕包的。大惊小怪的，至于吗？'

"我本来一句自言自语的话，被刚才那个要动手打我的小子听见了。'摔跟头在他身上不算什么，但磕出个包来这事儿就大了。'他说。

"'没啥大事，两天就下去了。'我说。

"'一天都不好办。'

"'皇上的二大爷也保不准不出事儿。'

"'那影响可就不好收拾了。'

"'这年头没有不好收拾的事。'

"'晚上的戏票都卖出去了，他可怎么扮戏呀？'

"'我也经常弄成这样过，还不是抹巴抹巴就上场嘛！'

"'你是谁？他又是谁？能这么比吗？'

"'不都是踢球的吗？'

"'你真的不认得他？'

"'我只认球不认人。'

"'那要看你和什么人踢球了。'

"'既然是比赛，不管是什么人。'

"'那可是裘先生啊！'

"'我踢的就是球先生。'

"'算了,我不跟你说废话了。'

"'对嘛,咱们以后再好好在一块儿踢球。'

"'他姓裘,而不是球。'

"'他姓哪个球?'

"'裘盛戎的裘。'

"'什么——他是裘盛戎?不会吧?'

"'怎么就不会?'

"'那么大的京剧大师,会没事来这踢球?'

"'谁不知道裘先生酷爱足球。'

"'知道倒是知道,但不知道他是真裘还是假裘。'

"'不信你去跟他问问呗。'

"'问问就问问。'

"'要是真的怎么办?'

"'好办,若真是,我甘愿送他去医院,药费我全掏,外加请你们大伙吃饭。'

"'这话可是你说的。'

"'君子一言嘛,咱是男人。'

"那小子拉着我走到五号球员跟前说:'裘先生,林子大什么鸟都有,这位愣不知道你是谁?我告诉了他还不信,竟跟我打赌。'那个五号球员站起来说:'在下裘盛戎。'我急忙深鞠一躬说:'哎哟,裘先生真对不住您了。'裘盛戎一把拉住我的手说:'小伙子,你的脚法不错,要不是你的飞铲我就一脚破门了!'

"我手足无措地站在那里不知该说什么好。裘盛戎问我:'还是个学生吧?'我说:'在市青少年京剧培训班学习哪。'他端详了我一会儿说:'嗯,也是个花脸吧!'我腼腆地笑着点头。他说:'大水冲到龙王庙,咱们还是同工同活儿,以后有事到北京京剧团找我。'我一脸懵懂地看着他傻笑。"

张玉图把他的故事说完不再说话，他陷入了沉思，好一会儿又对我说："梨园行中人，不可不知裘盛戎，但令人没想到的是，在舞台上树立了那么多高大、威猛的艺术形象的裘盛戎，竟是一个身材不高的人。正是他的父亲裘桂仙的严格要求，才为他的成才之路打下了坚实的基础。十二岁时他不但基本功扎实，已经学会了二十多出戏。进富连成科班时，本该入'世字科'，因他带艺入科升了一级，就按盛字排在科里。萧长华、孙盛文、王连平为他说教，艺术更加精进。时间不长，许多观众就喜欢上了他的戏。当时，科班上的规矩是，大轴是武戏，倒数第二是生旦戏，他的戏常常被破例地放在压轴。"

事情真是这样的，裘盛戎出科后曾搭班在杨小楼、金少山门下，还同"四大须生""四大名旦""四小名旦"及孟小冬、周信芳、盖叫天、叶盛章、李少春等名角儿同台演出。此间，不想一场不幸，差点改变了他的命运。父亲突发急病逝去，哀痛期间，又因嗓子倒仓，几乎唱不成调、语不出声。他苦闷、迷茫、惶恐，情绪陷入低谷。但他没为艰难而屈服，不因享故而止步，潜心琢磨出"横声竖唱"打通三腔共鸣的发声法。尤其是他把鼻腔共鸣作为演唱的主要共鸣，收到了良好的效果，同时给人们带来了意外的惊喜。

当时，连红极一时的名净金少山，也对他的唱法大为赞扬，并邀他在上海同演《白良关》《草桥关》《刺王僚》等戏，并与他合灌唱片《真假李逵》。其间，他还与周信芳合作了几年，从麟派表演中汲取了艺术营养，充实自己的花脸表演技艺。后来，裘盛戎创立了戎社，首演于北京三庆戏院，首推《铡美案》《战宛城》《连环套》《打龙袍》《牧虎关》等戏。由于裘盛戎的做念精良，唱功新颖独特，每出戏都是场场爆满，喝彩连连。新中国成立后，裘盛戎与谭富英，携手成立了北京太平京剧社,二人共挂头牌合作演出,如新编历史戏《将相和》和《正气歌》《除三害》等。抗美援朝期间,裘盛戎带头赴朝鲜为战士们慰问演出。他屈己和人的高风亮节,为了强强联合,他周旋于马连良、谭富英、张君秋、赵燕侠等京剧大家之间,积极促成了当时实力最强的京剧艺术团体北京京剧团的成立。被人称为全国最佳搭档四大头牌的马、谭、裘、张的北京京剧团,裘盛戎出任副团长。

在这个团里,由马、谭、裘、张、赵轮流唱开场戏或压轴戏,一时成为美谈。同时,他们又以极大的热情创作和改编了大量的传世之作,如《赵氏孤儿》《官渡之战》《铡美案》《海瑞罢官》《将相和》《杜鹃山》等。其间,裘盛戎还创作演出了现代戏《雪花飘》。他对艺术精益求精,开创了脍炙人口的京剧花脸唱腔,被人们称为"裘派"。从此,京剧花脸行当,"十净九裘""无净不裘"的说法由此而生。

张玉图抚着我的头说:"晓星,也许你说我唠叨,也许你嫌我卖弄,都不是,我是告诉你要把别人的知识变成自己的知识,要把别人的能耐变成自己的能耐。"

他说着说着,竟唱了起来:

> 说什么学韩信命丧未央,
> 站进前听老夫改换一桩。
> 先王爷怎比得汉高皇上?
> 龙国太怎比得吕后娘娘?
> ……

我在一旁抚掌击节地拍着板头,他渐渐无声响了。我侧目一看,张玉图竟然睡着了。

这时,午休已过,集合哨响了。人们开始抢镐挥锹地干起活儿来。工头走过来吆喝张玉图。可是,任你千呼万唤,他不再应声。工头着起急来。

"这可怎么办？"工头说。

"他太累了，让他睡一会儿吧。"我说。

"这活儿是一个萝卜一个坑啊。"

"我当萝卜来填这个坑好啦。"

"你——"工头犹豫地瞧着我。

"除了年纪小点，管保干活儿跟他不差啥。"

说着，我穿上张玉图挂在树杈上的粗布工作服，戴上那顶红色安全帽，扛起放在一旁的铁镐，走进修马路大军的队伍里，"砰砰啪啪"地干起活儿来。

第五章　台上"砸锅",却因祸得福

其实命运和运气是两个不尽相同的概念。往往在一个人的命运转折点的时候,存在的运气却发生着尴尬。

那年秋天,我终于拿到省文化厅分派到川阳京剧团工作的介绍信。信上注明:工作实习期两年,工资根据剧团的实际情况而定。这可是关系到我前途命运和艺术发展等一系列的大事。

初到川阳,我心里总有一种说不清道不明的忐忑和躁动。川阳京剧团是刚建团不久的小团,演职人员虽然只有六十几个人,但其阵容不可小觑,被梨园界称为"云集精英台上唱戏,接来好角儿助阵壮威"。天天演的是别开生面的好戏,挂牌挑梁的,都是远近闻名的大角儿。那个时期一些以高薪酬、高待遇、高名利为主导的流动艺人和流动班社遭到禁演,而川阳京剧团正处于建团升级阶段,全国各地的歇业或"抱蹲"的京剧名家、大腕和许多流派传人等,都趁机到川阳搭班唱戏。

有曾经与四大名旦同台配戏的名角儿文清华带领侯超英、张云朋来川阳打炮荀派名戏《红娘》《锁麟囊》《诓妻嫁妹》《花田错》等戏;有蜚声东北的老生演员连文娟领衔的《王宝钏》《辕门斩子》《空城计》等戏;有海派大武生盖林海组班演出的《长坂坡》《走麦城》《哪吒》等戏;还有著名花脸演员,人称"三关戏王"魏刚明主演的"三关戏"《草桥关》《白良关》和《牧虎关》。这些从北京、上海、天津、北阳和哈尔滨等地来的团团队队,占据着川阳整个舞台,哪里有我这个小青年的一席之地?

最要命的是，我是由官方分派来工作的，他们则是从民间渠道来搭班唱戏的。我图的是事业发展与贡献，而他们图的是高薪、高酬、高名利。两股道上跑的车，本来走的就不是一条路。赶来搭班唱戏的各有各的戏，各有各的人，各有各的班底，各带各的跟包。文的演完武的演，你方唱罢我登场。每日"说戏"没有我的事，"踩场""走台"没有我的活儿，我成了一个姥爷不疼、舅舅不爱的"小野鸭"。

说穿了，他们是体制外的，我是体制内的。他们就是怕我学了能耐，抢了他们的饭碗。何况，这些人的能耐也都是喝着苦水泡饭将养出来的。除非是等到晚上开戏，那些角儿们赶不开活儿时，也是由后台管事的对我一声吩咐："你，赶个靠将，搓脸儿、使枪杆，三场、五场上，先'一边条儿'，后'钻烟筒'，走个'抢背''亮相'下。"要不就是："你——扮俊脸儿，跑个'头兵'，二、三、六场上，走'摆对儿''站门儿''斜胡同'……"

完活儿后，他们连名字都不称呼我。也许他们根本就不知道我的名字。我几乎不洒汤不露水儿地就把那些"骚疙瘩零碎活儿"都干完了。可是，他们却视而不见，连声谢谢都没有。我大多是手里拿着一本书在看。当然，看书是幌子，以书掩盖，偷看他们排练、瞧他们演出才是目的。要不就是坐在剧场一个角落里，用笔纸描画着戏中演员的"唱、念、做、打"的位置图，这一手也叫"偷活儿"。

我也有倒霉"砸锅"的时候。让我没有想到是，仅仅是一句"自报家门"的台词，竟惹了大麻烦。

那天，这个锅砸大了，让我足足半年多抬不起头来。这出"砸锅"的是古装戏，叫《樊梨花出征》。

《樊梨花出征》一戏说的是樊梨花奉唐王旨意，挂帅出征黑龙山，薛顶山押运粮草，其子薛应龙打先锋。薛应龙与敌军先锋黑龙女交战，二人产生爱慕之情，薛应龙私自招亲。元帅樊梨花闻听大怒，薛应龙归来之时下令将其斩首，众将讲情不允。薛顶山诉说了薛应龙与黑龙女在樊江关定情的缘由。樊梨花念及薛应龙是其义子，阵前招安黑龙女为同保大唐，免于斩刑。黑龙山全军人马归顺大唐。

那天后台管事的对我说："你勾脸，来个四大靠将，起半霸上，自报家门：'俺——秦汉。'记住没？"我说："记住了。"他说："千万别砸了。"我说："赆好吧您哪。"接着，我去勾脸、勒头，又去穿厚底、扎靠。然后，当元帅升帐时，我们扮演的四大靠将起完霸在雄壮的锣鼓声中登场亮相，站成一排自报家门："俺——薛顶山、薛应龙、秦汉、窦一虎。"

不料"意外"偏在这个时候发生了。一是我对这出戏的剧情不熟悉；二是我对自己扮演的角色很陌生；三是这次出错最要命的，那几天我正看的一本书叫《田汉剧作选》。田汉的故事、作品和他的创作精神正深深感动着我。所以，前两位的薛顶山和薛应龙报完家门后，我竟一时想不起来秦汉这个名字了，只记得叫什么汉？于是，俺——"田汉"二字竟脱口而出。

台上台下一片哗然，有的人笑得前仰后合。我偷眼一瞧，站在边幕条旁的管事儿的、挑班儿的和挑梁的几个人脸色都变了。我想他们一定是误会我了，认为我嫌活儿少，故意"攘业"，存心在今天这个戏里"扒豁子"。

此后，不但团里的那些头头脑脑们不再找我，连一些演职人员也对我爱搭不理的，有的人还用一种不可琢磨的眼神儿看我，好像我身上有传染病菌似的。这时，我才意识到了事情的严重性。在这个举目无亲的城市里，我被彻底孤立了。我试图向人们去解释、去诉说、去讨好，但都是热脸贴了冷屁股。

几天过后，我慢慢地寻思过点味儿来，何必呢？天生万物，有生有灭，世上事情，有兴有亡。每场戏都有"误场"的、"冒场"的、"吃栗子"的、"跑调"的，每每人们都是哈哈一笑没人去指责、没人去抱怨，更没人去歧视或孤立他们，为什么唯独对我如此苛刻？

他们的举动激发了我奋发求进的倔劲，有什么了不起的？今天"砸锅"了，明天我再"补锅"嘛！留得青山在，不怕没柴烧。幸喜我有功有嗓，我有足够的长处让他们刮目相看。可是，当我练功时人家不看，当我吊嗓时人家不听。哎呀，这事有点怪了。

事后，我把这件事向省艺校我的老师吴成明说起时，他沉思了一会儿说："事情起因不在你砸了一次锅，而在你身上的两点：你表现的非职业性和陌生情感性。"他见我不理解，就说："一个文艺团体尤其是京剧团，它的职业性非常强，他们都为这个传统艺术职业而生存着，每天都排戏、说戏、演出，甚至为一句唱腔、一个道白、一个程式化的手式而争论不休，互不相让，同时又为一个眼神儿而心领神会，达成默契，这就是他们的职业性。这个你有吗？你介入其中了吗？光台上演戏不行，还得在生活中融入戏，这点你有吗？"

我轻轻地摇摇头。吴老师说："'陌生情感性'是一种可怕的情感。一个团体、一群人，做每件事情都需要一个良好的情感基础和情感氛围，事成者是抱团的，不是跑单儿的。人们常说'人心齐，泰山移'，就是这个意思。作为一个职业演员的你，始终把自己的心和情包裹起来，独自练功、独自学习，不把自己融进伙里怎么行呢？唱戏靠大伙，何况你入的就是戏伙，尤其是江湖中的那种戏伙，历来是以'义'字当先，你得跟他们打成砣、炼成块才行。"我说："我不是不看戏、不参与他们的戏，北京、上海、天津、北阳来剧团演出，我是天天看戏的，而且是一场不落地看，我只不愿看那些结社组班的流动演员们演的戏。"

吴老师说："大剧团有大剧团的精华，小剧团有小剧团的特点，否则这些剧团绝不会生存下来。祖辈告诉我们'吃百家戏饭，穿百家戏衣，走自家戏路'，就是这个道理。"我说："他们演的戏码大都没有我自己的应工行当。"吴老师说："生、旦、净、末、丑，分工不分家，要想唱好自己的行当，首先要学会其他角色，既然都是从事艺术工作的，大团与小团之分，只是演出的环境不同，艺术都是一样的，只要观众喝彩的，大多是好戏。"

我说："他们把我拒之门外，这是我最不能忍受的。"吴老师说："自古以来被拒之门外的不止你一个，梨园行有'程门立雪'，绘画界有'悬梁偷艺'，手艺人有'卖身求饼'。汉皇玄孙刘皇叔，为了自己的帝业还'三顾茅庐'哪。"我说："他们根本就不和我交流。"吴老师说："这就对了。"我满脸诧异地说："怎么还对了？"吴老师说："谁愿意和一个穿着中国衣、吃着中国饭、唱着中国传统戏，却长着两只洋犄角的人交朋友呢？"

我如梦初醒。

事情也巧，那天筱芙蓉领衔主演的《锁麟囊》一出戏快要开演了，可是扮锣夫的演员却突发急病昏迷过去，被送往医院进行救治。因事情来得突然，后台又无人可替，把个管事的筱芙蓉急得团团乱转。此时，正站在边幕旁的我，对管事的筱芙蓉说："要不我给你赶个场吧。"他们几个人用一种狐疑的眼光看着我说："这个小花脸活儿你愿意来吗？"我肯定地点点头说："没问题。"说着，我快步走到化妆室，找了个毛笔勾了个豆腐块脸。筱芙蓉赶紧过来给我说词，我边听边记地上场了。

嘿，还别说，场上我把这个锣夫演了个活灵活现，下得台来全剧组的演员都齐刷刷朝我伸出了大拇指。之后，这"钻锅""救场"的活儿，成了我的家常便饭。甭说演"官中戏"，就是流动小组的演员们来此演"打炮戏"，也愿意找我帮忙。

我为大武生盖春来演过文官武将，为红角儿徐麟龙跑过大兵龙套，还为著名文武老生尚玉春演过家将校尉……"钻锅""顶替"的活儿，我大多记不清了，唯有一场别开生面的演出，每每想起来都使我激动不已。

那些日子京剧《阳平关》特别火，连演三天了，剧场里天天爆满，剧场外一票难求。

《阳平关》是三国演义中的一出戏。三国时期，曹操得知爱将夏侯渊被阳平关大将黄忠斩杀，切齿痛恨，亲率大军至阳平关。曹操移屯米仓山粮草于北山，派良将精兵为先遣，誓为夏侯渊报仇雪恨。诸葛亮闻讯，欲遣将劫断曹军粮草辎重，以挫其锐。黄忠请令前往，赵云恐黄忠连战劳乏欲代其行。黄忠不服年老力衰坚请出征。诸葛亮许之，并命赵云哨探胜败，俟机往助。黄忠率军烧毁曹军粮草后，被困垓心，幸赵云来援杀退曹兵，才得突围回营。

那天晚场的《阳平关》戏票又被抢购一空。可是离开戏还有十多分钟，扮演报子的小玉麟还没有露面，可把剧务主任和后台管事急坏了。这小玉麟出身梨园世家，是个知工知令且有知名度的丑角演员，虽说平日里嗜酒如命，但从来没有误过场。

七点到了，剧场的大幕却纹丝没动，台上台下乱成一片。等不及的观众口哨声、倒好声连连不断，有的还跳上台来质问："演出时间已过，为什么还不开戏？"台上的演职人员急得如同热锅上的蚂蚁。"回戏"不行，"退票"也不行，这不仅是损失几个钱的事，是一场责任事故，要受追责和处罚的。改"戏码"更不行，满场观众是冲《阳平关》来的，要改"戏码"，观众非"嗵"你个底朝天不可。报子虽是个不起眼儿的小活儿，但没报子就没法排兵部阵，没法排兵布阵，戏就没法往下进行……这，如何是好哪？

剧团团长张大雷亲临现场。他那急速转动着的眼睛在我的身上停了下来。他大声说："演，马上开戏。"大伙说："谁演报子？"张大雷指着我说："他就是报子。"我不由一激灵地说："我不行。"他说："你怎么个不行？"我说："我不会台词。"他说："把台词用笔写在手心上。"我说："我不会走'身上'。"张大雷说："你天天练功，那是练啥呢？不就是走'身上'吗？"我说："那不一样。"他说："怎么不一样？"我说："天天练的是基本功，场上的是表演功。"张大雷说："你这孩子天天练功、学戏,又看书的,怎么把自个儿弄傻了?你所做的不都是为了场上表演吗?"我说:"它们的套路不一样。"他说:"程序是人编排的,套路是人走出来的,艺术是人创造出来的,你若按原封不动的套路演,那叫循规蹈矩,你按自己的特长发挥,那叫继承创新。明白了吗?孩子!"我心里豁然开朗起来。我说:"明白了。"张大雷一声大喊:"好!抓紧时间。头上,由化妆师给他勾脸,中间,由服装师给他穿戏装,下头,由箱官给他套彩裤穿薄底儿。"一阵忙活,只三四分钟就安排妥当了。

一声铃响,紫红色的大幕徐徐拉开,六大靠将唱【点绛唇】上,"自报家门"分列两厢。少顷,在四龙套四上手地簇拥中,曹操上场。曹操念道:

> 三召入虎帐,
> 九列冠朝缨。
> 今朝攒銮舆,
> 不日九王登。

"孤——魏王曹操。假意举义于陈留,招请诸侯扫灭董卓。明以伊之作用,暗如后羿之图谋,视天子如木偶,藐群雄如草芥,虎视天下,位加九锡。诸侯皆已服顺,唯孙刘尚未剪除,因此亲率大兵,着夏侯渊开兵比武,此时未闻捷报,好生疑也!"

这时,我"钻锅"的报子,在"急急风"中上场。"报——"我一声呼喊,走着"圆场"上,念道:"地下鸣鼓角,天上落将星。报子告进。参见千岁。定军山失守,夏侯将军被黄忠斩于马下!"

众人一惊,曹操说:"黄忠那老儿怎样斩得夏侯将军,速速讲来!"报子说:"千岁容禀——"念:

> 夏侯得令去提兵，
> 张郃苦谏不纳听。
> 出兵冲入敌军去，
> 独领队伍逞强能。
> 对山息兵歇战停，
> 我军辱骂乱纷纷。
> 门前闪出老黄忠，
> 手起刀落人头滚。

众将听罢一阵惊呼。报子唱：

> 真是个天崩地陷，
> 鬼神惊，我军无剩。

我唱罢，在曲牌中走了三个"串翻身"一个"波浪子"落地，单腿跪在中军大帐前。曹操喊一声："再去探来——"我顺势走个"跺泥"，说了句："得令啊——"下得场来。嚯！就这点小活儿居然博得台上台下一片"好"声。打住戏后，全剧组的人都不让我走，非要拉住我去川阳最好、最大、最讲究的川府大饭店吃饭。有十多个人抢着买单不说，人们都争着给我敬酒。众口一词地说我戏德好！

那夜，是我人生中的第一次醉酒，而且醉得稀烂如泥。真没料到，我这一个"救场"见品德，那一个"醉酒"见真情，成了整个剧团所有人的朋友。正应了当时流行的一句话："我为人人，人人为我。"从此，在诸多京剧名家、师长和同事们的带领和帮助下，我的艺术有了明显的长进。两年多时间，我已能在五六出戏中"挑梁"了。

戏班里有句话："一招鲜，吃遍天；有绝活儿就是半个佛。"意思是说，凭着一招鲜口就能闯荡天下，一个绝活儿就能让人膜拜。综观各位大师或著名演员，各有各的鲜口和绝活儿，各有各的过人之处，因此鲜口和绝活儿，就成了自个儿流派的主要特征。然而，我真正领悟京剧艺术的鲜口和绝活儿的魅力，是在邻省塞城的一次演出中。

塞城虽然是一个不起眼儿的中小城市，可这里不但文化经济繁荣、风景怡人，而且人们对戏曲也非常喜好，尤其对京剧更是热爱。

那年春天，已是青年主演的我，随团前往塞城剧院安营，连续三个晚场打炮戏。团里有拿我创牌子的意思，就给了我一个充分展示的机会，安排我以老生戏《闯王进京》开道，花脸戏《姚期》压中，红净戏《铁笼山》收场。要的气场是"唱念做打，文武兼备，昆乱不挡，张弛有道"。前戏扮演智勇双全的闯王李自成，中间扮演久经沙场的老将姚期，后者扮演血气方刚的蜀将姜维。角色创新，行当跨界，见棱见角，观众场场满园，鼓掌喝彩不绝于耳。三场戏下来，换上团里的两位中年老生和旦角主演的《回荆州》。团里安排的战术是，青年主演打头炮，中年主演居中间，由久负盛名的老主演压大轴。我这个青年主演打完炮了，接下来的戏里都没有我的活儿。

真是无戏一身轻哈——那滋味就是一个字："爽！"不知何故，初战告捷且满身轻松的我，却一时找不到方向感了。

舞台上轮回演出和排戏，又没有练功的地方，带来的几本书也都已读完，白天干不了正经事，晚上就更闹心，只有等台上的戏开演了，我才得空去外边转悠转悠。

那晚，我在剧院附近茫然无绪地逛悠着，心里想能找个懂戏的人聊聊戏多舒坦哪。突然身后有人喊我。回头一看，原来是团里的年轻学员小周。她一边擦着刚卸完妆的脸部，一面匆匆地朝我走来。她走到我面前说："嘿，角儿，你在这干吗哪？"我说："今晚没事啦，在这兜兜风。哎，你干什么呀？"她说："我是特意来找你的，走，跟我去个地方，咱俩一块儿去得瑟得瑟呗。"我问她："去哪儿呀？"她说："到东方大剧院看戏。"我问她："那个剧院演的是什么戏？"她说:"是塞城京剧团演的《林则徐》。"我说:"这事我怎么不知道,是什么时候开始演的?"她说:"是塞城京剧团新排的,刚好今天是头场演出。"

前几天我光闷头准备自己演戏的事儿了,竟没有听说。我说:"这里离东方大剧院远吗?"她说:"不远,过前面那条横马路就看到了。"我说:"戏怎么样?"她说:"听说头三场戏都满了,一票难求。"我说:"那咱们有票吗?"她说:"塞城京剧团的团长特意来邀请咱们过去看戏,到门口一提是川阳京剧团的,就让进去了。"我说:"没有座位怎么看啊?"她说:"专为咱们在中间过道上加了一排座椅。"

我和小周顺利地进了剧场。嚯,容纳两千多人的剧场座无虚席,已经演上第一场了。我们在中间过道上的专席里刚坐下不一会儿,第二场戏就拉开了帷幕。

《林则徐》一戏真是多年来京剧舞台上不可多得的好戏。扮演林则徐的演员让人耳目一新。此人身躯不高大、不威猛,也不粗眉大眼,倒显得几分清瘦与文雅。净角儿行当却不勾脸,是俊扮,不穿蟒袍、不扎玉带、不戴相貂、不穿厚底、足蹬高方、不挂髯口、粘着胡子,一副清朝近代人的形象。

早前听说过,京剧大师裘盛戎先生演过此戏,但始终未得一见。让我未曾料到的是,台上演林则徐的演员,嗓音高、亮、醇厚,刚柔相济,节奏鲜明,唱腔挂韵味儿,好听,具有浓郁的裘派特点,但又不拘泥裘派形式,把个民族英雄林则徐演得栩栩如生。尤其那段"西皮"唱腔和"二黄"唱腔,唱得人荡气回肠。

> 唉,我好恨也——
> 禁烟大计须严峻,
> 朝令夕改难遵循。
> 同恶相济任亲信,

徇私罔上惑圣心。
忌贤妒能损国本，
祸国殃民害子孙。
前功尽弃实可恨，
挽救无方更痛心。
……
我这里且忍耐把精神振奋，
尽人事听天命以报答国恩。
浮云蔽日千古恨，
长使英雄泪沾巾。

这段"西皮二六"板，变"快板"、转"摇板"，唱得雄壮有力，慷慨激昂。接下来演唱的"二黄"板式，更使人拍案叫绝。

离开了广州甚悲痛……
炮火声中塞外行。
奸邪卖国双手送，
自撤藩篱毁长城。
今虽放逸心难净，
安能装哑又装聋。
愈行愈远愁愈重，
忧心如焚血沸腾。
……

这段"二黄导板""回龙""反二黄原板"转"摇板"，所具有的凝重、深沉等特点，把个林则徐禁烟失败，受奸人诬陷，被流放到新疆伊犁修渠屯田时的悲愤、不平、牵挂与心存向往的心情，演唱得跌宕起伏、悲痛交加，让人心情久久不能平静……

《林则徐》一剧在一阵歌声中落下帷幕，然而观众倚椅而坐，久久不愿离去。有人在交谈议论，有人在发出轻轻叹息。我向不远处的一个观众打听，这位演林则徐的演员是怎样个人，多大年纪。那个观众笑着说："你不是塞城人吧？怎么会连这个都不知道？此人有个古怪的名字叫言寸，是塞城京剧团的名角儿，多大年纪不清楚。"我点着头说声"谢谢"，然后对小周说："走，咱们到后台去拜访一下言寸先生吧。"小周说："谁是言寸？"我说："就那个演林则徐的先生。"小周说："原来你们认识啊？"我说了一句像给她听又似给自己听的话："嗯，应该认识的。"

我和小周走进后台时，不觉陷入一种难以言喻的尴尬。从台上下来的演职人员，正处于一片乱糟糟的景象。卸妆的、洗脸的、刀枪入库的、收拾靴包的、清点戏装的，各干各的活儿，各忙各的事儿，根本就没有人理会我们两个外来的人。

我和小周见人就打听："请问言寸老师在哪儿？"人家头也不抬地说："去盥洗室看看吧。"盥洗室里更乱，摩肩接踵，人满为患，根本插不进脚去，几次发问，都被熙熙攘攘的声浪淹没，走又走不得，站哪也碍事。

这时有个小姑娘迎面走来。她不到十岁的样子，高挑的身材，白皙的肌肤，高挺的鼻梁左右镶嵌一双清澈明亮的大眼睛，真没想到，塞城竟有如此美艳的少女。她手里端着个脸盆，正要进盥洗室卸妆。我细一看此女孩正是《林则徐》戏中，扮演不离林大人身旁的那个小书童。嘿，白白的肤色、高高的鼻梁、大大的眼睛，像个漂亮的小洋瓷娃娃。这个小书童可真是个小人精，别看她年岁小，在台上做戏不但惟妙惟肖，把那仅有的四句唱腔唱得好听极了。我说："小书童，你好！"她说："您好！二位老师有事吗？"我说："你既然时刻不离林则徐大人左右，可现在为什么却把他给看丢了？"她笑着说："说不定林大人在后台的哪个角落里处理公务哪，我带你们去找。"说着，她帮我们前前后后地找了半天，也没有找到。

小书童说："言老师肯定没有来卸妆，你们就在化妆室门外等等吧，我得抓紧时间去卸妆了，一会儿剧院就要锁门了。"我道了声"谢谢"，就和小周站在化妆室门外不远的地方候着。大凡从门口路过的男人我们都问："请问您是言老师吗？"人家说不是。我们再等下一个，一直等到后台的人都走光了，还是不见言寸的人影。

好生奇怪！难道言寸先生打住戏后直接回家了？当我和小周转身往外走的时候，从前台的通道走过来一位中年男人。他说："你们找谁？"我说："我们是找言先生的。"他有些奇怪地说："是言寸吗？"我点头说是。他说："你们有什么事吗？"我说："是特意来拜访看望的。"他说："你们认识吗？"我又模棱两可地说："嗯，应该认识的。"他又打量着我说："你们不是本地人吧？"我说："我们是川阳京剧团的。"他说："噢，是同行啊，那跟我来吧。"说着就领着我和小周转身从舞台的左侧台阶走下去，在一个道具布景间的门口停下来。他敲敲门说："言寸，有朋友看你来了。"里面说："谁啊？进来吧。"

我们推门进入，里面站着的正是我们要找的言寸，不，正是戏中的林则徐。言寸的脸还没有洗，上身穿着一件白色的水衣，下身穿着一条红色彩裤，手中拿着枪杆和一条马鞭，汗水从头上流下。噢，这是在练私功啊！我当然知道，在打住戏后，夜阑人静之时正是练私功出好活儿的最佳时候。让我惊讶的是，此人练的竟是已经在戏曲舞台上失传多年的"铁门槛"。

第六章　铜钟大吕竟是女儿身

言寸有些奇怪地瞧着我们。我赶忙上前说："您好，言先生！我们是川阳京剧团的演员，今晚看了您的戏，深受感动，特冒昧地来拜望您。"言寸笑着说："谢谢！敢问先生大名？"小周忙介绍说："这位是我们团的青年主演李晓星，我叫周华。"言寸眼睛一亮说："啊，原来是李先生！我看过您演的《闯王进京》《姚期》和《铁笼山》，您的唱、念、做、打，干净利落，我十分佩服。"我说："谢谢老师！"言寸说："称老师可不敢当。"我说："那就称您为先生吧？"言寸说："称先生似乎也不妥。"我说："那咱们以兄弟相称，我就叫您哥哥吧！"谁料，言寸一下揭去唇上粘着的胡子，伸手拔掉盘发的簪子，啊！一头黑发瀑布般地垂落下来，长发越及腰间，原来是个女儿身！

一个女人竟然将个黄钟大吕之腔唱得如此之好，真让我感到震惊。

言寸说："这回看你如何称呼我？"我有些尴尬地说："既不能称先生，也不能叫老师，又不能喊哥哥，那究竟该叫你什么好呢？"言寸说："就叫姐呗。"有道是恭敬不如从命，我就叫了一声："言姐。"小周也随着叫了声："言姐。"言寸说："你们如果把前面那个字去了，就显得既亲切又不外道了。"我和周华就叫了声："姐。"言寸笑着说："哎，我就愿意听这么称呼。"大家全乐了。言寸的性格，正如她的花脸行当一样，率真、豁达、快人快语。

言寸转过身指着领我们来的男人说："这位是东方剧院经理章跃明先生。我每天打住戏后，在这个无人打扰的地方练一会儿功，这属于人家剧院的地方，不归我们剧团管，是经章经理特许批准的，当然此事只有他一个人知道。"顿了顿，她又说，"这里的东西杂乱，此刻后台又被更夫锁了门，还是请到我家里一叙吧。"我说："太晚了，你明天还有戏，等改日吧。"她说："那也好，咱们一块儿出去，往我家的路正好与你们回去的路同一个方向，先认识一下我的家门，以后可以直接去家里更方便些。"我说："不远吧？"她说："离剧场只有百米之遥，正好还是个顺道，三天演出之后我歇戏，请二位到我家里一聚。因为我们是同门、同工、同活儿，难得一见。何况我们要说的话太多，要探讨的戏路子太深，哪有不聚之理呢？"由她的家门而过时，她指着一幢小楼拐角的窗子说："请记住，这里就是我的栖身之地，到时你们可千万赴约哦！"我们答应着，继续往驻地走去。

　　回到塞城剧院，要进宿舍时我对小周说："到时咱俩一起去吧，她的艺术造诣挺高的，咱们一块儿去学点东西。"

　　"艺术造诣高不见得人就好。"小周说。

　　"她把林则徐塑造得多好啊！"我说。

　　"演戏就是做出来给人看的嘛。"

　　"凭什么这么讲？"

　　"凭感觉。"

　　"你怎么个感觉？"

　　"你和她不是一路人。"

　　"我是怎样的人，连我自己都不知道。"

　　"你是个崭露头角的青年主演。"

　　"她哪？"

　　"久经沙场的梨园人。"

　　"噢？还有什么？"

　　"你俩身上的气质也不一样。"

　　"我身上有什么气质？"

"朝气。"

"她哪？"

"江湖气。"

"哈哈，我怎么没觉出来哪？"

"你慢慢会感觉到的。"

"那你还去吗？"

"只要你去我肯定去。"

"为什么？"

"这话你不应该问我。"

"问谁啊？"

"问你自个儿呗！"

弄得我一头雾水。

幸好在两天后的晚场，川阳市京剧团的生旦大戏《回荆州》照样演出。我早早地走出宿舍，在剧场门前站一会儿，只见小周擦着刚卸完的妆，用纸边擦脸上的油彩边匆匆地走到我跟前。

小周夸张地笑着说："嘿，哥们儿，今天这龙套跑得爽，不光在场上站了十分钟，还立了一大功。"我说："怎么回事？"她说："我给孙权提了句台词，要不他这个锅可就砸大了。"我说："啥台词啊？"她说："戏刚开始，我们四个太监引孙权上场，他唱完两句散板，念白道：'孤孙权。因刘备借了荆州不还，周公瑾定下调虎离山之计，骗那刘备过江讨还荆州。不料母后做主，将我妹招赘刘备。唉……'念到这，他愣是忘词了，还一个劲儿地用眼睛瞪着我们。我赶紧冲他比画了个虎形，可是他还没明白，又问我们说：'下句什么词？什么词？什么词……'他的眼珠子都快憋出来了，我用水袖遮住嘴说：'虎……虎……'孙权这才想起来说：'画虎不成反类其犬。'"

听小周说完，我忍不住地一通好笑。小周说："你说是不是应该为我授功嘉奖？"我笑着说："授功嘉奖那是团领导的事。"她说："别跟我提领导,一提领导我就急。"我说:"提领导你急什么呀?"她说:"太监本是男演员的活儿,女演员扮演宫女才对,怎么把太监给我号上了?"我说:"我也纳闷哪。"她说:"为这事我憋屈好长一阵子哪,领导跟我解释说,都是因为我这一米七二的大个子,才同那三个男太监相配嘛!"

我们边聊着边走着,一会儿就来到三天前和言寸分别时的那幢小楼前。按了一下门铃,小院的门无声地打开了,言寸笑呵呵地站在我们面前。她一身洁白装束,显得温文而雅。

这是一套别致而幽静的小型住宅。外间是一个小客厅,里间是卧室,左边是卫生间,右边是厨房,总共也就四五十平方米的住宅,布置得简洁精巧、错落有致。客厅的迎面墙中间挂着言寸的大幅彩色剧照:《连环套》中的窦尔敦。我问她是什么时候拍的。她说是三年前去石家庄演出时,一个戏剧画报社的摄影记者在她演出现场给她拍的。那时,她比现在稍胖些。

我们在小客厅里坐下来。言寸说:"人间凡事都必在所为,你们能放下繁忙的演出,跑来看我的戏,又到后台看望我,必是有话要说,有事要谈喽。"我说:"实是因你塑造的人物而感动,被你演唱的皮黄声腔折服。"她说:"为什么这样说?"我说:"人物新颖而生动,唱腔与众不同。"她说:"你抓到根本上了,人常说'感人心者莫乎于情',新颖生动、与众不同,就是在以演人物为中心上,把'情'字做主线,贯穿始终。"我说:"我自己也尝试过,在排演一个新编戏里容易做到,而在传统戏里就不那么容易做到了。"她说:"不,只要你想做到,新编戏或者传统戏都不难。"

言寸见我有些不认同的样子,她又说:"就以你几天前在塞城演出的《姚期》为例,当年的大师金少山、侯喜瑞等,凡是唱花脸的没有一个像今天的裘盛戎这么唱的。"我说:"请举例说明。"她说:"就拿姚期上场的那句引子来说:'终朝边塞镇胡奴,扫尽蛮夷定山河。'

这句'镇——胡——奴——'挑上去五度音，相当一个唱腔的嘎调。一来表达守关塞的重要性，二来道出对胡奴侵犯者的憎恨，三来加在一起就把姚期老将军的人物突出来了，也自然把他的情、仇、善、恶，贯穿了全剧。"

见我思忖着不说话，言寸说："你不也是这样演的吗？"我笑笑说："我是照本宣科，赡现成的。"她说："你也不是每出戏都是照本宣科，一成不变的。"我说："我自己怎么不知道？是哪出戏呀？"她说："你演的《铁笼山》里的姜维，就来了个偷梁换柱嘛。"我说："我偷了什梁，又换了什柱？"她说："在《铁笼山》第五场，姜维上起霸念：'小小一计非等闲，司马被困铁笼间。幼习黄公三略法，姜维曾受武侯传。吾，姓姜名维字伯约。今奉幼主之命，带领四十五万铁甲雄兵扫荡中原，司马师被某一战困入铁笼山。昨夜观天象，见将星混乱，今日难免一场鏖战……'"

说到这，言寸不讲了。我说："演员不都这么演吗？"她说："你在起霸后面为何加了飞脚、翻身、旋子？"我说："因为我以这些功夫见长，所以我就偶然地卖弄了一下。"她说："这不能叫卖弄。"我说："那应该叫什么？"她说："应该叫扬长避短，正是有了这'偶然'两个字，爱迪生发明了电灯，瓦特发明了蒸汽机，也正是这种偶然中国才有了四大发明，你这个偶然从客观上起到了突显主帅姜维爱憎分明和武艺高强的作用。"听后，我心里一惊，这个女人竟然把科学和京剧联系在一起了，她不但戏唱得好，理论上也高人一筹。我说："我年轻，凭一时冲动就使了这些东西。"她抢过话头说："哎，对了，叫创新也好，叫突破也罢，都是在年轻时冲动中做的事，即使有不接受的，也有说你年轻气盛、年轻有为的，假如等你岁数大了再这么冲动，人家就会说你倚老卖老，或者老糊涂、老不知好歹了……"

我们都笑了。她突然收住笑声问我说："你到底是净行还是生行？"我说："我只演剧中的人物，不唱戏里的行当，觉得不顺吗？"

她忙说："没有没有，在你身上的唱、念、做、打中，怎么总有一股唐的味道？"我说："我喜欢唐韵笙。"她说："跟唐知工知令地学过吗？"我说："人家那么大的腕儿咱接触不上，何谈学呀？只是私下偷了几招而已。"她挑起大拇指说："我也喜欢唐，但为生理条件所限学不了。"

过了一会儿，言寸又说："就着今天这个气氛，我再说件令人惋惜和遗憾的事情吧。《铁笼山》这出戏人人皆知，久久传唱，可是却很少有人把这出戏中的亮点和绝活儿传承下来，只能说演了戏的皮毛，而没有演出戏的精髓。"

我的脸色不由"腾"地红了起来。她的话分明是说给我听的，何况她还看过我演的这出戏。切，别的戏我不敢吹，就这出《铁笼山》我绝对敢吹它个三天三夜，何况这是个武生或武净的活儿，戏班里有句顺口溜说：

　　文唱草桥关，
　　武唱铁笼山。
　　只要两出戏，
　　能吃半拉天。

意思是说，一个演员只要把这两出重头戏唱好了，就可以在任何一个剧团里吃香的喝辣的了。这两出戏，先是海中山给我说的，他耗费三年的心血，一招一式、一字一句，手把着手教给我；后来是省艺术学校的副校长，人称活张飞的周云生为了这两出戏，教了我两年多时间。可以说，这是我的"开坯子戏"。十多年中，我日臻夜磨、天天唱练，每次演出都是喝彩连连、掌声不断，怎么会被我视为皮毛呢？单说我不怎么样没关系，难道海中山、周云生这样的艺术家也不如她？何况我演了二十多年的戏了，也算个有"半仙之体"的青年主演了，她也不该把我看作和周华一样的"官中小学员"吧？我"噌"地从沙发上站了起来。

言寸微笑着将我按在沙发上，说："《铁笼山》从拉开大幕就展示出激战前夜的气氛。姜维出场时的'起霸'用来表现大将出征前'顶盔''贯甲''罩袍''束带'等准备工作，凝重而稳健，表现出人物对即将打响的战役高度重视和认真对待。接下来的'观星'是对这场战役的预测和思考。对吧？"

"是的。"我点点头。

"在场上你是怎么想的？"

"我——"

"通过舞蹈语汇，或仰望星辰，或观测星象，来表达人物预测战局成败的心理活动。在文武场的音乐伴奏和锣鼓声中，增添了大铍声音，深厚烘托出浓重而沉重的氛围和气势，运用文武场一切艺术手段增强此戏独具特色的艺术特征。然而，你运用了吗？"她说。

"我没有想那么多。"

"当年《铁笼山》的传承者京剧大家厉慧良先生演到此处时，姜维伫立椅子旁，左腿平伸放在椅子靠背上，右腿弹跳横迈过左腿，转身使出'探海'姿势，猛的一个'亮相'，而左腿纹丝不动地留在椅子靠背上。观众通场叫好，拍案喊绝。请问，你干吗不用此活儿？"

"这活儿谁能走得了哇？这活儿叫'铁门槛'，只有厉慧良先生能走，用来表现姜维观星后的复杂心理状态。听说过，但没见过。"

"厉先生逝世后，这一绝活儿已在舞台上绝迹了，如果你把这'铁门槛'加上就太好了。"

"很遗憾。"我耸耸肩说。

"然后再把那么一点东西加上，这出戏堪称完美，姜维即可显出英雄本色，也可直抒胸臆。"

"再加上一点什么？"

"不要原本上的那种尸横遍野，姜维吐血。要改成山河破碎，残阳如血。然后，再加上一段姜维的唱。"

"可是没有词啊？"

"我们自己写嘛。"

"怎么写？"

她说："唱词我想好了，就这样写。"

也曾统领百万兵，
金戈铁马踏敌营。
重整河山待来日，
血洒疆场祭英雄！

啊，我心里不由地暗暗喊了一声，这哪里是什么大姐啊？分明是师娘或是师奶奶级的人物，说她是戏班里的妖精也不为过。要说蹊跷和神秘的话，这些词语不应加在言寸的头上，倒是应该加在她的出身家世和背景上。她在艺术上如日中天、红红火火，然而生活中的她，却郁郁寡欢，形影相吊，除了唱戏外她的家里只有两个人相守相望，一个是言寸本人，一个是挂在墙上的窦尔敦。

让我奇怪的是，这张大幅彩色剧照——《连环套》中的窦尔敦，无论在客厅里还是在卧室间，甚至连厕所的门上，都是同一张剧照赫然伫立着。这个绿林好汉一手持马鞭一手持钢刀，目光炯炯嘴巴半张，像是在说，像是在唱，又像是在呐喊的样子。这幅彩照栩栩如生，我和小周头一次观瞻，就联翩浮想，但没有来得及询问。

当我们又一次来到言寸家的时候，待她为我们沏好茶，当我们一直凝望着窦尔敦出神时，倒是她先开口问道："有些奇怪，是吗？"见我们沉默不语。她又说："当年慈禧太后有个《诏十三名伶书》，知道吗？"我摇了摇头，小周也尴尬地耸耸肩。言寸说："那是一个有历史意义的'口诏',每个从事艺术的人都应该知道,尤其是唱京剧的人更应该知道的。"我说:"是属于文史资料的那种吗?"她说:"确切地讲,它是清代伶人们的血泪史,正是这个'口诏'拉开了优伶艺人们的争宠、争荣、争权、争势、争名逐利的大幕。"见我们都在屏气凝神地倾听,她平整了下心绪接着说下去。

安徽梨园世家的谢五福,在"四大徽班"进京的若干年后,也带领五福班的二十余人来到了京城,在萌村戏园落了脚,他们拿出了看家戏来打炮。谢五福,字喜路,以唱老生见长,有时也演老旦,是五福班的台柱子。他手下生、旦、净、丑行当齐全,文武均有。善演《武家坡》《桑园会》《文昭关》《甘露寺》《汾河湾》《三英战吕布》《泗州城》等戏。他在班里挂头牌,有个叔伯哥哥叫谢四顺,在班里唱二牌,反串青衣、花旦,谢四顺扮相好,嗓音甜润,表演细腻。谢五福和谢四顺称得上绝配的搭档。这兄弟二人的《武家坡》《桑园会》《汾河湾》等戏唱得很响,演得很红,观众很多,成了五福班的保留剧目。

后来,兄弟二人却反目成仇并势不两立。起因就是慈禧太后的这个"口诏"。

那年,冬季的十一月十九日,是慈禧太后的生日。朝廷颁令,全城百姓同庆三天。宫廷里更是张灯结彩,喜气洋洋。慈禧特别喜欢京剧,下诏各班名角儿轮流进宫庆贺。五福班的谢五福和谢四顺也在其列。那天,慈禧钦点谢五福和谢四顺的《武家坡》。这本来就是兄弟二人的拿手好戏,他俩足足地"铆上"了,把个《武家坡》唱得满宫满调,精彩绝伦。慈禧欢颜大悦道:"四顺五福有功,赐金赏银。"就把个梨园界通常说的"五福四顺"改成了"四顺五福"。正是这一句话的颠倒,酿成了一场你死我活的争斗。

第二天早饭刚罢,四顺对五福说:"兄弟,一国最大的是什么?"五福说:"当然是君主。"四顺说:"一家最大的呢?"五幅说:"自然是父兄了。"四顺说:"按国之君主'四顺五福有功'的诏旨是否分出了主次？按祖传家谱之规是否排出了大小？"五福说："按辈分咱俩是同辈，按岁数你大我小，可这五福班是我家开的，我是班主，你是来我家搭档唱戏的，这是不可更改的事实。"四顺说："君主的话就是圣旨，一切都可以改变，何况谢氏家族早有'父在从父，无父从兄'之说。根据这两条咱们戏班就可以改变，从此，领衔排位应为'四顺五福'，其他暂时不变。"五福说："五福班是我辛勤劳动、操尽心血打下的家业，怎么能轻易说变就变呢？"四顺说："这里面也有我的心血。"五福说："那不假，但是我已经按规定都给你打到份子钱里了。"四顺说："那你还沾了我谢门的光呢？"五福说："谢姓是祖宗传留下来的，哪是你家独有的？"

这俩人唇枪舌剑，互不相让。最后，谢四顺一怒之下退出五福班，带着几个亲信另起炉灶，在毗邻的菜园子附近的一家戏园，组班唱戏，取名叫"四顺戏班"。其实，这两家戏班还是墙连着墙、房接着房，只是一个朝东边开门，一个走西边之道，中间隔着一个宽大的墙垛子。此后的几十年还算安好，各领各的班，各唱各的戏，各养各的孩子，各过各的日子，再不相往来。事过多年，谢四顺和谢五福都先后过世。俗话说，人死如灯灭。上辈的恩怨都应化作云烟，可是不知为什么，谢家的恩怨却有愈演愈烈之势。

四顺班的班主小四顺，接过父亲的班底，依然是以唱旦角领衔，把家业打点得风生水起。五福班的班主小五福，秉承父亲遗志，传唱父亲宗派以京剧老生挑梁，将事业做得红火顺畅。这俩谢家后生，各自都暗中憋着一股劲儿，都想方设法地整倒压垮对方。

小四顺捧着父亲的衣钵，经营全方位；小五福遵循父亲教诲，殚精竭虑治业在戏中。同是一条戏道，由于思想观念不同，所行的路径不同，收到的效果也不一样。二十年后，两家戏班的起落沉浮，也慢慢显现出来。说来也怪，命运也像在捉弄人似的。小四顺家有四个男孩，他们各相差两岁，一个比一个精壮，都在戏班里学戏。老大叫谢龙，老二叫谢吟，老三叫谢虎，老四叫谢啸。"龙吟虎啸贯横人间！"小五福生下四个女儿，她们之间各自也相差两岁，一个比一个水灵，也都在梨园练艺。老大叫谢梨，老二叫谢园，老三叫谢风，老四叫谢范。"梨园风范传承家业！"唯一让小五福心里不悦的是，小四顺在人前人后总拿自己的四个儿子显摆。他心里暗骂道："你牛什么牛？你家男孩能干，我家女儿照样能干！"

但是两家也有相同之处，在戏班的行当上都以生、旦、净、丑排列。小四顺的四个儿子，老大谢龙学老生，老二谢吟学旦角，老三谢虎学花脸，老四谢啸学丑行。小五福的四个女儿，老大谢梨学老生，老二谢园学旦角，老三谢风学花脸，老四谢范学丑角。这两家真正应了那句话："打仗亲兄弟，唱戏自家人。"

可是，正赶上清朝灭亡，军阀混战，日本人趁机侵略中国，天下一片混乱。人们的生活没有来源，自身都难保，根本顾不上看戏。北京的戏班剧社大多门庭冷落，一些较小的演艺团体，也大都散班走人。

为谋出路，五福班也陷入一场生死挣扎、留散两难的境地。自幼练功唱戏的班主小五福，只好忍痛将班里一些艺人遣去，只留"四梁""四柱"作为机动演出，自己再为其他班社做"背包赶活儿""钻锅救场"的事情，以此赚得的钱来支撑班底，养家糊口。也许是他德高艺精，口碑极好之缘故，雇请他的人源源不断。小五福每天都打辆黄包车穿梭于天桥、北海、太平桥、大栅栏等地方的戏园之间，为人家"配戏""赶活儿"。只要对戏路活儿顺，他"一赶二""一赶三"都行，有时甚至来个"一赶四"。凡是"家员""家丁""车夫""轿夫""船夫""靠将""媒婆""报子""传令官"等下手活儿和"臊疙瘩零碎儿"，他都干。

虽然能撑得住班底，也能使家人填饱肚子，但负面影响也随之而来。人们虽当面称他谢班主、谢先生，赞他德高望众、艺术精湛之类的话，可背后说他是"戏篓子""混屎虫"，更有甚者说他是"臭要饭"的。听了这些话，过惯了衣食无忧而不愿紧衣缩食的老婆孩子们，吵他、闹他；经历过风光日子而耐不住清汤寡水的班底、雇员们，怨他、窝囊他。牛脾气上来的小五福不让老婆出门，并把女儿们都从艺校小科班接回家，请来专家名人进家授课，唯独将年龄小、悟性最好的三女儿谢风，送往上海的中华戏校京剧班学习深造。小五福对那些班底雇员们约法三章：接受现实、养精蓄锐、东山再起。纵千难万难，小五福咬紧牙关，他心里就有一句话："只要饿不死，五福班会重新站起来！"

四顺班的班主小四顺的管家立业之道是"别开洞天"。他的四个儿子个顶个的成才。虽然兄弟四人之间各相差两岁，不过他们的平均年龄要长小五福家的孩子五六岁。这不是什么巧合，而是遵循安徽老谢家传宗接代的风气遗传。当他们的子女长成的时候，正赶上东北王张作霖鼎盛时期。张作霖不但统治东北三省，连北京也布有他的军队和势力。尚未成年的谢龙，就通过一个社会上的哥们儿，结识了张作霖的大儿子张学良手下的一个情报营的张副营长，并成了拜把子兄弟。张副营长给他讨了个谍报小组的组长职务。从此，谢龙边唱戏边混迹于酒楼、茶肆等娱乐场所，专门搜集情报，及时传给张副营长。二儿子谢吟，也学过几年戏，大都没有派上用场。在一次在为珠宝大亨周二爷庆寿的堂会上，谢吟认识了周二爷的三姨太翟玉萍，两人有了私情。他以教戏为名，长期与以翟玉萍厮混。当然，金钱的大大的有哇。三儿子谢虎名如其人，他不但长得鼻直口阔、豹头环目，而且性情暴烈。在社会上经常纠集人员打打杀杀，后被军阀冯玉祥的亲信看中，推荐他到冯玉祥的身边，当上了贴身警卫。要说最出息的当数小儿子谢啸，这小子为人精明。学戏时，就脑瓜灵活，刚学了几天戏就赶上社会混乱的他，出污泥而不染，受孙中山思想和三民主义的影响，考上了国民党创办的幼师学校。后又考入国立军政专科学校。毕业后进入国民党北平市文化管理局。过了不长时间，任副局长。两年后，继任局长职务。后来小四顺真就沾了他的光。正应了那句俗话：

平地风云变，
冰火两重天。
一个在天上，
一个烂泥滩。

别说小四顺存心整治小五福，即使小四顺动一下手指头，也够小五福喝一壶的了。所以小五福小心翼翼地过着日子。

四顺班门庭若市、生意兴隆，小四顺迎来送往、应接不暇。不到两年时间，他接管了两个剧社，购置了三个戏园。难怪他酒后拍着自己的胸脯说："我小四顺现在每天要干的活儿，就是一吃二喝三数钱喽！"反过来再看看小五福一副不走运的相。他每天身穿一件旧长袍，头戴一顶半新不旧的礼帽，坐着一辆黄包车，干着戏班里的下等活儿："赶场""钻锅""租行头"。小五福想，这年头只要不显山、不露水、不出风头地干点活儿，饿不死，就是前世积德了。可是，他太单纯了。小四顺整治的不光是他小五福一个人，而是整个的五福剧团，让他恨得直咬牙根儿。虽然小五福一直在逆境中挣扎，但是他的名望不减，圈里人一提起小五福的名字，都赞叹不已，说他讲义气、有戏德，为人老实、厚道，是难能可贵的戏班人……虽然，五福班有几年没正儿八经地唱过戏了，可是，声名却超过四顺班。这更引起小四顺的妒恨，如果不把这个五福班子彻底搞垮，四顺班永无出头之日。

一日上午，小五福匆匆地吃完早饭就出了门，他是去春盛戏园跟人对戏的。今天晚上春盛戏园演《打龙袍》，缺一个报灯名的灯官，捎信的人告诉他，饭后让他去说一下戏。之后他再去天桥贵得缘茶庄。那里的老板办堂会，缺一个三花脸儿。然后再去上楼戏园，演个《打渔杀家》的教师爷。小五福刚出门，有一帮人朝他这边走来，走在前面的是一个二十多岁的小伙子，搀扶着一位上了年纪的老者，他们边走边四下张望着。小五福问道："你们找谁？"那小伙子说："找小五福家。"小五福看了半天并不认识，说："找他干吗？"小伙子说："有紧急事。"小五福说："你们是从哪里来的？"小伙子说："安徽谢家村。"小五福当然知道那是自己的老家，便赶忙将这些人让到家里。

家人沏上茶，递上烟，嘘寒问暖的。他又问："你们都怎么称呼？"小伙子介绍说："这老人是德字辈的，叫谢德成，我们几个是义字辈的。谢德成今年九十三岁，是我们的曾祖父谢七公。"小五福知道，谢七公是家族辈分较高的族长，他不敢怠慢，忙跪在地上行大礼，说："我是北京生人，但听父亲常常说起太爷的大名，不知今日来此有何指教？"谢七公喘了一会儿气说："你就是班主小五福？"小五福说："在下正是小五福。"谢七公说："我代表家族，向你颁布训令来了。"小五福有点发蒙地说："颁布什么训令？"谢七公说："你违犯了家族规定的第八条和第九条训令，按规定当剥夺姓氏、逐出谢门。"小五福更是发蒙了，他语无伦次地说："什么？什么？我犯了什么错？"谢七公令那个小伙子取出一本家族训令说："你自己拿过去看看吧。"

小五福接过训令，只见第八条和第九条规定写着"不吃嗟来之食，不取攫来之物"，便说："这两条我一条都没犯。"谢七公说："我们不是无中生有，也不是空穴来风，是有证据的。"小五福说："什么证据？"谢七公说："有人举报你，这是举报材料。"谢七公让小青年把材料拿出来给小五福看，只见一张黄表纸上几行毛笔字写道：

　　五福班班主小五福，违反谢氏家族家规如下：几年来五福戏班因行当不全，人员不整，已是名存实亡。班主小五福靠"赶包"揽活儿，乞食讨要为生，是一个十足的下三滥。谢五福不但败坏祖宗门风，还严重违反了族规第八条之规定。此外，小五福家中有一把日本人所用的指挥战刀，被他据为己有。这沾满国人鲜血的战刀，被他用来做镇宅之宝，违反了族规第九条。特请族长与诸位亲友明察秋毫，予以剥夺小五福姓氏，并逐出谢门。

知情人：师武明　于元月初三日

小五福看后陡然一身冷汗。他结结巴巴地说："哪有的事？哪有的事啊？"他看了几遍后，不由得又笑了起来。谢七公等人说："你不思悔改，何故发笑？"小五福说："七公啊，咱们谢家之所以才杰辈出，光耀满门，主要是谢家族规制订严谨，奖罚分明，执行得力。我五福戏班近年虽然业绩下滑，有些力不从心，但仍靠自己的辛劳付出换取暖饱，绝不接受羞辱怜悯之饭，也不吃嗟来之食。我这里有一本收支明细账，记载了每场戏的演出时间、地点、扮演角色及所得款项、数目和收付款人的签字。请七公和诸位族亲过目。"

小五福转身从抽屉里取出一个账本递到谢七公面前。谢七公看后交众人过目，待众人点头后，小五福说："这其二是那柄日本指挥刀实属造谣陷害。近年我班杂役小顺东，得一怪病。每逢子夜时，头痛难忍，大汗淋漓，时而口吐白沫，时而冷得打战，挨过第二天早晨，症状消失，好的没事人一般。"

小五福将正在干活儿的小顺东喊了过来，向众人作了介绍。他接着说："我领着他查过好多医院，看过许多名医，都无结论。有一个老中医说，此乃邪病缠体，嘱其每日服药并在居住的屋里正面墙上悬一兵刃即可。所以我找一铁匠打了一柄我国优秀传统兵器挂在屋里，此兵器名叫'唐刀'，是隋代、唐代的著名兵刃。不想被日本人欣赏，便以此作模仿，制作了日本指挥刀。请七公和诸位族亲随我到小东顺的住处查验。"

众人来到小东顺住的屋里，看到那把唐刀时都大吃一惊。这把唐刀和日本指挥刀真的一模一样，只是在这把唐刀的把柄上，刻有两个汉字："唐刀"。看罢，众人半天无语。小五福接着说："其三，我严正请求七公和诸族亲，严正族法族规，惩治污蔑陷害之人。你们看在这落款处他写的是，知情人师武明。其中有两个含义，一是师出无名；二是不是真名。他不但污蔑陷害了好人，同时也藐视并戏弄了我们的族规啊！"

谢七公勃然大怒地说："一定严惩不贷！"小五福说："这个人熟知我谢氏家族的族规族训，连第八、第九条细款都倒背如流，肯定也是我谢家之人了？"众人面面相觑。谢七公一拍头说："我知道这人是哪个了。"小五福说："想必我们都知道这个人是谁了，只是心照不宣罢了。请七公秉公执行族法族规，对无中生有、污蔑陷害之小人，严惩不贷。"

谁料，谢七公一声长叹，说："要查办他，那……还真的不好办哪！"

言寸的讲述，被一阵敲门声打断。进来的是剧场经理章跃明。章跃明说："言寸老师，得缘楼饭庄的饭菜都准备好了，请你同客人过去吧。"言寸向我们做了个"请"的手势。我和小周有些不舍地起身离开。

"好一个段子高手哇。"我朝她说。

"你怎么当段子听？这可是真人真事。"言寸说。

"你心好狠！"

"什么呀？"

"你制造了一个残酷的悬念，把人的胃口吊得高高的，谁还能吃得下饭啊？"

"这才哪儿跟哪儿呀？更残酷的在后面哪。"

言寸拍拍我和小周的肩膀，拉着我们朝不远处的得缘楼饭庄走去。

"釜底抽薪"是《三十六计》中的第十九计。原文是"不敌其力，而消其势，兑下乾上之象"。釜：锅。薪：柴草。其是说，抽出锅底的柴火。比喻从根本上解决问题。"釜底抽薪"是一种兜底战术。主动攻击而从对方后面下功夫，背后暗算，使对方陷于瘫痪，自己赢得胜利。

几年后，小四顺就是用"釜底抽薪"之计，要致小五福于死地。机会终于来了。上级部门提出，以构建新戏曲为宗旨，对戏剧界存在的脏、乱、差现象，开展一场整改运动。对每个剧团的人员构成成分和上演剧目审定，分为"有益、无害、有害"三种标准进行新照颁发。按其性质归为三个档：准予演出、暂准演出、禁止演出。"别有用心的小四顺，却把这些规定当作撒手锏，用来杀伐那些与他"有过节"或者他看着不顺眼的人或剧团。当然，以小五福为团长的五福京剧团，是他必须杀伐的重点。他相应地提出整合从优、淘汰从严的方针，对各演出团体进行重新登记注册，以"擂台展演"和"计分淘汰"进行考评；采取一看、二评、三通过的方式。

一看，就是看剧团演出的剧目属于哪个档次；二评，就是评剧团的行当是否健全，是否有演出能力和观众有哪些反映；三通过，就是由考评组现场检查和观众代表按规定现场打分予以通过。实际上就是由两个剧团，分别在不同的戏园同时同唱一出戏，进行"打对台"。这使得那些演出团体人人自危起来，以往剧团与剧团之间在演戏时，都是互通有无、相互借用、相互补台的，这样一来，只得各顾各了。如果"打对台"的三场戏行当不全、戏有问题，不光是受处罚的事，弄不好只得解散团班走人了。

小五福是个聪明人，他一眼就看出来了，这招数就是针对自己的五福京剧团来的。当然，小五福虽然心知肚明，但是他不能说，他有他的苦衷。五福京剧团由于经济运转不景气、班底薄弱、行当不硬朗，演出的剧目也很受限制。虽说生、旦、净、丑都有，唯独净角差强人意，只能用副净应工。正应了那句话："蜀中无大将，廖化当先锋。"这样，使戏份明显塌腰。

那年，正是秋风秋雨添新愁的时节，已是整改小组常务副组长的小四顺，派他的管事小民子，来到小五福家下通知说，整改小组请各民营剧团的主要领导明日上午八点到清福楼剧场开会，传达并落实"关于进行戏曲整改工作的指示"。

小民子叫徐玉民，是小四顺身边的老管事了，他和小五福有过几次交集，也算是老熟人了。小五福家的管事小德子随同小五福一同迎了出来，递上烟后请他进屋坐了一会儿。可是，小民子说完话磨身往回走，推三阻四地不要小五福和小德子送他。小五福心里直嘀咕，开这大规模的会多少年没有过一次，看来是有大事发生。送走小民子，他问自家管事小德子说："德子，最近在外边听见什么风声没有？"小德子说："没有哇。"小五福自言自语地说："究竟是怎么回事呢？"

小五福琢磨了好半天也没琢磨出个子丑寅卯来。第二天，小五福早早地来到清福楼剧场的会议室。嚯，来开会的人真就不少，足有五六十位。联谊京剧团的张君秋、太平京剧团的李多奎、宝华京剧团的杨宝森、啸声京剧团的奚啸伯、春秋京剧团的李元春、鸣华京剧团的梁益鸣、明来京剧团的徐东明、新华京剧团的王少楼等一些名角儿大牌们都来了。俗话说，人不亲艺亲嘛，都是干这个的。人们相互寒暄着、问候着，这个场合顶数小五福朋友多，他常干"救场""钻锅""赶活儿"的活儿，跟这些人熟着哪。

八点会议准时召开。整改领导小组的五位领导在主席台就座。组长是文化局穆副局长，他坐居中间，副组长四人分坐两边。常务副组长小四顺主持会议，赵副组长宣读文件，孙副组长做动员报告，刘副组长宣布实施方案，而后由小四顺就采取方法、整改重点及日期作了说明，并强调：参加演出的演职人员可以相互借用或调换，但必须是内地有演职人员籍的，绝不允许冒名顶替和弄虚作假现象发生，否则一经发现将严加惩处。"打对台"所演剧目的好与差、行与否，就决定了剧团的保留、整改、撤销三个档次。会上将一份打印的"演出团体及演出剧目报告表"发给每个参加会议的人员，要求各个剧团如实填写申报哪个剧目，参演人员名单、行当等情况，限三日内将填好的报表交回整改小组的常务副组长小四顺处，然后由小四顺统筹安排"打对台"的时间、地点、场次及对台的单位名单。说白了这场运动是由小四顺为主，其他领导都是随帮唱影的。

　　回到家里，小五福越想越觉得自己的剧团不太好办。这几年景气虽说比以前稍有好转，眼目前儿的戏都能开，公演也没问题，一些堂会、庙会和公益活动也都能参加，但戏的质量不是很高，生、旦、净、丑行当也都算齐全，但有些参差不齐，个别地方也有塌腰的现象。但从爷爷那辈传下的规矩，团里一直实行至今。"双轨制"，挑梁的应工主角都沿用"双黄蛋"制度，即两个老生、两个旦角、两个花脸、两个丑行，不但青衣花旦如此，连老旦、彩旦、刀马旦都是"双黄蛋"，唯一让小五福挠头的是花脸这个行当。老花脸徐长荣已年近花甲了，嗓子本来就不太好使，还特别贪恋杯中之物。每天早饭时喝，午饭时喝，晚饭也喝，夜里打住戏他还喝。人常说事不过三，可是他每天喝四顿酒。酒这玩意儿是好东西，它不但舒筋活血，还可提气长神，可有一样，酒对嗓子不好，使声带"充血""肥厚"，滋生"息肉""小疖"等症。长此以往，慢说唱，就是"道白"也会音色不饱满，甚至五音失调。连徐长荣自己也常说："我在台上不洒汤、不漏水，就是嗓子没有准儿。"因此人们都管他叫"徐没准儿"。

另一个唱花脸的叫孟庆子，是几年前从天津来搭班的青年演员，他从小是京剧坐科，唱功不错、武功底子也挺好，演戏时算是知工知令，来到五福京剧团三年的时间，演了不少好戏。可是人有旦夕祸福，在一次不经意的感冒时，高烧不退，经多方诊治后无大碍，但落下了一个抽羊角风的毛病。平时不犯病，犯病就要命。无论什么时间，也不分什么场合，发病时没有前兆，也没有什么预感，每当抽起风来，那叫一个嘴歪眼斜、口吐白沫、大呼小叫、满地打滚，那架势把人吓个半死，多则一个小时，少则三十多分钟，抽风过后，风平浪静，眯上一觉没事儿人一样。事后倘若有人问他得的是什么病，他立马翻脸，出言不逊："说什么哪？谁抽风了？你们全家都要抽羊角风……以后谁他妈再说我抽风，小心我他妈地抽你！"以后再也没有人敢说他抽风的事了。这样的花脸再好你敢用吗？好不容易给他排出戏，你敢使吗？万一演着戏，他在场上犯病又抽了，那可怎么收场啊？

花脸行当是个久悬未决的大问题。小五福早就和管事的小德子说过，让他多方打听一下，招一个合适的花脸演员，"架子花""铜锤花"都行，"两门抱"的就更好了，哪怕是多花点钱雇一个也行。可是这么长时间没见动静，马上就开始"打对台"了，团里这两个"双黄蛋"花脸一个也用不上，简直急死人了。

小五福找来小德子问，招聘花脸的事情怎么样了。"五福叔，这花脸真就不好找。"小德子说。

"'打对台'马上就开始了，急死人了。"

"这事儿我一直心里装着，可是……"

"实在不行，先找个'堵枪眼儿'的也行。"

"眼下倒有一个能'堵枪眼儿'的主，但恐怕……"小德子吞吞吐吐。

"照实说嘛。"

"那人要的条件太高。"

"什么条件?"

"一多二远三不见。"

"你说具体点。"

"钱要得多,住的地方远,只唱戏,不见剧团里的任何人,尤其是不见团长。"

"这叫他妈的什么角儿?我哪碍他事啦!"

"人家就这个要求。"

"此人是哪的?"

"上海的。"

"要多少钱?"

"一场戏八百块,唱完就走人。"

"够狠的,比马连良、谭富英、裘盛戎、张君秋的份儿还足哪。"

"人家就要这么个价。"

"这么大的腕儿是谁呀?"

"叫破天的亲传弟子嗥破天。"

"叫破天的戏我看过,属实不错。这嗥破天的能耐没见过。"

"你看行的话,我就去办。"

"行吧,等'打对台'的戏码定下来,就给人家信儿。"

"好嘞。"小德子答应一声转身走了出去。

第七章　戏台打擂，流落塞外小城

"打对台"开始了两天较量，小五福甭提有多高兴了。五福京剧团对永昌京剧团两场"打对台"打成平手，得分相等。头场戏是谢梨领衔的《红鬃烈马》对王华领衔的《红鬃烈马》，棋逢对手；第二场戏是谢园挑梁的《游园惊梦》对文英挑梁的《游园惊梦》，难分伯仲。五福京剧团在华阳剧场演，永昌京剧团在对过的丹平剧场唱，同一个演出时间，同一个演出剧目，同样是先老生戏领衔，又同样是以旦角戏打炮。这个剧场是掌声不断，那个剧场是喝彩连连。各有各的观众，各有各的戏迷。评审组出了这家进那家，又从那家返这家，还是难定胜负。人们把赌注都押在最后一场戏上了，这场戏是花脸行当的重头戏：《连环套》。

《连环套》是一出既难演又难唱的戏。擅铜锤的演员容易把戏唱"温"，动作舞蹈做不足，就难以显现窦尔敦的绿林气概，而架子花又难免把角色演得"流气"，少了英雄派头，而且唱不好那几段脍炙人口的唱段，观众也不会满意的。此剧即使"两门抱"的演员也很难演好。京剧大家杨小楼、侯喜瑞、裘盛戎、高盛麟、王金璐等擅演此剧，加上徽剧、河北梆子、同州梆子等剧团也都在演出此剧，可见演好这个剧目的难度了。凡是知情人都为五福京剧团捏了一把汗。

戏班里人常说："四梁八柱样样全，唯有净行最难缠。"也就是说，五福京剧团数花脸最不好办。可是，小五福却在心里偷着乐，谁也没料到他把一张赌命的大牌，押在最后的一场戏上了。

虽然小五福从来没有看过嗓破天的戏，不晓得此人的唱腔和工架如何？但叫破天的能耐他是早有耳闻的，那就是一个字"好"！就凭这人敢称为"嗥破天"，何况又是叫破天的亲传弟子，他的技艺肯定错不了。可以说，"戏班数花脸最难唱"。小五福不由又想起自己的三女儿谢风来。四个女儿都励志于戏，都小有名气，但他还是将心血全部倾注在三女儿身上了。这谢风自小性格倔犟，练功最狠，吃苦最多。这孩子去上海学戏一走就是七年时间，曾发誓言说："学不成才不还家，不成名角儿不认祖！"

哎，今天的事怪呀，最后一场"打对台"还有一个钟头就要开戏了，怎么还不见这个嗥破天来勾脸扮戏哪？戏班里常说："早扮三光，晚扮三慌。"慢说是唱角儿的，就是跑龙套的演员都知道这个理儿。这个人怎么这样不靠谱啊？

小五福从前场走到后台，找了半天也没见着那个叫嗥破天的人。他叫过小德子问这是怎么回事。小德子说："嗥老板早已在下榻的清园饭店把戏扮好了，开戏前半个小时到，指定误不了场。""妈的，这位角儿的派头也太足了！"小五福心里暗暗地骂了一句。既然小德子把事情都安排得妥妥的了，就由他去弄吧，小德子办事一向稳重，准错不了。小五福索性塌下心来好好地看戏，看看这个叫嗥破天的人，到底把个《连环套》唱出哪些彩儿来！

"打对台"上座率倒是满不错的，离开戏还有半个小时，场里的观众已经满满登登了。小五福自然明白，这些人分为三个层次：一部分是为"戏"而来，老戏迷、老观众是来捧场壮气势的；一部分是为"人"而来，听说特约了个新角儿，来看看这嗥破天的能耐、长长见识；一部分是心怀叵测的同行冤家们，来剧场寻衅滋事的。

开场锣鼓响罢，大幕徐徐拉开，四龙套依次而上。贺天龙、贺天虎、贺天彪、贺天豹分列两厢，在"四击头"中，嗥破天登场亮相，"撕扎""两望""念引子"，"武高胆壮，英雄豪强。习刀棒，盖世无双。谁不尊仰"！

内行人常说:"文怕'引子',武怕'把子'。"这嗓破天声音洪亮,底气十足,身材虽不高大,但多了几分飒爽英姿和勇武豪气。当他"掏翎""抖袖"时,念白道:

　　铁面无私胆包天,
　　英雄四海美名传。
　　只恨不遂心头愿,
　　数载恩仇挂心间。

"某!姓窦名尔敦,人称铁罗汉——"
这白口刚中带柔,柔中有刚,且喷口吐字,节奏分明。"好!"台下响起一阵掌声。当嗓破天一声:"请——干——"乐队开出"西皮导板"转"原板":

　　将酒宴摆至在聚义厅上,
　　我与众贤弟叙一叙衷肠。
　　窦尔敦在绿林谁不尊仰,
　　河间府寨主除暴安良。
　　黄三太老匹自夸智量,
　　借金镖借银两压俺豪强。
　　因此上我两家比武较量,
　　不胜某护手钩暗把人伤。
　　他那里用甩头打某左膀,
　　也是某心大意未曾提防。
　　大丈夫仇不报枉活世上,
　　岂不被天下人耻笑一场。
　　饮罢了杯中酒换衣前往,

> 这封书就是他要命阎王。
> 众贤弟且免送在山岗瞭望,
> 闯龙潭入虎穴我且走一场。

嚯,嗥破天这一段十六句唱腔刚唱完,可了不得啦,那叫一个"三翻四抖"啊,"三个嘎调""四个高音"。满园子的喝彩声、鼓掌声、呼叫声像炸了窝似的。不少观众站起来为他叫"好——"。

梨园出身的小五福,自幼跟父亲练功学艺。生、旦、净、丑无所不能。戏中的哪个角色他都能演,台上的哪个活儿他都能赶。要说这耳熟能详的,他看过京剧名家金少山的《坐寨》,见过郝寿臣的《盗马》,观过高盛麟的《拜山》,连袁盛戎全本的《连环套》都看过,但唯独没见过这个叫嗥破天的这么唱、这么演。这是一个"文戏武唱""武戏精琢",纯粹是一出"架子花脸铜锤唱""文武皆乱皆不挡"啊!还有一点让小五福蒙圈的是,台上的嗥破天那高亢明亮的嗓音,那发声吐字的唱腔,那一招一式的身上,甚至连个头扮相怎么同三女儿谢凤如此相像,连那台步圆场都像极了。他心中暗暗说道:莫非自己思女心切,看花了眼不成!

小五福急忙向后台走去。虽然人家有言在先,不与团长见面,但他非要亲眼见见这个嗥破天不可。可是,小五福还是迟了一步,当他赶到后台时,小德子刚从后台的通道门外走回来,他对小五福说:"五叔,嗥破天先生让我问您好!"小五福说:"他人呢?"小德子说:"刚走,回下榻的饭店了。"小五福说:"他怎么走了呢?"小德子说:"戏演完了,钱也给人家了,不走还干啥?"小五福一摆手说:"走就走了吧。"

遗憾过后,小五福心里仍然特别高兴。今晚这出《连环套》给他的"打对台"立了功、出了彩,赢得了地位和荣誉,五福京剧团终于可以出人头地了。可是,他做梦也没想到,此时,却有人给他挖了一个大大的坑！有个"四大憋屈"的顺口溜说：

  穿小鞋，紧箍套儿，

  扣屎盆子，蹲小号。

  这"四大憋屈"差点全让小五福摊上了。"打对台"刚结束，小四顺的管事小民子，来到剧场找到小五福。同上次如出一辙，他不进屋、不称呼、不开脸地说："四爷让你马上去他的办公室一趟。"说完话，头也不回地往外走。小五福追出来问什么事，小民子阴着脸说去了就知道。小五福把事情安排了一下，又对小德子低声嘱咐了几句后，麻溜地跟在小民子的身后朝着小四顺的办公室走去。

  在一间宽敞明亮的办公室里，正襟危坐着三个人，两个衣冠楚楚的男人和一个妩媚漂亮的女人。他们都用一种难以琢磨的眼神盯着小五福。小五福脱下帽子微微一躬身说："各位长官好！四哥好！"小四顺眼皮没抬一下，指着身旁的一男一女说："这位是戏曲整改小组的赵副组长，那位是孙副组长。"赵副组长说："小五福同志，我们今天把你找来是向你宣布一项领导小组的决定。由于你违反了戏曲整改工作考核规定，采取欺骗手段进行这次考评，经研究决定责令五福京剧团从即日起，停止一切演出活动，进行内部整改。"

  小五福一听就急了，他说："究竟为什么呀？"赵副组长说："你问我们？我们还想问你，究竟为什么哪？"小五福："你们问吧。"赵副组长说："你能说实话？"小五福说："保证说实话。"赵副组长说："如果再不说实话该怎么办？"小五福说："要惩要罚罪加一等。"赵副组长说："一、为什么不如实上报剧团的情况？二、为什么隐瞒参演人员的真实身份？三、为什么在这次'打对台'中欺骗政府、蒙骗组织？"小五福吃惊地说："天地良心哪，这些事我们真的没有做。"赵副组长一脸严肃地说："小五福同志，别的且不说，单说你参演人员身份造假一事。"小五福说:"一个也没有哇。"赵副组长说:"问题先出在第二个剧目《游园惊梦》上,那个扮演柳梦梅的小生是谁?"小五福说:"盖云亭啊,艺名叫十二红嘛。"赵副组长从文件柜里拿出一封检举信,说:"有人揭发是一个叫齐满仓的人扮演的,此人存在来历不明、身份造假嫌疑。"小五福一听反而笑了起来,说:"盖云亭是我团的基本演员,他艺名十二红,又名小红,齐满仓是他许多年前唱河北梆子时用的名字,近些年他一直用这个名字,都是在我们团的注册演员。"赵副组长说:"这是哪年的事?"小五福说:"有十多年了。"赵副组长的眼睛直了,说:"真的?"小五福:"凡是梨园行的老人都知道啊,不信你可以问问我四哥嘛。"赵副组长的眼睛更直了,他说:"谁是你四哥?"小五福笑得更厉害了,他指着小四顺说:"谢组长就是我四哥嘛。"这回愣眼的不光是赵副组长了,连那位孙副组长也造得愣神了。赵副组长说:"你是说谢组长是你四哥?"小五福郑重地点了点头。

片刻,办公室里鸦雀无声,气氛有些尴尬,大家把眼睛都注视在沉默不语的小四顺身上。

倒是小四顺有临阵不乱的大将风度,他摆摆手说:"这是件公起公论的事情,慢说四哥,就是四叔、四大爷,也救不了你。就算盖云亭是齐满仓是真的,那《连环套》中的嗥破天又是怎么回事?手段太恶劣了,这个假你造大发了。是可忍,孰不可忍。"小五福有些蒙圈地说:"嗥破天怎么了?"赵副组长说:"这嗥破天有几个艺名?"小五福说:"据我所知这嗥破天,只有这一个艺名。"赵副组长说:"他本名叫什么?"小五福说:"听说他本名叫于天鹏吧?"赵副组长说:"你肯定?"小五福说:"是叫于天鹏。"赵副组长说:"这是听谁说的?"小五福说:"是管事的小德子给我说的。"赵副组长说:"这回怎么不问问你四哥啦?"小五福说:"人们都这么叫他。"赵副组长说:"人们都让你给骗了。"

小五福更是一脸蒙圈。此刻,那个孙副组长开口了,说:"你家几个女儿?"小五福说:"四个。"孙副组长说:"她们几个的名字你不会不知道吧?"小五福说:"名字都是我给起的,那怎么会忘记哪?"孙副组长说:"她们的名字叫什么,都是干什么的,请你郑重地说一遍行吗?"小五福说:"那有什么不行的,名字就是让人叫的。我的大女儿叫谢梨,五福京剧团老生演员;二女儿叫谢园,五福京剧团旦角儿演员;三女儿叫谢风,在上海戏曲艺术专科学校学戏,工花脸行当;四女儿谢范,五福京剧团丑角儿演员。按京剧的生、旦、净、丑行当排序,为她们取名'梨园风范',意寓传承。"

赵副组长抢过话头说:"哎哟,志向不小,行当也挺全哪。"小五福说:"自家班底,行当不可缺嘛。"赵副组长说:"你的四个女儿都在此次'打对台'中参加演出了吗?她们在哪出剧目中扮演了什么角色?"小五福说:"大女儿谢梨在《红鬃烈马》中扮演了薛平贵;二女儿谢园在《游园惊梦》中扮演了杜丽娘;四女儿谢范在《连环套》中扮演了朱光祖。她们姐妹除了老三以外都在台上亮相了。"赵副组长说:"这么大的举动,涉及生死攸关问题,老三为什么不来参演?"小五福说:"她远在上海,学戏、练功、排戏格外忙碌,慢说没有时间来参演,已有七年时间未曾回家了。"赵副组长摇头叹息道:"梨、园、风、范缺其一人,生、旦、净、丑断其一指。可惜喽!可惜喽!"

小五福觉得他话中有话,就说:"也不能这么说,以后会有机会的。"赵副组长说:"如果你三女儿谢风参演登台,你会认出她吗?"小五福的眼睛瞪得圆圆地说:"慢说她登台演戏,只要她一个亮相,我就能看到她骨头渣子里去。"此话一出,在场的几位"哄"地一阵大笑。笑归笑,但这种笑和通常人们的欢笑不同,他们的笑声拉得长长的,模样怪怪的,把个小五福笑得起了一身鸡皮疙瘩。

几个人的笑声戛然而止。

"小五福团长不愧是演员出身，装得真像啊。"赵副组长说。

"演员出身是真，但我没有装。"

"你真的不认识那个唱窦尔敦的花脸？"

"真的不认识。"

"刚才你不是说只要你女儿一亮相，你就能看到她骨头渣子里去吗？"

"什么？她是我女儿？"

"千真万确。"

"我的哪个女儿？"

"唱花脸的女儿。"

"老三谢风？"

"她亲口招认！"

"我……我怎么没看出来？"

"这里有她的承认书，上面签了字画了押。"

"她现在在哪儿？"

"事情查明后，她应该还留置在入住的饭店里。"

"哎呀，天哪！事情真是这样的话，也求你们放过她吧……"此时小五福彻底傻了。

"不会把她怎么样的，事情处理完就让她回去。"

"责任由我承担，你们要处理就处理我吧。"

"你承认了？"

"嗯……一切我担着好了。"

"那好，我们正式通知你，从即日起五福京剧团暂停登记注册，停止一切演出活动，听候下一步处理。"戏曲整改领导小组常务副组长小四顺说话了。

"你还有什么话要讲？"

"一切听从政府处理。"

"好，你没有意见的话，就在这里摁个手印吧。"

小五福在一张处理单上摁下一个鲜红的手印，转身走出了那间宽敞又明亮的办公室。他叫了辆三轮车飞快地朝着前面的清园饭店奔去。他恨不得立刻见到三女儿谢风。

与其说是悲不如说是喜，让他做梦也没想到的是只七年未见面的三女儿出息得这样，已成为艺压行当的京剧大角儿了，至于这个五福京剧团，爱怎么处理就怎么处理吧。留得青山在不怕没柴烧，有女儿这棵大树，就什么也不怕了。

小五福猛地照自己的脑袋拍了两下，唉，在台上我怎么就一点也没看出来呢？噢，原来小德子同她们四个姐妹做好了"扣"，都在瞒着他一个人哪。小五福催促着车夫快点蹬。哎，不对呀，这个时候谢风她们还留在清园饭店干吗？肯定都跑回家里了，说不定姐儿四个早在一块儿"侃戏"哪！小五福叫车夫来了个急转弯儿，朝着自己家里跑去。

言寸的故事，到此戛然而止了。

灯火通明时，酒足饭饱的我们走出了久负盛名的塞城得缘楼饭庄。美味佳肴没有给我们留下什么印象，倒是言寸的故事让人牵肠挂肚。往回走的路上，趁身边无人时，我小声问言寸："五福京剧团保住了吗？"她说："团长小五福托了好多人求情、说和，又花了些钱，最后才落了个责令内部整改，缓期三年登记注册的处理。"

我说："团里的哪些人受到了牵连？"她说："别人无所影响，只是小五福的三女儿谢风受到严厉治裁。"我说："严厉到什么程度？"她说："取消演员资格，十年内不准来京城入任何剧团搭班唱戏。"我惊诧地说："为什么偏偏对她下此狠手？"她说："有句老话说'打蛇打七寸'嘛，那谢风就是五福班的七寸。"

我们不再说话了，各自想着心事。在离言寸住所不远的地方，她悄悄对我说："请单独留一下，我有话对你说。"我快步赶上前面的小周说:"周华你先回去吧,我再和言寸姐说几句话。"

小周瞥了我一眼说:"这我可难以从命。"我说:"你难从谁的命?"小周说:"团长安斗争有嘱咐,要我们同出、同归,不准单独行动。"我说:"为什么?"小周说:"我倒无所谓,主要是您这样一个年轻有为的领衔主演,万一有个闪失,全团五六十人全靠您唱戏吃饭哪。"我说:"不至于吧?"她说:"人在江湖,身不由己呀。"我说:"什么意思?"她说:"什么意思你自己不清楚吗?"我说:"不清楚。"她"嘻嘻"一笑说:"我离你们稍远些的地方把脸背过去,保证不听你们说话,也不看你们的举动好吗?"说着,她往前走了一段距离,脸部一直朝着前方。

趁此机会,言寸一把拉我退后走了几步,避开了小周的视线。我说:"你就是那个谢风?"她点了点头说:"没错。"我说:"举办了这次晚宴后,你将不辞而别吗?"她迟疑了一下又点了点头:"你已经猜到了?"我说:"你为什么改个'言寸'这么拗口的名字?"她说:"虽然被取消了演员资格,也须在冤海中挣扎。即使拗口的名字也必须人不离姓,字不离母嘛。因此我将谢字拆开,以意蕴涵盖,也实属无奈之举。"我说:"你十年限期已到,何时返京?"她说:"还有三天时间。"我说:"回去重整旗鼓、报仇雪恨?"她说:"个人恩怨入不得公门,荒废了十年时间得赶紧抓回来。"我问:"怎么抓回来?"她说:"只有排戏、演戏、推出精品剧目,别无其他办法。"我说:"还有别的吗?"她说:"人这一辈子,干大事情还来不及哪,哪有工夫扯闲篇儿啊!"我说:"你不是一直在演戏吗?"她说:"那是用着别人的名字,演着别人的戏罢了,那能叫演戏?"我说:"那叫什么?"她说:"充其量叫学演、学唱,鹦鹉学舌。"我说:"怎么才叫演戏?"她说:"拿自己创作的'戏',才叫演戏,才叫推出精尖剧目。"我说:"说下去,挺新颖的。"她接着说:"凡是一个好演员、一个好表演艺术家,必须有看家本领,有自己的创作剧目。"我说:"你历尽磨难,锐气不减。"她说："人活一口气，指的就是这口锐气，人一旦挫了这口锐气，就成老和尚帽子——平平塌塌了。"

我为她的魄力和意志所深深折服，禁不住地说："哎，如果你在我身边就好了。"

她也深深动情地说："我何尝不想把你留在身边？但自古戏道如沙场，我不愿意你受伤害。"

"为什么？"我说。

"残忍。"她说。

"弘扬民族文化，发展国粹艺术，何言'残忍'二字？"

"有的人，却在戴着红帽子干黑活儿。"

"这样的人哪里都有，只是零零星星的几个罢了。"

"就是那么几个人的影响，才使舞台良莠混淆，精艺失传，绝活儿濒临灭迹。"

"你把这濒临灭迹的'铁门槛'教给我好吗？"

"濒临灭迹的不只是'铁门槛'，还有'云里翻''摔壳子''长靠三张桌翻下'。"

"我全部接续过来。"

"所以啊，你才是我真正要找的那个人。"

"明晚打住戏我来塞城东方大舞台跟你学。"

"明晚和塞城东方大舞台都指望不上了。"

"何时在哪里能指望得上？"

"明年的北京能指望得上。"

"噢，你是说——"

"对，我决定邀你到北京的五福京剧团给我做搭档。"

"那……"

"你不敢？"

"不是。"

"那是什么?"

"戏班里常说'配十对夫妻易,寻一双搭档难'。"

"你质疑我的戏?还是质疑我的人?"

"都不是。"

"君子不以身相许,愿以命相交。"

"好,明年春天相约北京。"

"我亲自去接你。"

"我肯定赴约。"

"你一诺千金,我感激涕零。虽然未能举行仪式,也应留下信物印证。"

"让我们握别为证吧。"

"握别浅了些,不如拥别。"

"那就拥别。"

她的话说完,弄不清是谁先扑向谁的,反正我俩紧紧地搂抱在一块儿了。

突然,周华在前头一声大喊:"嘿!哥们儿,再磨蹭一会儿,团长就带人找我们来了。"

我和言寸撒开手,边答应边向前走去。走到周华跟前,她用诡异的眼光瞧着我。"干吗费这么大劲儿?"她说。

"怎么费劲了?"我说。

"不就这么一个握手、一个拥抱吗?也没有整点新鲜玩意儿?都二十分钟了,还有啥做不完的事儿?"

"你可别瞎说。"

"我都看见了。"

"哎——你可答应眼睛一直朝前看的?"

"我的眼睛是一直朝前看的。"

"那你还——"

"我手里的小镜子一直朝后的。"周华"哈哈"一阵大笑后一溜烟似的跑走了。

言寸离开塞城去北京的第二天,我们京剧团结束在塞城的演出,回到了川阳。我一边做着去北京的准备,一边望眼欲穿地盼着她的来信。可是,我傻傻地等了好几年,甭说是信,她连张纸片也没有寄来。让人奇怪的是,北京方面也没有她和五福京剧团的任何消息。我万念俱灰,极度失望。

孔子曰:"言而无信,不知其可也。"对这样一个言而无信的人,谁还敢与之交往呢?难怪有人形容说,女人的心犹如秋天的云,高深莫测,来去无踪,飘忽不定。每当想起这件事,我心里满满的是失望、惆怅和纠结。什么依依不舍,握别、拥别之类的,都是在扯里根儿楞!

第八章 "文化支边",接受考验

那年的春寒料峭时节,火车呼哧呼哧地吐着白雾,像一头喘息着的老牛。车窗外,除了山还是山。"后悔了吧?"王小雅瞧着沉闷不语的我说。见我没说话,她又说:"还有两站就到源城了,不行的话,就买张车票返回去吧。""这才到哪呀?出水才看两腿泥嘛!"一路上,这是我说的唯一一句话。我把头依靠在坐椅后背上,双眼微闭地又陷入沉思和回忆之中。

难怪人们常常谈起难遇"三大幸事"的话题:上学时遇到一位好老师;工作时遇到一位好师傅;成家时遇到一位好伴侣。你是谁并不重要,重要的是你跟谁在一起。跟龙学龙,跟凤学凤,跟着老鼠学打洞。古有孟母三迁,现在为子女学习而择校,足以说明跟谁在一起的重要性。

如果说海中山将我领进了京剧艺术的门槛,省戏校的吴老师、赵老师等人为我打下了坚实的基本功的话,那么王小淑、张玉图引升了我的艺术层次,开阔了我的舞台视野,丰富了我的戏剧人生。

就说那所王家小院吧,它确实成了我不请自来、流连忘返的地方。这个很不起眼儿的小院,是诸多京剧名家、流动艺人、票友、戏迷的艺术交流,汇集、散布信息和歇脚、喝茶、打尖的驿站。小院子也就三四百平方米的面积。分正房三间,下房三间,东房两间,西边没有房间,一道青砖瓦墙划出与外边的隔距。墙中间开启着一扇小门,院子的外面,是一条南北走向的小胡同,这就是王家的住宅。

本来,这所地处较为偏僻的小院,自成立大众京剧团以来,变得门庭若市、熙熙攘攘起来。来探望拜访的、来搭班唱戏的、来求教学艺的，当然，也有走南闯北的艺人搭班未成而来筹借路费盘缠的，还有"卖胰子"、"抱蹲"、"打尖"、投宿的。甚至，大众京剧团连拍戏、说戏和办公，都在这屋外院里进行。

我年纪小、腿脚勤、干事利索、脑瓜快，很快就成了大众京剧团和王家戏里戏外的"办事员"。每逢大事小情，几乎都让我去做。只要一会儿工夫见不到我，就屋里屋外地"晓星——晓星——"叫喊个没完没了。太大的事儿他们不找我，我干的都是两把抓不住的小事。台下边：跑跑腿、学学舌、管管东西、领领道儿、送送人、买买车票；台上边：捡捡场、拾拾桌、拉拉幕、钻钻锅、嗓子闷宫话少说。

那天，我刚把一箱"刀枪把子"送到剧场里，回来连口气都没喘匀，王小淑就拿着纸和笔找我来了。她说："今天晚上换戏了，原定的《空城计》改演《乌盆记》了。"我问："为什么？"她说："扮演司马懿的老路家住在通化市，因回老家探亲，火车晚点来不了啦，所以只能改换由我主演的《乌盆记》了。但是，扮演赵大的演员任水义没有这个戏，今天得赶个"钻锅"活儿，你赶紧找个肃静的地方，给任水义抄台词。"说着，她把一本钢板蜡纸刻出来的用油墨印得几乎看不清楚的本子交给我。我说："这屋里院外的都是人，闹闹哄哄地，哪有肃静的地方啊？"她想了想说："你去正房的西间屋写，那里没人、锁着门哪。"我说："开门的钥匙在哪？"她从衣兜里掏出钥匙交给我，又有几分神秘地对我说："里面的东西可一点也不许动，只许你老老实实地写台词。"我说："二姐尽管放心好啦，我啥也不会动的。"

越是神秘的东西，人们就越会好奇，就会想方设法地去探索一下。我用钥匙打开房门走进正房的西间屋里。屋里的面积不算大，也就四十多平方米，虽是艳阳高照的天气，可屋里前后窗户都用厚厚的窗帘遮挡着，显得有些阴沉。屋内的陈设也极为简单。靠窗子处有个小方桌子，两边放着木凳，桌上有一厚摞子书。在右边是一铺小炕，炕上有一个两米多长的炕柜，上面有几叠被褥。正面墙下摆着一张一米多高的红漆木八仙桌，桌子上供奉着一尊大型木雕人物塑像。此塑像身着锦衣、纶巾、官带、朝靴，面相英俊，气宇轩昂，双目炯炯有神，像是某个朝代的官宦，又似古典戏曲中的人物。因外面人员急等戏词排练，我来不及多想，便伏在小方桌上抄起《乌盆记》里赵大的台词来。但不知为什么，我总觉得八仙桌上供奉的人物雕像那边有轻微的响动，弄得我心里有些不踏实。

这个《乌盆记》是时下各京剧团经常上演的一出传统剧目。说的是苏州人刘世昌，一日骑驴回家，因为天色已黑和行李沉重，便在沿途中的赵大家里借宿。未料赵大夫妇见财起意，将刘世昌杀死，夺走了刘世昌的资财，又将刘世昌的血肉混在乌泥中烧成一个乌盆。刘世昌因为思念家中的妻儿老母，其魂魄不肯离去，便附在乌盆之中。一日，张别古至赵家索取欠债，刘世昌的鬼魂向张别古诉说冤情。张别古诉于包拯的开封府，使其冤案得以昭雪。

剧中的赵大属于丑行，虽然不是主角，但戏中有白有念又有唱的活儿正经不少。因此，我不敢掉以轻心，倘若落掉一句话，就会对不上茬儿口，有"砸锅"的可能。我赶紧越过一个"盖口"接着越过一个"盖口"地抄下去。约莫过了大半小时，我把唱词抄完了，再仔细地校对了一遍，觉得没有问题了，就等着王小淑的一声招呼了。

这时，我又想起八仙桌上供奉的那尊人物雕像来。这个人物到底是谁？哪个朝代的？忠、奸、善、恶，他是哪一种呢？生、旦、净、丑，属于哪一个行当哪？尤其是他那双炯炯有神的眼睛，直勾勾地注视着我，似乎有话要说的样子。他究竟要说什么哪？真是太神秘了。我端详着他，认认真真地琢磨着他。从他的身前又绕到他的身后，还是未能看出他是何许人也？

此时，我突然发现这尊雕像的墙角处，映衬着一道金色的布帘后面，还有一个人形状物体。我拉开布帘观望，原来这里还有一个小空间，也有一个人物的雕塑矗立着。这个雕塑是个豆蔻年华的妙龄女子，她肌肤白嫩，五官端庄，连那双长睫毛、又大又圆的眼睛里，也闪着流连顾盼的神态。她下身穿着一件红色彩裤，一件质地优良、非常漂亮的白色水衣子罩在她的上身。

让我惊诧不已的是，她的右腿立地生根般钉在地上，她的左腿却"一字马"形状高高地越过头顶，典型的一个"朝天蹬"造型。这腿功不但神了，那模样也是活灵活现、栩栩如生啊！一头瀑布般的长发垂落至腰部。我边感叹不知是哪位巧夺天工的大师，塑造出如此精良的工艺品，边走上前去抚摸着她那性感的脸蛋。可是，我手指刚刚触及她那带有湿度的脸颊时，她的眼睛一眨，说话了："你要干什么？"她的"朝天蹬"也"唰"的一下落了下来。我着实吃了一惊，忽地向后跳去。"你——你是谁？"我说。"你怎么问起我来了？"她说。"你到底是人是鬼？""鬼会说人话吗？""那你藏在这里干什么？""我每天都藏在这里。""你藏在这里干吗？""你不是都看见了吗？""我刚过来没看见你干什么？""练功啊。""你为什么要藏着练功？""私功私功，不藏着能练出私功吗？""你怎么进来的？""我得先问你是怎么进来的。""我是从门里进来的。""到这干什么？谁让你来的？""二姐给我的钥匙，让我进来抄戏词的。""为什么不事先告诉我一声？我以为进来坏人了哪。""说了半天你是谁呀？""别人进得来吗？""二姐也没跟我说啊……""这个家你就认识二姐吗？""三姐、玉图哥、小七、小洪，还有老娘他们几个我都认识啊，就是不认识你。""你的眼睛就知道往上看，当然不认识我了。""你到底是谁啊？""你说哪？""噢，小雅……是你吧？""你的眼睛终于往下瞧了一回。""我到这团里多长时间了，也没怎么见你上戏呢？""一直没有我演的戏，只有我练功的份呗。""刚才我以为你也是一位神仙哪。""我们家可没有神仙。""前面供的那个锦衣官带的人，是什么神仙？""那是咱们梨园界的祖师爷——李隆基。""为什么供奉他？""梨园世家当然应该纪念他了。""我说哪，看了半天也没看出他是谁来。""连这是谁你都不知道，还在戏班混哪？""难道你什么都知道？那我是谁？""还用问？你是五十四张扑克牌中那个缺啥顶啥的混儿——晓星呗。""哎——你怎么知道的？""以前，我天天听见你在北运河边上喊嗓、练功嘛，咱们是老相识了。"

我一下子想起来了，说："你就是那个练《十三妹》戏的十三妹啊！"她有些腼腆地笑了。我说："久闻其名，未谋其面。听说你唱、念俱佳，功夫了得。"她说："少来溜须拍马那套，来点真格的吧。"我说："什么是真格的？"她说："过一阵子我想恢复《打焦赞》一出戏，想了好久也没有想出个合适的搭档来，你给我来一个焦赞咋样？"我说："没问题呀。"她说："先谢谢你。"我说："先别谢，咱把丑话说在前头，我现在这嗓子可正在"仓门儿"上，逢高不起，可别倒了你的胃口。"她说："怎么会哪？"我说："等我这嗓子倒过来，慢说《打焦赞》，还有《打孟良》《打瓜园》《打渔杀家》，凡是"打"字开头的戏，都有你我唱的。以后，咱们搭戏的机会多着哪。"她高兴地跳了起来，说："你可别忽悠我啊。"我说："咱是男人，从不忽悠人。"

这时，王小淑在外面喊我："《乌盆记》中赵大的台词抄完了没有？大伙都等着排呢。"我答应一声，朝着王小雅点点头就走了出去。然而，她真的被忽悠了。原因不在我，也不在她，一个月后，王小雅被山东省的一个京剧团接走当主演唱戏去了。时间不长我也离开北阳，去了川阳京剧团。

火车发着"哐哐当当"的声响。我看了一眼坐在对面神情有些不安的王小雅，不觉又想起这次来源城的经过。

七天前，川阳京剧团团长安斗争，把正要上车去演出的我留了下来。在他的办公室里,他对我宣布了一项组织的决定。他说:"为了响应组织上的号召,支援全省边远贫困山区的文化建设,活跃当地人民群众的文化生活,解决老百姓看戏难的问题,经省文化宣传领导部门研究决定,由部分市、县抽调出几名政治思想好、业务能力强的演员,充实到源城县剧团为骨干力量,进行一次'支边'行动。源城县剧团是一支以京剧、评剧为主,以歌、舞、话、曲相结合的小型多样、一专多能的'乌兰牧骑'式的文艺队伍。'支边'期限为三年。然后,再由省里统一安排第二批支边人员来进行替换。"

这个事情太突然,稍停顿了会儿我说:"团里为什么要安排我去支边呢?"他说:"数你最具备条件。"我说:"我具备哪些条件?"他说:"你不但具备以上条件,更重要的是你思想进步、政治可靠、年轻有为,事业上造诣深,有很高的培养价值。"见我半晌不语,他又说:"这不单纯是一次支边行动,而且是一项光荣的政治任务,我相信你一定会很好地完成组织上交给你的这项既艰巨又光荣的任务的。"

这个安斗争,真不愧是做政治思想工作的高手,他把一顶又高、又大、又漂亮的帽子扣在我头上,让我原本不痛快的心里,顿时感到有些高兴起来。我问他:"什么时候、去哪报到?"他说:"你今天下午就去省文化厅艺术处,向源城县剧团的方宝山副团长报到。我给你开了介绍信,把这封介绍信给他就行了。我们已经通过了电话,他已经把你当作骨干力量,正在那里等你哪。"我说:"请组织放心,我一定很好地完成任务,胜利归来。"安斗争使劲地跟我握了握手,又拍着我的肩膀说:"年轻人要经得起组织的考验,好好干吧,你会前途无量的。"

我回到宿舍收拾了一下东西,扛着行李走出川阳京剧团的大门。不知是留恋还是激动,在感觉到光荣和自豪的同时,心中又有几分被发落和被流放的感觉。我的眼睛有些湿漉漉的。

在省文化厅,我见到了方宝山副团长。一看此人就是属于那种能说会干的基层干部。他一边细细地观察着我,一边大口大口地抽着用唾沫粘贴的那种"蛤蟆赖卷烟"。一种特冲、特辣又呛人的味儿直冲我的嗓子,呛得我没说话先咳嗽了好半天。他拉着我的手说:"小伙子,我们团就需要你这样的文艺骨干哪。"我说:"还有几个人来了没有?"方宝山有些为难地说:"唉,来了倒是来了,但大多都不符合我们的要求。"我说:"怎么的呢?"他说:"有的是一些剧团里的甩包袱人员,有的是自动上门的流动演员。"我说:"差在哪儿了?"他说:"都是些年岁较大、业务单一的,只会唱京剧、演评剧的老艺人,身体不算太好。还有想来要待遇、占便宜的,甭说要他们上山下乡地演出,看样子连自己都照顾不了。如果把他们领回去,我可怎么交代啊。"我说:"那怎么办?"他说:"我也不拿你当外人了。看来咱们只能两条腿走路了。"我说:"怎么个两条腿走路呢?"他说:"第一,对上边推荐的人,我们认真考查;第二,我们通过关系,把一些年轻力壮,能说、能唱、能文、能武的年轻演员招进来。"我说:"现在各剧团的传统戏都不演出了,提倡大演现代戏,上哪招年轻演员去?再说,源城县是个贫困、落后的地方。"他说:"就给他们适当提高点待遇嘛。"我说:"这样也许行,但有目标吗?"他若有所思地说:"谋事在人嘛,咱们找熟人、访名人,想方设法请能人,但是为方便起见,'能人'必须在省城找。"我说:"也行,我还认识些符合你们团要求的人,明天我带你见见呗。"他说:"太好了,明天上午咱们就去访一访。"我说:"好吧,你住哪儿了?"他说:"北市场的振东旅馆203号房。"我说:"你真会找地方住,自古以来振东旅馆就是一处接角儿、搭班儿唱戏的联络站,甭打广告也甭撒小招贴,只要跟旅馆掌柜的说一声,他手头的人就有一拨接一拨的。"方宝山高兴地说:"嘿,这回咱们还怕找不到有用的人?"我也高兴地笑了。他四下瞧了瞧,压低嗓子对我说:"别太声张了,现在上边有文件,不许用那些曾经高薪高酬的流动艺人。"

第二天早上七点半,我就来到了知名度很高的戏曲艺人联络站——振东旅馆。203号房间在离旅馆接待厅不远的地方,是一间十多平方米的小房间,陈设也极为简单,一张单人木床,一张小方桌,两只小木凳。

刚见面方宝山就问我:"今天咱们去哪儿?"我说:"听你的,你说去哪儿就去哪儿,今天我给你跑龙套。"他说:"偌大的北阳我连个熟人也没有,只能依靠你了。"我说:"你没去找旅馆的人问问,有没有来搭班唱戏的吗?"他说:"昨晚我倒是问了旅馆的两个人,他们都说不知道。白瞎了我送他们那两根好烟卷了。"我说:"兴许是你给人家的'蛤蟆赖卷烟'把人家都给呛跑了哪。"

我们俩都笑了。我想了想说:"要说现在北阳既年轻又有名气的演员真就不太好找。"他说:"那咱也得想方设法地找啊。"我说:"在北阳我真认识两个既有名望,年龄又不太大的演员。"他说:"你说说都是谁吧?"我说:"一个叫海中山,是北京那边来的。自幼学戏,文武老生,出科后师从京剧名家张云溪……"

方宝山打断我说:"这个人我知道。"我说:"这事你也知道?"他说:"前些年文艺界都下通报了,哪能不知道啊?"我说:"他为人好、艺术精、年龄也不算大。"方宝山说:"这个人不行。"他的头摇得像拨浪鼓似的。见我不言语,方宝山又点燃了一根"蛤蟆赖卷烟"说:"你说的第二个人是谁?"我说:"第二个人是王小淑,也是个远近闻名的京剧演员,梨园世家出身。自幼学戏,文武老生行当。唱、念、做、打都好,年龄三十五六岁,正是当唱之年。"

方宝山又打断我说:"这个王小淑我也早听说过,她不但出生梨园世家,父亲也是开过戏班、当过班主的?"我说:"对,正是她。"他说:"她现在还办团带班吗?那些班底还有吗?"我说:"底包行当全着哪,是北阳唯一能拉班唱戏的班社团体。"方宝山想了想说:"走,咱们现在就去她家看看,即使请她帮咱物色几个不错的演员,为咱们指点一下路子也好嘛。"

虽然，几年未曾来过的王家小院不再车水马龙，却仍然琴瑟缭绕。上午九点，我将方宝山领进王家时，被一阵嘘寒问暖声包围，满满一屋子的老熟人们都笑脸相迎。我将方宝山引进屋子里，逐个地将大伙作了介绍："这位是文武老生，二姐王小淑；这位是青衣花旦，三姐王小莲；这位是铜锤、架子花脸，张玉图大哥；这位是丑角儿秦大个子；这位是彩旦程玉秀；这位是……"介绍到这儿，我突然"吃栗子"（忘词儿）了。坐炕沿边一位浓眉大眼、肤色白皙的女孩，我一时蒙住了。此人属于似曾相识的感觉，我竟然叫不出她的名字。人们一阵哄笑。王小淑笑着说："才几年没见面就不认识了哇？"那女孩脸红红地说："真是不可同日而语，人家晓星现在可不再是小孩子喽！现在成了青年主演了，能耐大了嘛，怎么会记得我这个名不见经传的小人物哪？"

她一番嗔怪，一通数落，更让我着急和难堪。可是，还是想不起来她是谁？人们又发出一阵哄笑。还是王小淑过来解了这个围。她说："嘿，你怎么连小雅都记不得了？"哎哟，我心里一惊，才六年多不见，这个王小雅如同变了个人似的。她人不但长高了，脸变瘦了，连过去那一头垂直腰部的长发，也变成了两条小辫子。那谁能认得出来呀？我赶忙辩解道："这可怪不得我了，要怪就怪你自己。"她说："怎么要怪我自己？"我说："你有两点失礼，一是你这么漂亮的扮相为何事先不露一小脸让咱瞧瞧，也好有个心理准备；二是你在山东省发展得好好的，一声不吭地就回来了，为何不打个招呼，弄得我云里雾里地一时分不清楚。冷不丁地见到你，还以为仙女下凡落到我跟前了哪。"王小雅说："你尽想啥呢？"我说："还能想啥呀，演员嘛，当然想起《白蛇传》中，许仙初见白娘子的唱词哪。"说着，我就唱了起来：

真乃西湖比西子，
淡妆浓抹总相宜。

王小雅抿嘴一笑接上唱道：

问郎君家在何方住？
改日登门叩谢伊。

王小莲说："我来客串一下戏里的小青吧。"她道白说，"我说君子，您住哪儿呀？我们家小姐要给您道谢哪！"

秦大个子说："我也别闲着，今儿个扮演个船夫吧。"他开口唱道：

最爱西湖三月天，
斜风细雨送游船。
十世修得同船渡，
千年修得共枕眠。

程玉秀唯恐自己掉到外边，赶忙过来说："我来个'钻锅'的法海好啦。哎，我丑话可说在前头，咱演的法海可是与众不同的，咱这可是另一道蔓儿的。"说着她也接茬儿唱了起来：

许官人休得要痴迷不醒，
她本是峨眉山千年妖精。
时辰到她定要害你性命，
想回头除非是再世重生。

方宝山也不肯自甘寂寞，他说："我是打鼓的出身，此处就按

'凤点头'开啦！"说着，他摆出打鼓的姿势，口里念道："达达达达仓，个来采呷来仓，大扑呆仓——"人们又是一阵哄笑。王小淑说："咱们都是干这个的，这帮人一言不合开板就唱，甭管多大、多难的戏，不用排练，'插对插对'就能演，还保准错不了。"方宝山说："不是一家人，就不进一门嘛。今天我就是专门为唱戏的事来请各位的，但有一样，就目前的形势而言，各位先把传统戏放一放。我受源城县剧团的委派，请大家去源城组建一支以京剧和评剧为主，以歌、舞、曲、话为辅，小型多样的'乌兰牧骑'式的文艺队伍。如果哪位老师愿意前往，自身符合我团的招用要求，请先在我这报个名，听取一下团里其他领导的意见，获得批准后，我就带领各位老师前往源城。如果各位因种种情况不能前往，也请帮个忙，给我推荐几个得心应手的演员。但有一点，无论谁去都以'支边'的名义，由省文化厅统一出具介绍信，我将设法提高一下'支边'人员的工资和各项待遇。"方宝山向大伙深深地鞠了一躬，又说，"在这里我先表示感谢了。"

人们七嘴八舌地饻饻着。方宝山从随身携带的背包里取出几张登记表，递给王小淑说："先请有意去源城的各位老师在这张表格上登个记，我好办理一下'支边'人员的补助费用。大家先商量着吧，我还要去办些其他事情，明天再过来。"

真是没有想到，那么多人中，被选中的只有王小雅、秦大个子、程玉秀，连同我四个人，跟随着方宝山踏上了开往源城的火车。

我们四个人，作为省里第一批"支边"人员，到源城县剧团工作。"支边"就是支援边远山区的文化建设，正如方宝山所说，源城县剧团里没有什么名角儿、大腕儿，是个由年轻演员组成的文艺团体，以京、评、话、歌、二人转混合，什么戏都演，什么曲都唱的文艺团体。从省城开往源城的火车每天只有一趟，乘车的人又特别多。早晨，我们背着行李挤上火车，先颠簸到余县，在余县等候五个多小时，换乘一列火车到一个叫叶柏的地方下车，然后再搭上一列火车到源城。凌晨三点，目的地终于到了，糟糕的是火车站离城里还有五里路，没有公交或小客之类的运输工具，连个老牛车也没有，只能用自己的双脚一步一步地量着走。我一边走一边心里嘀咕，这到底是啥地方呀？连走路都这么困难。终于，在一座土坯房院落的大门上，一个白底黑字的大牌子出现了：源城县剧团。

进门后，我们被安排到一间房子里休息。几个人没吃一口饭，没喝一口水，没洗一把脸，甚至连衣服也没脱，倒头便睡。

我在极度疲乏的睡梦里刚倘佯了不大工夫，突然被摇晃醒。睁眼一看，一个头戴灰色旧军帽的人站在我面前，那形如核桃般的脸告诉我，这个人怕是有把子年纪了。他对我的不快全然不睬，一屁股坐在床沿上搭起讪来。

他说："省城来的？"我说："是的。"他说："咱们是老乡啊。"我点点头没说话。他说："来搭班儿的？"我说："是来支边的。"他说："支边不也是搭班儿嘛，不容易呀。"见我不说话，他做个打鼓的动作说："我是老团（剧团的前身）的鼓老儿，住在后院。有个为难招灾的事跟我说，好使。"我还是没说话，只点点头表示感谢。

他见我仍困顿着，便从怀里掏出来一个扁形小酒壶说："酒这玩意儿解困解乏又提神儿，来两口儿。"我摇摇头。他把酒壶往我手里塞，说："就算为你接风洗尘啦。"我告诉他，我是个滴酒不沾，见酒就迷糊的主儿。他揣起酒壶，遗憾地拍着我的肩膀说："那好，就算你欠我一顿酒。"切，这个人是谁呀？这人就是关长金。

过后听人说，关长金确实是老团的鼓老儿，年轻时参加过抗日部队，曾是国民党某部队京剧团成员，部队集体起义后，加入解放军京剧团，后归落地方，从省城辗转来到这里。退休后，他和打锣的梁会及管帽箱的张高同是"三无人员"（无婚史、无子女、无家可归），住在与剧团一墙之隔的家属院。他们仨虽性格各异、志趣不一，但却有着一个共同的癖好——往酒上铆劲儿。人们当面称呼他们老师、大爷，背后叫他们酒老头儿。关长金有个口头禅："大男人不可一日无酒。"且每天必喝，每喝必醉。"酒"字就像挂在他命运绳索上的一串念珠：生存依赖于酒，情感起始于酒，晚年病殁于酒。

团里演员每天都在练功、劳动、学习，上山下乡地在农村搞"三同"。他们几个老头却玩命地托人买酒喝。那个时候，买什么东西都凭票供应，因为他没有酒票，就四处要酒喝、设法弄酒喝，他整个人都沉醉在酒上。

虽前后两院，平时见面的机会不是很多。或许是当初没有给他面子的缘故，关长金总是在有意无意地躲着我。即使一不留神走个碰头，他也不说话，只是用鼻子"嗯"一声算是打招呼。

第九章　那些难以忘却的日子

万事开头难。无论是大城市还是小县城,大多如此,往往小地方的事情,比大城市的事情还要难。在源城的最难事,不是水土不服,也不是比沙粒子还硬的小米饭,更不是嗷嗷吼叫着的白毛风搅起满街尘沙黄土让人睁不开眼睛,最难的事是排戏。

何况,我们到达源城时,正赶上非常时期那场风暴刮起的时候。团里的领导班子全都靠边站了,连一些编剧和导演们,统统都"瘫痪"了。整个剧团的事情,全由根本不懂戏的副团长方宝山率领的一个造反组织包揽着。因此,这里的排戏成了一个"三无真空"。一无剧本,剧本乃一剧之本,一出戏的台词、唱段、舞台调度、人物刻画等,都需要剧本的提示完成;二无导演,导演是一出戏的核心;三无唱腔设计。人常说:"戏曲戏曲,编戏唱曲;无戏无曲,一堆狗屁。"这个剧团每当学演一个剧目,只能从收音机里(当时还没有录音机)往下扒、往下记。有时,只好跑到外省市的剧团去观摩学习,几个人你记一部分、他记一部分地往一块儿凑。凑圆全了,才形成一出戏,根本谈不上什么艺术风格、突出特点或主题立意。只要能演出就行。如果凑不圆全,那就会矛盾锋起,互不相让。当然,也有争得面红耳赤的时候。

言为心声,唱为心曲。难怪每逢排戏的时候,人们都情不自禁地哼唱一句在京剧《龙江颂》中盼水妈唱的唱腔:"比登天难——"我不解地问他们,为什么人们都爱唱这句唱腔?他们如出一辙地说:"咱们剧团排出戏,比登天还难啊……"

融入这个剧团，我还算混得过去，只是王小雅有些不顺。也许她的性格太内敛，也许她受传统戏的影响太深了，她演出现代戏中唱、念、做、表的举手投足间，总是流露出程式化的范儿。人们都管这叫老戏范儿。

那天，在排练一出叫《好媳妇》的现代戏。这出戏说的是，抗美援朝英雄马老汉，在儿媳赵玉莲、田小芳的照料下，过着衣食无忧的生活。可是，老伴儿却患有重病。大儿子外出打工，二儿子不务正业，生活的重担都落在儿媳赵玉莲和田小芳的身上。赵玉莲为婆婆捐肾、换肾，最终挽救了婆婆的生命。在赵玉莲无私奉献的真情感召下，不务正业的二弟，幡然醒悟、浪子回头。全家人齐心协力开始崭新的幸福生活。

王小雅是个典型的城里姑娘，身上缺乏那种果敢、泼辣、大方的性格。表演起来规矩大方有余，而泼辣、果敢不足。难以体现粗犷的气势和那种疾恶如仇的个性。剧组负责人有点意见。副团长方宝山为此大为光火。他尤其认为王小雅和由他从省城接来的几个演员，必须是个顶个的艺术家，否则，他"掉链子"不说，还背负着一个"办事不力"之名。这个"之名"不但使自己的威信受到影响，还会对自己下一步升为剧团团长、文化局副局长、局长啥的尤为不利。他曾多次把我叫到他的办公室问话："李晓星，你为什么骗我？"我说："怎么了？"他说："我好几次问你，王小雅的艺术水平怎么样？你都对我说：'保证没问题。'"我说："她哪儿有问题吗？"他说："她那个《好媳妇》的表演有问题。"我说："啥问题？"他说："不像革命的好媳妇。"我说："革命的好媳妇啥样？"他说："像电影片子上那个样。"我对他说："演员最忌讳的是照葫芦画瓢，最提倡的是改革创新。梅兰芳大师一再强调，在创造角色上要千人千面，绝不可千人一面。"他说："那就不对了，比如样板戏里的英雄人物，必须保持一致，一点也不能改啊。"我说："英雄人物的精神不能改，名字也不能改，难道连学演、学唱者的个头高矮、体形胖瘦、嗓音声线都不能改吗?人家那李玉和的个头一米八,咱团的李玉和个头才一米七不到;人家那李玉和体态、脸形既不胖、也不瘦,一边一块儿疙瘩肉,咱团那李玉和,没有疙瘩肉,那咱们就不能演了呗?"他说:"这些都是客观原因,但主观上的东西绝对不能动。"我说:"什么是主观上的东西?"他说:"属于技巧上的一招一式,唱、念、做、打,'西皮''二黄'腔咱们照学照演,一点也不能改动。"他既严肃又认真地说着。

我笑呵呵地对他说:"那是必须的,对样板戏的锣鼓经,你一下也不改?"他说:"当然一下也不能改啦。"我说:"人家那打鼓的打一个'撕边',五秒钟打出一百多个'嘟噜',你这打鼓的五秒钟能打多少个'嘟噜'?"他说:"我没特意查数。"我说:"你没查数过没关系,咱现在就查,我给你看表、查数,你马上打,别说你打出一百个,你就是能打出五十个'嘟噜'来就算我输。来,你马上拿出鼓箭子,咱立马就打。"方宝山的脸"腾"的一下通红。"我……我……"地半天也说不出话来。我说:"没有因为这一点就取消你的演出资格吧?"他解释说:"不是我说王小雅怎么了?她的唱腔、个头、扮相、做戏都挺好的,就是有的人说她这个《好媳妇》演得不对。"我说:"你去告诉那个人,艺术本来就没有对与错之分。"

一个月后,王小雅主演的《好媳妇》正式公演了,效果相当好,观众评论说,这才是一个生活中最真实可信的好媳妇。听了这些话,方宝山终于闭上了他那张乌鸦嘴。

《老子》第五十八章中说:"祸兮福之所倚,福兮祸之所伏。"意思说,福、祸互相依存,可以相互转化。比喻坏事可以引出好的结果,好事也可以引出坏的结果。也就是说,瞬间的倒霉,隐藏着幸运;刹那间的幸运,也许暗含着倒霉。

那天一场猝不及防的事情发生了。虽然,发生在王小雅身上,但也把我牵扯了进去。一年一度的"全县三级干部会议"召开。县委宣传、文化领导部门非常重视，认真地做了部署。县剧团特意赶排了一场文艺节目，以文艺晚会的形式来表示庆贺。其中现代京剧《沙家浜·智斗》一折戏，作为"大轴戏"演出。剧中的阿庆嫂由王小雅扮演，胡传魁由秦大个子扮演，我演刁德一。此戏就是王小雅的一出见棱、见角、见功夫的拿手戏。

那天的演出，气氛非常热烈。开场锣鼓喧天、狂歌劲舞，短小精干的文艺节目，一个接着一个，雷鸣般的掌声，一阵连着一阵，台下的叫好声此起彼伏。中场休息后，大轴戏是革命现代京剧《沙家浜·智斗》一折。在满场观众期待的目光下，帷幕拉开了。戏中的阿庆嫂在日寇疯狂扫荡后，扶老携幼地上场唱道：

> 敌人"扫荡"三天整，
> 断壁残墙留血痕。
> 逃难的众邻居又回乡井，
> 我也该打双桨迎接亲人……

这四句"西皮摇板"唱罢，台下响起一片掌声。人们也悄悄议论开了："哎，这个演阿庆嫂的女演员挺年轻啊！以前怎么没见过哪？""人家是从省城接来不久的青年主演，也就十七八岁吧？""噢，嗓子不错，扮相俊俏，唱得也好听，跟电影上的那个不相上下。""嗯，听人说，她从小就是干这个的，还是梨园世家哪。""行！这回咱源城县剧团的戏，可有得看喽！"内行看门道，外行看热闹。无论内行外行，凡是看《沙家浜·智斗》一场戏的人，看的就是阿庆嫂、刁德一和胡传魁三个演员的"联弹"。这场戏中三个人的"联弹"，真谓珠联璧合、天衣无缝。在艺术的表达上，又是那样张弛有度、收放自如，把满场人看得如痴如醉。

当大幕徐徐落下时，人们涌向台前，观看站在台上的演员，说穿了就是近距离瞧瞧"阿庆嫂"的真实容颜。这不，县领导带队上台接见之后，作为扮演主要英雄人物的王小雅都谢了三次幕了，人们站在台下不走，都大眼瞪小眼地这个瞧啊，连眼皮都不眨一下！当然，王小雅也是性情中人，她十分兴奋和激动，一遍又一遍地同台下伸出的手互相握着。可是，她万万没有想到，自己的满腔热血被一盆冷水浇了个拔凉拔凉。

刚散场方宝山副团长就走到王小雅跟前，让她和我到他的办公室去，他有事要了解清楚。王小雅说："有事就在这儿说不行吗？"方宝山眼睛一瞪说："这里不是谈话的地方，你不去也行，但事到临头你们可不要后悔。"方宝山一甩袖子走了。王小雅跑来找到我，我们急忙来到方宝山的办公室。

方宝山满脸冰霜地坐在办公桌旁，他手里握着一支钢笔，面前摆放着记录本，看样子此次谈话非同寻常。还没容我们坐下，他说："接到革命同志的举报，你们两个人竟然与当前的大好形势背道而驰，公然在光天化日下练旧功、背老戏，妄图使封、资、修文化卷土重来，是否有此事？要不要去把证人找来？"我说："什么证人，不就是秦大个子吗，是我们练功影响他在台下边睡午觉了？"他说："是秦大个子的思想觉悟高。"我说："我们练的可不是旧功，背的也不是老戏，更没有让封、资、修卷土重来的目的。"他说："你练的那是什么？"我说："练的是'四功五法'，它不但是戏曲演员的基本功，也是中华民族优秀传统文化。"方宝山说："样板戏才是最好的，你们为什么不练？"我说："有继承才有发展，有'守正'才能'创新'。"方宝山却一口咬定这就是用新瓶装旧酒，重温帝王将相、才子佳人的美梦。两个人好一番唇枪舌剑，谁也没说服谁。

方宝山眼珠一转，对王小雅说："在这个紧要关头，可是考验你的时候了，你和李晓星可不一样。"王小雅不解地看着方宝山。方宝山"嘿嘿"一笑说："据我所知，你的出身可是有点问题的，处理问题和解决矛盾的方法有两种，一种是内部矛盾，还有一种是敌我矛盾，这你不会不知道吧？"一听这话，王小雅吓得"哇"的一声哭了起来。

这时，办公室的门被猛地推开了，老关头闯了进来。看样子刚喝过酒。老关头说："报告！我要说几句话。"方宝山说："你怎么进来了？"老关头说："我一直守着后院看大门，因为这些日子女生宿舍搬到了后院，散戏后人们都回去，我好给大门上锁。可是，今天晚上王小雅左等不回来，右等也不回来，不知出了什么大事儿了，我就过这来看看哪。"方宝山说："老关头你去看你的大门，我们内部在开会，你一个局外人来凑什么热闹？"老关头说："办公室是用来办公的，没有什么内部外部之分，人人在这里都有说话的权利，何况我还是剧团退休的老同志嘛。"方宝山说："你有什么话快说吧。"老关头说："我就是要问问你。"方宝山说："问我什么？"老关头说："你承认不承认，你爹的爹就是你爷爷？"这句前不着村、后不着店的话，把我们造的一愣。方宝山不知该如何回答。老关头说，"老祖宗就是老祖宗，先人建桥后人过，先人栽树后人乘凉。我不懂现代戏跟传统戏的差别在哪儿？只知道忘了爹、忘了爷爷、忘了祖宗的人，就是个畜生。"老关头又走到王小雅跟前说："孩子，不用害怕，有大爷给你撑着。"说着，老关头从自己的衣服上取下一枚战斗英雄勋章来，对王小雅说，"有句话说：'身上打个眼儿，比国家主席小不点儿！'你关大爷的身上被日本鬼子和国民党反动派，用枪打了五个眼儿，三个是日本鬼子打的，两个是国民党反动派打的。这枚战斗英雄勋章，是毛主席亲自为我颁发的，你看这上面的'战斗英雄'四个字就是毛主席亲手题的。今天，我把它撂在你这里，它不但是功勋的象征，还能壮胆、驱妖、辟邪，坏人都怕它！"王小雅急忙说："大爷，我可不能戴这个，它是专门属于你的功劳和荣誉。"老关头说："不是让你佩戴，是随身携带在你的衣兜里。"王小雅感动地抱住老关头又哭了。

她连连地说:"谢谢关大爷,谢谢关大爷……"

方宝山一下子傻了,他不知道今天这个事,自己该如何收场。

时日不久,听人说关长金的境遇有些糟糕。每个月二十多元的退休金花不到十天。为了喝酒,他把自己所有物品变卖一空,仅剩下一套铺盖和身上穿的夹袄夹裤,再有就是从早到晚不撒手的那个扁酒壶和春夏秋冬不离头的那顶旧军帽。他去垃圾场里捡过破烂,在沿街讨过小钱,向朋友和熟人借过债,无论从哪个渠道得到的钱都被他换成酒喝。

眼见日子实在混不下去了,老关头就跑到县里去告状,声称这些年间,剧团每年都少给他发三个月的工资。接访人员从剧团找来工资发放表问他:"每年十二个月的工资表上都有你领取时的盖章,究竟哪三个月没有给你开资?"关长金掐着十五个手指头说:"一月至十二月的工资我都领到了,剩下三个月的工资哪去了?"他掰着十五个手指头去要一年的工资,逗得人们哈哈大笑。人家说:"你算少了,你要掰着二十个手指算的话,那就欠你八个月的工资啦。"

当听到这件事时,我心里想,这个老关头真是明白的时候真明白,糊涂的时候真糊涂啊。

一天傍晚,全团演职人员送戏下乡演出回来,看见好多人在剧场旁边的一个商店门口围成一圈,嚷着、笑着、拍着巴掌,像是在看打把式卖艺或是耍猴什么的。我挤进人群去瞧,原来是关长金站在人群中进行一个独特表演。他将商店涮酒缸的酒底子讨要下来装进自己那个扁酒壶里,现场表演"喝酒不就菜"。因没钱买下酒菜,他从水果摊借来一个桃子,当他喝下一口酒时,拿起桃子在鼻尖上闻一闻,然后再喝下一口酒。凡喝酒的人都知道,这叫"干拉"。当壶里的酒喝光了,他又把那个桃子毫发无损地还给人家。

老关头的表演引得人们一阵喧闹。他还直嚷:"这顿酒喝得真便宜呀，一分钱也没花。"我实在看不下去了，扭头走开。晚上，我去关长金的住处，他一个人半躺半坐在床上打盹。

"你那么喝酒有意思吗？"我说。

"有意思。"他说。

"有什么意思？"

"这叫闻香识酒性。"

"你不喝酒能死啊？"

"能疯，疯不如死。"

我本想再劝他不要那么喝酒，可看他那劲头，只好作罢。我扔给他二十元钱说："你真是个活爹，以后再喝酒就打回来坐在床上慢慢喝。"我以为他会说些感激的话。没想他瞪着眼睛说："就给我二十块钱？"我说："我一个月工资才三十五块钱。"他说："那你不给我三十五块。"他赶紧把这二十块一块儿收了起来。嘿，他还真把自个儿当成我的活爹了。我掏遍所有衣兜，又翻出五块钱，放在床上说："就这些了。"他说："那我不管，反正你还欠我十块钱，开工资时，我去你那取。"凭什么呀？这件事弄得我哭笑不得。

从那以后，关长金不去街上出洋相了，他真的把酒买回来坐在床上慢慢喝。

样板戏年代，源城县剧团排演了《红灯记》《沙家浜》。以方宝山为首的一伙人给我扣上"白专道路的尖子""只专不红"的帽子，只允许我演反面角色和小人物。后来，"派性"渐消，我才有了出头露面的机会——在京剧《智取威虎山》中，扮演苦大仇深的李勇奇。这个戏应工，对行当，角色讨巧，点儿也正，这出戏使我一炮走红。林林总总的会议，大大小小的慰问，各种各样的活动，都少不了这个戏。一时间掌声不断，喝彩连连，最多时一天演出四五场。可谓广播里有声，报纸上有名。可惜那时的电视还不发达，否则，兴许会在央视《星光大道》上露一小脸。连源城县的一把手也在会议上指名道姓地表扬过我："看看人家那戏唱得，那叫一个好……"

这个时候，关长金干了两件让我下不了台的事情。一次打住戏后，他当着许多人的面贬损我说："成角儿了不是？能耐大了不是？这才哪到哪啊？一出戏中的两个亮相都亮到家伙点儿（锣鼓经）外头去了。"再有一回，他敲打着鼓板跟在我身后喊："哎——小子，你唱的那段'二黄碰板'还有点不瓷实哪。"

一个退休的老头，竟在大庭广众之下这样埋汰我。

第十章　一座神奇的娘娘庙

　　一座破败不堪的小庙，坐落在城南郊三四里的山坡处，一条清澈的小河，从山坡的石洞里涓涓流下。这是王小雅意外发现的地方。自从那天遭到方宝山不公对待后，断了她练功的后路。演员不练功怎么行啊？俗话说："一天不练自己知道，两天不练同行知道，三天不练观众知道。""演员不练功，事业一场空。"她决定要寻找一处遮人耳目，有山、有水、较为僻静的地方练功，这样的地方，才是出人、出功，又出戏的好地方。于是，只要团里没有特殊活动，王小雅就一个人出去寻觅一处人烟稀少的地方，为的是练练功、溜溜嗓儿，实在不行，念上几句道白也是好的。

　　那天，她来到城南郊区的那条细水潺潺的小河旁，那河里的水深不过膝、清澈见底。她刚"咿——啊——"地喊了几嗓子，就把小桥那边一群捕鱼捞虾的人给招来了。人们没见过这样的举动，有的人还以为这么漂亮的小姑娘要轻生跳河，已经准备好下河救人了。要是那样该有多好啊，叫什么"英雄救美"嘛，影视剧里常有这样的镜头。有的人还以为，这个姑娘十有八九是有受了打击或刺激的精神病，说不定又是被揪、被斗或者被挂上几双鞋游街的哪。此时这帮人看似在桥那边抓小鱼、捞小虾，其实是在目不转睛地盯着王小雅。有的还在交头接耳地说着悄悄话。这个说："哎，哥们，这小妞可是咱源城多少年不曾见过的大美人儿啊！"那个说："可不是咋的，不像咱们这疙瘩的人。要是这辈子能整个这样的媳妇，掉下河淹死也值了。"又一个说："去你的吧，这河水刚漫过小腿儿，能淹死人吗？"

"哈哈……"

王小雅一看，今天这功练不了啦，这嗓儿也溜不成了。她过了小木桥朝着山坡走去。走近山坡她才发现，山坡的地里矗立着一座小庙。小庙不大，有些颓败，红砖碧瓦虽然陈旧，但是却十分幽静，周围清扫得也特别干净。王小雅觉得似有人在呼唤自己的名字，她心头一热，快步朝小庙走去。

有些褪色的庙门上，"娘娘庙"三字娟秀大字斑驳可见，庙门两旁一副字联也能依稀看出：

心诚修得功成归
行善积德福自来

进得庙来，只见上方供着一尊泥塑的古代贵妇人。她雍容华贵，面色慈祥，怀里抱着一个襁褓中的婴儿。那婴儿一脸欢笑，两只脚丫露在外边。庙墙壁画，虽被人铲掉破坏过，但又现被修补描画的痕迹，基本能看出它的原貌。这座娘娘庙又称送子娘娘庙，是存留较为不错的名胜古迹。

后来，王小雅才得知这娘娘庙的来历。

相传宋朝年间，宋徽宗赵佶荒淫无道，民不聊生。其正宫娘娘向后，却是一位知书达礼、大贤大德之人。因她不能生育，被贬到后院冷宫，每天残羹剩饭、守残度日。忽有一日，冷宫失火，火光冲天，久扑不灭。只半夜工夫将冷宫烧得片瓦无存。人们细细寻觅，也未能找到向娘娘的尸骨残骸，都以为向娘娘早已化作灰烬。其实，这位向娘娘被风力神席卷上天空，送到这千里外的山坡坳间的小石洞里生存了下来。从此，从山洞里流出的水又甜又柔，耐人可口。周围几十里地的人们，都跑到此山洞来喝水、担水。然而一件蹊跷的事情发生了，凡是不能生儿育女的妇道人家，每当喝了此山洞的水后，大多生出又白又胖的娃娃来。人们都说此乃天意。向娘娘不为无道昏君生儿育女，却为平民百姓送子送福。因此，山水洞里香火不断。后来人们又为向娘娘修庙宇、塑金身，供奉祭物，叩头膜拜。

"运动"伊始，娘娘庙受到冲击。后来又悄悄恢复起来，小庙里又有了烟火气，好像有人经常来这里似的，庙堂不但窗明几净，而且桌椅摆放整齐。是何人料理着这方清雅、幽静的世外桃源哪？王小雅仔细地察看了几遍，庙里竟然一个人也没有，她不由地一阵喜出望外。心里暗暗说道："此乃天助我也！"可也真是巧，在北阳家里练功的时候，有供奉梨园祖师爷唐明皇的地方，今天来源城练功，又阴差阳错地来到这祭祀娘娘的庙里。

王小雅无所顾忌地在娘娘庙的小院里练起功来。先是"耗腿""踢腿""拿顶""走虎跳"，后是"喊嗓""念白""打引子"。嘿，真是妙极了，由庙里返回来的回声不但响亮、清澈，还带着一股清凌凌的水音啊，真是好听极了。她先唱一段"西皮"，又唱一段"二黄"，再来一段"南梆子"。一番工夫下来，她看了一下手表，"哎呀"，时间过得可真快，已经是下午两点多了。她赶紧收拾了一下，顺着来时的小路往团里赶。下午三点全团还要集中学习，还要搞批判文艺黑线什么的，那可是万万不可耽误的大事啊！

顺心顺意精神爽，苦练巧磨功夫长。王小雅风雨无阻地坚持了一个多月，她的功夫长进了一大步。她几乎都是午饭后，趁人们都睡午觉的时候，独自一人悄悄地走出剧团大院，出了城后她才敢一路小跑地奔向娘娘庙。她心里也常想，这位向娘娘不但为百姓送子、送女、排忧解难，还能助自己出功、出戏、长能耐哪。有时她心里也纳闷，自己在庙里练功时一个人也没见着，但是小庙周围的环境怎么还保持得如此整洁？庙院树下的落叶被谁清扫了？庙堂的灰尘被谁擦净了？上次，供桌上明明供着的是白面馒头，这回怎么变成黄米面的豆包了？肯定是有人来过这里了！这让她百思不得其解。

王小雅转念一想，唉，自个儿干吗费那个脑筋啊？只要不耽误自己练功，谁愿意来就来呗，要不自己还想买点好吃的东西供奉一下这位造福百姓的娘娘哪！

几天之后，又发生了一件让王小雅大感不解的事情。那天，她在庙里练完功，急着起身回团里去，因为有政治任务要完成。下午四点，由团里统一乘车出发，到县荣复军人院进行一次慰问演出。荣复军人院里住的都是在抗日战争、国内革命战争中立过功、受过奖、负过伤的荣复转业军人和英雄模范人物，还有两位是经历过二万五千里长征的残疾军人。这次文艺慰问演出的压轴戏，还是现代京剧《沙家浜》中的《智斗》一折。这些老英雄职务高、资格老、脾气还特大，一来劲儿连县委书记和县长都敢顶撞。被顶撞的县领导还得赔着笑脸，左一个首长右一个首长地称呼着。现代京剧《沙家浜·智斗》一场戏就是他们亲自点的。不但点了戏，还点了名："呃，听说从省城请来一个小丫头，叫王小雅的演员，唱这个阿庆嫂唱得特别好，咱今天专门听她来给咱们唱唱。呃，可别换别的演员噢……"

按惯例，每当排一出戏的时候，凡是主要演员都安排了A、B两个角儿，以备万一。《沙家浜》这出戏也不例外。团里上午过排时，方宝山副团长当众宣布了这个消息，还私下特意叮嘱过王小雅："这场慰问演出是一项十分重要的政治任务，也是考验你的大好时机，可千万准时准点，不能耽误了演出。那个演B角的小肖，跟我要求过好几次了，要求上这个戏哪。"

可是，天有不测风云。王小雅在娘娘庙练完功出来的时候，一场特大暴雨不期而至，电闪雷鸣的，那雨下得如同瓢泼一般。这老天爷也太不靠谱了，刚才来的时候万里无云哪，怎么转眼间就暴雨如注啦。这下，王小雅不知该如何是好了。硬顶着雨往回走，浇个落汤鸡似的倒也无所谓。淋大雨受风寒是要得重感冒的，发冷发烧的遭点罪，身体受点损失也行。可是戏曲演员最怕的就是感冒。谁都知道戏曲演员以唱为主，一感冒嗓子就发炎，一发炎就会唱不出声来。那样，还怎么为荣复军人院的老革命、老英雄们演出？怎么去完成这项重要的政治任务？再说，怎么对得起老首长们指名道姓地非要看她演出的那片心意？走又走不了，不走又不行，把个王小雅急得如同热锅上的蚂蚁。哎，奇迹就在这个时候出现了，她瞧见在庙门的铁环上，挂着一把崭新的油纸伞。这把伞是红色的，同商店里卖的伞是一样的，只是它的形状好像比普通雨伞稍大一些。

"雨中送伞，情意匪浅。"究竟是何人把雨伞挂在这里的？什么时候挂上的？自己进庙时也没有看见这门上有雨伞哪？但是，她不敢轻易地把雨伞拿走。她晓得这个道理，雨中送伞是君子所为，雨中窃伞那可就是小偷啊！于是，她朝庙里高声喊道："这是谁的雨伞啊？"可是，她连喊了好几声，连个回音也没有。王小雅这才把雨伞取下来，朝着庙堂里的娘娘塑身拜了几拜说："娘娘啊娘娘，你不但为人送子送福，还为人排忧解难哪，我的好娘娘！"

王小雅撑着那把雨伞，一路小跑地回到团里，她不但毫发未损，而且没有被雨水打湿衣衫。那天晚上的慰问演出，也非常成功。那些老革命、老首长、老英雄们，不但报以热烈的掌声，还特意送了一面锦旗，锦旗上几个金光灿灿的大字写着：

敬赠：源城县剧团
足智多谋阿庆嫂英雄形象，
色艺双全王小雅表演艺术。
源城县荣复军人院

年末，王小雅被评为源城县优秀文艺工作者。几年里，我和王小雅都成了同病相怜、有苦说不出的人。眼看得荣誉见长，人气见长，年龄也在长，唯独没见长的是工资，每个月我们仍然数着三十五元钱的票子过日子。我还不如人家哪,她还有个"优秀文艺工作者"光环罩着哪,我纯粹就是被薅净了的公鸡——一根毛没有!

当我踌躇满志的时候,几乎被遗忘的关长金步履蹒跚地走进我的宿舍。他比前些日子老多了。见我诧异的样子,他说:"今个儿,一不向你要酒喝,二不管你借钱花,三不给你说戏。"我说:"那你找我干啥?"他说:"求你给我写封信。"我说:"给谁写信?"他说:"这个人和你唱一工活儿的,是我的师弟,能耐比你大得多。"喊,他还有能耐比我大的师弟!我说:"谁呀?"他说:"方荣翔。"我一愣说:"哪个方荣翔?"谁料我这一问他竟唱了起来:"趁夜晚出奇兵突破防线,猛穿插巧迂回分割围歼……"

那时,还有不知道方荣翔的?著名京剧花脸演员,在样板戏《奇袭白虎团》中扮演志愿军王团长。嗬,那演唱技巧,那声音运用,那人物塑造……绝对是大角儿!我说:"方荣翔什么时候成了你的师弟了?"他说:"在北京'荣春社'科班的时候。"我好像听他说了神话故事似的,就问老关头:"什么?你也坐过科、唱过戏?"他说:"没唱过戏能跟你这么近乎吗?"我说:"少套吧你,后来为啥不唱了?"他说:"嗓子坏了。"我说:"喝酒喝的?"他说:"说来话长,今天你先给我写信吧,详细情况以后再跟你说。"我说:"写信给方荣翔干什么?"他说:"你想认识他吗?"我说:"不是一般想,连做梦都想啊。"他说:"让他来收你做徒弟,教你技艺咋样?"我说:"就为这写信?"他有点不好意思地笑笑说:"再就是让他给我寄几个钱来。"我说:"这信怎么写?"他说:"你就写:'师哥关长金重病在身,望来看我,如不能来,寄钱救命。'"我说:"人家那么大的角儿,演出又那么忙,能来这儿吗?还会给你寄钱?"他说:"能不能来这儿,就看你的造化了,会不会寄钱,要看我们的情分了。"

我按他说的立马写完信,然后跑到邮局买了一张八分钱的邮票,贴在一个牛皮纸信封上,然后工工整整地写下:山东省京剧团方荣翔先生收。

盼人等信的时光特别难熬。那几天，我心里反复算着信的往返时间，有个十天八天的就足够了。可是，翘首以待地过了一个多月，愣没见信来。我心里直骂："这个老关头可真能吹牛！"

腊月二十三过小年儿那天，剧团正在四十里铺演出，戏码是《智取威虎山》。晚上八点多戏刚打住，公社邮电所的一个女话务员跑来喊着我的名字说："源城剧团家属院有个姓胡的老头打电话说有急事让你马上回去一趟。"我心里"咯噔"一下，准是方荣翔来信或者来人了。

我急忙请过假，王小雅从张大爷家借来一头小毛驴，让我骑着它回去。还别说，经张大爷一番调教，这小毛驴既温顺又听话，老老实实地按着我的指令做。喊声"吁"它就停下，喊声"驾"它就走，喊声"嘚儿——驾——"它就小跑起来。我就骑上它连夜往城里赶。半夜十一点回到剧团家属院。我把小毛驴拴在院里的一根晒衣架杆上，急匆匆地进了老关头的屋里。关长金手里捏着那个扁酒壶，正半躺半坐在床上等着我哪。

我急不可待地问："人来了？"他说："人没来，信和钱到了。"说着，他将寄来的信和汇款单递给我看。信上写道：

长金师哥：

　　我们忙于上海、天津、武汉和广州等地的演出，已有几个月没有回济南了，今天刚到家就看到你的来信。因明日启程去北京参加全国革命样板戏会演，实不能前去看望你。等来日得便时再去拜望。今寄去人民币一百元，请及时治病，盼早日康复。

　　　　　　　　　　　　师弟：荣翔　于腊月二十日

虽然方荣翔先生未能前来，我也挺高兴，何况他还给关长金寄来一百元钱。那时的一百元大钞,足够在源城买一间相当不错的房子。怕他把钱糟践了,我握着汇款单说:"明天我去邮局给你把钱取出来吧。"他说:"我自个儿能取。"我说:"这钱是人家给你治病救命的,你可不能辜负了人家的心意。"他说:"我是用它治病救命的,一分也不能干别的。"我说:"用它打针还是买药?"他说:"全部用来买酒喝。"我说:"你疯了?"他说:"只有酒才能治我的病救我的命,不然我早就没命啦。"气得我冲出屋子,骑上那头小毛驴连夜回了四十里铺。我见过不少喝酒的,可没见过他这样喝酒的。我偶尔也喝酒,只不过是以酒做幌子,趁机弄点好菜吃。有句话叫"嗜酒如命",关长金却拿酒换命。还有他从不离身的扁酒壶、不离头的旧军帽,在我心里形成一团越滚越大的雪球。我突发奇想地要揭开这些不为人知的秘密。

一天傍晚,关长金手拿一根棍子把何山平追得满院子跑,还声言非要打断何山平的狗腿不可。我拉开他们说:"有话好好说嘛,闹得鸡飞狗跳的,这是唱得哪出啊?"何山平对我说:"他喝醉酒,鼻涕一把泪一把地叫着一个女人的名字。说什么,'我找不到你了……我想死你了……'"我问他想的那个她是谁?他不说,我开玩笑地说:"她是你相好的,没准是跟你搞破鞋的哪。"他就跟我拼命了……关长金吼道:"不许你玷污她半个字!"这个女人是谁?我不得而知,但让他如此大动肝火的人,一定是个非同寻常的女人。

那年,为写剧本采访方便,我住在一个叫"三元井"的地方,关长金隔三岔五地来我的住处,他不进屋也不落坐,只是站在门口,摘下那顶无冬无夏不离头的旧军帽说:"孩子,你关大爷家里揭不开锅了,给我几把米救救急吧。"

第一次接过他递过来的帽子时,我的嗓子被那气味儿噎了一下,这帽子怕是有些日子没洗过了。我从米袋里给他装了满满一帽子米交给他。他从不说一个谢字地离去。一次他又来,我将家里的一个空米袋装些米递给他，把他的旧帽子留了下来。我想待他走后好好地看看这帽子到底有何玄机。这帽子是灰色的，前面缝缀着两个黑钮扣。八路军、新四军、国民党军和东北军都戴过这样的军帽。可是，他却不接我的米口袋，瞪着我说："你留下我的帽子做啥呢？"我说："口袋比帽子装得多，再说你那帽子多长时间没洗了，我洗洗再给你。"他急头白脸地说："粮食不要了，快把帽子还给我。"我只好又在那顶帽子里装满米递给他。他仔细地看看后，捧着它慢慢走了。

一个大雪飘飘的日子，团领导对我说，老关头病得很重，因行动不便，在家里打吊瓶，让我们几个年轻人排个班儿去护理他。我和王昌、何山平、孙成元夜里住在他屋里，王小雅白天看护，我们几个轮班儿照料他。

关长金自知生命不长，他感叹地说："我没啥回报你们，夜里讲个故事给你们听吧，这个故事憋在我心里好几十年了。"见我们赞同，他不喝水也不吃药，从怀里掏出那个扁酒壶抿了几口酒说："你们知道尚小云吗？"我们全笑了，说："谁不知道尚小云的话，就等于不知道自己的爷爷。"他说："你们都知道尚小云，却不知道我哥哥，更不知道尚小云和我哥哥发生的故事。"我们有点蒙："什么，什么？能把尚小云和你哥哥扯在一起？还能发生故事？"

关长金长叹了一口气说："哥哥十二岁进尚小云先生办的'荣春社'科班学戏。日本人攻占北京的时候，父亲突然病故，全家人生活陷入困境。哥哥学不下去了，他必须务工做活养活五口老小。经田和钱庄老板田大叔介绍，哥哥到商会吴会长府上做听差。吴会长太太的侄女李晓雁当时在北京女子中学读书。因日本兵到处搜捕杀害共产党和抗日人士，女子中学被迫停课，困在吴府的李晓雁更是焦灼万分。李晓雁不但是学生，而且是一个京剧戏迷，她不能上学是小事，她不能去戏园里看戏、听戏那才是天大的事情，她整天哭着喊着要出去。对她视同己出的姑姑恳求吴会长给想个办法。在那个兵荒马乱、杀人如麻的时期,谁敢把一个小姑娘放出去?吴会长便托田和钱庄的田老板找一个梨园行的人来家里做听差,名义上是听差,实际上就是教李晓雁学戏。田老板就把哥哥推荐到吴会长家里。

"哥哥天资聪明伶俐,为人又老实厚道,很得吴会长一家的赏识,拿哥哥就像自己家人似的。李晓雁对哥哥十分敬重,她比他小三岁,他们情投意合,明是兄妹暗是恋人。她跟哥哥学了三年多戏,技艺大进,加上有吴会长的热捧和运作,李晓雁俨然成了京、津京剧票界的红角儿。

"那年冬天的一个晚上,吴府人为等吴会长回来,到夜里十点多还没吃晚饭。吴会长回来已是十点半,他脸色特别难看,晚饭也没吃,把太太和李晓雁叫到他的书房去了。谁也不知道发生了什么事情,哥哥一直待在楼下自己的住处。

"过了一会儿,李晓雁轻轻地走进哥哥的住处,她问哥哥:'尚小云这个人怎么样?'哥哥说:'人好啊。'她说:'怎么个好法?'哥哥说:'为人实在厚道,待人和善可亲,治学严谨,尊敬师长,多行善事,是个出了名的大好人啊。'李晓雁叹息着说:'好人难得好报啊!'哥哥问'怎么啦?'

"李晓雁低着嗓子说:'他得罪了日本人,人家要暗害他。'哥哥说:'到底怎么回事?'李晓雁说:'小野一郎司令请他到官邸唱堂会,连下三封请柬都被他以生病为由拒绝了。有特务报告,尚先生前些天还去了卢沟桥为抗战的中国军队演出来着。小野一郎派下十多名特务要杀害尚先生。'哥哥说:'你怎么知道?'李晓雁说:'日本特务人生地不熟,要吴会长由商会派两个人为他们引路。'哥哥说:'具体在什么时间什么地点?'李晓雁说:'明天晚上八点,在尚先生的家里。'哥哥说:'怎样才可以救尚先生?'李晓雁说:'让他赶紧离开家躲一躲。'哥哥说:'我能给他送个信吗?'李晓雁说:'就看你敢不敢了。'哥哥说:'为救尚先生我什么都豁出去了。'李晓雁说:'你也是个大好人，尚先生有救了。'哥哥说：'你这大院把守森严，夜里落锁，我怎么出得去啊？'李晓雁说：'你出楼后走后院的柴煤房那条道，那里有两个勤杂工，年轻的那个是小张，是看管后院的，一个中年男人叫老魏，是打更的，后半夜一点多小张会到前院的岗楼里睡觉，老魏就守在打更房里不怎么出来了。你直奔东南角的小铁门，这是小铁门的钥匙。你千万记住，凌晨四点前必须返回来，否则就露馅了。'哥哥说：'这事吴会长知道吗？'李晓雁说：'傻瓜，这事能让他知道吗？'哥哥说：'你怎么到这儿来的？'李晓雁说：'他正在客厅里接听小野一郎打来的电话，我就跑到你这来了。'哥哥说：'放心吧，这事包在我身上。'李晓雁说：'我得赶紧回去了。'说着，她快步走了出去。

"午夜一点，万籁俱寂，一片漆黑。哥哥向后院的东南角小铁门走去……"说到这儿时，关长金突然不讲了，他急剧地咳嗽成一团。我们几乎同时从被窝里坐起来问道："信送出去了吗？"他摆着手说："讲不了啦。"我们问怎么啦？他说："没看见我咳嗽成什么样了？心脏病也犯了。"我们说："那怎么办？"他说："快去给我买药。""买药？谁去买？"他指着我说："数你年轻，你去。"说着，他把那个扁酒壶递给我。"啊，要我去买酒呀？三更半夜的，商店都关门了，去哪买呀？""我不管，反正你去想办法。"他咳嗽着说。

我急忙从被窝里爬起来穿上衣服，抓过酒壶，飞快地跑了出去。那一刻，我感觉自己不是去买酒，倒像是给尚小云去送信儿的那个"哥哥"。

我手里拿着那个酒壶，在马路上转悠了好一阵子。商场、店铺全都关门闭店了，饭店酒馆也都熄灯打烊了，黑灯瞎火地到哪去买酒？我心里叫道："老关头啊老关头，你这不是坑我吗？"说实话，我顾及的不是他能不能喝上酒的事，我想的是他哥哥能不能把信儿送到了。情急之下，我突然想起家住马道胡同的同事赵三弦来，他也是个爱喝酒的主儿，前天我还见他在商店打酒来着，何不去借点，明天买了还他就是了。在马道胡同顶头那家,我敲响了赵三弦的房门。睡意正浓的夫妻俩言语不清地问:"三更半夜的,谁呀?"我自报了家门。赵三弦打开房门让我进了屋问:"有急事吧?"我说:"没急事怎会半夜三更地打扰你们啊。"他问:"啥事?"我说:"快借给我点酒。"他说:"你不喝酒借酒干啥?"我说:"急用,做药引子。"他去厨房拿来酒瓶,我从口袋里取出那扁壶递过去。他一愣说:"是老关头让你来的?"我点点头。他说:"不借。"我问:"为啥?"他说:"这老家伙糊弄我好多回了,昨天借了说今天还,明天借了说后天还,可一回也没还过,我家快成他的酒店了。"我说:"今天的账记在我头上,我说话绝对算数,明儿个一早我就来还你的酒。"赵三弦极不情愿地用酒瓶往扁酒壶里灌酒。可是,瓶子里的酒倒光了,扁酒壶里还没装满。我说:"要不再往里灌点凉水?"他说:"最好往里面撒泡尿,省得他老上瘾喝不够。"我笑着说:"咱是童子尿能治病,不能轻易给人的。"我们仨哈哈大笑。

我拎着壶酒跑回去,关长金接过酒壶"咕嘟咕嘟"地喝了小半壶。哎,怪不?他竟不咳不喘了,精神头儿也来了。他摩挲一下嘴,接着往下讲:

"哥哥一口气跑到尚家,叫开了尚小云先生的门对他说:'尚先生快……快……出去躲躲,今晚小野一郎要派人来害你……'尚先生说:'孩子,别着急,到底是怎么回事?'哥哥喘息一会儿,将事情的来龙去脉讲出来。尚先生听后冷静地思索了一下说:'孩子,谢谢你来救我,我知道该怎么办了,趁天没亮你赶紧回去吧。'哥哥走到门口还拉着尚先生的手说:'尚先生您可千万快点走……'"

我们几个忍不住地问,尚先生得救了?关长金说:"尚先生得救了,哥哥却遭殃了。"他又抿了两口酒往下说:"小野一郎派去的特务扑了空,尚先生全家一夜之间不知去向。他断定是吴会长泄漏了机密,甚至怀疑是吴会长亲自放走了尚小云。第二天夜里,小野一郎率人冲进吴府,将吴会长全家和佣人抓了起来进行审问。在审问时他们从哥哥身上搜出了那把钥匙。小野一郎说：'这是什么的干活？'哥哥说：'捡来的，玩儿的干活。'小野一郎命人拿着钥匙去开吴府各房间的门。一会儿，宪兵报告说，这把钥匙打开了后院东南角的小铁门。小野一郎冷笑一声，喝道：'是你放走了尚的？'哥哥不想连累别人，就说：'是我打开小铁门给尚先生送的信儿。'小野一郎说：'你怎么知道我们的行动？'哥哥说：'是从你晚上和吴会长的电话里知道的。'小野一郎满腹狐疑地瞧哥哥说：'钥匙的是谁给你的？'哥哥说：'打更的老魏睡下后，从他衣服里拿出来的。'小野一郎说：'你受谁的指使？'哥哥说：'没人指使，是我自己要干的。'小野一郎说：'为什么？'哥哥说：'尚先生是我的恩师，他教了我好多年的戏。'

"小野一郎把哥哥打个半死，把他关进吴府后院的一个阴冷潮湿的地窖里，又派两名宪兵在吴府看守，说是等抓住尚先生后一同发落。吴会长夫妻也被他们软禁起来。李晓雁自责不已，说是她害了哥哥，她懊悔地说，要是自己去送信儿，然后和尚先生一家跑到外地去唱戏就好了。

"李晓雁是个有心计的姑娘，她买通了那两个看守宪兵，每天送些好吃的饭菜给囚在地窖里的哥哥。她知道阴冷潮湿的地窖能使人瘫痪或致人丧命，不但给哥哥送去厚厚的被褥，送饭时还加上一点白酒为哥哥祛湿抗寒。在她的精心照料下，哥哥的身体没有受到损害。

"驻守卢沟桥的抗日部队知道了这个消息，立即派出一支由十八个人组成的营救小分队前来解救哥哥。营救小分队装扮成日本兵潜入吴府，干掉两名看守宪兵，成功地救出了哥哥，连李晓雁和吴会长夫妻也一同被解救出来。可是，当他们走到石景山附近时却被日本兵发现了。日本兵仗着人多，把营救队包围起来。在激烈交火中，营救队战士两人牺牲，吴会长夫妻也倒在血泊之中。

"营救小分队战士夺下一辆日本兵的军用卡车，杀出一条血路，冲出包围，黎明时分回到卢沟桥驻地。可是，哥哥身中数弹奄奄一息。李晓雁抱着哥哥痛不欲生。首长用车亲自将哥哥送进部队医院救治，李晓雁留在哥哥身边，为他熬药、煎汤、打针，看护一切，哥哥身体渐渐恢复了。她给哥哥喂完饭总是设法弄点白酒给他喝，她说，从记事起，她的妈妈就是这样照顾她的爸爸的，酒这东西不但能祛风、御寒、抗湿、保暖，还能壮气提神、促进血液循环哪……"

听到这我笑着插话说："哎，关大爷你不会是说，你哥哥对酒的喜好传授给你了吧？"

关长金不置可否地接着讲故事："哥哥恢复了身体，经申请部队首长批准他和李晓雁同时参军并加入部队京剧团工作。他们整天成夜地奔波在为抗日军民的宣传演出中。那场悲剧发生在半年后。一天傍晚，他们正在为'尖刀营'的战士们演出，日本兵派出十多架飞机突临上空狂轰滥炸。当一颗炸弹落在哥哥和两个演员的身旁时，李晓雁猛地冲了过去，推开那两个演员，猛地扑在哥哥身上。几个人被气浪冲出去好远，李晓雁被炸得血肉模糊，半条腿飞向空中，哥哥抱起她向医院飞去。首长向医院下达命令：不惜一切代价救活李晓雁同志！

"李晓雁在医院昏迷了三天三夜。战事突然发生变化，日本人集结大量兵力，四面包围卢沟桥的抗日部队。抗日部队奉命向西南方向突围转移，部队医院隐蔽到永定河畔的一片小丛林里。离别时，哥哥摘下军帽戴在李晓雁的头上，把她的军帽戴在自己头上，吻了吻昏迷之中的李晓雁说：'晓雁，我一定会来看你的。'哥哥说完，向李晓雁敬了个军礼，就随部队突围转移了。"

我又笑着插话说："李晓雁心肠这么好，她长得漂亮吗？"关长金说："既文静又漂亮，为人直率，有正义感，是我一生中见过的最好的女人。"

"后来怎么样了？"我们问。关长金喝下壶里的最后一口酒，再也不说一句话。连我自己也不知为什么，那时就产生一种要去看望这个女人的想法。

老关头快要不行了。这个消息是第二天晚上我们在源城剧场为全县民兵工作会议做演出时听说的。我演唱京剧《沙家浜》中郭建光的一个选段，就是"朝霞映在阳澄湖上"那段。唱完刚下场，王小雅把我拽到大幕后说："老关头说急着见你，有话说。"

我一路跑着进了他的屋子。在床上躺着的他脸色乌青，喘成一团。他示意我到他跟前，我让一旁的何山平赶紧去把王昌和玉言找来，让他们多叫几个人来。

老关头用极其微弱声音对我说："对不起，有件事骗了你，我讲的故事里那个'哥哥'就是我自己。"他指着身上的伤疤让我看。我拍拍他的手说："你不说我也猜到了。"接着问他，"后来你去那个医院找过李晓雁吗？"他说："那个医院被打散了，活下来的人没有几个。有人说，她在转移的路上就死了；也有人说，她被老家来的亲戚接走了。我找了二十多年，还是没有找到她。"说着，他流泪了。

一会儿，他哆哆嗦嗦地取出一张字条递给我，上面歪歪扭扭地写着："我不是无端的酗酒，也不是借酒消愁，而是睹物思人。"

我恍然大悟。我说："她老家在什么地方？"他说："是东北松花江那疙瘩的。"他又喘息了一阵说，"我不行了，最后求你一件事。我穷困一生什么也没攒下，相依为命的就是这个酒壶和这顶军帽，这两件东西都是李晓雁留给我的，求你让我带着它们一同上路吧。"

我点着头，眼泪流了下来。关长金舒了一口气，渐渐平静下来。他没有遗憾地闭上了眼睛。

可是，我骗了老关头，我没有让他带走酒壶和军帽，这两件东西被我偷偷地拿走了。下葬时，曾有人问起过这两件东西，我也佯作不知。

几天后，我从县医院搞到一张"急性肝炎，建议休息两个月"的诊断书交给团领导。然后，匆匆踏上了开往东北的火车，我要去松花江寻找那个叫李晓雁的人。

第十一章　寇大娘的遭遇，令人唏嘘不已

王小雅一直追我到火车站，非要和我一起去不可，被我硬是撵下了车。

"你为什么不让我去？"她说。

"又不是去旅行游玩，也不是去观赏风景，是去大海捞针的苦差事，还要冒风险的。"我说。

"两个人冒风险要比一个人好得多。"她说。

"我就喜欢一个人单打独斗。"我说。

"你怕我去的原因到底是啥？"

"怕给你扣上一顶帽子，带来影响。"

"啥样的帽子？什么影响？"

"'生活作风'的帽子，造成工作上和生活中的影响。"

"你怕影响你，还是怕影响我？"

"受影响的是你。"

"为什么？"

"你和我不一样。"

"哪儿不一样？"

"我是平头百姓。"

"我不也是吗？"

"你是源城剧团的大主演、全县的先进文艺工作者。"

"那又会怎么样？"

"撤销你的政治荣誉，免去你的光荣称号，说不定会开除你的

公职。"

"吓唬谁哪？至于吗？"

"在其他单位不至于，在剧团至于。"

"不就是方宝山吗？我不怕。"

"方宝山不可怕，怕的是他手中的权力。"

"他权力不权力的能把我整到哪儿去？"

"整你个身败名裂、臭不可闻。"

"行，如果那样，我也认了。"

"女大当嫁，到那一天，人家男方认可吗？"

"……"

王小雅哭着走了。

到了火车上我才弄明白，松花江是一条江，不是一个城市，也没有一个具体站点儿。它有南北两个源头，正源在长白山天池，北源在大兴安岭伊勒呼黑麓，总长五千多里。李晓雁的家到底在哪儿呀？

这时我才发现自己从小生活在剧团这个小圈子里，脑子里除了戏还是戏，对外面的世界竟知道得如此之少。

我向人打听："去松花江在哪下车？"同座席的六个人笑翻了五个。他们说："你没买车票吧？"我说："为赶车没来得及买，待打听清楚再去补票不迟。"他们说："你去松花江的什么地方？去干什么？"我就把关长金的故事讲给他们。他们说："你真是傻得可爱，跟一个死人较什么真儿？"我说："那不是一般的死人，是一个流过血，受过伤，为国家、为人民做过贡献的人，当然得较真儿啦！"

坐在靠窗位的一个解放军军官说："小老弟，我理解你，更支持你，但是你这样大海捞针是不行的。"我问怎么办？他说："你先到沿江的省、市、县三级民政部门去找，那里对各时期、各年代的入伍军人和抗联战士，甚至对民间的抗日团体及爱国人士都有记载，只要名字没记错，都是可以查到的。"我向他表示了感谢。他说："要说感谢的人应该是我，你是在为我们部队做工作。下一站就是吉林省境地了，你下车后就直接去民政部门吧。"

我谢过他后，就下了火车。六十多天，我从吉林省境地走到黑龙江省辖区，嘴里哼着："我的家在东北松花江上……"沿着松花江岸走了二十五个城市（包括县城）、三十一个乡镇、四十多个村庄，还是未能找到李晓雁的一点线索。

松花江的风好大好硬哟，它刮去了我脸上的一层皮，又吹起了我满嘴的大水泡。

正当我带着遗憾要往回返的时候，顺东镇民政助理老肖找到我在火车站不远处的小旅店住处，他告诉我说："桦木林子村有个女荣复军人，抗战时期曾在京津冀一带加入抗日队伍，多次参加同日军的战斗，伤残后被姐姐接回家来，情况和你要找的人相似，但此人的姓名却不相符。"我终于看到点希望，便着急地问老肖那女人姓什么、叫什么？老肖说："她姓历，叫历小燕。"

"历小燕……李晓雁……"我念叨着，心里猛的一亮说，"历小燕可能就是李晓雁，只是音同字不同罢了。走，咱们快去找她。"老肖二话没说，急忙从农机站借来一辆手扶拖拉机，将我们"突突"到离城三十里余路的桦木林子村。

我们找到村主任家，把事情一讲，村主任二话没说，就把我们领到村东头一间茅草屋门前，一个叫小凤的姑娘打开房门，把我们接进屋，见到了那个躺炕上叫历小燕的女人。她面部严重走形，没有了眼睛，眼窝塌陷得好像两个洞，半个嘴唇都不见了，牙龈裸露在外面，瘦得只剩下一把骨头。多亏村主任路上作了提醒，否则，我会吓一跳的。

那个叫小凤的姑娘告诉我们，历小燕是她的小姨，当年是妈妈和爸爸接回小姨的，现在爸爸妈妈都去世了，她在照料着小姨。

我走到炕边问历小燕："您认识关长金吗？"她点点头。

我从包里取出那把酒壶和那顶军帽递到她手里说："这两件东西您熟悉吗？"她摸索了一会儿，又点了点头。

小凤指着挂在墙上的一顶军帽说，和小姨当年戴回来的军帽一模一样。我抬头看去，墙上那顶军帽真的和关长金的那顶军帽一模一样。

我说："关长金不在了，让我把这两件东西拿给您。"她又点头。我说，"当初，您伤得那么重，是怎么逃出日本兵的层层包围的？"她还是在点头。

我问老肖："历小燕靠什么来养活？"老肖说："她属于特等荣复转退军人，每年都有一定的生活保障金。"我把身上的钱都掏出来，只留下够买一张回去的火车票钱，其余都放在她手里说："我回去了。您能对关长金说几句话吗？"她又在点头。

我诧异地问小凤："她怎么不说话，老是点头啊？"小凤说："小姨的身体功能都已丧失，只会点头了。"

不知为什么，把这两件东西交给她后，我心里有些不落底儿，又把它们拿回来放进我的背包里。我对她说："您保重，我有机会再来看您。"临出门，我又情不自禁地望了她一眼，朝她挥了挥手，她还在木然地点着头。

回到源城后，我没回家也没回剧团，直接去了关长金的墓地。我把酒壶和军帽摆在他的坟前，磕了三个头，又把写好的两封信取出来。信是我在火车上写的，一封是写给关长金的，一封是写给方荣翔的。在给关长金的信中，我向他叙述了去松花江一带寻觅李晓雁的过程，并写道："不虚此行，在松花江岸，我找到了你朝思暮想的人。但彼李晓雁是不是此历小燕，只好由你本人定夺了。"

在写给方荣翔的信中，我写道：

方荣翔先生：你的师哥关长金已于今年八月十三日病故。

　　特此告知。

　　　　告知人：源城县剧团 李晓星　于十月十五日

　　人说，阴阳两世相隔。我把写给关长金的信连同他的酒壶和军帽一并捎（烧）给了关长金。人又说，人间息息相通。我把写给方荣翔的信，贴上一枚八分钱的邮票寄给了他。

　　可是，经年累月，他们都没有回信儿。

　　王小雅练功更加勤奋了，也延长了她在娘娘庙里的流连时间，有时，在练功累了的小憩间，她还找点活儿计干干。擦擦供桌上的尘土，抹抹庙堂里的门窗，清理清理飘落的树叶，扫扫甬道上的草梗杂物什么的。有时，练功、喊嗓之余她多了个心眼儿，时不时地观察一下庙里的情况与变化。

　　当然，她清楚地知道，娘娘送子之说只是民间流传的故事而已，世间哪有什么神仙精灵！别看说得活灵活现，有谁见过真的神仙显圣？自己虽然也演过《白蛇传》《天仙配》之类的戏，可是现实中谁见过白蛇现身和仙女下凡？世上万事皆是人为罢了。但她不知道庙里所发生的一切究竟是怎么回事？

　　俗话说："事不过三。"然而，庙里发生的第三件事让王小雅更不淡定了。

　　那天特别热。她刚踢完一排腿下来，浑身汗水直淌。她又走了几个"翻身儿"，还没有走"前桥儿"哪，通身的汗水已经将整个身子湿透了。受了汗水浸泡的"水衣子"已经紧紧地箍在她的身上，使她的活动受限了。她把"水衣子"脱下来，抖落了几下后，挂在庙院的小树杈上晾晒着，只穿了一件贴身背心接着练功。收功的时候，她穿上外衣拎着"靴包"就匆匆离开了。因为下午两点半，团里要召开一个重要会议。方宝山曾再三强调：全团人员不允许一个人迟到，不允许一个人缺席，否则严惩不贷！

回到宿舍，王小雅脱下外衣时才发现，自己的"水衣子"忘在庙院的小树杈上了。当时她并没有太在意，她知道留在庙里的东西一件也不会丢失，也不会受损，待明天把它带回来也是一样的。

第二天赶上剧团里停电，食堂开伙晚了一个小时。等厨师做好饭菜，她连忙吃了几口，又多买了两个馒头用手绢包好，急三火四地奔娘娘庙来了。她想练完功饿了的话，啃两口馒头就行了。

王小雅走进小庙的大门，一眼就看见自己的那件"水衣子"原封不动地挂在那棵小树杈上。她走过去拿在手里仔细地端详着，心里不由一愣，她发现水衣子上练功留下的汗渍、污痕都没有了，连领口和袖头上的斑迹，也荡然无存了。啊！这件"水衣子"被人洗过了。甚至没有一点褶皱，是那么的平平整整。谁干的呢？她有些忐忑地走进庙堂里，仔仔细细地查看着。然而，一如平常，里里外外没有丝毫变化。王小雅渐渐地稳下心，在庙院开始练功。突然，"哗啦"一声，似瓷罐器皿被打碎的声音从庙堂传了出来。王小雅停下来，两眼向上面的庙堂看去。声音过后又恢复了平静。她想，也许是从哪跑来的山猫野狗什么的偷吃供品，将供盘打碎了。她又稳了稳神开始溜嗓子，唱的是《梁红玉击鼓抗金兵》：

恨胡儿乱中华强兵压境，
我全家同报国甘愿牺牲。
幸三镇肯同心共伸忠愤，
眼见得指日里扫尽胡尘。

转二六板：

> 明日里抗金兵分头应战，
> 全仗着中军帐号令森严。
> 掌旌旗司金鼓所关非浅，
> 待为娘亲上阵才保安全。
> ……

王小雅刚唱到这儿，猛地听见庙堂里又是一阵声响，这声响比刚才大了许多、响了许多。"这该死的山猫野狗偷吃几口供品也就算了，还非把这盛奉供品的碗、碟、盘、罐都打碎不可，看我怎么收拾你。"王小雅在心里骂了一句，从地上捡起一根较粗的树棍，朝庙堂奔去。一喊二叫三吓唬嘛，她要把那山猫野狗轰跑。可是，供桌上器皿都完好无缺，桌上桌下连片碎渣都没有，甭说山猫野狗，连只苍蝇也没有见到，王小雅感到有些蹊跷。

她离开庙堂正要回到庙院里继续练功，还有两段"二黄原板"没有唱呢。此时，又是几声"噼里啪啦"的声响，像是从送子娘娘的塑身下传出来的。王小雅将手里的木棍举得高高的，心想："我一个从小练武功的人，难道还怕你这小小的山猫野狗不成？你偷吃供品不说，还亵渎神灵，就冲这一条我不打死你就算你捡条命。"她冲到送子娘娘塑身下，用眼睛一看，只见供桌底下凹进去的木板上，躺着一个黑乎乎的人。这个人一头长长的头发遮盖着脸部，分不清男女，猜不透多大年纪。一条脏兮兮的棉被压在此人的身上，四周摆放着好几个碗、罐、盘、碟等器皿。

王小雅吓得一声惊叫蹿出几步远，好半天哆嗦着说不出话来。倒是那人开口说话了，听声音是个上了年纪的女人。她说："姑娘，你不要害怕，我不是妖魔鬼怪，我是人，一个上了岁数的老年人。"

王小雅平复了一下情绪，说："你跑到这里来干什么？"那人说："我一直在这里存宿过夜，都十多年了。"王小雅说："你是哪里的人？"那人说："离这儿十二里地的喇嘛村，我叫寇玉兰。"王小雅说："那些祭祀的供品是你供奉的吧？"那人说："嗯哪。"王小雅说："庙堂和庙院的那些打扫卫生、除灰擦尘，还有为我雨中送伞、洗'水衣子'等活儿，也是你做的吧？"那人说："不是什么大活儿，都是些举手之劳。"

王小雅心里想，确实是好人，这才松了口气说："我怎么今天才看到你哪？"那人说："平时这个时间我都在后山上采些野果山菜，等你走后我才回来。"王小雅说："你腾出空儿来，是为了让我安心练功？"那人说："是的，我不想打扰你。"王小雅说："可是我却打扰了你的生活。"那人说："先人后己，与人方便自己方便，这是做人的原则。再说，你那股勤学苦练的劲儿感动了我，我断定你日后肯定会是有出息的人。"王小雅说："今天你为什么没去后山？"那人说："我病了，爬不起来了。"王小雅说："你得了什么病，要紧吗？"那人说："可能是风寒感冒啥的吧？不要紧，喝点水、出点汗就会好的。"

王小雅走近一步说："用过药了吗？"那人说："自个儿碾压了点草药，已经服下去了，过一两天就会好的。"王小雅说："家里没有什么人吗？为什么你一个人过着这样的生活？"那人说："唉，说来话长，咱今天不谈这个好吗？"王小雅说："我把你扶起来吧，咱们见个面、说说话吧。"那人说："今天不行，等明后天咱们再见面不迟。"王小雅说："为什么呀？"那人说："我蓬头垢面、满身污浊的，与人相见乃是对人的不敬，当然也怕把你吓着，日后再见面才好。"

王小雅走到她跟前说："刚才你把什么打碎了？"那人说："我服下药后，本想端起水罐喝口水，没想到这手抖得厉害，把一个水罐都打碎了。"王小雅说："我该怎么称呼你哪？"那人说："论岁数咱们是两代人，你叫我大娘、大妈都行。"王小雅说："我就叫你大娘吧。"

那人说:"谢谢你,姑娘。"

王小雅蹲在她跟前说:"大娘,要说声'谢谢'的人应该是我。你给我创造这么好的机会,提供了这么好的条件,让我练功,使我获益匪浅,谢谢你啊大娘!"那人说:"你要谢就谢庙里的娘娘吧。"王小雅说:"今天我不使你为难了,明天我再来,顺便去城里的药店买些治疗感冒的药来,它总比你自制的草药功效好。"那人说:"谢谢你了姑娘。"王小雅说:"你还没吃饭吧?刚巧,我带来两个馒头,留给你吧。"那人说:"实不相瞒,我已是两天一夜没吃东西了。"

王小雅将手绢里包着的馒头拿过来,递给那个寇大娘,自己回剧团去了。

第二天,恰逢剧团休息。王小雅一大早就去街里的药店,买了些治疗感冒的药品。在食堂吃过早饭后,又买了六个馒头,买了些咸菜装进空罐头瓶里,用手绢包起来,还把一双筷子塞进口袋里。

食堂的大师傅开玩笑地说:"哎哟,我们这馒头做得再好吃,你也不能这么吃呀?当心会撑坏的。"王小雅笑着说:"这馒头做得太好吃了,我还从来没吃过这么好吃的馒头哪,多买几个,留着馋的时候慢慢地吃呗!"

昨天见到寇大娘的遭遇后,王小雅的心里满是同情,又多了一份牵挂,同时她心里也充满了好奇。她清楚地知道寇大娘是个好人,她一定身遭不幸,才陷入这样的艰苦困境。可是,她的背后又有哪些不为人知的秘密哪?现在的情形会是怎样的?不会出现不测吧?王小雅恨不得马上见到她,打听一个明明白白。

王小雅将六个馒头和一罐头瓶咸菜,加上几盒药品都用手绢和白纸包好,放在一个网绳提兜里,用手拎着快步向南郊的娘娘庙奔去。

她走进庙院直奔庙堂,老远就喊着:"大娘,你在吗?"庙堂供桌的下面传来寇大娘有些沙哑的声音:"姑娘,我在这儿哪!"听声音大娘的精神头,比昨天强多了。王小雅走近她跟前说:"大娘你还没吃饭吧?我又给你带来几个馒头。你摸摸还热乎着哪。这里还有一罐头瓶豆油炸熟的芥菜疙瘩咸菜,都是素食素菜,你赶紧吃吧,吃完饭后,这里有速效感冒片,服下后很快就会好起来的。"寇大娘说:"姑娘,大娘让你操心劳神了。"王小雅说:"大娘你就别客气了,咱娘俩有缘分。"寇大娘说:"可不是咋的,咱娘俩的缘分正经不浅哪。"

王小雅将寇大娘扶着坐起来,打开网绳兜把馒头、咸菜、药品都拿出来,摆在寇大娘的跟前,又从口袋里取出那双筷子递过去。

看来,寇大娘真是饿了,她也不说话,接过馒头和咸菜就是一阵狼吞虎咽。

王小雅怕她吃得噎着,连连地说:"慢点,慢点,还有好几个哪。"寇大娘一口气将两个大馒头和半罐子咸菜吃了下去,还眼巴巴地瞅着那个网绳兜子。王小雅怕她撑个好歹的,赶忙把网绳兜拿开说:"大娘,你吃两个垫补一下,剩下的都是你的,下一顿再吃好吗?"寇大娘点头答应了。

稍息片刻,王小雅又把速效感冒片拿过来说:"这是最新、最好的一种治疗感冒的药,服下一次后病就会好一大半了。"寇大娘说:"既然闺女为我这么操心劳神的,我一切都听你的。"王小雅说:"你这里有热水吗?"寇大娘说:"我是天养活,自小喝凉水喝惯了。"

王小雅将药品的说明书念给她听:"饭后服,一日两次,一次两片。"寇大娘说:"刚才我已经看过药品包装盒上的说明提示了。"王小雅惊讶地说:"哟,大娘,你认识字呀?"寇大娘呵呵一笑说:"大娘不但读过书,还教过书哪,要不是我年轻那阵卷入一起'胡子案',也不会被土匪抢上大青山,混成这般模样啊。"王小雅说:"大娘果然是个身遭不测的人呀!"

也许寇大娘自觉说错了话,低下头不言语了。王小雅紧追不舍地问:"这到底是怎么回事儿?大娘说说给我听听呗。"寇大娘淡淡地说:"陈芝麻烂谷子的事儿,还说它干吗?"王小雅说:"还是说说的好，说出来心里也痛快，省得压得难受。"寇大娘说："不是大娘不想说，我是怕说出来会招惹麻烦，怕被人再抓进监狱，甚至连累家人啊。"王小雅说："大娘，你是不是不相信我呀？那就不要说了，从此以后我也不来这庙里练功了，咱娘俩各走各的路，就当谁也不认识谁好了。"说着，王小雅收拾东西准备离开。

寇大娘急了，她一把抓住王小雅的手说："闺女，你是我的好闺女，我哪能不相信你？我是怕你万一跟什么人说漏了嘴，毁了我这老骨头倒没什么，怕给你造成伤害呀？"王小雅说："大娘你一个人的痛苦，我们两个人共同承担，就会减轻许多。何况，我已经被人伤害过了，以后再也不怕被伤害了。"

寇大娘流泪了。她稳了一下心情说："好，我一个风烛残年的人了，总得找个知心人，把心里话说出来再死啊。咱娘俩虽然相识时间不长，但是神交已久，今天我就把自己的身世、经历和遭遇说给你听听。等有那一天，也不觉着遗憾了。"

也许是馒头和速效感冒片同时起了作用，她来了精神头儿。王小雅不再说话，只是默默地点了点头。寇大娘端起罐子喝了口水，慢慢地说下去。

"离县城一百二十里地的西南角儿有一个叫寇家屯的村子。村子里一百多户人家，寇姓是大户，百分之七八十是姓寇的，其余姓王、姓张的各占几户。寇家屯有个叫寇大顶的人，祖辈上可不是一般人家。寇大顶的曾祖父是有名的乡试举人，祖父是名盐商，父亲是驴马贩子，赚过千金万银，可到了寇大顶这一辈就不景气了，家业开始衰败，偏赶上这寇大顶是个四代单传独苗，没有兄弟姐妹。寇大顶自小过着娇生惯养、养尊处优的生活，养成了一些吃、喝、赌、斗的习性。那些年，军阀割据、战乱不断，常有散兵游勇和败兵溃将闯进村庄来打家劫舍，抢夺财物，祸害百姓。各村乡都先后成立了'联保团''红枪会''大刀队'等团体组织，来进行自保。

"当时，寇大顶二十多岁的年纪，正是人生的鼎盛时期，他不但会些刀、枪、棍、棒功夫，还练过快枪、洋炮之术，加上他那敢玩命的劲头儿，村子里的人都选他当上了'联保团'团长。这个寇大顶天生一个混世魔王性格，此后，他还真带领村里人打过几次'坏人犯村之战'，还亲手打死过两个来村子杀人放火、抢夺财物的土匪歹人，成了远近闻名的行侠仗义的绿林英雄。他的'联保团'很快发展到二百来号人，个个配备长枪大刀。十里八村只要有哪个村子有坏人侵入，就以火为号，'联保团'发现熊熊火光便跑步赶去杀敌救人。

"'联保团'团部就设在寇家屯。寇大顶成了十里八村的人们拥护爱戴的男神。可是，久而久之，寇大顶没有按着善良的人们的意愿去做。他对自己的名声、财产、地位等诸多方面越来越不满足了。一年到头的操心费神、东挡西杀、四方奔波不说，每天都把自己的脑袋掖在裤腰带上，换回来的却是别人的幸福、他人的安宁。好名声有啥用啊？也当不了钱花，当不了官做，当不了吃的喝的，当不了女人使唤。自个儿都是二十七八岁的人了，日子过得也算可以，甭说结婚生子，连个上门提亲的都没有。有些人当面叫他团长、会长啥的，可背后却躲着他，说他是土匪司令、胡子头儿，手里捏着好几条人命，早晚是挨枪子儿的货。

"起初，他听到后暴跳如雷。后来，他慢慢地琢磨这个事儿，觉得人家说得也有理儿，自古以来不都是杀人偿命、欠债还钱吗？以前你杀过人，以后被你杀过的人的家里会饶了你吗？他自个儿掐指一算，他已经杀了十多个人啦，被他打伤的、打残的，打得缺胳膊少腿儿、生活不能自理的，怎么也有百儿八十个的，受他指使的、由他下达命令间接被杀、被打的人更无法计算了。自个儿只有一条命，也不够那些人分的！人家不把他千刀万剐、五马分尸才怪呢。

"寇大顶的拜把子兄弟、'联保团'副团长岳伦，早就劝他远走高飞，另谋出路。寇大顶思谋了两天两夜后，做出了'改头换面，登锋履刃'的重大决定。于是，寇大顶将自己'联保团'团长让给另一名副团长小成子干，他和岳伦带着百十多个身强力壮的铁哥们儿，到跨省隔县的大青山占山为王了。

"大青山离源城县城一百二十多里路，三面靠峰，地处险要。只有山的左前方，一条大道直通源城。前不久，寇大顶和岳伦带着几个心腹来大青山'踩过盘子'了。进占大青山后，他招兵买马、广泛收罗。半年多时间，大青山就有一支三百多人的队伍了。寇大顶亲自为这个队伍取名：'东北民团军'。他自任总司令，任命岳伦为副总司令。专门干'杀富济贫、强抢富家、抱打不平'的勾当。方圆百余里有民谣说：

  孩子哭，老婆闹，
  听说大顶吓一跳。
  大刀砍人不眨眼，
  专杀恶官抢富豪。"

寇大娘说到这儿，又捧起罐子喝了两口水。她问王小雅："闺女呀，我唠唠叨叨地，你愿意听吗？"王小雅说："大娘，我愿意听。"寇大娘说："你愿意听，我接着往下说。就在那年，我刚十三岁的时候，倒霉的事就落在我头上了。那年，庄稼刚刚见绿，正在县城读书的我，下了最后一节课，就急匆匆地往家走，因为赶上周末，第二天是星期日，学校放假休息。按时间估算也就是下午四点多吧，那工夫路上的行人还是络绎不绝哪。那时候，我当然也听人说过，大青山的附近有土匪拦路抢劫的事情。

"但按土匪的常理儿是：'月黑风高夜，杀人放火时。'当时，阳光还在天上明晃晃地照着哪，他们真的敢在光天化日之下为非作歹？那时，学校还没有食堂，居住在城里的学生或离城不远的学生，都是回家吃住。而从乡下来的学生，只带足一个星期的干粮、咸菜、干酱之类的吃的，学校有热水炉，只管热水喝，不回家不行，下个星期的吃的就断顿了。回家后，还必须让娘趁早贴上一锅大饼子，或者蒸上一锅窝头，再带上两罐子咸菜、干酱之类的东西，隔天赶回来上学。

"我家住在城东十二里地的喇嘛屯。如果顺利的话，一个小时就到家了。家里的爸妈都是老实人，我还有一个小弟弟才七岁。家里能供我上这个学已经不错了，几乎一年打下来的作物全卖了，只留下刚够几口人吃的粮食。那天，当我一路小跑地走到一个废弃的砖瓦窑边的时候，在地边上干活儿的三个衣着破烂的农民，他们手里拎着铁锹，走到我跟前说：'麻烦你跟我们走一趟。'我有些害怕地说：'大哥，我是个穷学生，啥也没有。'他们说：'我们不是要抢你什么东西，是请你跟我们去个地方，给我们帮个忙。'我有些糊涂地说：'我个孩子家家的，啥忙也帮不了你们。'他们中一个戴草帽子的大个子说：'你只管跟我们去一个地方，完事就给你送回来。'我说：'去个啥地方呀？'他说：'去大青山一趟。'我一激灵地说：'我又不是那的……土匪啥的，去那干啥啊？'他说：'我们大哥要见你。'我说：'你们大哥是谁啊？我又不认识你们。'他说：'我们大哥叫寇大顶，求你帮个忙。'我又是一哆嗦。当然，我是知道这个名字的。我说：'大哥们，我家妈妈得了急病，需要我回家照料，等我照料一下妈妈后，再去大青山帮你们这个忙行吗？'他们'嘿嘿'一笑说：'你拿我们当小孩子吗？你回来得猴年马月啊！'我说：'家里确实有事，求大哥们放了我吧。'他说：'你再大的事也是小事，我们的急事才是大事。你现在必须跟我们走。'我说：'怎么也得让我回家看一眼，跟爸妈说一声啊。'他说：'不行，立马走，不许出声，要不然的话你小命就玩完了。'说着，他们一个人在前面拽着我，一个人在后面推着我，戴草帽的那个人在后面指挥。他们连拽带揉地把我弄到道旁边的一驾马车上，马车拉着我们，就直奔大青山了。

"啊，绿草茵茵，花果满山的大青山，原来就是这个样子呀！他们几个没有捆绑我，也没有蒙上我的眼睛。通过两处哨卡，走过五曲六道弯的羊肠小道，走到一个形如大磨盘的地方，就停住了。大磨盘是他们的操练场。操练场的正面，有一排用石头砌成的房子，紧把东头最宽敞、最大的一间厅室里，在一张宽宽大大的桌子后面，站着一个高高大大的男人。他四方大脸，面色黝黑，双眼犀利。他不说话，只用眼睛上上下下地打量着我。带我上山的三个人齐刷刷地站在了一旁，那个戴草帽的大个子上前说：'大哥你要的人我们给你找上来了。'他又侧过身对我说：'快叫大哥。'我没言语。心里说，看样子这个人就是传说中的寇大顶了。果然，他真就是寇大顶。他说：'老二，怎么找个丫头蛋子来？'老二说：'大哥，别看她年纪小，是个在县城读书的，她保准能行。'寇大顶说：'你怎么知道的？'老二说：'从上个月起，我就在她读书的学校盯住她了，每个星期六她都回家。'听完老二的话，我心里一愣，原来这帮王八蛋早就跟上我了。寇大顶走到我跟前说：'小姑娘哪个村的？'我还是没吱声。寇大顶说：'不说话是吧？来人，关她三天三夜，饿着她，看她说话不？'我一下子就哭了，说：'求大哥放了我吧，我妈得了急病，等着我回家照顾呢。呜——呜——'

"寇大顶说：'你先答应帮我办件事，把事办完了就送你回家。'我说：'我一个小孩子家家的，能帮你做什么事呀？'寇大顶说：'你就说答应不答应吧？'我说：'答应，答应。'他说：'也不是什么大事，你帮我看一封信，然后再写一封信。'我说：'看什么信，又写什么信哪？'他说：'先不忙，等吃过晚饭再说不迟。'这时我的肚子早就'咕咕'地叫了，就点头说：'行。'他吩咐说：'老二，让厨房再加两个菜，把饭菜送到这儿来。'老二说了声"是"，麻溜地去厨房了。

"也就一袋烟的工夫，伙房的大师傅用托盘端着饭菜进来了，把饭菜放在一张小圆桌上说：'报告，饭菜齐了。'寇大顶对他摆了摆手，大师傅就退出去了。我一看菜是一大海碗的猪肉炖粉条子，一盘干豆腐炒尖椒，一盘干炸里脊，一盘炸黄花鱼，还有一碗丸子汤。到底是胡子窝，四菜一汤真讲究啊！饭是两大海碗高粱米饭加两个棒子面窝窝头。寇大顶说：'今天没别人，就我陪你一起吃，小丫头蛋子你可要多吃点哦。'

"寇大顶不让别人吃，别人也没有上桌吃的意思。我心里觉着有点不得劲儿，两个人吃饭，屋子里他的好几个保镖和十多个有头有脸的人物都在看着我俩吃饭，挺不好意思的。但转念一想，进了土匪窝就顾不得那么多了。不是有句话嘛，'武大郎服毒——吃也是死，不吃也是死'。再说，自己长这么大，还从来没吃过这么好的东西呢。何况，自己早就饿得前胸贴后背了。没等寇大顶说完'吃吧'两个字，我张嘴就是造。饭菜真香，一直吃得我实在咽不下去了才撂下筷子。我敢说，连土匪头子寇大顶也不如我吃得多。这顿饭把寇大顶和那伙人都吃笑了，不用解释他们好像在说：'哪有丫头蛋子这么能吃的？'

"寇大顶边剔着牙边说：'饭也吃完了，我还没问你叫什么名呢？'我说：'我姓寇，叫寇玉兰。'寇大顶说：'哎呦，这可太好了，不是一家人不进一家门哪，这是我自家的小妹妹来了。寇姓是小姓，但一笔写不出两个寇字来，能碰到一起就更不容易了，从此以后你就是我小妹妹，我就是你大哥啦。以后有个为难招灾的，尽管来找哥哥好啦！'

"这时，一屋子人都说：'小姑娘，多有福啊，还不快叫大哥？'我顺势叫了声：'大哥。'寇大顶说：'既然妹妹没拿我当外人，我更不把妹妹当外人了。'他边说，边从那个大大的圆桌的抽屉里，拿出一封信递给我说：'这是一个大部队给我来的信，可惜啊，我们山头几百号人愣没有一个识字的。所以才临时抱佛脚，请来个自家妹妹上山，帮我们看看这信里写了什么？'

"我接过信。一个牛皮纸信封上写着几个毛笔大字：东北民团军司令部寇大顶总司令收。落款是'中国人民解放军东北剿匪总司令部'。我打开信封看，一页白纸上面几行潇洒漂亮的小楷字映入眼帘。

大青山东北民团总司令寇大顶先生：我中国人民解放军东北剿匪总司令部全体将士在与东北地区人民群众的卓绝斗争和共同努力下，现已将占据东北地区、热河一带的十三个罪大恶极的土匪武装全部歼灭。大青山民团军虽属土匪据点，但没有投靠日本鬼子，也没有与国民党反动派勾结作恶。虽打着杀富济贫的旗号，却也杀过罪不当诛的富豪、商贾。我中国人民解放军遵照党中央关于建设巩固东北根据地的指示，依靠群众，团结一切可以团结的力量，粉碎国民党反动派的猖狂进攻。考虑到你部经感召教化、改过不吝，是可以成为一支人民武装力量的。经研究决定，我中国人民解放军东北剿匪总部，将对你部进行收编改造。令你们于六月十日前将所有武器、弹药、刀枪、器具集中放于大青山操练场，我部派人收缴。你们全部人员于大磨盘操场排队集合，等候具体安排。此信限十日内予以回复。

中国人民解放军东北剿匪总司令部　五月十四日

"我刚把这封信念完，屋里一下子炸窝了。吼叫、谩骂最凶的是那个叫老二的人，此人就是劫持我上山的大青山民团军副总司令、寇大顶的拜把子兄弟狗头军师岳伦。岳伦扯着嗓子喊道：'想收编咱们，没门，我不管什么鸡巴东北剿匪总部，敢对老子下这样的通牒。如果他敢来搞什么收编，老子打他个王八日的。'岳伦手下十多号人也跟着疯狂地叫嚣着。

"等他们吼叫够了，寇大顶摆手让他们停下来说：'我们"民团军"当初就是为了保护老百姓，才起的这个名字，眼下，咱们初心不改,还是那个"民团军"。虽然杀了几个地主大户,抢了几个土豪商家,因为他们为富不仁,死有余辜。咱们杀富济贫的心,从未改变过。如今的中国人民解放军就是人民群众的子弟兵,是老百姓自己的队伍,和咱们是一路人。再说,人家来的是信函,是联合咱们共同抗敌建议书,并为咱们指了一条路,不是什么通牒。咱们"民团军"是可以接受的。眼看全国都要解放了,如果咱们不接受收编,就凭咱们这几百号人,这几杆子破枪能和人民解放军抗衡吗?人家不费一枪一弹,仅把我们大青山围上个十天半个月的,不就把咱们困死、饿死了吗?我的意见是无条件接受收编、改造,加入中国人民解放军,走正大光明之路。'

"寇大顶的话音刚落,引起了大多数人的热烈响应。岳伦他们几个人都不再说话了。寇大顶说:'咱们这就算全体通过了。老二你说哪?'岳伦点着头说:'反正我听大哥的。'寇大顶说:'那好。来,小丫头蛋子……不!是我的自家妹妹嘛,请你现在以我和"民团军"的名义,给解放军回复一封信,就说,大青山"民团军"积极响应、坚决照办。'

"于是,我按着寇大顶的话一字不漏地写了回复信交给他。寇大顶说:'自家妹妹就不要磕碜自家哥哥了,我要是识字的话,还请你上山干吗呀?'我说:'那怎么办呀?'他说:'你给我跟大家伙念一遍就得了呗。'

"我念完信,寇大顶把信接在自己手里,端详了一会儿,然后一脸严肃地在信上摁下了自己的手印。他把信口封好后,交给岳伦说:'老二,明个儿一早你带两个人去趟乡公所,把这封信交了。'岳伦答应说:'好的。'寇大顶看了看外边的天气对我说:'辛苦你了,小妹妹。这会儿太晚了,外面这还下着小雨,你就在这将就一宿,明天一早我就派人送你回家去。'岳伦说:'还派啥人呢?有来就有送嘛,小妹妹是我请来的,也由我亲自送回去好了。'寇大顶说:'那也行。'"

寇大娘说到这儿，王小雅急不可待地问:"第二天他们把你送回家了吗？"寇大娘叹了口气说:"一个节外生枝，彻底改变了我的命运。

"第二天一大早岳伦就把我喊醒了，我们在伙房里简单地吃了些饭，他们三个人化装成商人的模样，带着我就下山了。可是，他们没有去乡公所送交信函，也没有送我回家，而是去了县城。在县的北街找了一家小旅店，开了个房间。岳伦让那两个人在外边候着，他把我单独带到了房间里。见我有些害怕，他对我说:'甭害怕，你是老大的妹妹，当然也是我的妹妹，岳某是个讲情义的人，绝不做伤天害理的事儿。'我说:'那你要我干啥？'他说:'昨晚你都看见了吧，老大把我们的好心当成驴肝肺了。要向大牌的部队投降我也不反对，比如向国民党军投降，人家才是王牌军嘛，解放军就是一群小蟊贼嘛。'我说:'这话你该跟寇大顶去说，把我领到这干什么？'他说:'让你再重写一封信给国民党军，让他们和解放军同一天、同一个时辰来大青山接管我们"民团军"。这个"手腕"让国民党军和共产党的解放军去掰，谁输谁赢，那就看天意了。'

"那时，我还太小，解放军和国民党军啥的我都不懂，就听说，北阳有个叫张作霖的大官，以前是胡子出身。我问岳伦他们谁是抗日和革命的？岳伦说:'他们都说自个儿是抗日革命的，但人家国民党军兵强马壮，是正牌军哪。'我说:'那为什么人们都说解放军好呢？'岳伦说:'你就别问那么多了，小孩子家说啥你也不懂，叫你咋写就咋写，别的就不用你管了。'反正我这小胳膊也拧不过人家大腿呀。

"于是，我又按着岳伦说的写了一封信。信的内容跟昨天晚上的相同，但信的开头和封上的投送地点不同。写的是'中国国民革命军东北剿共司令部第三师'。这个师驻扎在县城的北大街。我把写好的信交给岳伦，岳伦仔细地看了看说:'是按着我的话写的吗？'我说:'一个字也没有错。'他说:'我也不识字，你再给我念一遍。'我又给他念了一遍。他才放心地点点头说：'小妹妹这事你可不要告诉任何人，特别是不能对你的那位大哥说，倘若走漏了风声，坏了我们的大事，你们全家人的性命可就保不住了。'我点头应允道：'放心吧，我不会对任何人说的。'岳伦说：'好吧，你现在可以回家了。'我快步走出了那家旅店，一路小跑地回到家里……"

第十二章　石破天惊

惊险的故事，紧张的情节，使王小雅大气不敢喘一口。她目不转睛地盯着寇大娘问："后来呢？"

"闺女，你性子比大娘还急哪。"

寇大娘长喘了几口气，又接着说下去：

"后来可就惨了。这边解放军来接收民团队伍，清理武器弹药；那边国民党军来接收投降人员，偷偷包抄后路。这边寇大顶率全体人员集合待命，那边岳伦领着十多个人伺机而动。

"解放军的谭明正营长带领一个营的战士，由大青山正门走进大厅；国民党军的迟万江团长指挥一个团的兵力，从后山的小道兜了上来。他们荷枪实弹，连重型机关枪、小型迫击炮都端着、抬着，把民团军大厅包围起来。解放军以为是中了民团军的诈降之计；民团军以为解放军要斩草除根。

"双方正要火拼，寇大顶觉得不对。他立马就跳上那张又宽又大的桌子，喊道：'解放军同志'请听我说一句，我寇大顶和全体民团军兄弟铁了心地跟解放军走，因为解放军是穷苦百姓的队伍，我们从心里愿意接受收编，咱们一起为老百姓打江山。所以按着解放军要求的那样，我们把所有武器都集中在磨盘的操练场上，枪退堂、刀入鞘都在那放着呢，我们身上没有任何武器，甚至连根铁丝也没有，有这样诈降的吗？假如我们不接受收编，你们上山时我们就开枪了，只要守住两处险要，慢说你们来了一个营，就是一个团、一个师，一时半会儿也攻不上来的。'

"谭明正说：'那后面的国民党军是怎么包围我们的？'寇大顶说：'一定是我们民团军有内鬼暗中策应。'谭明正说：'你怎么知道的？'寇大顶说：'我们收到信商量的时候，那几个人就不同意，说要投降也要投国民党，被我压了回去。'谭明正说：'内鬼是谁？'寇大顶说：'是二当家的岳伦。'谭明正说：'他在哪？'寇大顶说：'你们上山的时候，他就不见了。'谭正明说：'怎么证明你的话是真的？'寇大顶说：'岳伦自己会证明的。'寇大顶朝着外边喊道：'岳伦，你有种就给我站出来。'

"这时，岳伦躲在大厅外面的石柱后面说：'大哥，兄弟鞍前马后地跟了你十多年，什么事情都依着你，就这件事对不住你了，事是我做的，国军是我请来的，但不是针对你，我是针对共产党和解放军。'寇大顶说：'为什么？'岳伦说：'他们没收过我家的房子、分过我家的地，还镇压了我爹和我二叔，我和他们有不共戴天之仇。'寇大顶说：'这事你咋没早跟我说呢？'岳伦说：'现在说也不晚。国军的迟团长有话，只要大哥能归顺过来，他给你个国军营长干干。'寇大顶说：'有人说咱是"胡子"不假，但咱们已经开会商量好了的，才写信把解放军请过来，咱说话得算话，解放军这边咋整啊？'岳伦说：'让他们一起归顺，迟团长说不但不杀他们，除了给个官衔外还论功行赏呢。'

"谭明正向寇大顶使了个眼色，悄悄地说：'你告诉他容我们商量一下。'寇大顶对外边喊：'老二，你跟迟团长说，我们商量商量，一会儿给你回话。'岳伦说：'大哥，赶紧的吧，你们是逃不出去的，这大厅已经被国军给包围了，进出的小道都被封得死死的。再说，咱们到了解放军那边，也不会有好果子吃的，他们最恨当过土匪的人，别说你，就连东北最有名的许大马棒、座山雕、谢文东等人不是也被他们给灭了吗？'

"谭明正问寇大顶是否有解燃眉之急的法子？寇大顶想了想说：

'当初，我刚建立山头时，为防不测，已秘密令人在厅外磨盘操练场四周的每个地角处都埋了十个地雷，点燃地雷的火捻子暗藏在大厅后面的粮库第二层小阁楼上的夹层墙里，要是能把地雷引爆，他们就会损失巨大。'谭明正说：'怎么才能具体操作？'寇大顶说：'你们用枪声作掩护，我点着火把从后面的窗户跳进去，我这有钥匙打开后面粮库的门，跑上二楼去点燃地雷火捻子，地雷就会爆炸。那时，你们加大火力往外冲，我号召民团军一道拿起武器共同作战，一举歼灭国民党军。'谭明正一拍寇大顶的肩膀说：'就这么定了。'

"谭明正见寇大顶点着了火把，把枪一挥大吼一声：'同志们，向国民党反动派和民团军的叛徒开火！'瞬间，枪声响成一片。寇大顶跳出大厅后窗朝后面的粮库冲去。时间不长，猛听大厅前面磨盘操场上'轰轰'的一阵巨响，国民党军一片鬼哭狼嚎。

"厅里的谭明正营长率领解放军战士冲杀出来。点爆地雷后的寇大顶端起缴获来的机关枪，朝着国民党残兵余将一阵猛烈扫射。他边打边喊：'大青山民团军的兄弟们，我是寇大顶，我命令你们拿起武器向国民党反动派和以岳伦为首的叛徒开火。'解放军和民团军形成两路夹攻之势，那些没有被炸死和没被打死的国民党军，扔掉武器举手投降。只有在后面指挥的团长迟万江和岳伦，带着几个人逃跑了。

"一场始料未及的遭遇战，演变成化险为夷的胜利战。解放军同民团军的首次合作，就呈现出如此大好的态势，打出了军威，震慑了敌人，缴获了一大批枪支弹药。谭明正、寇大顶及所有参战人员，都受到了中国人民解放军东北剿匪总部和当地政府的表彰。

"寇大顶被派往敌后武工队任大队长，屡建战功。源城解放后，寇大顶当上了源城县人民政府副县长。"

王小雅激动地说："太好了。"寇大娘坐起身来说："别高兴得太早了，好事后面有坏事跟着哪。"

"就在那年，有人给县镇反工作领导小组写了一封检举信。说是当初解放军收编大青山民团军的事件，是民团军总司令寇大顶和副总司令岳伦自编自演的一场闹剧，他俩一个'唱红脸'一个'唱白脸'，为的是引解放军上钩，勾结国民党军歼灭解放军。多亏一个民团军伙夫，奋不顾身地点燃了埋在磨盘操练场地角处的地雷，才将几百名国民党军炸得所剩无几。那个点燃地雷的伙夫，也被当场炸死了。寇大顶一看大事不好，便让岳伦带着国民党军迟万江团长等几个人，从秘密通道逃下山了。寇大顶欺骗谭明正营长和解放军战士，不但没受到严惩，反而身居高官，先后当上敌后武工队队长、源城县人民政府副县长等职务……

"县镇反工作领导小组立即将寇大顶拘押起来，通过多方侦查，将潜伏在内蒙古呼和浩特的国民特务小组组长岳伦抓获，经审讯，镇反小组依据其坦白交代的材料，又把那个先为解放军写回复函、后又为国民党军写信的小丫头蛋子给挖了出来。因为那小丫头蛋子同时为两个水火不容的军队写了内容一样的信件，这本来就是个大阴谋，何况小丫头蛋子还有一个特殊的身份——大青山土匪司令寇大顶家里的妹妹，此人叫寇玉兰……"

"哎呀，我说闺女，你干吗用这样的眼神儿看我？对呀，那个寇玉兰小丫头蛋子就是我。"大娘说道。

"大娘你跟说评书似的，把人急得不行了，他们把你怎么样了？你倒是快点讲啊。"王小雅说。

"闺女呀，总得让我喝口水、喘口气啊。"大娘有点气喘吁吁地说。王小雅赶紧把放在木凳子上的水罐子递过去，又扶着寇大娘坐起来，喝了几口水。王小雅关切地注视着寇大娘说："大娘，先歇会儿吧。"寇大娘长嘘了一口气，接着讲下去："那年我已经十八岁了，在县城读书毕业后，留在县城的城关小学当了一年的小学教师了。审讯中，我们三个人来了个当面对质。我把自己被岳伦等三个土匪劫上大青山等事情，原原本本地说了出来。当时是寇大顶召集二十多个队长开会商量后，让我给解放军东北剿匪总部写了回复信函，并让老二岳伦第二天将信送到乡公所，顺便把我送回家。而岳伦却把我带到县城的小旅店里，让我给国民党军写了内容一样的信。但是，当时解放军收编营的谭明正营长，已经成为抗美援朝志愿军的团长开往朝鲜战场去了。至于那个国民党军的迟万江团长，早已下落不明。

"此案件成了一件没有下文的无头案。寇大顶、岳伦和我三个人，分别被送往不同的地点关押了三年。三年后，朝鲜战争结束。那位谭明正营长光荣归来，他已经升为志愿军的副师长。不幸的是他全身多处重伤，头部颅骨留有两颗子弹尚未取出。他的记忆几乎全部丧失，但令人意想不到的是，当县镇反工作领导小组找到他说起大青山事件时，他却记忆犹新。谭明正将那次事件的时间、地点、信函内容、参与人员、突发情况，及寇大顶引爆地雷而出奇制胜，等等，说得个清清楚楚、明明白白，并以口述方式由别人代笔，出具了一份证明材料。

"寇大顶立即获释，官复原职，岳伦充当叛徒被处以死刑，对我的判处是有功也有罪，功罪相抵，不奖不惩。我不服地问：'我"罪"在何处？'他们说：'你明知道解放军来接收民团军，为什么还为国民党军写信来围剿？'我说：'那是他们逼着我干的。'他们说：'别说逼着，就是打死也不能干。'我说：'那时我年纪小不懂事。'他们说：'刘胡兰也不大，可人家面对敌人的铡刀宁死不屈。'我说：'那时我还未成年，未有承担刑事责任的能力。'他们说：'所以才将你功与罪抵消，不再追究嘛。'我说：'我的工作怎么办？'他们说：'那是你自己的事儿，自己解决。'我被关押了三年，出来时已是物是人非，谁还会要我呀。爸妈为我的事着急上火，身患重病，一年之内先后病亡。无人抚养的小弟离家出走，至今下落不明，我已成了无家可归的人。谁管我？谁要我呀——

"那天，出了看守所我独自一人站在源城河边哭得天昏地暗、六神无主。突然，一个既熟悉又陌生的声音在我耳旁响起：'以后我管你，我要你。'我睁开泪眼一看，不知什么时候，寇大顶站在我面前。我不敢相信地问：'刚才你说什么？'他用衣袖擦去我脸上的泪水说：'我本着对革命和对人民负责的原则，我郑重地对你说，我们结婚吧。'就这样，我们就结婚了。

"结婚第二年，我们有了个可爱的小闺女——小翠。嘿，这小闺女可招人稀罕啦！"

王小雅高兴地说："多好啊，大娘可真有福气呀。"寇大娘说："唉，我就是这个命啊，好事也可能变成坏事。不是有那么一句话嘛，'福祸常相伴，有喜也有难'。"

"那年，刚开春的时候，也是对岳伦执行死刑的日子。行刑前，政府有规定让他见见家属，留下遗言、遗嘱。岳伦提出要见见自己的大哥。'谁是你大哥？'人家问他。岳伦说源城县副县长寇大顶就是他大哥。寇大顶闻讯后，立即赶到拘留所。

"一见面岳伦就'咕咚'一下给寇大顶跪下了。他痛哭流涕地说，自己罪孽深重、死有余辜，但是自己犯事后，妻子与人私奔，家中有长年瘫着的八十多岁、时日不长的老母，还有个刚一岁的儿子，恳求大哥看在两人曾是结拜兄弟的份上，代他为老母送终，将幼儿抚养成人。说罢，磕头如同捣蒜一般。寇大顶当即答应。事后几日，寇大顶为岳伦的老母送了终，将他刚一岁的儿子接到自己家中抚养。为使孩子健康成长，他将孩子改随自己的姓，取名寇小山。

"我们视小翠和小山如掌上明珠。说来也怪，小山这孩子特别乖，也特别懂事，学习成绩特别好，小翠也聪明灵性，两人同时考入初中。他俩毕业以后，小山考入高中，小翠却落榜了，失去了升学的机会。小山在读高中的时候，学习十分刻苦努力，他的目标直指全国重点的大学，如清华、北大、南开、复旦几个院校。

"可是，他必须要面对家庭出身这个现实问题。一年多以后，他调整了自己。好在他平时喜欢音乐，又经常去文化馆跟老师们学习器乐，两年后他考上了戏剧团，在乐队搞打击乐。由于要求进步、表现出色，仅仅四年的时间就当上了剧团领导。"

听到这儿，王小雅不解地问："原来你儿子女儿都有工作，那为什么你还无家可归，住在这里无人问津？"寇大娘说："我那闺女小翠在失学后不久就因病去世了。"王小雅说："哎呀，太不幸了。大娘，你刚才说你儿子是搞文艺工作的，还是个领导？"寇大娘说："是的，我看你每天都跑到庙里来练功，知道你也是搞文艺这行的，所以见到你特别地亲哪。"王小雅说："他是哪个剧团的？"寇大娘说："就是咱们县剧团的。"王小雅有些发蒙地说："他叫什么名字？"寇大娘有点不乐意了，说："我跟你说了这么半天，你怎么没有听啊。"王小雅说："我不但听了，还感动得落泪了，可就是没听过你说的名字啊？"寇大娘说："他叫寇小山呀。"王小雅说："我们剧团没有叫寇小山的人，甚至都没有一个姓寇的。"这回，寇大娘可真的不高兴了，她撂下脸子说："怎么就没有哇？他不但是县剧团的人，还是县剧团的领导哪。"王小雅说："他是县剧团的什么领导？"寇大娘提高嗓门说："剧团一把手，县剧团的团长呗。"这句话把王小雅震得目瞪口呆。半晌，王小雅啜嚅着说："县剧团团长不叫寇小山，叫方宝山呀。"

寇大娘微微一笑，说："那是他忌讳这个名字，才将小山改成了宝山的，但是人们都知道寇小山就是方宝山啊！"王小雅说："他怎么姓方了哪？"寇大娘说："他姥姥家姓方，他改姓方也不算忘本。"王小雅说："没忘本应该姓寇，是寇家救了他、养育了他。"寇大娘说："小山对我讲，这个'寇'字不好。你看'倭寇''海寇''流寇''贼寇'等。"

"《庄子·人世间》中说：'山木自寇也。'非但如此，就连相命先生也做过如此之评述。小山说，他这辈子即使不能脱胎换骨，也必须改头换面，就把名字改了。我也理解他。"

王小雅差点晕过去。她说："行善积德是我们中国人的传统美德，咱可不能封建迷信啊！"话虽然这样说了，但王小雅无论如何也想不明白，寇大娘心中的那个"小山"，是一个聪明伶俐、积极向上、受过高等教育的有知识的人物。相反，剧团团长方宝山，却是一个阴险、狡诈、心里阴暗、手段恶劣的小人。她一时很难将这两个人合二为一。

寇大娘见王小雅半天沉默不语，说："闺女呀，你是不是有不好开口的话要说呀？"王小雅想了一会儿，说："大娘，你今天给我说了这么多，把你的身世也说给了我，你能告诉我你这些话的目的是什么吗？"寇大娘说："也没啥目的，就是希望你得便得空的时候，给俺那小山儿子捎句话。"王小雅说："捎句什么话？"寇大娘说："告诉他我挺好的，让他千万别惦记着，省下心来好好工作，将来有更大的出息。"

这番话差点把王小雅噎个好歹。她说："大娘，你歇着吧，我出来这么久了，也该回去了。"她不知道该怎么对大娘说好，心里却感叹着：可怜天下父母心啊！

王小雅头也不回地走出了曾经洒下了那么多汗水的娘娘庙。

人常说，怕啥来啥，说谁谁到。王小雅做梦也没想到，她出了娘娘庙的庙门，刚拐上小河的桥上，就见小桥上站着一个人。仔细一看，哎哟妈呀，这个人竟是方宝山。吓得她心里"扑通扑通"地乱跳。

方宝山满脸狐疑地盯着王小雅说："你去哪了？"

"溜达溜达。"王小雅满心戒备。

"你怎么这样有空儿？"

"今天团里不是放假嘛。"

"听说你总往这疙瘩来？"

第十二章　石破天惊

"来过几趟。"

"事出有因吧?"

"这边的风景好、空气也好。"

"光看风景没有别的念想?"

"别的念想是什么呀?"

"没想瞧瞧热闹什么的?"

"哦,看看那帮打鱼捞虾的,是挺热闹的。"

"没进庙里去拜拜啥的?"

"没敢进去。"

"为什么不敢进去?"

"一人不进庙,二人不看井,三人不抱树嘛。"

"有人举报你,近期常到娘娘庙这块儿来。"

"来娘娘庙怎么了?既不犯罪又不违法的。"

"可是却违反了禁令。"

"违反了哪条禁令?"

"破四旧禁令。这座庙宇是传播封建迷信的地方,已经被查抄过一回了,你看这地方还有人敢来吗?"

"那你怎么还来这里哪?"

"我来这里有公干。"

"是守株待兔,还是等鱼上钩?"

"是救人祸患,以防罹难。"

"你直说吧,救谁的祸患?防什么人罹难?"

"你王小雅的祸患不除,将悔之莫及。尤其你和别人不一样。"

"我怎么不一样了?"

"你是个出身有问题的人,还有前科,再要违反罪加一等,到时候可别说我没告诉你。"

方宝山说完,一甩袖子下了小桥,沿着小河岸,朝西边走去。王小雅说:"方团长,我想跟你说句话行吗?"方宝山头也不回地说:"有话到我的办公室去说。"王小雅说:"干吗非要去你办公室说呢?"方宝山说:"办公室是办公的地方,权威的象征。我就不信你有求不着我的时候?"

他说着话,眼见就要下了西边小道了。王小雅提高嗓门说:"寇小山,你站住!"方宝山猛地抖动了一下站住了,他转过脸来,怔怔地看着王小雅:"你刚才叫我什么?"王小雅说:"叫你什么并不重要,重要的是我要告诉你一句话。"他说:"什么话?"王小雅指着娘娘庙说:"行善和作恶到头来都是有报应的!"

方宝山望着不远处的小庙有点愣神儿……

第十三章　壮马靠"夜草",好角儿凭"私功"

农村的天比城里的天黑得早,农村的夜也比城里的夜深沉和静谧。晚间八点,我正在罗家堡子大队四小队的保管室里伏案疾书。

这里就是我住宿和工作的地方。年初时省里下发了文件,在年末要举办一个自编自导的全省戏剧会演。主要内容是,歌颂本地区的先进事迹和英雄模范人物。县领导和主管部门要求县剧团组织主创人员,深入全省模范村的罗家堡子体验生活、搜集素材、进行创作,赶排一出精品力作,参加这次全省戏剧会演。

县剧团领导决定,指派我来罗家堡子村体验生活、进行采访、创作出一出六场京剧参加全省的戏剧会演。自从全身心地扑在罗家堡子四个多月以来,我白天同农民们共同下地干活儿,夜里进行写作,要创作一出六场京剧《战天之歌》。

当我正为这出戏的第四场《巧夺天工》细细构思时,村大队的值班员小闫,骑着自行车跑来敲着我的房门,问县剧团的李老师在这住吗?我说是,问他什么事?他说:"县里有人找你,电话打到大队部了,说有事找你。"我抓起衣服披在身上,连鞋也没有换,穿着拖鞋就跟小闫跑到大队部接电话,边走心里边想,肯定是领导那边催问剧本创作的事情。

到了大队部,我拿起话筒说:"喂,你好!哪位啊?"那头一个女人说:"您好!是李晓星同志吗?"我说:"是,你是哪位?"电话里说:"我是源城县邮电局长途交换机台的话务员,这边有人打了长途,要和您通话,请您接听。好,计时开始——"

电话那头传来一个怯怯的声音："你好！我是王小雅。"我有些奇怪地说："这么晚打电话来，一定有事吧？"她说："也没有什么大事，只是跟你告个别。"我说："你要去哪儿呀？"她说："我回家去一趟。"我说："家有急事？"她说："家里母亲病了，我回去看看。"我说："啊，你先别着急。这样吧，等我把这场戏写下来，两天后我回团里把创作情况向领导班子作一下汇报，顺便送送你好吗？"她说："不行，我必须今晚就走，火车票都买好了。"我说："干吗这么急？"她说："必须抓紧走。"我说："剧团离火车站五六里路，一片荒郊野外的连一盏路灯都没有，你怎么走啊？再说去省城的那辆火车每天只有一趟，开车时间是半夜十二点二十分，又没有公交车，谁去送你？"

王小雅沉默了一会儿说："没事的，我自个儿慢慢地走就行。"我说："团里的领导知道吗？"她说："和领导都请好假了。"我说："这么晚了为什么不在团里打电话，跑到邮电局打？"她说："团里有新规定，不让个人打私事电话。"我心里纳闷，王小雅性格内向，深夜出行肯定有重要的事情。我说："你在宿舍等我，我马上往回赶。"她说："不用了，我只想临走前告诉你一声，不是让你送我，怕会耽误你工作。"我说："什么也不会耽误的，这里有自行车，送你走后我再当夜骑回来不就完了嘛。"

那头的王小雅不言语了。我放下话筒对小闫说："麻烦你把这辆车子借给我，我回县城团里一趟，然后马上就回来。"小闫说："你得回住处先换双鞋吧。"我说："这双拖鞋挺跟脚，没事的。"说着，我跨上小闫递过来的自行车，朝着县城的大道飞奔而去。

两个小时左右，我骑着自行车进了县剧团的院子。人们大都闭灯休息了，只有王小雅宿舍里的灯还亮着。见我走进屋子，王小雅有些不好意思地说："只想跟你告别一声，这么远的路你还真的回来了。"我说："多远的路也应该回来送送嘛。"见她把一切都收拾停当了，牙具兜、旅行袋和一些日用品都打成包囊，连行李卷也捆好了，屋子里清扫得干干净净。我说："这次回家要待几天？"她说："母亲的病见好就回来。"我说："怎么把行李也拿回去呢？"她说："顺便带回去拆洗一下。"

我把她的行李包放在自行车后架上，将装在网兜里的盆和杂七杂八的东西挂在车把上。我推着自行车，她跟在一旁，我俩便向火车站走去。

今天的王小雅有些反常，她只是跟着我往前走，表情木讷，欲言又止的样子。我说："你今天怎么了？"她说："挺好的，没怎么的。"我说："最近还天天练功吗？"

一提"练功"这两个字，王小雅的精神头儿来了。她说："饭可以少吃、觉可以少睡，唯独功不可少练。"我说："还像以前那样，早晨起来跟大伙在台上'踢踢腿''扎扎蹲子''溜溜嗓''唱两段'，拍拍尘土去吃饭？"她说："我才不跟他们那样'混功'哪。那不叫练功啊。"我说："不那么练也没有别的练法啊？"她说："我正要告诉你，我已经找到一个练功、喊嗓的好地方了。"我说："你挺能耐啊。"她说："我找的那个地方，跟深山老林差不多。"我说："除非是西双版纳。"她说："还要西双版纳干吗？"我说："那是什么地方。"她说："是一座娘娘庙。"我说："庙宇也是一种传统的宗教文化，眼下也不被有些人接受，不要被一些别有用心的人知道。"她说："他们要是知道了会怎么样？"我说："眼下很乱的，反正你多注意些就是了。"

半晌，她不说话了。我说："这个娘娘庙在哪儿？我怎么没听说过。"她说："就在城南郊区三四里远的山坡上。"我说："你是怎么找到的？"王小雅从头到尾原原本本地讲述起她的练功经历来。不过，她把在小桥上遇见方宝山的那骨碌情节掐了没说。

当那趟开往省城的火车驶进站台的时候，她的讲述刚好告一段落。我说:"学为致用,练为所用。等你回来时,我创作的这出去省里参加会演的六场京剧《战天之歌》就要投入紧张的排练当中了,我力荐你扮演此剧中女一号人物。"她说:"谢谢你,可是,我怕是不行……"

我原想她心里有压力,就说了些"只要我们努力了、拼搏了,肯定会行的"和"艺无止境,学海无涯苦作舟"之类鼓励的话。

趁停车三分钟时间,我把她的行李和一网兜日用品送上火车,为她安放在行李架上。当和她握别时,我又说了句:"盼望你早点回来,早点进入新角色。"她没有言语,只是朝我轻轻地点了点头。

"呜——"火车发出了一声像呐喊又像幽怨的长鸣,把王小雅载走了。

半个月后,《战天之歌》剧本杀青。当我正要把自己的重点说明和演员推荐上报的时候,收到了王小雅寄给我的一封信。

  晓星:

    你好!

    请原谅我对你说了谎话。离开源城时,我就不打算再回去了。起初,我们远离家乡去了这个小城,为的是施展才华,谋求发展。因为,我们是为了戏而活着的人。一旦人们生活在你争我斗、处处提防,甚至演戏困难,无功可练的日子里,还有等待下去的必要吗?所以,我选择了离开。

    谢谢你给予的多方帮助,我无可报答。但我还要求你一件事,请你到娘娘庙里为我看望一下那位寇大娘。顺便为老人多带些吃的、用的,因为她是不幸的,她要活下去,需要他人的安慰和帮助。记住把我忘在庙里的那件"水衣子"拿回来留作纪念。

    这是我留给你唯一的一件东西。它是我们演员练功、演戏时必用之物,也是我"王家班"的传世之珍。此物,经过一番日照月华、善心意念后，一定会使你的艺德、艺品、艺技等都大有长进的！

祝好！

王小雅　八月十六日

幸运的人幸运连连，倒霉的人倒霉不断。这话倒也贴切，我一边倒着霉，一边做着倒霉的事情。关键时刻，还是方宝山救了我一命，他叮嘱那些要往死里收拾我的人说："怎么收拾李晓星都行，千万别把他折腾死，这小子的爸爸是省里的劳动模范，他哥哥是解放军现役军官，也属于红五类呀，真要把他给弄死了，我可是交代不了的！"

因此，他们才给我留下一条小命。万般无奈的是，我还得必须去见这个主宰我命运的阎王爷。

然而，"阎王好见，小鬼难求"。要见当了县文教局一把手的方宝山，简直比见省、市的大领导还要难。我在县机关大楼里登了两回记，被询问了三次，主要是必须问清楚来访者的姓名、单位、居住地、事由什么的。事由分公事、私事和要求解决的问题，等等。一关一关地过完后，我才被领到方宝山的办公室外间屋等着，秘书让进去时再进去。

嚯，真开眼了！这办公室比他在剧团当团长的办公室大出四五倍还不止。不但宽敞明亮、一尘不染，连办公设备也是高配的。自从方宝山当上县文教局一把手后，他的言谈举止、为人处事、生活习惯，都发生了很大的变化，只有一点没变，就是他抽的还是那种"蛤蟆赖卷烟"。刚进他办公室的门，那种又冲、又辣、又呛嗓子的烟味儿，就把我狠狠地噎了一下。

方宝山端坐在办公桌旁的转椅上，屁股没动一下，只是瞥了我一眼。我说："方团长……"他打断了我说："这里不是剧团。"我知道自己称呼小他了，赶忙说："方主任。"他说："什么事快说吧。"我说："是这样的，以前是你把我们从省城接来源城剧团来'支边'的，为期三年，现在已经超过三年了。最近我所在的原单位多次来电话和信件催着我回去，因为赶排的样板戏《智取威虎山》和《沙家浜》等戏，演出的人手不够，让我赶快回去，剧中的角色都为我安排好了，要不那边开不了戏。反正咱们这儿现在不能排戏，也不能演戏，我待着也是待着，再说，有半年没发工资了，我特向您汇报一下，求领导给予支持和帮助，让我回去吧。"

方宝山听了我的话竟"嘿嘿"地笑了。他说："就为这事来找我的？"我说："是呀，不找您找谁呀？当初事情是您办的，话是您承诺的，人也是您领来的嘛。"他说："你太让我失望了。"我说："怎么呢？"他说："看你是个挺聪明伶俐的青年人，怎么说话做事情竟违背大好形势呢？这就叫倒行逆施呀，明白不？"我说："逆施不逆施的我心中有数，但是您说话要算数嘛。"他说："既然我说话不算数，你就别来找我好啦。"我说："有困难找领导，您以前是剧团的领导，现在是县文教局的领导，马上就是全县的领导了，领导做事要讲信用的。"他说："我怎么不讲信用？"我说："当初来源城剧团'支边'为期是三年嘛。"他说："开展为期三年的'支边'活动是一项经有关领导部门研究制定的政策，并不是我方宝山自己造出来的。我去省里把你们接来不假，那是我代表源城剧团去执行党和政府的方针政策的。"我说："既然是党和政府的方针政策，必须抓好落实嘛。"

方宝山觑觑着眼睛，又抽了口"蛤蟆赖卷烟"说："怎么没抓好落实？"我说："三年期限已经过了，我得马上回去。"他说："那你去找有关部门好了，还来找我干什么？"我说："现在的有关单位在哪儿呀？"他说："别说有关单位了，有的机关也不能正常运转了。"我说："那我的事就没人管了？"他说："怎么没人管呢？"我说："谁管？"他说："这次我再管一回。"我说："我的事怎么办？"他说：

"你的事好办，就是积极响应号召，到农村和工厂去接受贫下中农和工人阶级再教育，到广阔天地去炼红心。"我说："我的家庭出身就是贫农，我的父母都是工人。"

方宝山又卷了一根烟吸了两口说："根红不等于苗正，所以要去接受再教育嘛。别说是你，连在校和毕业的初中、高中、大中专院校的学生们及一些文化、教育、卫生、科技部门的知识分子们，都统统下放到农村和工厂劳动，这是大势所趋，是大的潮流，何况你这个前期有问题的人，更需要下去好好地改造了。这里有份县里根据上边的指示精神下发的一号文件，你自己看看吧。"

说着，方宝山把红头文件摆在我面前。我看一眼文件有些不知所措地说："那我们去哪儿呀？"他想了一会儿说："你先回剧团等着吧，具体下放什么地方，由县里统一安排。"我有些着急地说："那我要求回原单位的事儿该怎么办？"他说："别的话我今天就不说了，但看在咱们曾在一口锅里吃过戏饭的份上，我正告你，那个事儿就不要再提了，还是多合计合计下农村或去工矿的事儿吧。我对你说句体恤话，早下去晚下去，早晚得下去，如果早点下去的话，还能摊上个好点的地方，下去晚了那恐怕就要遭点罪了，你好好琢磨琢磨吧。"

唉，乘兴而来，败兴而归。我不知道这个世界是怎么了？有时，命运在无情地捉弄人，该来的不来，不该来的却早早地来了。

源城县剧团解散后，全团人员无一例外，统统被安排到工厂和农村去接受再教育，我作为被安排的第一批人员，到县郊区的副食品加工厂当一名一线工人。

我拿着介绍信报到的时候，该厂的厂长老于用他那双特有神的小眼睛将我上下左右地打量了一番说："是个年轻力壮的小伙子，不错不错，那就去厂里最艰苦的地方锻炼锻炼吧。"

我早听说，老于是个转业军人，解放战争中曾横渡长江，在攻占南京总统府时，被敌人子弹打断了胳膊、打穿了胸膛，转业后因文化低才被分配到这个不起眼儿的厂子当了厂长。我问他："我去哪个车间？"他说："你到酱油车间去做酱油吧。"我说："以前没有干过，得好好学习学习。"他说："也不用特意学，干个几天就会了，但是我可要告诉你，那是个力气活儿，可别嫌累。"我的脚一跺说："既然来了，就服从安排！"说完，我就跟着于厂长去了酱油车间。

所谓的酱油车间，就是一个长方形大筒子屋。北边的一排高台炉灶上，设有一字并列的六口特大号的铁锅，灶台下面的各个铁锅底下的灶坑里，都是熊熊燃烧着的煤火；南边的犄角处，有一个人力压水的洋井。做酱油又称熬酱油，工作顺序分为四个步骤：一是用洋井压出的水把两只水桶装满，用扁担把两只水桶里的水挑起走上七个台阶，把水倒进大铁锅里，一口铁锅需要四桶水，每天光挑水就得挑二十四桶；二是下到灶台底下的灶火洞处点燃煤火，把水烧开；三是将酱油曲子、碱料子、咸盐粒和一定比例的硫酸等配料放入大铁锅里进行酸碱中和，用火熬到一定时候即成酱油；四是打开铁锅底部的活塞儿，让成品酱油流入盛酱油的容池里。

随着时代的更迭和科学技术的发展，如今的酱油是怎样制成的，我不得而知。在那个年代里，一个小县城里人们所需的酱油，就是那样做成的。别忽略了它的作用，当时全县城十多万人口用的酱油，就是靠这个副食品加工厂酱油车间的六名工人，在一个不足二百平方米的车间里完成的。

可是，"不幸"被我自己言中，车间里虽有六名工人，人家那五个都是技术工人，他们每天都在掌控着水温、配料、火候、发曲子等技术活儿，唯我是新手入门。按俗话讲人家是大工，我是小工，小工是伺候大工的，每天，我干的都是力气活儿，首先需要用力气在洋井里压出二十四桶水，再用力气把二十四桶水，上下八十四个台阶，倒入大锅里，非但如此还得兼管点火、烧水、捅炉灶等活儿。

虽然我没有被累坏，但是每天下班时我都累得坐在台阶上爬不起来，等别人都走了，我得缓它个一个多小时才能缓过劲儿来。最要命的是我一个从城市走出来的人，虽然已经十八岁了，但从来没有挑过水，肩膀被压出一层大血泡倒可以忍受，难以忍受的是血泡破了再让扁担压肩，那可是疼痛钻心、冷汗淋漓、双腿颤抖、寸步难行啊。一个萝卜顶一个坑，别人有别人的活儿，谁又能帮得了我呢。

有个姓段的老师傅给我想了个办法，她在家里用厚厚的棉花缝了一个肩托，挑水时给我套在肩膀上，以此来减轻重量的压力。还别说，这招真管用，当挑水桶的扁担压在肩膀的时候真不那么疼了。

半年后，我的双肩上压磨出两道厚厚的肉檩子。虽然工作忙累、生活艰苦，环境也很差，但是我坚持了两年也没有离开的想法。倒不是厂里有美女吸引，也不是有利益可图，更不是有什么虚位以待，因为那里有一个让我留恋的小剧场。小剧场不大，也就是几间屋子大小，里面还有个小舞台，两道红色的幕布还挂着，虽然外观陈旧，里面却很严实。

这个小剧场好就好在门前的地方在厂子里，房后边就是一片荒凉郊野之地，只要把前边的门关上，任凭你练功、唱戏、喊嗓子，外边的人一点也听不见。以前小剧场是厂里秧歌队、高跷队活动的场所，每逢过年过节或有重大活动的时候，厂子里就把秧歌队和高跷队拉到这个小剧场来，这里是他们用来化妆、练习和集合的地方。后来活动停止了，小剧场也被弃用，厂子里的人也很少到这里来了。

小剧场的大门虽然用一把大锁锁得牢牢的，但可以从东边的小窗户上爬进去。每天吃过晚饭，或者星期天的时候，我偷偷地爬进去，先将它清扫得干干净净，将台上的杂物归置得整整齐齐，这个与世隔绝的小世界里是那么的静谧。哈，我完全可以在这片天地里干自己的"私活儿"了。

这里，白天很少有人来，晚上就更没有人来了。前院的办公室里，只有更夫老何头坐在一把椅子上，时刻处于一种睡意蒙眬的状态，晚上九点前后，他已是无所顾忌地鼾声如雷了。

一天下午，厂里的全体职工集体到电影院观看了一场电影，是现代京剧《红灯记》。看完电影，我心里兴奋得如同开了锅的水那样，滚烫的热浪久久地冲击着我的心房。在以前，《红灯记》只能从收音机里听到，这回可见到影像了。尤其使我难以忘怀的是第八场《刑场斗争》。李玉和那段边唱、边做、边念、边舞的戏，啊，真是让我大开了眼界。这套动作干净、利落，彰显了李玉和大义凛然、视死如归的英雄气概。"横竖磋步""骗腿亮相"把京剧艺术的技巧运用绝了。

回到宿舍后，我草草地吃了几口晚饭，就早早地从东边小窗户爬进了小剧场。舞台上，凭着自己的记忆，一步、一腿、一招、一式地模仿着走了起来，并且嘴里还反复哼唱着："休看我带铁镣，裹铁链，锁住我双脚和双手……"可是，因为没有铁链，一时又找不到戴铁链的感觉，无论怎么做也做不到位。我突然想起来，老何头养了一条狗，白天用铁链子拴着，晚上关进狗窝里。现在那条拴狗的铁链子，肯定在狗窝旁边放着哪，何不取来一用。于是，我跑出去把狗窝边的铁链子拿回小剧场，套在自己的身上练。嘿，还别说，这铁链虽然沉重些，但那感觉立马就找到了。每天在这个时候，我都是把狗链子偷偷拿过来戴在自己身上，投入地练起功来。练完后，我再把狗链子送回狗窝去。

大约半年后的一天晚上，我正投入地练着，突然小剧场的大门"哗啦"一声打开了，把我吓得一激灵。我猛地一箭步蹿到舞台上的天幕后面躲了起来，大气不敢喘一口。心里想，这回可完了，准是什么人给我打了小报告，上边派人查我来了，说实话，厂子里的人查我，倒不怎么害怕，顶多在大会上批评一顿，我怕的是，要是方宝山知道了非给我加上一个罪名、扣上一顶帽子不可，那我就算彻底玩儿完了。

当我躲在天幕后面不知如何是好的时候,"啪"的一声,小剧场里的灯光大亮,有人向小舞台走来,一个粗声大气的男人说话了。啊,原来是老于。

"谁在后面哪?"老于说。

"是我啊。"说着,我从幕后边走了出来。

"三更半夜的不睡觉,跑到这干啥?"

"没干啥,睡不着了在这儿玩一会儿。"

"玩什么呢?"

"做做广播体操什么的。"

"还有戴狗链子的广播体操?"

"噢,做完体操,又练点别的玩意儿。"

"别的玩意儿是啥呀?"

"革命现代京剧《红灯记》里的动作。"

"那是件好事啊,上级一再倡导革命京剧大家学、大家唱,你怎么还偷偷摸摸地呢?"

"我是怕影响工作。"

"发扬革命精神,激励革命斗志,促进劳动生产,怎么会影响工作?你还害怕什么呀?"

"我是怕有人告诉方宝山……"

"不管是方宝山还是圆宝山,谁都得听党中央的安排部署。"

"那我就不怕了。"

"不但不要怕,还要走出来同群众一起唱、一起演。"

"我去哪里同群众一起唱、一起演啊?"

"从幕后走到幕前,带动咱们全厂的职工一起唱、一起演。"

"咱们厂子有会唱京剧的人吗?"

"没有人会,你可以教他们唱和演嘛。"

"完全没问题。"

"现在各系统、各单位都成立了文艺宣传队和样板戏学习班,县里还下了文件要搞文艺会演,我正愁咱厂没有骨干力量,拿不出好成绩哪,你来带个头不就解决了。"

"我……我行吗?"

"怎么不行啊,根红苗正、思想进步、吃苦耐劳、工作积极,进厂两年来你都做到了。"

"谢谢您对我的夸奖和表扬。"

"不光是我对你夸奖和表扬,有目共睹啊,全厂子的职工都是这么评价你的。"

"我……"我嗓子里一辣,有种想哭的感觉。

老于拍了一下我的肩膀说:"现在这里还疼吗?"

我抖抖肩膀说:"不疼了。"

老于说:"好,能挺过来就好。从明天开始咱们就把文艺宣传队成立起来,利用业余时间,赶排一台革命现代京剧选场、选段和选唱,拿出好成绩准备参加今年年末的全县文艺会演。"

我说:"咱们厂里有会表演的人才吗?"

老于说:"嘿,多着哪!"见我迟疑着,他说,"以前咱厂的秧歌队、高跷队的人员不都是文艺人才吗,只要你调教一下,他们唱样板戏个个都不孬。"

听他一说,我高兴得真想跳起来。

老于一手摁住我说:"你先别跳,还有个好消息要告诉你。"我说:"还有比这个更好的消息?"他说:"从省大专院校分配到咱们厂子三名大学生,来接受再教育,两个女生、一个男生。今天这三人已经到了,我将他们的工作都安排好了,两个女生分别安排到制醋车间和制碱车间,那个男生被安排到大酱车间。听说他们在学校时,都是些文艺尖子,不但能歌善舞,而且都会唱上几段现代京剧哪。"我问老于:"他们都是演什么行当的?"老于说:"什么行当我可不懂,反正上边的人说他们演什么像什么,到时候你们一块儿干吧,整出点名堂来,也好为咱这个不起眼儿的小厂子扬扬名,我老于也跟着荣耀一把。"

听后,我真的来了个一蹦八丈高。老于似乎还有些不托底儿地问我:"还有什么困难?说到明处。"我想了想说:"困难倒没有,我有点疑问。"他说:"什么疑问?"我说:"你是怎么知道我在这小剧场里练功的?"老于哈哈一笑说:"你以为我老于是吃干饭的?实话告诉你吧,从你进厂的第一天,我就盯上你了。"

一向老实巴交的老于竟然捅了马蜂窝,不但捅了马蜂窝,还差点把源城的天捅了个窟窿。

那天,是全县隆重庆祝县革委会新一届领导班子成立的日子。为搞好这次活动,全县上上下下花费了很大气力和费用,动用了一切手段、大肆宣传、大造声势,大街小巷红灯高挂、彩旗飘飘,横幅标语、巨幅画面、秧歌队、高跷队、地蹦子秧歌和各种各样的舞蹈比比皆是,锣鼓唢呐震耳欲聋。经过层层选拔上来的京剧、评剧、歌舞、地方戏曲及小型多样的文艺节目琳琅满目。身着盛装、手持小旗呼喊着口号的游行队伍,时不时地从主要街道穿行而过。

上午九点,庆祝大会在县广场正式开始。新上任的县革委会领导个个精神抖擞。不出人们所料,新上任的县革委会副主任方宝山也身在其列。他斗志昂扬地作了简要讲话,连省和地区的主要领导也在百忙之中赶了过来,并作了指示性讲话。嚯,这样的盛况在这座小县城里是极为罕见的。

当然,人们的关注热点就是当天晚间七点在源城大剧院里举行的样板戏联合展示演出。这可是从全县各个基层严格选拔上来的本乡本土的节目。省样板戏剧团、地区样板戏剧团、县样板戏剧团及几个邻市、县文艺团体也派人临场指导和观摩。

要说这个时候忙得最不可开交的当数方宝山了，他分管的就是全县文化宣传工作。他一会儿吩咐人员为省、地区和县领导送上水果、香烟；一会儿又派人给参演的宾客送去茶水、瓜子；一会儿让人把刚刚印好的庆祝大会展演节目单分送到前五排的省、地区、县和邻市、县的来宾的座位上。

可是，当方宝山打开节目单的时候，他一下子愣住了。只见本场展演的第一个节目是由县副食品加工厂上演的现代京剧《红灯记》的一场折子戏《刑场斗争》，扮演主要英雄人物李玉和的竟是李晓星。方宝山的汗水从他的脸颊上流了下来。他凭着政治家的嗅觉，闻出这是一个危险的信号，如果让这场戏演出了，自己等于打开了"潘多拉魔盒"。

方宝山看了一下手表，离开戏只有二十分钟了。他急忙把组委会的负责人大刘招呼过来说："这出折子戏《红灯记·刑场斗争》不能上演，你马上去通知。"大刘说："我们怎么解释？"方宝山说："无须解释，一切行动听指挥！"大刘答应一声向后台跑去。此刻的后台化妆室里，副食品加工厂演出队的领队厂长老于，正领着演出人员在紧张地准备着。他们把这次演出看得非常重要，何况又是排在第一的节目。"万事开头难。"他们这些天夜以继日地没干别的，就跟戏"铆上"了。反复排、反复练，一遍又一遍。演出当天，就着手准备这个、预备那个的，连晚饭也没有来得及吃。下午四点全体人员走进剧院里化妆的化妆、试装的试装、搬道具的搬道具、调弦的调弦、摆布景的摆布景、走位的走位、说戏的说戏，忙得个"脚打后脑勺"，一切就绪，还有不到二十分钟就要开始了。

此时，组委会的大刘跑到后台把老于拉到一个角落里，悄声对老于说："于厂长，我刚接到通知，你们这个戏暂时不能演了。"老于以为自己听错了，他懵懵懂懂地问："把我们这个戏调到后面去了？"大刘说："不是，你们这出戏暂时不能演了。"老于这才听明白。他急头白脸地问："为什么？"大刘学着方宝山的口气说："无须解释，一切行动听指挥！"老于说："我总得明白明白，也好向同志们说呀。"大刘说的还是那句话："无须解释，一切行动听指挥！"老于说："听谁的指挥？"大刘说："听组委会的指挥。"老于说："组委会听谁的指挥？"大刘说："组委会听县革委会的指挥。"老于说："具体是听县革委会哪个人的指挥？"大刘说："听革委会副主任方宝山的指挥。"老于说："那不行，除非让方宝山亲自对我下达这个命令。"大刘说："你凭什么这么说话？"老于从兜里掏出一个"通知书"说："我们是接到县革委会的正式通知，正大光明地来演出的，谁的指挥也不听，只听这个盖有县革委会公章的通知。"大刘一看不好，又跑回去报告方宝山了。

方宝山听了大刘的汇报，二话没说就风风火火地来到了后台。他对老于说："于厂长，你们这出戏今天暂时不能演了。"老于说："为什么？"方宝山说："你们演出队有的人不能承担这次演出任务，不适合参加这次隆重的演出活动，不能扮演样板戏里的主要英雄人物。"老于说："哪个人不能承担、不适合扮演样板戏的主要英雄人物？"方宝山说："他们这些人是本着接受工人阶级再教育，加强思想改造的人，所以不适合。"老于说："我们演出队里有没有地、富、反、坏、右和违法犯罪人员？"方宝山说："那要看怎么说了。"老于说："中央号召全国人民学英雄、演英雄，不但工、农、兵、学、商能演、能唱样板戏，连监狱里的犯人都能演、都能学、都能唱，为什么我们演出队经过层层选拔上来的剧目，就不能演、不能唱呢？"方宝山说："我不是说你们不能演、不能唱，而是说今天你们暂时在剧院里不能演、不能唱，换句话说，就是不能为这么重要的会议演出，我的话你听明白没？"老于说："我们只有一条路，就是出去呗？"方宝山说："是，请你们暂时出去。"老于大声说："副食品加工厂文艺宣传队的全体同志们听我口令：列成一排向剧院门外，齐——步——走！"

副食品加工厂文艺宣传队的全体人员在老于的带领下，背着道具，抬着布景，走出剧院。老于将演出队伍带到距离剧院一百米的县广场停了下来。老于说："同志们，方宝山主任说，今天我们暂时不能到剧院里演出，那我们就暂时在剧院外边的县广场演出，好不好？"大家齐声回答说："好！"老于说："听我口令：搭起布景，敲响家伙，革命现代京剧《红灯记·刑场斗争》演出现在开始——"

瞬间，县广场上锣鼓齐鸣，琴瑟轰响。"呼啦"一下，大街小巷的人们，都朝广场涌来，将演出队围了个水泄不通。剧院里的演出还没有开始，剧院外的大戏已经上演了。坐在剧院的人们不知怎么回事，不少人都跑到外边的广场上，剧院里一下空了一半。省里来的领导和地区来的领导幽默地说："今天怎么还有戏外戏呀，要不就是外边还有个分会场演出啊？"

县革委新上任的一把手有点坐不住了，忙派人过来了解情况。老于如实作了汇报，一把手问方宝山怎么回事？方宝山说："他们这出戏还有些不成熟，怕影响咱们这次展演的质量，我建议他们暂时不要在剧院演出，等成熟时再演，他们接受了建议，就出去排练去了。"一把手微微地摇了摇头说："既然是通过多次会演、调演，层层选拔上来的剧目，大多是优中选优、好中选好的节目，以前不太成熟，经过努力，人家就成熟了嘛，何况他们已经排在今天展演的节目单中了，那就让人家演演嘛。"一听这话，方宝山就连连点头说："就是嘛，就是嘛……"他又连忙把大刘招呼到跟前说："马上把副食品加工厂的老于和文艺宣传队的同志们请回来，请他们按原有顺序参加庆祝会的演出。"

也许是因为受到不公正的对待，也许因为是遭到不明不白的屈辱，也许是因为人体中迸发出一种渴望演戏的反射激素，我们把这些都转化为非把戏唱好的动力。当大幕徐徐拉开时，我们几个主要人物的扮演者，浑身就像充足了电的马达。

舞台上鸠山说:"把李玉和带到那去。"日本伍长高喊一声:"带李玉和——"李玉和唱"二黄倒板":"狱警传,似狼嗥,我迈步出监——"我唱的这"出监"两个字的"嘎调"字正腔圆、声腔饱满,人们都说我唱的这个李玉和跟中央那个李玉和不差什么。"好——"剧院里一阵暴风雨般的掌声。李玉和唱罢,在日寇宪兵的猛力推搡下,走起了"双腿横磋步""单腿后磋步",之后,来了个"单腿转身""骗腿亮相",逼退日寇宪兵,又抚摸着受伤的胸口,蹬着石头台阶揉疼痛的膝盖,少顷,甩出锁在双手上的铁链,又搂回铁链。这一套动作干净利落,一招一式交代分明,充分显示出英雄人物李玉和铁骨铮铮、宁死不屈的气概。然后,在一阵铿锵有力的音乐声中,唱"回龙板":"休看我戴铁镣,裹铁链,锁住我双脚和双手,锁不住我雄心壮志冲云天。"台下又是一阵大浪决堤般的掌声。我心里说道:"天哪,为了这一套动作,我在厂子的小剧场里苦练了近三年功夫,整整磨坏了我三双胶鞋和两条狗链子啊!"接着,我走"单腿后磋步""揉腿""骗腿"又是一个"亮相"唱"原板":

贼鸠山要密件毒刑用遍,
筋骨断体肤裂心如铁坚。
赴刑场气昂昂抬头远看——
我看到革命红旗高举起,
抗日烽火已燎原。
日寇,看你横行霸道能有几天!
……

不知为什么,唱着这几句戏词时,我下意识地瞧了坐在台下的方宝山一眼。方宝山急忙避开我的目光,将头转向一侧并低了下去。

展演结束时,省、地区和县领导走上台来接见参加演出的主要演员。出乎意料的是，在他们与演员们握过手后，径直朝我走了过来。省领导说："李玉和同志，请留一下，有话要和你说，你是做什么工作的？"我做了个立正姿势说："报告领导，我是源城县副食品加工厂的酱油车间工人。"县一把手说："哎哟，我怎么不知道咱们县副食品加工厂竟有一支这么好的文艺宣传队，还有这么棒的京剧演员哪？"地区领导说："你的京剧唱得太好了，把李玉和这个人物演活了，没有个十年八年功夫来不了的，我们地区京剧团也没有像你这样的演员。"我做个立正姿势说："谢谢领导鼓励，我以后继续努力。"地区领导说："愿意去地区京剧团吗？如果愿意的话，明天我就把你带走。"

因为没有一点思想准备，听了这话，我一时不知该如何回答。这时，方宝山从后面走上前说："晓星同志，这是咱们省和地区的领导闻主任和孙主任。"他又说，"报告两位领导，我还没来得及汇报哪，这小伙子是几年前，我从省里接来的'支边'的专业演员，人家的档案还留在省文化厅没有调过来哪，你把人领走了那可是'截和'喽，人家的原单位会去上级告我们的状，还会跟我们要人的。"地区的孙主任"呵呵"地笑了。县一把手对我说："从现在起，你就是源城县样板戏剧团的演员啦，明天开始，我们县就排个全出的京剧《红灯记》。咱们自己有能人，干吗留着不用啊？哎，方主任没有问题吧？"方宝山僵硬的脸上强挤出一点笑容说："好哇，晓星同志确实是个人才。我正要跟您汇报准备把他调到咱们县样板戏剧团的事哪，从明天开始咱们就排《红灯记》全剧，省得单场单场地演，让人觉得不过瘾。各位领导还有什么指示？"那几个领导都摆手说："没有了，没有了。"

方宝山将领导们送下舞台后，又返回来对我说："活该你小子运气好，明天你就来县样板戏剧团报到。有些事情咱们以后再找机会聊，不过嘛，有事情可以直接找我，不许找其他人，听明白没有？"

我点点头没言语。方宝山把我送到边幕后，又同等在那里的老于说："于厂长，把李晓星调到县样板戏剧团的事，是上级领导定的，可不是我挖你的墙脚哟。"老于说："我替晓星高兴，他早就是川阳京剧团的青年主演了，调到县样板戏剧团里也是数一数二的好角儿。"方宝山说："今天的事完全是场误会，以后咱们还需经常沟通嘛。"老于说："既然方主任把话说到这个份儿上，我也说一句真话：是误会一说就解开了，但人要是长了个弯弯头心眼儿，怎么沟也沟不通的。"

第十四章　挥别十年生死地

飘逝的岁月、飘逝的记忆、飘逝的故事，就像一片云彩似的飘走了。茫茫的寰宇中，我只是一颗小小的星星，奈何不了浩瀚而转动中的天体。我只有在斗转星移中寻觅着奇迹的出现。

一晃，十年时间过去了，我从一个崭露头角的小青年，变成了一个冷暖自知的大龄老青年。还不错，总算搭上了落实政策的末班车。值得一提的是，那个在川阳市京剧团当团长的安斗争，经受几次沉浮后又官复原职，他居然没有忘记我这个"支边"去源城的人，没有忘记当时他的承诺。川阳市京剧团恢复重建后，眼见演员断档、青黄不接，挑梁唱戏的青年演员匮乏，亏得他几次三番地给上级写报告、打电话地催促，才由省文化厅出面将我要回团来。那时，有一个谁也不敢违抗的上边的政策叫："拨乱反正，有错必纠！"就这样，我拿着《关于为李晓星同志落实政策实施支边归队》的介绍信，深一脚浅一脚地回到了久违的川阳市京剧团。

回到川阳市京剧团的当天晚上，安斗争团长就找我到他的办公室，既庄重又严肃地作了谈话。虽然十年未见面，他几乎没有过多跟我寒暄，谈话就直奔主题。他说："我知道你小子在外边受到不小的磨难和委屈，但是，你没有因此而堕落，反而越挫越勇。在艺术上，你很有长进，主演了《红灯记》《智取威虎山》《沙家浜》等一批好戏，我才千方百计地把你调了回来。"我说："谢谢！"他说："不用谢，咱们丑话说在前头，我可不是让你回来疗伤和养病的。要说比伤口的话，我的伤口比你的伤口大、比你的伤口深，要是比疼痛的话，我的疼痛比你的疼痛多得多。男人嘛，不要比这个，要比就比谁承受得多，谁贡献得大，对不？"

我赞同他的说法，连连地点着头。他接着说："我是让你回来帮助解燃眉之急的。"我说："我连自己的燃眉之急都解不了，还能解别人的燃眉之急哪？"他说："不是哪个人的燃眉之急，而是整个团里所有人的燃眉之急。"我说："是哪个方面的燃眉之急？"他说："概括起来就是三句话七个字：抓人、抓戏、抓创作。如果不解这个燃眉之急的话，咱们这个团将面临趴窝、散团、走人。"我说："急到什么程度？"安斗争用指点着我说："今晚你先好好休息一夜，至于急到什么程度、如何解救等详细话题，等明天咱们再细谈。"我说："你就说急着需要我帮你干什么不就完了吗？"他说："我这里有一份全团演职人员名单，还有一份他们的艺术状况一览表，这些人大多是十年前与你同台演出的那些人，只有四五个人是在你走后进团的，至于他们各自演出的戏码，也都是翻来覆去的那几出，几乎没有创新剧目。我要你结合本团的实际状况，近日写出一份切实可行的实施方案来，作为抓队伍、搞团建的大纲，特别是要你创作一批出类拔萃的剧目来。"

我沉默了一会儿说："团里那么多人，为什么偏要我干这个？"他说："因为你是能唱戏、能写戏、能导戏的'三能'人才。我就不夸你怎么多才多艺啦。"我说："请团长给我开点小灶呗，提示一下我从哪里点题好吗？"他说："没有什么小灶可开，虽然不用小灶，我给你制作了一个'三一一套餐'，先从套餐入手。"我有些摸不着头脑地说："怎么个'三一一套餐'哪？"他掰着自己的手指说："就是先改编和整理出三个优秀传统剧目来，咱是京剧团嘛，得按生、旦、净、丑排序，一个以老生戏为主，一个以旦角戏为主，一个以花脸和丑角为主，这叫生、旦、净、丑全行当出征，唱、念、做、打全方位发展。"我说："明白了，可后面的两个'一一'所指为何呢？"他说："后面的两个'一一'是对你而言的，一个是你的动力，一个是你的压力。"我说:"任何一件事情都必须是两分法,有利中潜藏着不利,不利中包含着有利。"

安斗争笑着说:"你小子出去了十年没有白搭功,看问题能用两分法了。"我说:"你就别卖关子了,干吗把人的胃口吊得高高的?麻溜地说出来不就得了吗?"他说:"为培养有文化、有知识、有专业、有事业心的'四有'京剧新人,北京戏曲进修学院受有关文化领导部门委托,将要分别举办全国戏曲演员进修班和全国戏曲编导进修班。经我们京剧团团委会研究决定,两个进修班都派你一个人去参加,你说是不是动力?"我说:"的确是动力。"他说:"这也是不是压力呀?"我嘘了口气说:"这压力还不小哪。"他说:"压力来自何处?"我说:"主观来自自己的心理,客观来自团里的群众。"他说:"为什么?"我说:"一怕自己学不好;二怕群众不买账;三怕辜负领导的期望。"他说:"你就那么不自信?"我说:"不是不自信,而是现在群众的思想意识、审美观点和要求标准与十年前大不一样了,我怕自己的思想不解放,自己的视野不开阔。何况,我十年时间都是生存在源城县那么个狭小的空间里,要完成这项重任谈何容易啊!"

安斗争猛地一掌拍在我身上。他说:"派你到北京学习的目的,就是要培养我们自己新一代的编剧、导演和演员尖子人才,来进行改革和建设川阳市京剧队伍,创作、排练演出一大批贴近时代、贴近生活、贴近群众和贴近社会的新剧目来,难道你就一点也不感到高兴?"听了他一番话,我的心里不觉地一阵激动,说:"高兴得杠杠的!"他说:"这是组织上交给你的一项政治任务,能完成吗?"我说:"必须的!"安斗争将脸一沉说:"先不忙着高兴,等你把三出戏改编、整理出来,早日投入排练、演出后,你再高高兴兴地进京去'赶考'。"

就像十年前去"支边"那样,我跨前一步庄重地说:"保证完成任务!"

夜里，我失眠了！望着天上的星星发呆。对积重难返的川阳京剧团来说，要改编、整理和恢复一批优秀的传统剧目，真的不是一件容易事。正儿八经的那些演传统戏的老演员，大部分已经离退休了，有的已经不在人世了；一些有基础的老演员也趋于严重老龄化，团里已有十多年没有招收或培养学员了，演员队伍严重断档。要演好传统戏，基本功是大问题，有的演员甭说让他们走程式化动作，就连念白也像说外国话似的。拿过来就用不好使，犹如凉手去抓热馒头。

我苦思冥想中猛然眼睛一亮，何不来一个"四加二速成方式"呢？"四"就是以戏号人、以戏开路、以戏促学、以戏打基础；"二"是短时间拉队伍去外省、市的优秀文艺团体观摩学习；派骨干力量去省里参加培训班及训练营等活动。于是，我本着这个思路写了一份《实施方案》，并着手准备以老生戏为挑梁的《失空斩》。

《失空斩》这个戏是马连良大师久演不衰的名剧。川阳市京剧团学"马派"的迟慕良，当年就是以这出戏起家的。迟慕良虽然已经六十二岁，已办理退休两年多了，但身体相当不错，难能可贵的是，他每天都在坚持练功吊嗓。请迟慕良出演这出戏的话，无论是功力还是体力，他都是绰绰有余的。以旦角为领衔的是梅派名戏《谢瑶环》，这出戏可是经梅兰芳大师亲自整理多次，修改无数次的一个剧目。梅大师演出后，传给他的弟子杜近芳等人演出，可谓红极一时。川阳市京剧团的孟芳芳，是一名梅派旦角演员，年过四十岁了，但体形、状态及嗓音一直保持很好，虽然没有得到梅兰芳大师亲传，但她却是个典型的梅迷，她模仿梅派的唱、念、做、表到了惟妙惟肖的地步。她要是能再领衔此戏，那是再好不过的了。至于要选谁主演以花脸行当和丑角行当为主的戏，我可是大费了一番脑筋。

戏班里常说："生、旦、净、丑，数花脸难求。"还有一句话说："要吃饭，一窝旦；要砸锅，花脸多。"可见，花脸这个行当不可缺少，但多了也不行。川阳市京剧团在近些年里根本就没有一个正儿八经的花脸演员,慢说铜锤花脸,连个架子花脸也没有。前些年倒有那么两个唱花脸的,都属于铜锤不铜锤、架子不架子的"两合水",一个是憋着嗓子唱,一个是抖着身上演。听说这哥儿俩虽然都七十多岁了,但还在,不过一个半身不遂,一个已坐上了轮椅。慢说京剧团里找不出花脸来,连整个川阳市的京剧票社和戏迷协会什么的,也找不出个好花脸来。要是再整理出一个花脸与丑角的对手剧本来,哎哟,那就更是难乎其难了。

这时,我突然想起来,当年在川阳市京剧团的时候,拉京胡的于文明老师的儿子于晓明,是个刚刚入团练功的学员,学的是武生行当。听说这小子现在很有出息,还处了个唱反串花脸的女朋友,说是条件挺不错的。这于晓明是我的一个铁哥们儿,我们关系好着哪。以前,一天到晚有事没事的总屁颠屁颠地跟着我围前跑后的,这小子要是知道我回团里来了,不乐得一蹦八丈高才怪哪。

于是,我给安斗争团长打电话,想问问他怎样才能找到于晓明。电话通了,安斗争劈头盖脸地问我:"怎么了,你小子还不睡觉,是不是要反悔啊?"我笑了笑说:"没有,没有。"他说:"要不你半夜三更地打电话干什么?"我说:"我想问问你于晓明的电话号码。"他也笑了,说:"噢,要找你的老铁啊?"我说:"这么多年都没有见着,挺想他的,跟他聊聊。"他说:"晓明这些年各方面都挺上进的。"他把电话号码告诉了我,又说:"你们赶紧聊吧,但我可告诉你,人家现在已不是小孩子了,眼下正在谈恋爱哪。"我说:"我也听说了,女孩子不是个唱花脸的吗?"他说:"对喽。"我说:"这花脸唱得怎么样?"他说:"相当不错。"我说:"她叫什么名字?"他说:"本名叫苏玉珊,绰号叫'奔儿髅头'嘛。那可是团里重点培养的苗子。"我说:"这就好办了。"他说:"你是不是在考虑应工对号给她安排剧目哇?"我说:"团长就是团长啊,我还没动作你就想到了。"他说:"你少跟我来拍马屁这套,先说说具体想法。"我就把自己的想法跟他说了。他说:"好,我总算没看走眼,明天下午就把《实施方案》报给我,然后你就放开干吧,出了问题我给你兜着!"放下电话,我想起于晓明的女友为什么被人送了个"奔儿髅头"的绰号。东北人管前额宽大的人称"奔儿髅头"。有句顺口溜说:

奔儿髅奔儿髅头,
下雨天甭发愁。
人家打雨伞,
他打奔儿髅头。
……

虽然已近午夜,打给于晓明的电话很快接通了。电话那头响起一个"云遮月"的声音,此人就是被我调侃为有独特"专属音儿"的于晓明。他说:"喂,哪位?"我说:"你猜?"他惊讶地说:"哎哟,哥——是你吗?"我说:"行,真哥们儿!还没忘了哥。"他说:"哥就是哥嘛,我忘了自己也不会忘了哥的。"我说:"这么晚了我还担心你睡了哪。"他说:"我多会儿这么早睡过?这才刚刚酒过三巡,菜还没过五味哪。"我说:"几年不见,你小子的能耐见长啊!"他说:"不行不行,算是小酌而已啦。"我说:"就冲你这谦虚劲儿,还有提升的空间。"他说:"还提升啥呀?咱们团已好多年不排新戏也不演出了,不喝点酒还能干啥呀?哥,你这么晚打电话来,肯定有急事吧?"我说:"对,不但是急事,还是好事哪。"他笑了起来,说:"哥,你可别逗了,听说你在源城正猫着腰待着哪,哪来的好事啊?"我说:"人要是总猫着腰待着,那不猫折腰了吗?哎,你听谁说的?"他说:"你以为自个儿一走了之啦?安大团长时刻都在盯着你哪。"听他一说,我心头一热,心想这个安斗争还真的够意思。于晓明在电话里又说,"我早就劝你回来,可你就是不听,大不了咱们不要那个工作关系了，一切从头再来嘛，那段工龄不要了又能咋的？你就是不听我的话啊。"我说："我这酒量不行，回去也不能陪你一块儿喝酒嘛。"他说："只要你回来，不要你陪着我喝酒，咱们一块儿干点正经事。"我说："你要干点啥正经事儿？"他说："咱们一块儿琢磨琢磨唱戏的事儿呗。"我说："你小子还琢磨唱戏的事儿哪？"他说："你太小瞧兄弟了，咱们干啥就得吆喝啥，不琢磨唱戏的事儿，那不是数典忘祖吗？"我说："行，有你这么一番话，我没有白交你这个哥们儿。"他说："哥，你跟我说过的这些话，让我刻骨铭心哪，咱们都是为戏而生的人。"我说："好，你先别喝酒了，立马到我这儿来。"他惊讶地说："去你那儿干什么？"我说："咱们琢磨唱戏的事儿啊。"他说："让我马上去源城？"我说："源城你能来吗？"于晓明听后哈哈大笑，他揶揄地说："那个地方的事儿，你自个儿还整不明白哪，还把我也弄去，卖一个搭一个呀？"我说："你实在不来，我就回川阳了。"他说："那可是瘸子蹦高——忒（腿）好了！你明天回来我明天去车站接你，你后天回来我后天去车站接你，反正你无论什么时候回来，我一分钟不差地去接你，而且必须得举行个仪式，并安排美女给你献花。"我说："我今天就回来咋样？"他说："你到达时给我打电话，我立马就到。"我说："这不正在给你打电话吗？"他说："哥，你忽悠我吧？"我说："哥啥时候忽悠过你呀？"他说："你在哪儿？"我说："我已经在川阳市京剧团的二楼宿舍里。"他说："你等我，我立马过去。"我说："你和苏玉珊一块儿过来。"

于晓明压下声音地说："她呀，这个点儿怕是早就睡下了。不过没关系，无论啥时候我一提溜她就得跟着走，刚才我不说了嘛，安排美女给哥献花。"我说："你见过三更半夜'美女献花'的吗？"他说："花什么时候献？"我说："献花延期。"他说："那你要她去干什么？"我说："要听听她唱戏。"他说："为什么三更半夜的非要她唱戏？"我说："考证她的业务水平，好为她安排戏码。"于晓明哈哈大笑着说："哎呀，我终于明白了，哥此次回来是特意为振兴川阳市京剧团抓业务的。"我说："是协助团里抓一下。"他说："别的我不敢吹，就说这'奔儿髅头'那可是一个难得的花脸坯子，论嗓子那叫一个'甜'，论唱腔那叫一个'美'，论身上那叫一个'干净利落'。"我打断他说："哟，咱们晓明的脸可真大，还没领证哪，就这么夸媳妇儿，那要是结了婚还不得把她打个板供起来？"他又笑着说："实事求是嘛。"我说："哪出戏是她的看家戏？"他说："唱、念、做、表俱佳，看家戏要数《坐寨·盗马》。"我说："百闻不如一见。"他说："好嘞，你等着，我们俩说话间就到。"我说："你先别撂电话，还有个事问你。"他说："哥有话尽管问，我一定如实禀报。"我说："眼下咱们团里唱武生活儿的谁最好？"他愣了愣神儿说："哎呀，这个事儿我可不好说。"我说："你方才可说如实禀报来的，怎么又不好说了？"他说："这事哥还是问别人去吧。"我说："有猫腻还是见不得人啊？"他说："怎么说好呢？"我说："实话实说好。"他嘿嘿一笑说："哈哈，那得数咱家喽！"我说："你小子不是吹牛吧？"他说："哥，你心里应该有数啊，你在团里的时候，咱翻的那'跟头'多冲，咱的那'把子'功多溜，咱走的那'身上'多潇洒……"没等他说完，我赶紧打断他说："我是问你来个挑梁武生的活儿，你能擎得住不？"他又"嘿嘿"一笑说："慢说挑梁，就是咱们团的天塌下，咱家也能擎得住。"我哈哈一笑说："好嘞，我等着你俩，快来吧。"

撂下电话我心里一阵高兴，虽然还没看到"奔儿髅头"，我觉得最难的一个问题解决了。她的花脸拿手戏是《坐寨·盗马》的窦尔敦，再把后面武生于晓明扮演《拜山》中的黄天霸和丑角曲小成扮演《盗钩》中的朱光祖强强联手，那不就是很好的一出《连环套》大戏嘛！既是花脸、武生和丑角的通力合作、各展才华，同时也丰富了传统戏剧的艺术性和观赏性。

在我心里，《实施方案》已经基本完成了。世事难料，人心难测。

它虽然给人造成麻烦或伤害,但它却让人生变得更加睿智,生活更有趣味儿。可是,有时难料的事情,会让你感到荒唐之极,难测的人心,也会让你心惊胆战。

尽管如此,半年时间我的《实施方案》得以全部实现。以迟慕良挑梁的马派名戏《失空斩》上演时,好评如潮;一出孟芳芳领衔的梅派经典《谢瑶环》推出后,引起街谈巷议;青年花脸演员"奔儿髅头"、武生演员于晓明和丑角演员曲小成挂牌的裘派京剧《连环套》,获得全省弘扬民族优秀文化成果展演一等奖。川阳市京剧团一下就火了,先后被评为"全市模范先进单位"和"全省优秀文化艺术团体"。受省文化厅和省文联的邀请,川阳市京剧团在省内十三个市、县进行了示范性演出,主创人员和主要演出人员均获得省、市的表彰与奖励。当然,我是获得各种奖项的第一人,也是收获最多的人。

就在我踌躇满志的时候,一件难以预料的事情发生了。

那天上午,刚上班的我正在团里排练场的灯光楼里,思考着一个新编剧目的创作提纲,因为这里肃静,极少有人来。这时,团办公室的小柳神情紧张地找到我说,团长安斗争让我马上到三楼的小会议室去一趟,有要紧的事情说。我跟着小柳急匆匆地上了三楼。推开门,我不由地愣住了。对面一张圆桌旁,坐着五个身着警察装束的人,三个男人和两个女人。也就是说,屋子里除了安斗争团长和小柳,其他全是警察。圆桌的对面放着一把椅子,无疑就是给我设的位置。

这些警察面无表情、目不斜视,几双如炽的眼睛正齐刷刷地看向我。他们各自面前都摆放着一摞厚厚的材料。我预感到有事情发生。安斗争向大家介绍说:"这位就是我们川阳市京剧团的李晓星同志。"警察们朝我微微地点点头。安斗争又指着圆桌中间的两男一女说:"这位是源城县公安局的杜副局长,杜局左边的是源城县公安局刑侦科的白科长,杜局右边的女同志是源城县公安局的小门同志,左边是川阳市公安局的仇副局长和小张同志。今天他们来这里,是向你询问有关源城县革委会副主任方宝山的一些情况的。"不知为什么,一提到"方宝山"三个字,我的脑子"嗡"的一声,似乎有一种以前的倒霉还没完,还要接茬儿倒霉的感觉。

源城县公安局的杜副局长说:"李晓星同志,你多久没回过源城县了?"我说:"自从被调回川阳后一次也没有回去过,有大半年了吧。"杜副局长说:"你确定?"我说:"我确定。"杜副局长说:"你在被调回川阳的前几天,是否和方宝山有过接触?"我说:"没有。"杜副局长说:"是否见过面?"我说:"没有。"源城县公安局的白科长说:"临走前同方宝山连个招呼也没打吗?"我说:"为什么要和他打招呼呢?"白科长说:"当初你们去源城县的时候,可是人家方宝山把你们接过去的,都是朋友嘛,离开的时候打个招呼也是人之常情。"我说:"我们志不同道不合,不相为友。"白科长说:"此话怎讲?"我说:"我从小是学艺术的,在舞台上流洒汗水,人家方宝山是搞政治的,在仕途上谋求发展,走的不是一条路。何况人家是大官,我是个小演员,怎么可能是朋友呢?"白科长说:"你们是从什么时候产生意见分歧甚至仇恨的呢?"

白科长的话使我不由地愣了一下说:"没有,没有,什么时候也没有产生过意见分歧,更没有产生仇恨的事。"白科长说:"听说方宝山整过你们?"我说:"我们是谁?"白科长说:"你和王小雅。"我说:"整不整的只有他自己知道,你们去问问方宝山不就知道了吗。"白科长的脸一沉说:"上个月三号的下午、夜间和四号的上午你在干什么?"我说:"我一天忙得滴溜溜地转,不记得每天都干了些什么了,反正我们上班有考勤簿,演出有记录本。这几个月为了赶排戏,半夜两点前没有睡觉的时候,也没有离开团队一步,不是在团里就是在剧场。关于我的行踪你们可以查记录、看考勤,全团六十多人都可以为我作证。"

安斗争指着我说:"这一点我们团的全体演职人员都可以证实,

晓星同志自从回到川阳的那天起到现在，真就一步都没有离开过剧团。"他说着，示意小柳将团里的考勤簿、演出记录本和每场演出发放一元钱补助费的登记表，连同每人领取时签了字的单据等有关的材料，一并交到源城县公安局警察手里。

源城县公安局的杜副局长和白科长查看后，交给正在记录的小门，他们几个人小声交谈了几句后，白科长说："晓星同志，我们再问你一个问题，请继续配合我们，好吗？"我说："保证配合。"白科长说："我们心中一直有一个疑问，在你将要离开源城县的时候，傍晚六点多，你独自一人拎着一个包裹，去了源城城南郊区的娘娘庙，在里面足足待了四个多小时才出来，又把那个包裹留在那里，请问那个包裹里面装的是什么东西？把它交给了什么人？你为什么在那里待了那么长时间？"我按着白科长说的话思索一下说："确实有这样的事。我在庙里逗留的时间比你们说的更长久一点，而且，之前也不止一次去过那里。"于是，我沿着自己的回忆讲了起来。

"以前，我真是弄不明白，一个素昧平生的老太太，为什么竟让王小雅如此心心念念，如此牵肠挂肚，如此留恋不舍？我决定要亲眼看看这位富有传奇色彩的寇大娘到底是怎样一个人物。

"一个雨后烈阳的中午，我效仿着王小雅的做法，在剧团的食堂里吃过午饭后，多买了六个馒头，又买了一些炒熟的芥菜疙瘩咸菜，装进空罐头瓶子里，用手绢包起来，再套进一个细丝网兜里，拎着它走到西门里的一家药店，买了些治疗头疼脑热的药片，径直奔向城南郊区的娘娘庙。

"从一条清澈见底的小河旁上了木桥，只见一股溪流从正面的山上涓涓而下。走下小木桥，顺着溪流往山坡走去。果然见到一座红砖碧瓦的小庙，矗立在半山腰的坡地上。走进前看，两扇红漆庙门大敞四开着。庙里的几棵松树枝繁叶茂，院子里一片寂静，只有几只小山雀在啄着地上的树籽儿。此景让我想起唐代诗人杜牧的《题扬州禅智寺》：

> 雨过一蝉噪，
> 飘萧松桂秋。
> 青苔满阶砌，
> 白鸟故迟留。
> ……

"我走进庙堂，只见端庄瑞丽的送子娘娘雕像栩栩如生。她怀里包裹着一双白白胖胖婴儿的小脚丫，在撒欢地嬉笑着，真是活灵活现。供桌上有几颗山果、葡萄供品。室内窗明几净、一尘不染，里面却不见一人。我停住脚步举目四望，不知该怎么开口说话，也不知如何招呼，忽然一个苍老的声音从佛堂左边后面的窗户处传来。她说：'是小雅吗？你怎么这些日子没来呀？可把大娘给想坏了！你那么忙还总挂着我，你看我这病全好了……'

"说话间，一个身着黑色长衫、黑色长裤，脚穿一双黑色布鞋的老太太朝我走来。当她见我不是王小雅的时候，一下子愣在那里。我连忙说：'我是王小雅的同事，小雅让我来的，她很想念您，让我来看看您。'她说：'让你来看我什么嘛？'我说：'看望您的身体怎么样？生活可好？您看她还让我给您带来了馒头，还有您需要的药品什么的。'她说：'你姓什么呀？'我说：'我姓李，您叫我小李好了。'她说：'小雅去哪儿了？'我说：'小雅的母亲身体不太好，她回家里照料些日子。'她说：'小雅什么时候回来呀？'我说：'等她母亲病好些，就会回来的。'她说：'我还纳闷哪，小雅怎么这么长时间不来这里了，可想坏我了。'

"我把手里的东西放在身后的一只小木凳上。寇大娘说：'你也是县剧团的吗？'我说：'是的。'她说：'你以前怎么没同小雅一块儿来这里练功呀？'我说：'我另有任务，干别的工作去了。'她说：'你去哪儿了？'我说：'去一个叫罗家堡子的地方了，是去体验生活搞创作的。'她说：'去了多久啊？'我说：'有大半年时间。'她说：'唉，怪不得小雅这孩子自个儿独自一个人，风里来雨里去地来这练功哪。'我说：'小雅都告诉我了，多亏了大娘您给她很多照顾，为她练功提供了方便条件，还给她洗干净水衣，为她解燃眉之急的雨中送伞。'

"寇大娘开心地笑着说：'这些只是我的举手之劳，再说，这佛门乃是积德行善的地方。小雅这孩子这么贤惠、善良，给她创造点条件、照料一下，我是心甘情愿的。何况你们这个岁数的人，在我心里就像自己的孩子似的。'我说：'谢谢您，大娘！'她说：'千万别说谢字，如果你不嫌弃的话，大娘也希望你和小雅一样，天天来这个娘娘庙里练功，好有个和我说话的人。这里不但山清水秀、环境幽静，还是练功背戏的好地方呢。'我说：'多谢大娘的一片心意，我会找机会再来的。'她说：'大娘求你给小雅写信的时候，替大娘捎上一句话。就说大娘特别想念小雅闺女，让她快点回来，大娘能早日看见她，还希望你俩能一块儿来这练功。'

"寇大娘说这话时，我才想起来王小雅让我把她忘在庙里的水衣拿回去的事情。我对寇大娘说：'小雅说有件水衣忘在您这了，她要我拿回去。这水衣虽然不起眼儿，但可是她的祖传珍品呀。'寇大娘沉默一下说：'是有这么回事，不过那件水衣被我洗过后，又收拾了一下，不知道放在哪里了，等我找一找，你下次来的时候再带回去吧。'我说：'那也行，我先回去了。'她说：'你可一定要来呀！'我说：'我会的……'"

我讲到这里时，源城县公安局的白科长说："你是按着王小雅经常走过的那条路线去的娘娘庙吗？"我点点头说："我是按着她走过的那条小路去的。"白科长说："你是走的左边的那条木板小桥，还是右边的那条石板小桥？"我说："当然要走左边那条木板小桥了。"白科长说:"为什么当然要走左边的木板小桥?"我说:"因为从县城的西门拐下去,往娘娘庙的那条小路,离左边的木板小桥最近,所以要走那条路嘛。"白科长说:"路上遇见过什么人没有?"我说:"遇到了不少人。"白科长说:"都是些什么人?"我说:"都是些我不认识的人。"白科长说:"在木板小桥上遇见什么人没有?"我回忆着说:"没有,只有我一个人是朝南边去的。"白科长说:"你回来的时候与去的时候情况相同吗?"我说:"去的时候与回来的时候情况相同,一个熟人也没碰到。"源城县公安局的三个人,小声议论了一会儿。

白科长说:"你第二次去娘娘庙是什么时候?"我说:"距离上一次过了四个多月的时间。"白科长说:"为什么隔了这么久?又为什么选择这个时间去?"我说:"当时我的心情和境遇都不太好,剧团解散,停发工资,我每天都在为事业而忧虑,为生计而奔波,无暇顾及和庙里一个与自己毫不相关的老太太联系。"白科长说:"后来又为什么到庙里去找那个老太太了?"我说:"那时,我已经被分配到县副食品加工厂接受工人阶级再教育,除了白天正常上班外,晚上私下里练功、走戏,就又想到王小雅答应送给我的、落在庙里的水衣来,那可是每个演员练功、唱戏不可缺少的一个重要物件,所以我必须去找老太太要回来留着。"白科长凝视了我一会儿说:"好,你就说一说第二次去庙里的经过吧。"我思绪的镜头,一下子拉到第二次去娘娘庙的场景。也许是王小雅的习惯性做法,为我们设定了一个固定的思维模式。

"上次来娘娘庙的时候,是郁郁葱葱、花繁叶茂的时候。可是,这个秋天好像一个喝醉了酒的壮汉,说吵闹就吵闹、说翻脸就翻脸,几乎没有一点正形。在接连下了两天两夜的大雨后,到处是水连地、水连天的一片。那天是星期天下午一点多。雨停了,老天爷的脸上露出了一道笑眯眯的缝隙。我从宿舍里风风火火地走了出来,先到街上的一家饭店里买了六个馒头,又去西街的药店买一些治疗伤风感冒的药品，用手绢包裹好，还是用一个网兜提溜着，从西门外大街走出去，然后朝左边的小路拐上小木桥。

"不知怎么回事，那座木板小桥在河水里若隐若现地苦苦地挣扎着。往日那清澈见底的河水，也被污水替代，桥洞里被由上游冲下的落叶、杂草、叶根等物塞得满满的，随同泥土石沙向下游奔跑着。还好，被河水浸泡过的那座木板小桥，仍在原处坚挺着。

"当时，我的心里曾经闪过一丝念头，是走过小桥直奔娘娘庙呢，还是返回去呢？可转念一想，已经好不容易走到这儿了，就不能再掉头回返了，开弓没有回头箭嘛！下星期就更没有时间来了。当然，我心里是有底的。这条小河，平时水深不过膝，虽然雨后水深一些，还能深到哪儿去，再说，我一个从小就练过游泳的人，也不是等闲之辈嘛，怕它何来？于是，我脱下自己脚上的鞋，高高地挽起裤腿脚，一手拎着馒头和药品，一手提溜着两只鞋，朝小木桥走去。

"当我双脚踏上小桥时，心里踏实了。我的双脚一步一步地向前摸索着，试探着过河。虽然眼睛看不到桥板，凭感觉只要再走个四五步，就可以走过小河到对岸了。可是，意外发生了。当我的左脚迈过去的时候，木板小桥不再坚挺了。它先是摇晃了一下，我心里一惊，刚要把脚收回来时，已经来不及了，它没有发出任何声响，这座被无数人走过的木板小桥就一下子坍塌了。我连个选择跳水姿势的机会也没有，就'扑通'一声入水了。

"入水后我才知道，虽然水不是太深，这条本淹不死人的小河，却毫不客气地把几口泥汤浑水灌进了我的肚子里。我在污水浊流中打了几个滚儿，从水里站了起来。喊，也就是个没了腰的深度。幸好，手里拎着的馒头、药品和一双鞋一样也不少。

"一切虽无大碍，但我那个狼狈的模样，足够十五个人瞧半个月的了：既像一只落汤鸡，又像一只落水狗！不管怎样，我甩了甩头发，抖了抖精神，朝娘娘庙快步走去。

"寇大娘见到我时着实吓了一跳。她说：'孩子，这个时候你怎么从桥上过来的？'我嘘了口气，轻描淡写地说：'没事儿，我是游泳过来的。'她不相信地摇摇头。我说：'大娘，您看我给您带来的馒头、药品都完好无损，虽然有点湿了，但是您把它们晾干了不耽误用。'

"寇大娘感动得一副无可无不可的样子。她说：'孩子，你身上的衣服都湿透了，寒气侵骨要得病的，快脱下来大娘帮你拿到院子里风干风干后，再穿上吧。'我说：'大娘，没事的，我年轻力壮，经常这样，一点儿事儿也没有。'寇大娘忙前忙后的不消停，一会儿搬条凳子让我坐下歇会儿，一会儿又把一条布单披在我的背上，让我暖暖身子。我说：'大娘，您就别忙活了，我跟您说几句话就回去了。'她说：'哎，哎……你说吧。'我说：'我是来取那件水衣的，我练功的时候要用它。'

"寇大娘愣了一下摇着头说：'真的不好意思，那件水衣……那件水衣……本来放在后面的小屋子里，和一摞子衣服在一起的，那时候不是下雨嘛，我见那摞子衣服有些泛潮，就把它们拿出来晾在外面了，想让风干风干，好让你拿回去用，但是等太阳落山之后，我往屋里收衣服时，却发现那些衣服都在，唯独那件水衣不见了。开始我寻思是被风给刮到哪里去了，可是我把庙里都找遍了，也没见那件水衣，可能是被风给刮到庙外面去了……'我听后，不由得'哎哟'了一声。大娘说：'你别着急啊！刮到外边也没关系，这满山遍野的地方，大娘我都熟着哪，我天天都去山上采摘野菜山果什么的，无论它刮到哪里，总有一天我会把它找回来的。'

"我心里虽然很不痛快，但也无可奈何。我站起身来说：'大娘，您尽快把它找回来吧，这件水衣对我来说是很重要的。'大娘连连说：'一定的，一定的！明天我还去山上接着找。'

"当我准备离开，走出娘娘庙的大门回头看时，寇大娘还是紧紧地跟在我身后。我说：'大娘，您就别送我了，这路太滑了，小心摔着您！'大娘说：'孩子，大老远的你能来看我，大娘真是感激不尽哪！'我说：'大娘，您是小雅的忘年之交，也是我的好大娘，以后赶上个节假日、礼拜天啥的，我都会抽空来看看您的。'大娘听后，双手作揖地说：'好人行善，苍天有眼哪！'

"寇大娘一直将我送到娘娘庙的大门外很远的地方。她指着小河东边一条羊肠小道说：'孩子，往东走一里路的地方，有一条往县城去的小石桥，无论下多大的雨、刮多大的风、涨多大的水，小石桥都不会被冲垮的。'我转身向寇大娘鞠了一躬，朝东边羊肠小道的小石桥走去。"

说到这儿，源城县公安局的杜副局长插话问我："这次你去娘娘庙时，有没有见到什么人？"我说："一个人也没见到。"杜副局长说："那件水衣真的丢了吗？"我说："不知道。"杜副局长说："寇大娘是不是说谎？"我又说："不知道。"杜副局长说："那件水衣真的有那么重要？"我说："这件水衣虽是王家的传世之物，但一件物品的重要与否，在于在不同人的心中的分量。"杜副局长说："你去娘娘庙的缘由与王小雅不一样。她是为了练功、背戏，才去那个地方，这说明娘娘庙对她很重要，而你去娘娘庙是为了要回那件水衣，这说明水衣对你很重要，是吧？"我说："是的。"杜副局长说："你破费了钱财、花费了心思、冒着风险去讨回那件水衣，为何不自己买一件或者做一件水衣，不是照样可以穿上它练功演戏吗？"我说："水衣与水衣不一样。"杜副局长说："怎么不一样？"我说："中国人有中国人的思维方式，戏班人有戏班人的风俗习惯。"杜副局长说："为什么？"我说："为了'四气儿'。"杜副局长说："怎么个'四气儿'？"我说："沾沾仙气儿、挂挂名气儿、走走运气儿、壮壮胆气儿。"杜副局长说："请你说得明了些。"

我思索了一下说："古代皇帝出巡的时候，走过的路上飞扬起的尘土，常常被人双手捧回家去熬水搋着面汤喝下去。连明朝皇帝崇祯上吊的那棵树的树皮也被人刮个精光，拿回家熬水喝，更有甚者，从几百里、几千里乃至万里的地方来到煤山，死死地抱住那棵已是光溜溜的树干又是亲吻、又是贴脸地不撒手哇。远的不说说近的，源城县里娘娘庙的山前流水，不也被从数十里外赶来的人取走饮下吗？喝下水后，是不是真的有了身孕？是不是真的生了孩子？没有一个人能说清楚，但庙门上却明明白白地写着'娘娘庙'。人们又称它为'送子娘娘庙'，这是千真万确的。不光对帝王将相、佛祖神仙，对那些寻常百姓也是一样的。女人在怀有身孕期间，看见谁家的小孩子长得白嫩、漂亮，就在人家孩子的身上偷偷地掐捏一下，有的怕掐捏一下不灵，就接连不断地掐捏，直到人家孩子被掐捏得哇哇大哭为止。我们梨园行也不例外，京剧大师梅兰芳在剧场演出时坐过的椅子、马连良大师穿过的厚底、张君秋大师用过的粉扑，都被人设法偷走留为己用。评剧大师马泰在后台用过的水杯，刚刚沏上一杯茶，也常常有人趁其不备偷偷地喝上几口水，倘若被发现，偷喝水者还堂而皇之地说：'哎哟，马先生，怪不得人们都说您的茶特别有味儿，敢情真让人说着了，好水泡好茶，佳品润嗓音，我今儿个特尝尝您的茶味儿，沾沾您的'仙气儿'，像您一样，也成为一个表演艺术大师嘛，您不介意吧？'马泰先生还得笑着说：'我不介意，喝吧喝吧……'"

杜局长说："如此说来，你也有这样的习俗？"我说："我也是肉体凡胎，别人有的习俗，我自然也会有的。凡是有这些习俗的人，大家都是为了沾沾仙气儿、挂挂名气儿、走走运气儿、壮壮胆气儿。"杜副局长说："你知道寇大娘和方宝山的关系吗？"我说："听王小雅说过，寇大娘是方宝山的亲娘。"杜副局长说："你们对寇大娘这么好，就不忌讳人家是亲娘儿俩的这层关系？"我"呵呵"一笑地说："方宝山是个有奶便是娘的主儿，他的娘多的是，我连这个也忌讳的话，就没法在这个世界上活着了。"

这些警察们居然也被我说的这几句话逗笑了。

几句说笑之后，会议室的气氛显得轻松了不少。源城县公安局的杜副局长对川阳市公安局的仇副局长和安斗争团长说："我们这样询问是否妥当？"仇副局长和安团长几乎异口同声地说："妥当，妥当，你们觉得怎样合适就怎样询问。"杜副局长对我说："晓星同志，你向寇大娘要回来那件水衣了吗，什么时候要回来的，怎么一个过程？我说："唉，我费了很大力气，也费了很多功夫，让人遗憾的是至今也没有要回那件水衣。"接着，我又讲起了要水衣的经过：

"去年，源城的雪天特别多，下起雪来也特别大。尤其是三九天里，大雪一场接着一场地下。那天是腊月二十三，是过小年儿的日子。此前两天我接到了调回川阳市京剧团的工作调令。我以最快的速度办完了工作手续，又快速地办完了户口迁移，我打算以最快的时间离开这个令我感伤又使我感慨的山城。

"十年时间在历史长河中只是一个瞬间，可是，在人的生命中有几个十年啊？何况我已经在这座有着坚硬红土地的城市里，度过了十个春节。今年的春节，我决心要赶回老家去，同父母兄弟姐妹们一起过一个团圆年。那几天我好不容易推了几个为我送行的饭局，又好不容易婉拒了几拨儿送我上车的朋友，我早早地买了张晚上十二点多开往川阳的火车票，又悄悄地将行李送到火车站托运处。

"晚饭后，我就轻手轻脚地独自直奔城南的娘娘庙而去。我想，这回无论如何也要向寇大娘讨回那件水衣，将它带走，否则就真的没有机会了。虽然行色匆匆，我还是没有忘记到饭店买了六个馒头，又去药店买了些治疗头疼脑热的药片。可是当我走进娘娘庙的时候，却是一阵悲凉和惊诧。庙里冰雪覆盖、杂草断枝比比皆是，通往庙堂的通道也被层层大雪阻塞了，院里一片漆黑，没有一丝光亮。

"我停住脚步站在庙堂外的台阶下，朝着里边喊道：'寇大娘——寇大娘——'空荡荡的庙堂里没有一声回应。怪了，怎么没有人呢？我自言自语着：'莫不是寇大娘生病了，连病带饿地趴在那里起不来了？'幸好，我这里有治病的药物和管饿的馒头。

"于是，我边呼叫寇大娘，边朝庙堂走去。凭我喊破嗓子，任我寻遍犄角旮旯，连寇大娘的影子也没见着。难道她回家了？再不就是投亲去啦？要不就是……我心中一阵忐忑。

"突然，'砰'的一声，一阵大风将庙门刮得关上了。我独自一人被阻隔在偌大的寺庙之中，心里一阵莫名的恐惧。我本能地从地上捡起一根擀面杖粗的树干攥在手里，双眼瞪得大大的以防不测。可是，一个小时过去了，没有半点动静，两个小时、三个小时、四个小时，还是不见寇大娘回来。整个庙院里只有'呜呜——呜呜——'的风声。我不断地看着自己腕上的手表，脑子里好像有两个人在对话。一个说：'再等等吧，寇大娘很快就回来了……'一个说：'快走吧，不然连火车都赶不上了……'最终，后者占了上风。于是，我把带给寇大娘的六个馒头和两盒药，放在庙堂的供桌上，又掏出纸笔来写下几个字：

大娘：
　　愿您平安、健康、快乐！
　　　　　　　　　　小李

"我使劲儿咳嗽了几声给自己壮壮胆儿，把手里的树干举得高高的，深一脚浅一脚地从庙堂里走了出来，然后又前后左右地张望了一会儿，一步三回头地走出庙院大门，朝着远处那灯火通明的火车站跑去。让我没有想到的是，火车站有好些人正在里里外外地找我，他们都是来为我送行的，正为找不到我而惴惴不安。

"他们有的说：'哎，怪了，这小子今晚是怎么了？刚吃完晚饭就走了，说是来火车站办理托运，到现在连个人影也没有哪？'有的说：'是不是办托运的那边人多在排队呀？'还有的说：'排什么队呀？办托运就在候车室隔壁，总共才有两三个人。哎，这小子是不是和闺蜜、异性好友啥的约会呢？对，可能正在哪个角落里，卿卿我我、难舍难分哪！''哈——'人们一阵大笑。

"当我手里还在紧紧地攥着那根擀面杖粗的树干，突兀地出现时，人们'呼啦'一下把我围住了。

"'哎呀，你总算来了！'一个说。

"'啊，来啦，来啦！'我回应着。

"'哈，关键时刻用棍子把她打跑了？'

"'把谁打跑了？'

"'跟你卿卿我我，那个难舍难分的人啊。'

"'没有哇。'

"'那你怎么才来呀？'

"'我去办了点私事。'

"'你拿根大棒不是打人是干什么？'

"'保护自我、预防不测。'

"'是去哪里保护自我、预防不测呀？'

"'在那边的娘娘庙里。'

"'约会都约到那儿去了？'

"'她就住那儿嘛。'

"'是取信物，好留个念想吧？'

"'是取一件重要的东西。'

"'东西取到了吗？'

"'没有。'

"'你们没先约好吗？'

"'以前她说过欢迎我经常去的。'

"'这次怎么没约？'

"'这次来不及约了。'

"'是不是人家又有新约了？'

"'不知道，反正里外不见一个人。'

"'你一直在那里等她来着？'

"'以为她随时会回去，就多等了一会儿。'

"'好痴情噢！'

"'那也不是，做人必须守信嘛。'

"'你没留点啥？'

"'给她写了一张字条。'

"'能透露一下内容吗？省得你走后人家来找你，我们不知该怎么回答。'

"'我是这样写的：大娘，愿你平安、健康、快乐！'

"'大娘？你和一个大娘约会呀？是剑走偏锋，还是同大娘有婚外情呀？'

"'什么呀？人家是位老太太。'

"'哈——'人们又是一阵大笑。

"这时，有两个畏缩的身影走到我跟前，一副欲言又止的样子。我仔细一看竟然是有好多年不曾见过面的秦大个子和程玉秀。我说：'你们两个人是从哪里来的呀，不是到黑龙江那边搭班儿去了吗？'秦大个子满脸无奈地说：'唉，就凭我们俩这身能耐和这个岁数，哪个班儿里能收留我们哪？只能是老而无用，客死他乡喽。'我安慰地说：'别灰心，才四十七八岁的年纪，还算当唱之年。'秦大个子说：'等你掌班主事儿的那天，我们再去投奔你，你可千万给我们留口饭吃呀，我先给你赔罪了。'说着，他猫下身子要下跪磕头。慌得我一把抱住他说：'咱们弟兄是十年前同坐一辆火车来这里的，既是老乡又在一口锅里吃了好几年的戏饭，何罪之有哇？'秦大个子说：'那年，我不该听方宝山的指使，整惨了你和王小雅……'我说：'在一块儿工作，哪有不磕磕碰碰的时候，要总记恨这些事，那还叫男人吗？'秦大个子有些不知如何是好了。他啜嚅着说：'你可得帮我们一把呀，要不我俩可都困死在这儿了。'我说：'如果有机会的话，我肯定会把你们介绍到川阳市京剧团去，戏班人常说人不亲艺亲嘛！'

"秦大个子一副欲哭无泪的模样，一直没说话的程玉秀已经掩面而泣了。

"火车发着'哐哐'的轮轨撞击声进站了，我在朋友们的簇拥下踏上了火车。这个说：'经常来信啊，打电报也行！'那个说：'千万别忘了我们，人虽走，茶不凉，这心总是热乎的。'有的声音哽咽，有的泪流满面。我说：'你们千万可别这样，否则我不走了，这就从车上跳下去啦。'不知哪个女生戏谑地喊道：'谁要不跳是小狗，想跳就往美女这边跳，我们会用整个身心接着你的，保你受不了伤害。'人们又是一阵大笑。

"突然，笑声中一个苍老的声音，从人们的身后响了起来：'晓星啊，要跳就要往我们这边跳，即使你哪天有个为难招灾、无家可归，或一不留神跌落下来的时候，我们时刻都会擎着你的！'

"不知什么时候副食品加工厂的厂长老于，还有厂里几个文艺宣传队的人也来了，他们正朝我挥手哪。我说：'于厂长，你们怎么也来了？'老于说：'你不打招呼就要走了，还不兴我们来见个面吗？'我说：'谢谢你们啦。'老于说：'要说谢也应该是我谢你才对。'老于又说：'我在这个小厂里默默无闻当了二十多年的厂长，从来都没怎么露过脸儿，倒是你为我们厂子搞了一场样板戏，给全厂带来了鲜花和荣誉，我老于因此还获得了两年的先进模范，明年我就告老还乡了。唉，人生苦短，就此一别，不知道这辈子咱们还能不能见面哪？'

"我不由心头一热，泪流满面……"

第十五章　清澈的河水，不容人间龌龊

当我讲完的时候，全场一片沉寂。人们似思索，如想象，又好像陷入故事的情节之中。

足有几分钟过去了，倒是安斗争团长打破沉寂。他说："请各位领导和同志们暂且休息一会儿，喝点茶，活动活动腰腿吧。也请公安局的同志研究一下，下一步还有哪些情况及线索要询问的。"

川阳市公安局的仇副局长说："请源城公安局杜局和白科长考虑，因为这起案件复杂、案情重大，我们川阳的同志一定紧密配合、大力相助。"源城县公安局的杜副局长同白科长和小门三个人商量了一会儿。杜副局长说："不用休息了，也无须浪费更多时间，我们特别感谢川阳的各位领导和同志们，在百忙之中抽出时间协助我们工作，还要感谢李晓星同志占用了排戏、创作的时间，为我们办理重大案件提供了很有价值的线索，为案情解疑答惑、给侦破案件起了很大作用。下面，我们再询问李晓星同志几个尚未查清楚的问题，请你再为我们提供帮助。"

"请说吧。"我说。

"你那天晚上走进娘娘庙的准确时间？"他说。

"晚间六点四十分。"

"你为什么选择那个时间去？"

"去早了怕寇大娘在外边没回去，去晚了怕她已经睡下了。"

"你为她带去了什么东西？"

"六个馒头和两盒感冒片。"

"为什么每次去都是带六个馒头和两盒药？"

"因为当初就是王小雅开的头，后来我跟着延续的，也许是人们常说的那种'约定俗成'吧？"

"馒头和药片是在哪儿买的？"

"馒头是在西大街的卫东饭店买的，药片是在大十字街的医药公司买的。"

"你进庙院的时候，里面一个人也没有？"

"我没有见到任何人。"

"闻到什么气味儿没有，比如说血腥气味什么的？"

"没有，庙里没有灯光，连一点光亮也没有。"

"那你是怎么寻找寇大娘的，不会摸着黑找吧？"

"真就是摸黑找的，摸黑吆喝着找的。"

"连写给她的那张字条，也是摸黑写的？"

"是借着后窗外面映进的雪光在供台角上写的。"

"按写信件和字条的规矩讲，都必须写上落款和年月日。你为何没有留下落款，只写了小李？"

"因为寇大娘习惯称呼我小李。"

"日期为什么没有写上？"

"可能是由于心里太紧张的缘故吧。"

"你啥也没干，心情为什么太紧张？"

"独自一人在一个黑灯瞎火的寺庙里，万一遇到意外，没有任何人可以帮我。"

"你有多长时间没有见到方宝山了？"

"大约有三年时间吧。"

"他把你害得那么惨，你就没有报复他的念头？"

"天作孽犹可违，人作孽不可活。用不着我去报复他，会有党纪国法去惩处他的。也会如老百姓说的那样，苍天神灵是不会放过坏人的。此刻我倒想知道,你们是专为寇大娘和方宝山的事来的吗?"

"是的。"

"我能不能知道寇大娘怎么啦?"

"失踪了,生不见人、死不见尸那种。"

"什么时间失踪的?"

"就在你去娘娘庙的那天晚上。"

"方宝山也不知道寇大娘的下落吗?"

"方宝山死了。"

"啊?他是什么时候死的,死在什么地方了?"

"半个月前,死在那条往娘娘庙去的小河里。"

"那条小河水深不过膝,是淹不死人的。"

"怪就怪在他不是淹死的。"

"那方宝山是怎么死的?"

"他死得很蹊跷。"

"操他八辈祖宗,哪个缺德的王八蛋,竟敢偷走了老子的渔网,我就不信抓不着你?要是让我逮着你,非打断你的狗腿不可!"

韦二宝挥动着拳头,站在小溪流河岸上蹦着双腿狠狠地叫骂着。韦二宝今年二十八岁,离县城东南五里路的豆豆屯人,排行老二,父母取名为二宝。他与哥哥大宝相差两岁,哥儿俩都已结婚生子,同住在一个屯子里。因为家里贫穷,不得不找些零碎活计补贴家用。哥儿俩听人说集市上的鱼特别好卖,而且价钱也高,很有赚头,于是大宝和二宝一商量,决定买张渔网打鱼卖钱。可是买张网得需要不少钱,连最便宜的细线网,也得个百八十块钱的。到哪儿去弄钱呢?平常生活中,连买个油盐酱醋都困难,家里又没有什么东西可变卖。哥儿俩商量来商量去,只好分头找亲戚朋友借钱。好不容易凑够了钱,买了张相当不错的渔网,哥儿俩就欢欢喜喜地跑到村边的小溪流去张网打鱼了。可是，两个人网了整整一天也没有捞几条正儿八经的鱼，捞上来的只是些不足一拃长的小鱼。这样的鱼根本卖不上价钱，甭说到集市上去卖，连自个家也不愿吃它。俗话说："小鱼小虾肉腥，肥鱼大虾味儿美。"村子里一个上了岁数的老人告诉哥儿俩："要想网鱼去上游，要想捕虾去下游。"哥儿俩说："具体的上游在哪个部位呀？"老人说："就是县城娘娘庙叫泉眼水的地方。"哥儿俩说："怎么个弄法？"老人说："到那儿不用弄，只要把网拴在小桥的洞口处。你们两个人一人抻住渔网的一头，将渔网拴在两头的桥桩上，你们该干啥的就干啥去，只需两个多小时收一次网，就有不少的鱼上网了，你们准备几只水桶就可以往水桶里拣鱼了。不过，网张得时间越长上网的鱼就越多，一天下来，准能网个三桶四桶的。"

韦大宝和韦二宝就高高兴兴地来到县城南郊的娘娘庙，在小木板桥的河里来网鱼了。这老头还真没骗他俩，哥儿俩把网拴在小木板桥下面的洞口处，就坐在小河的岸上，观看别人仨一群俩一伙地在河里摸鱼捞虾、聊天嬉水。三个多小时收一次网。嚯，这从上游网着的十多条鱼，个儿又大、肉又肥，惹得那些没有渔网的人那叫一个羡慕嫉妒恨哪。人们都说，这样的鱼挑到集市去卖，肯定能卖出个好价钱，把这哥儿俩乐得嘴都合不上了。

太阳已经落山了，韦家哥儿俩准备挑着水桶里的鱼往家走。可是这渔网是带回去，还是原封不动地挂在桥洞下边呢？哥儿俩拿不定主意了。他们想三个小时就能网住不少鱼，那么在这儿挂它一夜的网，指不定能网着多少鱼呢！反正这天色已经黑了，这疙瘩也没有人来，再说一般人也不知道木板小桥底下会有渔网呀，只要一大清早过来，就贱等着收鱼吧。于是，这哥儿俩各自用扁担挑起满满的两桶鱼，消失在黢黑黢黑的夜里了。

虽然人不知鬼不觉，但是韦大宝和韦二宝哥儿俩还是有些不放心。第二天早晨天刚蒙蒙亮，他们就从各自的炕上爬了起来，先是来到集市上把昨天打到的鱼卖了个好价钱，就匆匆地往娘娘庙的木板小桥走去。韦大宝对韦二宝说："兄弟，你先往小桥那边走，好好地在那守着，此刻的太阳老高了，去那儿捞鱼捞虾的人也多起来了，可别让人打咱们桥洞下边渔网的主意。我到那边去买点好酒、预备点好菜，等晚上咱哥儿俩好好地喝它几盅。"韦二宝说："哥，你尽管去吧，我立马赶到木板小桥那儿，等你回来后咱俩一块儿收网拣鱼就是了。"

哥儿俩各自分头而去。韦二宝急匆匆地赶到木板小桥的时候，小河里并没有人来摸鱼捞虾，不但没有人走动，连只狗也未曾见着。他走近桥的一头用眼睛搜寻着。他是在看昨晚拴在桥下的渔网还在不在。哎哟，有点怪呀！他们拴着渔网的钢绳怎么不见了？他又跑到木板小桥的那头去看，哎，这头也没有那条蓝色的渔网钢绳了呢！他急脱下鞋子，挽起裤腿儿，跳进水里，在木板小桥的水洞旁用手摸索着。他一把没摸着，二把也没摸着，三把还是没摸着。哎呀，大事不好，这渔网让人给偷走了！这张新渔网费了那么大的劲儿，借了那么多的钱，刚买来用了一天就让人给偷走了，还欠着人家的饥荒哪，没有渔网也打不着鱼，这债可怎么还哪？

韦二宝又气又恨地站在木板小桥上这一通骂哟！骂归骂，恨归恨，他又无可奈何。

不一会儿韦大宝回来了，他老远就拿着一瓶老窖，冲着韦二宝摇晃着，嘴里喊着说："二宝，我知道你最爱这口儿，不过现在可不能喝，晚上回家再喝，以后咱们多打几网鱼天天喝啊。"

"喝个屁呀，渔网都让人给偷走了。"韦二宝气呼呼地说。韦大宝一听也急了，他"扑通"一声连鞋和袜子都没脱，直接跳进河里了。韦大宝顺着木板小桥的洞口摸去，从一洞口摸到五洞口，啥也没摸着。他心里明白，这张刚买的新渔网真的被人偷走了。他转念一想，会不会是被水流冲断了网，钢绳也冲到下游去了？他昨天发现下游半里路远的娘娘庙山坡下，有一道被什么人筑起的石坝墙，如果冲下去的话，说不定会被石坝墙截住。

于是，韦大宝领着韦二宝向半里路远的下游跑去。果不其然，一道石坝墙若隐若现地在小河里出现了，这道墙大约长三十米，是用石块垒起来的一道截鱼挡虾的檩子墙，为的是把上游顺水游下来的鱼虾截留在此处方便拣捞。

韦家哥儿俩跑到这里，虽没有发现他们要找的渔网，却让他俩大吃一惊的是石坝墙跟前有个人，是一个男人。这个男人四十多岁的年纪，上身穿着一件浅灰色制服，下身穿着一条深蓝色长裤。他头发稀疏，头顶上有两块斑秃。这人面色苍白，双眼睁着，嘴巴半张半合，他面对着娘娘庙，似说话、又如呼叫的样子。

韦大宝和韦二宝认为他们丢失的渔网，肯定和这个人有关，很可能是此人偷了他们的渔网，跑到这里来网鱼。要不就是此人把渔网偷了，正准备往石头堆里面藏掖起来。否则，时间这么早，他跑这里泡在水里干什么？

韦家兄弟走进水里，一前一后地把这人围在中间。韦大宝说："嘿，哥们儿，你跪在那儿干什么哪？泡冷水浴吗？大清早你也不怕泡出阳痿来！"韦二宝说："哟，这么早就上这儿捞鱼摸虾来了，没有渔网不好使吧？快把偷来的渔网用上吧，今天咱们仨一块儿干，干到天黑时，我们多分一点给你不就完了吗，何必冒这么大风险？还顶着个小偷的罪名，你犯得上吗？"

可是，那人不答话、不接茬儿，甚至身不摇、头不晃地一动不动地待在那里。

韦家兄弟气不打一处来，他们紧靠那人的身子。韦大宝说："让我们捉奸捉双、捉贼捉赃是吧？好，等我们搜出渔网来你再说啥都晚啦。"那人还是不屑一顾的样子。韦二宝气呼呼地说："哥，这种人我见得多了，就是一个不见棺材不掉泪的臭无赖，咱还对他费什么话呀！直接抓他个人赃俱获，送他去该去的地方不就完了嘛！"韦大宝说："我兄弟可是个火性人，我可管不住他的暴脾气，你该死该活给个痛快话吧。"

那个人就是不理这个茬儿。韦二宝实在憋不住了，用手朝那个人的脑袋上就是一巴掌，说："去你妈的吧！"谁知那人就着这句话"咕咚"一下倒了下去。他的双脚朝上，整个身子泡进河水里。这下子韦家兄弟可傻眼了。他俩好不容易将那人扶了起来，一撒手那人又倒下了。兄弟二人将那人抬上岸来，用手在他鼻孔处一摸，那人已经不喘气了！"哎呀妈呀，这渔网没找到还摊上人命官司了，哥，这可不是咱们打死的。"韦二宝说。"谁能证明不是咱们打死的呀？"韦大宝说。哥儿俩一商量，赶忙跑到公安局报案去了。

源城县公安局杜副局长和刑侦科白科长等人，率侦破小组火速赶到小溪流河沿岸保护现场，搜查线索，很快查明死者是县革委会副主任方宝山。死者身体僵硬，死亡时间已超过四小时。

方宝山死亡的消息引起了巨大轰动，各样猜测、种种说法也骤然而起，一时间众说纷纭。

省和地区领导对这起事件非常重视，将其列为省级挂牌督办案件。源城县革委会主任亲自挂帅成立了破案小组，指令县公安局半个月内侦破此案。县公安局集中全部精力、集中优秀人才、集中先进设备，为完成这项任务，将地区公安局新引进的两条侦察警犬也借调过来，争分夺秒、夜以继日地侦破此案。他们把重点放在娘娘庙方圆三十公里内的地区，兵分五路撒下大网，搜集一切线索，查找所有可疑人员，重点盘查和方宝山有刻骨仇恨的人员，还要同寇大娘神秘失踪案联系起来串联侦办。

和寇大娘有关系的人员并不难找，因为和一个年老多病且无家可归的老太太有过多接触的人寥寥无几，何况寇大娘是每天人不离庙，离庙只去后山的人。这座娘娘庙已成为与她相依、相恋又相伴的地方。尽管这方天地极少有人来，仅用两天时间，侦查人员就查出来到这里的只有四个人员。前两个是离县城十二里地的喇嘛屯，也就是寇大娘的老家的一对夫妻，男方叫寇道全、女方叫革玉英。两人系寇大娘出了"五服"的远亲。据人介绍，寇道全和革玉英结婚二十多年没有后代，自喝了娘娘庙的泉水后，革玉英十月怀胎，果然生了个又白又胖的大小子。他们夫妻来过娘娘庙四五次，主要是送些供品、烧些高香，来供奉送子娘娘的。两口子已分别在两年前先后去世，和方宝山这起"遇难"事件（此话是领导惯用词）并无瓜葛。

第三个是县剧团的青年主演王小雅，她来的次数比较多，每次在娘娘庙里滞留的时间也比较长，是为了练功、喊嗓和背戏，而王小雅只在源城县剧团工作了一年多时间，便返回省城去了，回省城的原因不详，她与方宝山的"遇难"事件也没有多大关系。

第四个是县剧团集主演、编剧、导演于一身的李晓星，李晓星是十年前作为全省文艺界骨干来源城县"支边"人员，于去年冬季调回他的原单位川阳市京剧团了……此人与方宝山产生过恩恩怨怨。

可是，重点调查与方宝山有仇恨的人员，那就不好调查了，犹如大海捞针。方宝山不但是县革委会副主任，还曾担任过县剧团副团长、团长、县文教局一把手等职务。虽然仕途一路飙升，但出格的事情也干过不少，被他抓打及祸害的人员为数众多，很难确定都是谁与他有仇恨，更难确定那些人和他有哪些刻骨仇恨。不是有"刻骨仇恨"的人是不会致方宝山死亡的。古人云："非刻骨之恨，而不能杀也！"李晓星的名字，又一次排上与方宝山有"刻骨仇恨"的人员名单里。所以李晓星成了一道迈不过去的坎儿。

"你们通过李晓星的陈述，加上我们京剧团出具的证实材料，他这道'坎儿'还是迈不过去吗？"安斗争团长有些急不可待地说。

"不管能不能迈过去，也必须得迈嘛。"源城县公安局的杜副局长说。

"那你们可就完不成领导交办的任务了？"

"以事实为依据，以法律为准绳，这是最大的政治任务。"

"对，听蝲蝲蛄叫唤，还不种庄稼了哪？"

"我们可不能这么说。"

"你们怎么说？"

"我们有我们的专业术语。"

"你们专业术语怎么讲？"

"实事求是，疑罪从无。"

京剧团小会议室里笑声一片，掌声一片。

第十六章　不期而遇，缘分匪浅

　　不期而遇不仅是浪漫的一幅画，有时还会是酸楚的一首歌。

　　我由北京进修结束回到川阳的第三天，接到母亲急病入北阳红十字医院治疗的电话，又马不停蹄赶到北阳的这家医院看望母亲。在医院里陪护母亲度过了两天三夜的时候，团长安斗争把电话打到医院的住院处，他通知我说，全省先进模范代表会议在川阳召开，领导部门安排我们市京剧团为会议演出一场革命现代京剧《青春无悔》，后天晚上七点在川阳中心剧场准时开戏，让我务必赶回去参加演出。在《青春无悔》的戏中，我扮演男一号人物李大川。

　　虽然，这出戏以前我没少演，可自从去北京后就再没演过，戏路子有些生疏不说，台词和唱腔也不太瓷实了。现代戏不像传统戏那样可以"跑梁子"，特别是政治性很强的现代戏环环相扣、丝丝相连，如有一处"砸锅"整个戏就拢不住了。我想明天务必早点赶回剧场，同团里的演职人员们一块儿走走台、站站位、对对台词、试试弦儿。

　　第二天早晨六点不到，我就来到北阳北站买回川阳的火车票。可是事情偏偏不顺，第一趟火车刚开走二十分钟，第二趟火车是下午一点十五分发车，还有一趟更晚些的。我排着队买了张下午一点十五分的车票。如果不晚点的话，我下午三点多就能赶回去了，买完车票心里踏实了一些。我找了个公用电话亭给团长安斗争打了个电话，向他报告了我的情况和现在所处的位置。安斗争是挺实在的一个人，就是有事没事地总绷着"斗争"这根弦。他在电话里，又把这次演出的政治意义和重要性向我强调了一遍，让我从心里重视起来，无论如何也要早点赶回去，一旦耽误了演出，或者演出效果不好的话，那可就是大问题了。

我撂下电话付了费，一看时间离开车还有四个多小时，就向北站广场那边走去。望着那熟悉的广场，心潮不由一阵涌动，心里暗暗地说了句："久违了，我的北站大厦！"

我的少年时期有一大段时光就是在这里度过的，这里是我熟悉得不能再熟悉的地方，我读的初中、中专两所学校都在离车站不足一里路的广场东边，而住宿却在广场西边，每天上下学时北站广场是我们的必经之地。广场东北角的足球场和西南角的篮球场，是我们争输赢、出风头的地方；二楼的书报室是我们流连忘返的场所。有时，几个同学怀里揣着乒乓球拍子，也敢偷偷跑到铁路内部的员工乒乓球馆里打上几个回合，直到被人家撵出来为止。最浪漫的是，晚上有时在宿舍里睡不着的时候，就仨俩为伴地溜达到广场上走几个来回。有时找个地方坐一会儿，甚至跑到候车室的长椅上躺一会儿，常常躺着躺着就睡着了，后被广播喇叭惊醒了："各位旅客请注意，由本站开往上海方向去的×××次列车，就要发车了……"

时间是个魔鬼，转悠了十多年却没能跳出魔咒，它还是原来那个模样。

突然，广场东边的天桥下面，爆发一阵掌声和叫好声。抬眼看去，足有几百人把一个打把式卖艺的人围了个水泄不通。我历来对这些江湖术士不怎么感冒，最让人讨厌的是那些开场白了："哎，南来的北往的，达官贵人、老少爷们儿，在家靠父母，出门靠朋友，脚踏贵地眼望生人，贵客再多全仗朋友帮忙……"花词很多，不一而足。可是，这个卖艺人的几句话却把我勾住了。他说："今天我一不打把式卖艺，二不推销丸散膏丹。我乃一名京剧艺人，穷困潦倒在贵地，现在我把自幼学习的武功练给各位欣赏，如果您看好的话，就赏我几个饭钱和住宿钱，给我一角、两角不少，赏上几块更好。唱戏的讲的是'四功五法'。下面我先把武功中的'叉功'献给大家。"说着，他脱下上衣，光着膀子练起'叉功'来。

"叉功"是指刀、枪、剑、戟、斧、棍、锤、钩、叉等几件兵刃中的一种，也是戏曲中"把子功"最难练的一种功夫。是京剧《金钱豹》中主要表演的技艺。

这个卖艺人的叉功十分了得，他把那把钢叉耍得"哗哗"作响，又一连串地使出"滚叉""翻腰""甩头""高抛""弹出"等招式。那把钢叉就像粘在他的身上一样。接着他时而做出"筛糠""抢月"等动作，时而摆出"云翻""纺纺"等造型。那叉耍得横像"大风车"，直如"一条线"。除了传统戏曲招术外，他还借鉴了武术、杂技等技巧。尤其他那翻、腾、跳、跃，既突出了金钱豹的勇猛迅捷和野性凶悍，也彰显出这个卖艺人的扎实武功底子。

练罢，他一个收式亮相，双手抱拳说道："兄弟献丑了，请诸位多多指教。"他那略带沙哑的嗓子、那消瘦的中等身材，他的脸上长满皱纹，唇边也长出花白胡子，还有那长瓜脸上的一双大而圆的眼睛，虽然时隔了十多年，但我一下子认了出来，他就是我一直苦苦寻觅的海中山。

我分开围观的人群冲到他跟前，一把抓住他的手说："海二哥，你让我找得好苦啊。"可是，他眨眨眼睛说："你是哪位？"我说："我是晓星呀！"他把手抽回去说："你认错人了吧？"我说："怎么会哪？我是曾经跟你学过戏的李晓星。"他端详了我半天还是摇着头。我说："你认识树墩子吗？"他想了一下说："那是我大舅，早就去世了，葬在老家哪。"我说："是北阳那个树墩子。"他说："我在北阳没有亲属。"说完话，他转身走开。我突然想起他的妻子霍华玉来，大声说："霍华玉不是你的亲属吗？"他听后哇哇大哭起来，说："我媳妇的命真是太苦了，自从跟了我从来没得好，我服刑时她找到北阳，在监狱不远处的地方租了间小房住，靠捡垃圾为生，每天早晨和傍晚都站在监狱的大门口等着，盼着看我一眼。可是，就在我还有不到三个月刑满的时候，她却不见了，有人说她跟一个转业的管教跑了。这怎么可能啊？"我说："那她去哪儿了？"他说："也许她跟那个管教走几天，办点事啥的，还会回来的。"我说："你们办理离婚手续了吗？"他说："我绝不跟她办离婚手续，人家等了我这么多年，我等她几天有什么不可以的呢？"我说："她还能回来吗？"他说："她一定会回来的。"我说："怎么见得呢？"他说："她为了等我，租的那间小屋还没退，不就是告诉我她一定会回来的吗？"

我的嘴巴张了张，却没有说出话来。海中山说完话，转身从包里取出一只大号饭碗来，向围观的人们鞠躬要钱。人们纷纷把钱投进他的饭碗里。他见我仍然站在那里发愣，就把饭碗递到我面前。我从口袋里找了张百元大票放在他的碗中。谁料，他竟然抓起那张百元钞票递回给我说："我不收这么大的票子。"我问他为什么。他满脸歉意地说："我的能耐不值这么多钱，收之有愧，只能收些小零钱。"说着，他把我手里捏着的块儿八角的零钱拿过去放入碗中。我试图把那一百元票子强行塞进他的碗中，他用手把碗遮盖得严严实实向后退去，边退边连连鞠躬道："谢谢，谢谢……"过了一会儿，他将自己的随身行囊背在肩上，扛起那把钢叉转身朝着大桥走去。我问他是否还住在毛君屯的那所小屋里。他怔怔地看着我说："菩提本无树，何必问归处？"说完又走。我喊住他问："你去哪儿？在什么地方能找到你？"他说："我无踪无影、游走四方。有缘千里来相会，在哪里都能找到我的。"说着，他再也不回头地走了。我傻傻地站着没有动，心里想着究竟是怎么回事。这时，一个上了岁数的老头走近前来。

"小伙子，你认识这个卖艺的？"老头说。

"他好像……像……"我说。

"你不可能认识这样的人。"

"老师傅,你认识他?"

"我家离这儿不远,倒是老见着他。"

"他常来这儿?"

"他十天半个月地来这儿一回。"

"他究竟是怎样一个人呢?"

"他呀,有病呗。"

"什么病呢?"

"这个病叫——鬼迷心窍。"

"穷争饿吵"这句话,是指生活中有的人为争得一口吃的、喝的和用的而吵架。以前这样的人并不少见,为艺术上的较真儿而争得面红耳赤,吵得不可开交的人有的是,为了一出戏而吵了三十多年的夫妻,也大有人在。争论的戏是《捉放曹》,争论的人是京剧大家王小淑和张玉图两个"冤家"。

我接触《捉放曹》这出戏的时候,刚好十五岁。正是我嗓子倒仓的攸关时候。那天早晨我练完晨功,来到王小淑二姐家,想跟她学学"髯口"。她说:"你这手、眼、身、法、步挺顺了,今儿个咱就结合着教学'髯口'功,我给你说出戏吧。"我说:'说哪出啊?'她说:"一出《捉放曹》怎么样?"我说:"那敢情好。"她说:"戏班有句话说:'老生不唱捉放,戏班白走一趟。'"

她话音刚落,张玉图就从西间屋里蹿了进来指着王小淑说:"你可别糟践人家孩子,行不?"王小淑一脸蒙圈地说:"说戏是给他长能耐,怎么叫糟践孩子呢?"张玉图说:"人家是唱花脸的,你怎么给人家说老生戏?真要说戏,也得由我给他说。"王小淑:"这孩子爱好花脸不假,可是他正在'仓门'上,还谈什么老生花脸的?真正要唱哪一行得等他'倒仓'完再见分晓。"张玉图说:"他没'倒仓'时,就是唱花脸的嗓子。"王小淑说:"那你就不懂了,戏班里讲究逢左必右，逢前必后。老生用的是竖顺声，花脸用的是横宽声，只有掌握老生发声法才能唱好花脸腔，不但学唱老生，连旦角的小嗓你也得会使用。"

张玉图把嘴一咧说："不用顺声，花脸我照样唱。"王小淑也较起真儿来，说："我真要看一看不用顺竖音儿你的'引子'怎么翻？你的'嘎调'怎么上？"张玉图说："都是一样的戏，非要整这个干吗？"王小淑说："不整这个你的戏中人物就不丰满，你的舞台表演就没有高潮，你的剧情就感动不了人。"张玉图说："好几十年了，这些戏我该唱的唱、该演的演，一个也没耽误。"王小淑说："那样的戏叫'一道汤'、叫'一道蔓儿'。"张玉图的嘴咧得越来越大了。王小淑的眼睛瞪得越来越圆了，这出《捉放曹》还没等开始就戛然而止了。

又过了两年，我的嗓子虽然比平常人"倒仓"时间长了许多，还是朝着逐渐恢复的阶段发展。

一天晚上，张玉图酒酣耳热之际对我说："天上无云不打雷，地上无水不成河。"我说："这话怎么讲？"他说："凡事没有无缘无故的，咱们干啥就要吆喝啥，我想把那出《捉放曹》给你说出来。"我说："说哪个角色？"他说："当然给你说这个戏的花脸活儿。"我说："怎么说花脸呢？"他用手指了指外边说："别听她的，你是知工知令的花脸嗓子，不给你说花脸还说什么？"我说："也挺好。"他说："其实在这出戏里曹操才是正工活儿，戏名就叫《捉放曹》嘛。咱们就从曹操被擒后，押往中牟县大堂时的那段'西皮流水'开始。"

> 跳龙潭出虎穴逃灾避祸，
> 又谁知中牟县又入网罗。
> 怒冲冲站立在滴水檐过，
> 看陈宫他将我怎样发落？

张玉图说到这里不说了，要我去拿笔和纸来。我问拿这些个干什么。他说："好给你念词儿。"我指指自己的头说："这有词儿。"他有些不相信地瞧着我说："不许开玩笑。"我说："该我问你答了，下站可是曹操？"他答："既知我名，何必多问？"我问："见了本县，为何不跪？"他答："我这双金膝上跪天子，下跪父母，岂肯跪你这小小县令？"他说："到这来了个'挎髯'，念了个'阴锣'家伙点儿。"我说："你念错了，这块儿应该是'撕边一击'。"他愣了下神儿说："你小子还不会哪，怎么反过来给我说起戏来了？"我说："你那个'阴锣'是下一句台词上的。"他说："你娇情什么？既然是我教你，就得听我的。走'阴锣''挎髯'。"我只好按他说的那样做。我念道："岂不知王子犯法，与民同罪？"他念："我身犯何法？"我念："你行刺董太师，还言无罪？"他念："我行刺董太师，可是你亲眼得见？"我念："也非亲眼得见，现有董太师钧旨，捉拿于你，还敢强辩不成？"张玉图对我挑了一下大拇指说："好小子，词儿还挺溜着哪。"我说："该你的啦，唱吧。"张玉图叫板唱道：

> 你将我解进京献与董卓，
> 那时节见太师自有话说。
> 刺董卓是陈宫修书与我，
> 管叫你遍体排牙难分说。

我说："哥，接不上茬口了。"他问："怎么回事了？"我说："你应该唱流水板。"

> 听他言唬得我心似刀割，
> 心问口口问心自己揣摩。
> 说几句巧言语将他哄过，

管叫他弃县令随我逃脱。

这下，张玉图有点省悟地说："啊，闹了半天我才明白，敢情陈宫这活儿，你小子也学过呀？"我赶忙摇着头说："没有没有。"这时，王小淑在我们身后笑着说："晓星，你干吗要藏着瞒着的？都告诉他不就得了。"我半天不言语了。王小淑说："他是学过，两年前就学会这出戏了，是我给他说的。咋的吧？"张玉图的嘴又咧了起来，说："那你也给他说说曹操呗，省得我再跟他费口舌了。"王小淑对张玉图说："你还是留着点你那唾沫星子吧，我连陈宫带曹操都给他说了。"张玉图说："啥时候的事儿呀？我怎么不知道呢？"王小淑说："就是你去南方搭班的时候。"张玉图说："我还纳闷哪，这小子的词儿和身上怎么这么溜哪？"王小淑说："再说你那个曹操有的地方还让我不得劲儿呢？"张玉图说："硌硬（讨厌）了，这出戏可是侯喜瑞老先生一招一式地给我说的。"王小淑说："曹操那进门儿两望也太那个了吧？"张玉图说："我演的是'海派'那道蔓儿的，你看惯了'京派'的东西，当然看不惯了。"

王小淑沉了一会儿说："你自己加上去的吧？"张玉图说："是的。"王小淑说："表达什么意思？"张玉图说："表达曹操要看看陈宫是个什么样的官儿？"王小淑抢白说："不管你是哪道蔓儿的，也离不开两点：一是根据剧情发展；二是符合人物心理。"张玉图说："我哪个点脱离了？"王小淑说："别的不说，就说曹操被捉后，召他进大堂初见陈宫的那场戏。当年的曹操是一个血气方刚、大义凛然的人物，他以汉室江山为己任、以民族英雄为向往才刺杀逆贼董卓，他早将个人生死置之度外，刺杀董卓不成至中牟县被捉住后，在大堂上完全没有那种战战兢兢、吓死吓活的神态，应该是一种视死如归、来世又是一条好汉的状态。"张玉图有点急头白脸地说："我表现的不也是这种状态吗？"王小淑说："反正我没看出来。"张玉图说："你没看出来的事多着哪，当初你还没看出晓星的嗓子'倒仓'能恢复得这么好哪！你还愁眉苦脸地对我说，看来这小子的'饭门'怕是要没了。还说，要是弃行的话他可干点啥呢？"

这下子把我们全逗乐了。张玉图说："小子，《捉放曹》你老生、花脸全会了，我现在就考考你，咱们京剧讲究唱、念、做、打，唱可是第一位的。你把这出戏的陈宫和曹操的核心唱段，都给我唱唱，我听听你这味儿怎么样？接下来，我自有安排。"

既没有鼓板，也没有胡琴，我索性就"干拔"了。我先唱了陈宫的那段"西皮慢板"：

听他言吓得我心惊胆怕，
背转身自埋怨自己做差。
我先前只道他宽宏量大，
又谁知是一个量小冤家。
……

唱完陈宫后，我又唱了曹操那段"西皮原板"：

你本是外省官怎知朝歌，
哪知道董卓贼奸雄作恶？
刺杀了丁建阳文武胆破，
满朝中文共武木雕泥塑。
……

这两段刚唱完，张玉图猛地将杯里酒一饮而尽，高高地举起酒杯"砰"的一声摔了粉碎。他指着我大喊了一声："好小子，就是你啦！""是我什么啦？"我一脸懵懂。他念了戏班里的一首打油诗：

> 老生花脸两门抱,
> 文武昆乱也精妙。
> 跟我搭班闯天下,
> 吃香喝辣错不了。

王小淑却哈哈大笑地说:"人家年轻有为,图的是奔个前程,日后当个京剧表演艺术家什么的。谁像你呀?能混个吃喝就是天大的事了。"

张玉图的话,我真牢记于心了。可是,一等就等了他好几十年,也没有等到他带着我去哪儿搭班唱戏的那天。

这不,不是冤家不聚头,不是故交不相逢。三十年后的今天,我们在这个地方又不期而遇。由我编剧、导演并主演的京剧《闯王东渡》参加全省第三届戏剧艺术节。报到的当天晚上,大会组委会特邀几名京剧表演艺术家和著名戏剧演员举办了一场展演晚会。可是忙东又忙西的我,赶到剧场时节目已经开演了。正在演出的是京剧《捉放曹》中的"弃曹"一折。

陈宫上场念:"恨曹狠毒真难度,将来曹董一样人。"唱"二黄慢板":

> 一轮明月照窗下,
> 陈宫心中乱如麻。
> 悔不该心猿并意马,
> 悔不该随他人到吕家。
> 吕伯奢可算得义气大,
> 杀猪沽酒款待于他。
> 又谁知此贼的疑心大,

> 拔宝剑将他的满门杀。
> 一家人俱丧在宝剑下,
> 白发老丈也命染黄沙。
> 屈死的冤魂休来怨咱,
> 自有神明灵儿天地鉴察。

陈宫的这段"二黄慢板"唱罢,满场响起掌声和喝彩声。

我心里一惊:哎哟,这陈宫扮演者的扮相和所走的身上怎么这样熟悉啊?尤其那唱中带叹、叹中有腔的唱法,新颖、别致,与众不同,加上演员的那条既高又宽、收放自如的嗓音,行腔走韵的唱法,似马似谭,像杨如奚,自成一家的艺术风格,把个陈宫演得忧中有愁,爱恨交加。已有许多年未能听得这么好的唱腔了!少时,陈宫欲杀曹而不能,在墙上题诗一首后唱道:"这是自己作事差,悔不该与贼走天涯。落花有意随流水,流水无心恋落花。"陈宫唱罢弃曹而去。

鼓打三更曹操醒来,寻陈宫不见。念罢墙上的诗句后,狠狠地说:"陈宫,我日后若不杀你,誓不为人。"唱道:

> 可恨陈宫作事差,
> 不该作诗叫骂咱。
> 约会诸侯兴人马,
> 拿住陈宫不留他。

舞台上扮演曹操的演员,也将这个角色演得活灵活现、栩栩如生。他唱得不但字正腔圆,功底也十分了得。此时,我如梦初醒,啊,这不是王小淑、张玉图夫妻吗!虽然已是三十多年未曾见面了,但这戏路、这活儿我最熟悉不过了。

我来不及多想,趁着还没散戏,飞快地向剧场门口的鲜花店跑去。我手里捧着一束芳香四溢的鲜花,走进后台注目寻找着。可是,岁月沧桑,风霜染面,他们一旦卸下妆来,我们彼此还能认得出吗?我在后台踌躇着。突然,一男一女两个人从前台的台阶上朝着后台走来,他们边走边在激烈地争论着。

"你场上唱的'托腔'不太稳啊。"女人说。"你念白的上韵还有点倒字哪。"男人说。"你唱腔的'闭口音'不该那么甩。""你的'引子'不该那么打。"

正是花红柳绿处,无须寻觅独自来。这一男一女正是王小淑和张玉图。得,他俩又为戏"杠"上了。有人说:"十年磨一戏。"可是,这两口子为了一出《捉放曹》争论了三十多年。我飞奔上前,把一束浓郁芬芳的百合花送给他们,然后紧紧地搂着他俩说:"我的姐姐哥哥哟,这'戏官司'都打了三十多年了,如今还没打完哪?"

我们相拥、相视着,哈哈大笑起来。

第十七章　天降大任于斯人

真没有想到，一个女人把我告了。这个女人我压根儿就不认识。

那天，正是我把自己封闭在城南郊区一间小房里第八十天的时候，还有十天就到三个月了。这座房子，原来是一个朋友的养鱼场，他不养鱼后，我借住在这里写一部电视连续剧。此处没有喧闹，没有干扰，没有电视，没有游戏机，连个收音机也没有，只要关闭手机，便与世隔绝。房子前面是碧波荡漾的水塘，房子后面是青山绿草山梨树。即使常以清水煮挂面为食，也丝毫不影响我的思路和灵感。我在屋子里用一台笔记本敲打着稿子。电视连续剧《漩涡》是根据我写的同名长篇小说改编的，南方一个省台的导演看中了这部小说，非要我把它改编成二十五集连续剧，并与我签了协议，三个月内交稿。于是，这块静谧的土地成了我困兽犹斗的地方。前二十集还算顺手，可是写着写着就卡壳了。正当我围着水塘的土梗打转转的时候，于晓明开着他那辆雪佛兰来了。

只有于晓明知道我在这里写东西，这个主意是他出的，这个房子也是他借的。他每隔十天八天地来这一趟，给我送些吃的用的生活必需品，待个十分二十分钟就走人。昨天他给我送来十斤挂面和三罐头瓶子炸酱，今天又来了，肯定有事。我说："有事儿？"他摩挲了一把汗说："有人把你告了。"我笑着说："这年头挨告的都是些有头有脸的人，我要有那能耐，就不在这遭罪了。"他不但没笑，脸色凝重地说："真的。"我说："你小子就拿我开涮，我是什么人？人间污秽皆不染，半夜叫门心不惊。"他把一份当天的《川阳日报》递给我，指着

第四版右下角一个法院公告说:"你自己看吧。"公告上一字不差地写着我的名字、性别、工作单位及住址。事由是:

> 关于丁晓岚起诉你借款逾期不还事宜,本院已予以立案,限你七日内到本院民事二庭应诉,逾期不到视为缺席审理,本院将择期宣判。
>
> 川阳市河沿区人民法院　三月六日

我看完不由地又笑了起来,于晓明愣愣地瞧着我说:"你看到了什么,就笑?"我说:"我看到了笑话。"他说:"什么笑话?"我说:"一个天大的笑话。"他越发不解地看我。我说:"凡是经济纠纷,民间借贷,都是熟人之间发生的事,可我根本就不认识这个丁晓岚。别说亲戚朋友,即使同志和所熟悉的人中,也没有一个叫丁晓岚的。我从来没听说过这个名字。"于晓明说:"和你没有任何瓜葛的一个女人,为什么会跑到法院告你?"我说:"那我不管,反正我不认识这个人。"他说:"不认识这个人,不见得没有这宗事。"我说:"不认识这个人,怎么会发生这宗事?"他说:"也许你忘了。"我说:"我自己做的事,怎么会忘?即使借钱也不会跟女人借。"于晓明见我如此肯定,也喃喃地说:"怎么可能……"我说:"这事有两种可能:一是被告人和我是同名同姓;二是这个女人有诈骗嫌疑。"他说:"我也觉得蹊跷,你自己再慢慢想想。"他又说,"这几天有两个女人总到团里找你,说是有急事。"我说:"我和任何女人都没有急事,甭理她。"于晓明走出门口,我叫住他说:"这事别说出去。"他说:"为什么?"我说:"嫌磕碜。"他"扑哧"笑了,说:"报纸都登出去了,你这不是掩耳盗铃吗?"

回到屋里,我什么也干不下去了,满脑子想的都是那个叫丁晓岚的人。怪了,这个不认识的女人是哪里的?究竟为什么跑到法院告我？我决定到法院去一趟。在河沿区人民法院民事二庭,我见到了审理这个案子的周法官。他五十岁上下的样子,白白净净的脸上戴着一副眼镜,他看过我的身份证和工作证后,让我填写了一张应诉登记表。他说:"我们和诉讼人到处找不到你,她俩是外地的,事情又急,我们才这样做的。"他接着问我,"你和丁晓岚是什么关系?"我说:"没有一点关系。"他一愣说:"没有一点关系,你怎么向人家借的钱?"我说:"我根本就不认识这个人。"他指着起诉书说:"那她为什么起诉你借钱不还?"我说:"她说我借了多少钱不还?"他说:"人民币八万元整。"我说:"什么时间、什么地点?"他说:"四年前,在北京。"我说:"她有证据吗?"他说:"法院就是以事实为依据、以法律为准绳的地方,没有证据我们能立案吗?"说着,他从卷宗里抽出一张借条让我看。一张白色的纸上清清楚楚地写着:今借人民币八万元整。时间果然是四年前的八月十五日。我觉得"嗡"的一声脑袋涨得老大。字迹真是我写的,名字也是我签的。那个时间,正是我在戏曲进修学院学习的时候,没有向任何人借过一分钱。周法官说:"别急,好好想想。"这是谁在算计我啊?他说:"这个叫丁晓岚的人递交了诉讼状就走了,开庭时她会来的。"我说:"我是个急性子的人,等不了开庭那天,打个电话问问清楚行吗?"周法官思索了一下说:"这里有她的联系方式,我看能不能接通。"

不一会儿,那边的电话接通了。周法官说:"你是丁晓岚吗?"她说是。周法官说:"我是河沿区人民法院的周法官,你讼诉李先生借款未还的案子,李先生现在正在接受询问,有问题向你求证一下,你们认识吗?"她说:"认识。"周法官说:"你们在哪认识的?"她说:"在北京认识的。"周法官说:"他借您的八万元钱是他亲自向你本人借的还是通过别人向你借的?"她说:"是他亲自向我借的。"周法官说:"他有些记不清了,要和你通话确认一下,好吗?"我抓过电话说:"你好,丁女士,我在北京什么地方向你借过钱?"我的话还没说完,"咔嚓"一下电话断线了。周法官再次拨打电话,那头却不再接听。周法官说:"这事还真有点蹊跷。"我说:"她是不是诬告?"周法官说:"她没有必要诬告你啊。"我说:"假如真是呢?"周法官说:"那犯有诬告罪。"我说:"那好,我等你结果。"周法官说:"你的电话我得再输入一下,你可别再关机啊,省得我们开庭的时候找不到你。"

我又回到那个养鱼场,继续我的困兽犹斗。

第二天上午,周法官给我打来电话说:"丁晓岚说被告可能同名同姓,她告错了人,已经撤诉,承担了全部诉讼费用,并向法院和当事人赔礼道歉,答应赔偿被告人精神损失费,要求立刻见面。"我说:"道歉不道歉的我不挑,精神损失费我也不要,在报纸上说明情况,别埋汰我就行了。"周法官说:"她要马上见你。"我说:"你现在可不要让她来,我手里还有几集连续剧等着交稿,那可是签了协议,交不了稿要承担全部责任的。"周法官说:"她说非要见你不可。"我说:"她实在要来,也得等三天以后我交完稿再说。"

我接着夜以继日地写我的电视剧。

说来也怪,接下来的写作特别顺畅,三天加一个通宵,最后几集画上了一个圆满句号。

稿子发走后,我打电话给于晓明,让他立马开车接我回家,打算到家后先洗个热水澡,我都闻到自己身上有点不好闻的味儿了。然后什么也不干了,美美地睡几天好觉。于晓明笑呵呵地来了,我上了他的车。他说:"终于要把关在笼子里的困兽给放了。"我说:"困兽关久了会咬人的。"于晓明说:"有个事没和你说。"我说:"今天你最好什么也不要对我说,一切等到明天。"于晓明说:"这可是你说的,误了事你可别怪我。"我说:"真要有大事你就说吧。"他说:"你不是不让我说吗?"我说:"别卖关子了,快说吧你。"他说:"今天那两个女人又来团里找你,坐在办公室就是不走。"我说:"是哪的?"他说:"说是从东北那边来的,是你的什么亲属,在宾馆住了好多天了,找你都找疯了。"我说:"是我二舅家的二妹和三妹吧?"他说:"我哪知道啊?有一点我可以告诉你。"我说:"哪一点?"他说:"这俩人绝对是大美女,咱们整个川阳都找不到的美女。"我说:"你攘什么业(故意捣乱)!"他说:"真的。"我说:"你怎么才告诉我?"他说:"你不是再三跟我说,这段时间什么事也不要告诉你吗?"我说:"她们住哪儿?"他说:"川阳宾馆307号房间。"我说:"你快点开,先把我送到川阳宾馆。"

敲开川阳宾馆307号房门,我不由地惊呆了,站在我面前这个女人竟是赵丽华。四年不见,她不但没见老,却比以前更风韵、更俏生了。我说:"怎么会是你啊?"她说:"不该是我吗?"我说:"不是,不是,我没想到你会来这儿。"她说:"你为什么才露面?"我说:"我在赶一个急稿,所以……"她说:"为找你,我什么办法都想了,什么招术都用了,好不容易把你找到,可你又让我们等了好几天。""啊,原来是你到法院把我给告了?"我说。"要不告你,还找不到你哪。"她说。"这个招也太损了吧!""要做成一件事,就得动点手段嘛。""这就是你的行为准则?""你遇到急事就没想过办法、用过招术吗?"

赵丽华还是那样说话不饶人。我们光顾说话了,忘了身后的于晓明。我赶紧介绍说:"这是我们团的头把武生、我的哥们儿于晓明。"我又介绍说,"这位女士是著名青年京剧演员赵丽华,也是我的哥们儿。"于晓明有些尴尬地点点头说:"见过见过。"赵丽华说:"前些天我还向这位先生求助找你哪。"于晓明说:"我都告诉过他,说你有急事找他来着,他说跟任何一个女人都没有急事。"我指着于晓明说:"你还嫌不乱是吧?"于晓明说:"实事求是嘛。"赵丽华说:"对,我赞成实事求是。"我对赵丽华说:"你本身就不实事求是。"她说:"我哪点不实事求是啦?"我说:"你急着见我的心情我理解,干吗给我造出个假借条来？"她说："我敢跑到法院里去造假吗？那张借条就是你亲笔写的。"我瞪大眼睛说："我真借过你八万块钱？"她说："当然了，借条是你亲手写的。"我说："借条在哪？拿出来我再瞧瞧。"她向套间里喊道："岚岚，把那张借条拿给他看看。"嗬，我们光顾嚷嚷了，套间里还有个人。里间的一个姑娘应声而出，她手里拿着我在周法官那见过的一模一样的借条。我说："怎么你手里还有一张？"她说："我们撤诉了，这张借条从法院拿回来了，看把你吓的？"赵丽华介绍说："我的表妹丁晓岚。"

丁晓岚向我深深一躬身，说："哥，真是对不起，我姐她……"噢，原来她就是丁晓岚——那个到法院告我的人，幕后操手当然就是赵丽华了。我还是不解地说："这到底是怎么回事？"她俩都笑了。赵丽华说："怎么回事，现在不能说？"于晓明看出点门道来，他说："你们慢慢聊吧！我有点事先走了。"我说："你先别走，你走了谁当我的见证人。"赵丽华："你还那么认真哪？"我说："你差点没把我整进法院去，我还不认真？"赵丽华说："四年前在北京的苹果园饭店，你没写过这张借条？"四年前的北京苹果园饭店……我沿着这个思路追忆着……哦，我一下子想起来了。

那年夏天的一个晚间，我和赵丽华在苹果园饭店吃饭。北京的一个叫铁头的穴头不知从哪儿弄到了赵丽华的电话号码，他打电话说："明天是房大哥的生日，要和大伙儿在一块儿聚聚。房大哥特喜欢京剧，在长安大戏院看过你的《状元媒》，特迷你。要我打电话给你，请你明晚七点到他的别墅来一趟，玩一玩，尽尽兴什么的。当然也不让你白去，给你八万元的出场费。"赵丽华说："我不认识房大哥。"铁头说："等见了面不就认识了吗？嘿，你连他都不认识，一家房企的老板哪。"赵丽华说："他的别墅在哪？"铁头说："通州六合桥。"赵丽华说："怎么去？"铁头说："你不开车呀？"赵丽华说："我一个外地人，来北京学习的，哪有什么车？"铁头说："你说一个地儿，我开车去接你。"赵丽华说:"什么时候回来?"铁头说:"明晚得住那里,后天下午就回来啦。"赵丽华说:"后天一早我得跟君秋老师去天津演出。"铁头说:"你死心眼儿啊,请个假不得了吗?"赵丽华说:"那也得和我男朋友商量一下。"铁头"扑哧"笑了。他说:"傻吧你,这事儿有跟男朋友商量的吗?"赵丽华说:"你听我信儿吧。"按下电话,赵丽华问我去还是不去?我说:"你的事,自己决定。"她说:"要是去吧,那些人有点不靠谱儿。"我说:"那就别去。"她说:"不去就损失八万元,这八万块钱实在诱人哪。"我说:"就当你把这八万块钱赚到手了。"她说:"那钱哪?"我说:"就当你把这八万元借给我了还不行吗?"她取过一张纸说:"那你得写个欠条。"我说:"你以为我不敢写啊?"她说:"连还款日期和还款方式也一并写上。"我说:"行。"虽然我们俩都喝了不少酒,但我的意识还是清醒的。于是,我在纸上写下:今借人民币八万元整。又写下了年月日字样。她看后说:"你耍赖。"我说:"怎么耍赖啦?"她说:"你什么时候还钱没写上。"我在下面又写上:万一"走出时间的时候",我会于四月五日将钱币捎(烧)还给你。她看了看说:"什么是'走出时间的时候'?"我说:"以后你会懂的。"她说:"四月五日好像是清明节吧?"我说:"日子有重叠的可能。"她说:"你不会是诅咒我吧?"我说:"没有的事儿。"她笑着说:"不管怎么还,有个承诺就行。"

没承想那张借条,被她在这儿派上了用场。我说:"那下句话被你弄到哪去了?"她说:"凡是你送给我的东西,我一样不少地珍藏着哪。"于晓明和丁晓岚笑得前仰后合。我说:"你们听了别光笑,得给我做个见证人。"于晓明说:"看这意思,别说欠她八万块钱,就是说欠她条命,你也得给。"

于晓明非走不可。我将他送到电梯处,小声对他说:"这事别跟旁人说去。"他说:"你怕嫂子吧?"我说:"还啥嫂子?你又不是不知道,她说出去搭班唱戏,走了好几年连个信儿也没有,公安局已经宣告失踪了。"于晓明问我:"这个赵丽华最拿手的戏是不是《秦香莲》?"我说:"当然,那是她最拿手的戏了,是张君秋大师亲自给说的,你看过?"他说:"怪不得她千里迢迢来这儿寻陈世美的招儿法这么绝。"我"砰"地打了他一拳说:"傻吧你。"他伸出两个手指头对我比画着说:"我傻哥不傻,一个人挎俩。"他又小声说:"你瞧,她俩费这么大劲儿把你找到,还怕你跑了,在后边跟着哪。"我向后边瞄了一眼说:"人家是来送你的嘛。"于晓明哈哈一笑说:"你别替她们遮了。哥,我可告诉你,戏班里的女人最难缠,当心噢!"

  说着,他招招手上了电梯。

第十八章　赵丽华的糟心事

四年前，赵丽华在北京长安大戏院演的《状元媒》获得成功，引起不小的轰动，正所谓一夜成名。京城的大多媒体作了宣传报道。什么《张君秋学生赵丽华唱红京城》《一曲唱醉千万人》……有的报刊还配发了赵丽华的剧照和图片，有的音像社还进行了录制和播放。

正当人们对她进一步挖掘、搜索时，她却结束了在北京的学习，在相关领导的陪同下回到了那个她不得不回的地方。那个时候的领导都放下了架子跟她以哥们儿相称，气氛相当活跃，人们对她满是崇敬和客气。赵丽华不好意思地对他们说："你们都是我的领导，这样真让我有些忐忑不安。"他们说："别呀，你不但是京剧艺术界的一颗新星，还是政治上有前途的人物，在经济上也有不可估量的价值，尤其在文化层面是最得力的标志性人物嘛，以后说不定我们几个人都得借你的光呢。"这些话把个赵丽华弄得云里雾里的。

吉星高照事事顺。赵丽华简直成了上帝的宠儿，她在省里最大的剧院进行了汇报演出和成果展示，几乎场场爆满，用形容词说，那是掌声雷动、花团锦簇啊。不但省内各地观众和戏迷争着抢着地来看戏，连外省市的业内人士和票友、戏迷也赶来观摩。就像一位省领导在总结报告上说的那样："赵丽华同志的京剧艺术，提高了我省的知名度，并获得了社会效益和经济效益双丰收。"

从北京回来后，赵丽华的演出使得几年来有些萎靡不振的京剧艺术焕发了活力，让一个连年经济收入不景气的省京剧团抹掉了账面上的赤字，仅演出两个多月的收入，使一百多名演职人员的全年工资有了保障。接着，省京剧团升格为省京剧院，下设两个团，赵丽华被提升为副院长，主抓全院的业务工作。在"出人出戏闯新路"思想的指导下，赵丽华既轰轰烈烈又踏踏实实地干了一年多，工作还算不错，可是，接下来几年里，她的工作和生活却陷入了人生的沼泽。

事情发生在那天上午，赵丽华正在办公室听取两个团的第三个季度演出工作的情况汇报。一团以中老年演员为主，几个比较著名的演员几乎都在一团。他们除了每年要完成一百二十场的公演外，还要参加全省政治性演出和社会大型活动，如新年、春节和元宵晚会，国庆节、劳动节庆祝活动，党代会、人大会、政协会议的召开和庆典等。二团以中青年演员为骨干，他们的任务主要是公演，上山下乡、部队、工矿企业方面的慰问性演出。当一团团长丁宝仁已经汇报完毕，二团团长迟正泰正要汇报的时候，院党委书记赵晓成走了进来。他和赵丽华耳语了几句，然后向众人做了个"叫停"的手势说："会议先暂停一会儿，丽华副院长有件急事先去处理一下。"

人们散去后，赵丽华跟随赵晓成走向三楼的书记办公室。办公室的沙发上坐着两男一女。两个男人都是五十岁的样子，体态较胖。那个女人三十多岁样子，模样还算漂亮，就是瘦了点。他们都站起来，同赵丽华握手。赵晓成逐一作了介绍，三个人都是上级机关调查小组的，个子稍高的是副组长郁东风，个子稍矮的叫叶玉振，那个女人叫李晨晨。赵晓成说："三位领导有事向你了解，你们先谈吧。"赵晓成走了出去。

郁东风对赵丽华说："是这么回事，张晓峰的家属对他在北京的突然死亡存有疑问，并向省委省政府提起申请调查报告书。省有关部门委派我们几个人前来调查了解张晓峰在北京期间的一些事情和死亡前后的一些过程，请你积极配合我们的工作。"赵丽华说："我一定积极配合。不过据我所知，张晓峰的父母受到迫害离婚后下落不明，受其影响，张晓峰三十多岁仍孑然一身，他的家属是指哪些人？"

郁东风把身体向前挪动了一下说："拨乱反正后，他父母虽然离婚，但都给予了政策落实，他父亲张桐之现在是政协的顾问，母亲吴啸云在妇联工作。他们虽然各自建立了新的家庭，但是要求调查张晓峰死因的态度，都是一致的。"赵丽华说："噢，原来是这样。"郁东风说："我们来问，你来回答好吗？"赵丽华说："好的。"郁东风说："我们有四个不解的问题：一、你进京学习，为什么身为省文化厅艺术处处长的张晓峰亲自陪你前往？二、你在北京学习期间所产生的费用近百万元，为什么至今挂在艺术处的账面上？三、什么原因造成了张晓峰突然死亡？临死前他对你说了些什么？四、你和张晓峰究竟是什么关系？"

赵丽华说："第一个问题：我去北京青年京剧团学习，是张君秋先生亲自安排并正式向我省宣传、文化部门发出书面邀请的。启程那天，我才知道张晓峰处长一同前往，我挺纳闷地问他，他说北京那边还有其他事情要办理。关于他说的'其他事情'究竟是什么，我无权过问。第二个问题：我去北京学习是经省领导批准的公费学习，专款专用，至于这笔钱挂在哪个账面上，当然也由领导研究决定。第三个问题：张晓峰处长的死亡是自杀身亡，有关警方已在现场勘查后作了结论，并出具了死亡证明，他的死因我毫不知情。当时，我不在现场，他也不可能对我说些什么，倒是他临死前，给武大龙和潘心莲打过电话，让他俩马上去他的住处，等武大龙和潘心莲赶到时，张晓峰已经气绝身亡了，这些，都是武大龙和潘心莲事后告诉我的。第四个问题：关于我和张晓峰究竟是什么关系？有的人可能认为我们两个人是恋人关系，我肯定地说，绝对不是！他是一个天生从政的苗子，我是一个坐地唱戏的坯子，我们俩是志不同道不和，有句话不是说嘛，两股道上跑的车，走的根本就不是一条路。"

赵丽华的话还没说完，郁东风声色俱厉地说："赵丽华同志，我们希望你积极配合我们的工作，实事求是地说明问题。"赵丽华说：

"我没说一句谎话。"郁东风说:"你说得与事实不符。"赵丽华说:"哪不符啦?"郁东风说:"张晓峰自杀你是知道的。"赵丽华说:"证据是什么?"郁东风说:"北京警方出具证明说,张晓峰死亡的时间是在午夜十二点半左右。可是,你们在午夜的一点四十分还通过电话,也就是说他已经死了,怎么还会通话呢?这一点说明了什么?"

赵丽华想了想说:"那个时候,我的确是和他的手机通过话,但用他手机和我通话的不是张晓峰本人。"郁东风说:"是谁在用他的手机和你通话?"赵丽华说:"是武大龙和潘心莲。"郁东风说:"是武大龙和潘心莲在张晓峰身边?"赵丽华说:"他俩是怎么在张晓峰身边的我不知道,但那个时间用张晓峰的手机给我打电话的人就是他俩。"

赵丽华的话,不但使郁东风哑口无言,也让一旁的叶玉振和李晨晨面面相觑。郁东风说:"你确定没记错?"赵丽华说:"张晓峰可是堂堂的艺术处处长,一位年轻有为的官员,对他突然死亡这么大的事,我怎么能记错哪?"郁东风说:"是不是张晓峰向你求爱遭你拒绝后才自杀身亡的?"赵丽华说:"如果求爱遭拒就自杀的话,向张晓峰求爱遭拒的有八九个女人,怎么没有一个自杀的?"郁东风说:"这事你怎么知道的?"赵丽华说:"当事人亲口对我说的。"郁东风说:"都是些什么人?"赵丽华说:"都是女人,有白领、蓝领,都有名有姓的,你要的话我马上列个名单。"

郁东风摆摆手说:"先不要什么名单。据反映你在北京同一个男人有过不良行为。"赵丽华说:"谁反映的?"郁东风说:"这个……组织保密。"赵丽华说:"现在举报都实行实名制了,还有什么组织保密一说?"郁东风说:"事情在落实之前,必须保密。"赵丽华说:"那不就是无中生有,匿名诬陷吗?我再问你,那个反映人说的'不良行为'在什么时间?什么地点?有过几次,不良到什么程度?那个男人姓甚名谁?是这个人跟张晓峰的死有关系吗?"郁东风说:"张晓峰死的那天晚上,你在哪过的夜?"赵丽华说:"这也和张晓峰的自杀有关吗？"郁东风说："我们不是在调查吗？"赵丽华说："如果你们让我谈张晓峰的自杀情况，我只能讲这些。如果你们怀疑他的突然死亡与我有关，那就到公安部门报案，让他们审讯我。顺便说一下，本人是个未婚未嫁的女人，慢说没有同谁有过不良行为，即使同哪个男人有过一些接触，也不属于不良行为。"

赵丽华说完话，起身走了。

如果说，这件事让赵丽华愤愤难平的话，接下来发生的事情，就让她孰不可忍了。

那天夜里，赵丽华为赶写一篇名为《京剧艺术的发展与未来》的学术论文，凌晨三点多才睡下。刚睡了不大工夫，房门被敲响了，她还以为是做梦呢？可是，"砰砰砰"的砸门声把她吓出一身冷汗。她问道："谁呀？"门外一个男人的声音："是我。"她问："你是谁？"门外说："哎呀，连老朋友都听不出来了。"她说："有什么事？"门外说："急事。"她说："啥急事？"门外说："啥急事也不能在外面大呼小叫地说呀。"她说："我没有保密的事，不怕别人听见，你尽管说好了。"门外的人火了，他扯着嗓门叫道："赵丽华，你给我听好了，我是阚富仁，是这所房子的主人，你借住我的房子，我要收回了。限你三日之内搬家走人，如逾期不搬，我就把你的东西统统扔到马路上去。"

赵丽华慌忙下了地，打开房门说："是阚大哥呀，该死该死，请大哥进屋。"阚富仁斜着眼睛说："我的话已经说完了，进不进屋能咋的？"赵丽华说："进屋商量商量。"他说："我的房子我收回，商量个啥？"她说："这房子明明是我们赵家祖传三代遗产，街坊邻居们都知道的。"他说："过去这房子是你家的，可你老子赵亦菲出事后被关进监狱，此房被没收。一九七六年在抗洪抢险中，我立了大功，被评为全省抗洪抢险英雄，政府把这房子奖励给了我。你看，这就是盖着红印的房产证。"她说："我父亲在'运动'中遭受政治迫害，现在政府已经为他平反昭雪、落实政策了。"

阚富仁晃着头说:"你跟我说这些没有用,反正房产证上写的是我阚富仁的名字。"她说:"你不是答应把房子还给我了吗?"他说:"咱们有多大'过儿',我就把房子给你了?"她说:"那年你不是亲口说过这话吗?"他说:"冤有头债有主,那时我的话是冲张晓峰说的,事是冲张晓峰做的,我们俩有这个'过儿'。"她说:"冲谁不冲谁的,这房子不都是我住吗?"他说:"那可不一样,一码归一码。说白了,我和张晓峰是有交换条件的。"她说:"你为什么偏偏这个时候来要房子?"他说:"这个时候来要房,我还算便宜你哪,张晓峰闭眼蹬腿走人了,一件事也没给我办,我他妈的找谁去?"

赵丽华赔着笑脸说:"阚大哥,咱们再好好商量商量行吗?"他说:"没啥好商量的了,限你三天之内搬家走人。"她说:"我要是不走哪?"他说:"你敢不走的话,我先把你的东西扔到马路上,后去法院告你。"她说:"凭什么呀?"他说:"就凭我手里的房产证。"她说:"那玩意儿我手里有三个哪,有清朝时期的宅基地产证、有民国年间的房屋居住所有证、有中华人民共和国房屋所有权证,我不信这么多证就没有一个不好使的吧?"阚富仁愣了一下说:"咱们走着瞧。"赵丽华在他身后说:"欢迎阚大哥常来做客啊。"

虽然,赵丽华在斗嘴上没有吃亏,但她心里明白阚富仁是什么人,手眼通天、黑白通吃的人物。他肯定不会善罢干休的,她必须小心再小心。让赵丽华没想到的是,那天上午她由家里去京剧院上班,在离剧院不远的一条小马路上,有一男一女在等她,那个男的个子不高、很瘦,那女的长得却高大富态。他俩在压低声音地喊她小赵。她定睛细看,才看出是在北京时认识的武大龙和潘心莲。这俩人是张晓峰的铁哥们儿。她说:"你们怎么在这里?"武大龙和潘心莲说:"我们在这里等你好半天了"。赵丽华说:"有事吗?"武大龙点着头说有急事。赵丽华说:"请到我的办公室说吧。"武大龙说:"就是为了避人耳目,我们才在这里等你的。"

于是，他们一起来到小马路拐弯处的一个咖啡厅里。赵丽华要了三杯咖啡，服务员小姐姐端上咖啡后退了出去。武大龙对赵丽华说，为了张晓峰的问题，上边的有关人员已经找过他和潘心莲两次了。赵丽华说："也找过我了。"武大龙说："看来他们是对着你来的。"赵丽华说："怎么见得？"武大龙说："他们就是一个劲儿地问，你和张晓峰是什么关系？张晓峰为什么突然自杀？张晓峰死后那个电话是谁打给你的？那个时候你在什么地方？"潘心莲说："我们已经如实地回答了，可他们还是说与事实不符，让我们再好好想想。"武大龙说："他们还再三追问，你在北京期间都和哪几个男人关系密切？我们俩都说不知道。"赵丽华说，她没做亏心事，不怕鬼叫门。武大龙和潘心莲说，那也真得提防着点，他们都是有背景的。赵丽华说知道了，谢谢他俩挂牵着自己。她把武大龙和潘心莲送走后，快步向单位走去。她并没怎么把这件事放在心上。

俗话说："明枪易躲，暗箭难防。"接踵而来的一件事情，真让身为京剧院副院长的赵丽华百口莫辩了。

那天下午，赵丽华参加由省文化宣传领导部门主持召开的工作会议。散会后，她急急忙忙地赶回单位，因上级要求本周内将落实方案送交省厅办公室。她必须向赵晓成汇报，因为赵晓成第二天一早要去北京参加一个会议。走进单位，赵丽华匆匆忙忙地上楼，向三楼赵晓成的办公室走去。她刚走上二楼就看见自己办公室门外的走廊里聚集着一群人，竟然全是院里离退休人员，他们在气愤地议论着什么。有的人嘴里不干不净地吵吵着。

赵丽华不知发生了什么事。她说："各位老师难得来一趟，哟，连几位老领导也来了。有什么事吗？"她的突然出现使得乱糟糟的人群一下静了下来。人们的目光齐刷刷地聚焦在她的身上。赵丽华说："你们先歇会儿，我有个急事，得上楼和赵书记说几句话，迟了就不赶趟了。"她转身踏上楼梯。

这时，身后一声大喊："赵丽华，你别走，把你私吞我们的钱吐出来。"

她一下愣住了，仔细一看，说话的那老头是退休三年的武花脸演员张大奎。赵丽华摸不着头脑地说："你们的什么钱我给私吞了？"张大奎说："别装了，你就是靠着装才起家的。"她说："张老师，我靠什么起家的自有公论，你说你的什么钱被我私吞了？"张大奎说："我们离退休人员两年的补助费。"她说："我又不管钱，怎么被我私吞了呢？"张大奎说："又装不是？你快把钱拿出来，我们既往不咎，不然我们集体到省委省政府去告你的状。"赵丽华说："告状也好，上访也好，必须以事实为依据，我真的不知道这回事。"张大奎吹胡子瞪眼地说："好，别怪我们不讲交情，走，告她去。"

邓华敏在身后推了一把张大奎他说："你老毛病又犯了，咋咋呼呼地不把话说清楚，难怪人们都管你叫张大驴、炝蹶子、放屁、咴咴叫，闹了半天也说不出个所以然来，有话跟孩子好好说呗。"

邓华敏原是院里的青衣演员，年轻那阵儿唱、念、做、表还都不错，是赵丽华父亲赵亦菲的老搭档了，赵丽华平时叫她干妈。她对赵丽华说："孩子，咱也甭着急，慢慢想，慢慢听我说。"赵丽华说："哎，干妈，您老说吧。"邓华敏说："那年我们涨工资，不是还有两年的差额补发费吗？剧院的会计总说还没拨下来，最近有消息说，那笔钱早就拨下来了。"赵丽华说："那你们就到财会处领吧。"邓华敏说："这笔钱我们一直没领到。"赵丽华说："怎么啦？"邓华敏看了人们一眼，欲言又止。赵丽华着急地说："是不是被什么人领走了？"那些离退人员说："说被人领走那是好听的，就是让人给贪污了。"赵丽华说："这人也太缺德了，贪污人家的退休养老金。你们告诉我这人是谁，我向院领导报告。"

那些人全笑起来，说："不用报告，求她乖乖把钱退给我们，就谢谢她了。"赵丽华说："这是严重违纪违法，即使退出钱也必须受到法律惩处。"那些人先是静默了一会儿，拄着拐杖的肖可荣说："这事和你一点关系也没有？"赵丽华说："我根本没听说过这件事，怎么和我有关系呢？"邓华敏搂着赵丽华说："孩子，只要不是你干的，我就放心了。"赵丽华摸不着头脑地对大家说："虽然我的工作能力不太强，思想水平也不是很高，但是，违法违纪、伤天害理的事我是绝对不干的。"她又问邓华敏，"干妈，是谁说这事是我干的？"邓华敏支吾了半天也没说出话来。倒是张大奎说："有人说你拿了这笔钱挪做去北京学习的费用了，领取表上还有你的签字哪。"赵丽华一听急了，说："真要有人这样做，一是冒名顶替，嫁祸于人；二是栽赃陷害，用心险恶。有劳各位老师、各位老领导和各位叔叔阿姨们和我一起去赵晓成书记那里，诉说事情原委，让组织查清事实，揪出那个违纪违法的坏人，退还你们的退休补助金。"

那些人由赵丽华领着上了三楼赵晓成的办公室。赵晓成听说此事，急令院财会人员携带有关账目和款项领取表到他的办公室汇报情况。不大工夫，财务处副处长老单和出纳员小康来到赵晓成办公室，并把一张有赵丽华签名的领取表格交给赵晓成。赵晓成看后让赵丽华辨认。

赵丽华仔仔细细地看了好一阵子，她一把抓过电话向市公安局报了案。十几分钟后，市公安局经侦队两名警官到达。他们取走了那张补助金领取表和赵丽华当场写下的名字亲笔字迹，急忙返回公安局。

市公安局出具了一份具有科学性、权威性的鉴定书：

> 经鉴定查实，领取省京剧团59名离退休人员补助费用的表格上赵丽华的签名，属于伪冒造假。

让赵丽华始料不及的事情一件接着一件，赵丽华称这个时期是自己的"倒霉频发日"。

那天晚上，因为审查二团新排的现代戏《风寒情暖》，她回到家里已是夜里十点多了。她取出钥匙打开房门时，朦胧中看见门上贴着一张纸条，当时她没有在意，以为是催缴水费、电费、煤气费的通知或者小广告、小招贴之类的东西。光线太暗看不清楚，她随手扯下来揉成一团，进屋后连同自己的挎包、手机和钥匙等物一并放在客厅的茶几上，就去卫生间里冲澡、洗漱了。这些天真是太累了，疲惫的她走向卧室倒头便睡。冥冥中，她突然想起贴在门上的纸条来。倒不是庸人自扰，近些日子发生的事情让她不敢掉以轻心，她强忍困意地打开灯，走到客厅的茶几旁，找到那张揉成一团的纸条来看。上面写着：

赵丽华女士：

　　鉴于你住宅后院空地上四排杨树林、二十八棵杨树及建造的一座八角亭，属于非法建筑物，限你于本月自行拆除。逾期不拆，我们将予以强行拆除，所产生的一切费用均由你承担。

市城市管理大队　九月十四日

顿时，赵丽华困意全无。让她疑惑的是，后院那片杨树林和那座八角亭，是在没有她的时候，也没有城市管理大队的时候，甚至没有她老子赵亦菲的时候就已经存在了的。确切地说，那是她爷爷时代的产物，怎么一下子就成非法建筑物了？这件事没有那么简单，一定是阚富仁搞的鬼，这小子心狠手辣，是个什么阴招都使、什么坏屁都拉的苍儿。赵丽华倒在床上不能入睡，闭上眼睛觉得自己就像被手举大刀的凶神恶鬼追杀着一样，逃也得死，不逃也得死；硬拼不行，不拼也不行。自己单枪匹马无论如何也是斗不过人家的。有句话说："要打鬼，借助钟馗。"她知道该去向大领导张玉信书记求助了。

好不容易挨到第二天上午八点，她打电话给张玉信书记。她知道张书记是省里的老领导，了解这个情况。当然，她相信张书记也是能帮助自己解决困难的人。

可是，张书记的手机和办公室的座机却无人接听。这个情况是从来没有过的。是不是他出差了？难道开会不方便接电话？还是出门了？再不就是不想接她的电话？赵丽华想了一会儿，又把电话打到他的家里。电话铃响了两声，那边一个女人的声音响了起来。女人说："喂，你好！"赵丽华："是张书记家吗？"女人说："是的，你是哪位？"赵丽华说："我是张书记的下属，要向他汇报一下工作情况。"那女人说："张书记不在。"赵丽华说"他去哪了？今天啥时候回来？"那女人说："张书记率团出国考察了。"赵丽华："去哪个国家了？什么时候回来？"那女人说："听说是欧洲的几个国家，说不好什么时候回来。"赵丽华说："请问，你是谁？"那女人说："我是张书记家的勤务员小邢。你有什么事需要转达吗？"赵丽华忙说："不用了，谢谢你！"赵丽华放下电话，不知该怎么办好。求助的唯一希望也破灭了。张书记率人去欧洲的几个国家考察，恐怕一时半会儿回不来。也许是习惯使然，情急之中，赵丽华做了个《状元媒》里柴郡主的动作："这便如何是好啊——"

这道白也念了，这戏腔也唱了，可是，光唱光念不行，这事情总归得办啊。她想了一会儿，拨打了丁晓岚的电话。电话很快接通了。她说："岚岚，你干吗哪？"丁晓岚说："团里放假，我在家里看韩剧呢。"赵丽华说："你们二团怎么老放假呀！"丁晓岚说："排戏排不了，演戏没人看，不放假干啥呀！"赵丽华说："你马上到剧院我办公室来，有事。"丁晓岚说："我立马就到。"

丁晓岚是赵丽华的表妹，受家族影响，她自幼喜欢京剧，小学毕业就考入省戏曲艺术学校学戏，专工京剧刀马旦，戏校毕业后被分配到省城南边的一个市京剧团工作。去年由赵丽华出面调入省京剧院二团。赵丽华与丁晓岚既有亲表姐妹血缘，又是领导与被领导的关系，感情相当铁。

丁晓岚很快来到赵丽华办公室，进来就说："姐，有啥事尽管吩咐。"赵丽华说："你马上到省委大楼去一趟，到三楼径直往右拐，东头第二个办公室是张玉信书记的办公室。"丁晓岚说："这事姐姐还是派别人去吧，我从来就怕见当官的，何况这么大的领导，我特紧张，不敢说话。"赵丽华说："瞧你那个窝囊样，不是要你去跟他说什么话，要你去探听一下，他有什么情况。"丁晓岚说："那你打个电话不就知道了。"赵丽华说："这么简单，那我还找你干什么？电话我打了，手机、座机都没有人接。"丁晓岚说："我去了先怎么问？"赵丽华说："你去了先到门卫登个记，然后到接待处问一下，就会有人告诉你张书记的去向了。"丁晓岚说："啊，就是去打听一下呗？这事好整，你早说啊。"赵丽华说："你打个车去，快去快回。"

丁晓岚说明白了，就打车去了省委大院。时间不长，她就回来告诉赵丽华，接待处的人告诉她，张书记率团去欧洲等几个国家考察去了，说不准啥时候回来。赵丽华说："好吧，我知道了。你去练功场练练功，或者找个地方背背戏，别再回家去接茬儿看你的韩剧了。"

丁晓岚把手一扬，说了声"拜拜"就走了。

第十九章　说一千道一万，不如唱出好戏给人看

偏偏就在这时候，又出了差错。上级领导机关接到群众反映说，省京剧院有的演职人员不务正业、不恪尽职守、不遵守工作纪律，有的做买卖、跑生意、走穴赚外快，有的进行非法的商业性演出，最不可容忍的是有的演员竟跑到火车站广场去，敲锣打鼓地耍猴。上级领导机关很重视，派人调查了解情况。查实后，下达了限期整改令，并责令省京剧院将整改情况、整改措施及处理意见，写出整改方案后及时上报有关领导部门。参加完会议，赵丽华不知该怎么办好，她给在外地开会的赵晓成打了电话，说了这边的情况，让他拿个主意。赵晓成在电话里说："我们这次会议日程安排得特别紧张，还有五天左右才能结束，院里的事情请你按上级要求处理好了。"

上边要落实情况，要整改方案，要处理意见。火急火燎的赵丽华决定先召开个中层干部会议，传达上级会议精神，通报情况，商议整改步骤和整改方案。可是，中层干部会议刚开始，会上就乱成一锅粥。一团团长丁宝仁因为剧院没戏可演发了一顿牢骚，二团团长迟正泰接着说："说我们不务正业有失偏颇。表面上是我们不务正业，按理说，我们多演戏、演好戏是正业，可是，我们拿什么演戏？演什么戏？演老戏没有多少人看，恢复传统戏没有钱，排新戏是当务之急。可是，剧本剧本，一剧之本，我们去哪淘换剧本？自己创作，我们又没有那样人才……"人们唏嘘不已。赵丽华心里火上浇油，她没想到自己第一次主持召开的会竟然开成这个样子。明明是传达贯彻省级下

达的整改通知，纠正剧院的不正之风，制订整改方案，却跑了题、变了调，南辕北辙、适得其反。她可怎么收场？她对人们说："你们的苦处、难处和大家经受的苦辣酸咸，上级领导和院里的领导都知道，先把这些问题放一放。今天的会议是让大家来揭摆不正之风的根源，提高思想认识，搞好剧院的整改工作。"

迟正泰说："一个事件的发生，都有着它的偶然性和必然性，都有它的来龙去脉。如果我们剧院不存在那么多的问题，怎么会发生这样的事情？"赵丽华说："那我们的整改报告怎么写？"迟正泰说："我是一名老党员，党的原则是：实事求是。你就实事求是地写嘛。"赵丽华说："你讲得具体些。"迟正泰说："我讲得已经够具体啦！"赵丽华说："我们要和上级部门保持一致嘛。"迟正泰说："把人民群众的利益看得高于一切、重于一切，才是和上级部门保持高度一致。"赵丽华说："你说的那些都是理论上的东西，我要的是实际上的东西。"迟正泰说："理论联系实际是我们党的一贯作风。"赵丽华说："现在就是理论联系实际，踏踏实实地做，不要理论脱离实际地夸夸其谈。眼下我们该怎么办？"

迟正泰瞪大眼睛说："你的事你问谁？"赵丽华说："这本来是赵书记抓的事，他不在我只是临时管一管。"迟正泰说："你是干什么的？"赵丽华说："我是抓业务的。"迟正泰说："就把业务抓成这样，你还好意思说？"赵丽华说："你说怎么办？"迟正泰说："没有弯弯肚，就别吃镰刀头。"

大伙一致说："丽华院长快点带着大家齐心聚力地排戏、演戏吧，只有多演戏、演好戏才是硬道理，也是解决问题的最好办法。"

赵丽华一边点着头一边大声说："对，我赞成大家的意见。"但是，她不知道迟正泰今天是怎么啦？平时俩人的关系挺不错的，按辈份她得叫他师叔。今天他的火气是冲谁来的？她冷静了一下，对人们说："咱们先按着上级的整改指示精神办，从我做起，克服缺点、改正错误，拧成一股绳，早日排出一批好戏，献给全省乃至全国人民。""好——"人们发出一阵欢呼声。赵丽华说："我再给赵书记打个电话，向他汇报一下情况。"

人们走后，赵丽华给赵晓成打电话，可是连拨数次，他的电话一直无人接听。

大家情绪高涨固然可喜，但是，落实到行动中来并形成切实可行的整改方案报送上级，绝非一件容易的事情。怎么办才好呢？

"没有弯弯肚，就别吃镰刀头。"迟正泰的这句话让她钻心地疼痛。可也是，自己本来就是个唱戏的嘛。领导硬赶鸭子上架，非要让她当副院长。苦吃尽、心操碎、得罪人、不讨好不说，长此下去连自己的业务都耽搁了，功夫也荒废了，一个演员靠的是唱戏这个本事，离开舞台就啥也不是！也许迟正泰说得有理。不管自己委屈也好，憋闷也罢，甚至被人误解，任何时候都得也必须以大局为重。

赵丽华站在窗前，呆呆地望着川流不息的江河大道出神。她情不自禁地哼哼着一出戏里的唱词：

  虽有凌云志，
  单翅飞天难，
  可叹一女子，
  难成翱翔雁。

"师姐，你发神经啦？"不知什么时候，办公室主任程佳营站在她的身后。他递过来一杯茶水，也许是程佳营的关心让她感动，也许是杯里毛尖散发着芳香使她渐渐高兴起来。赵丽华转过身说："佳营，你什么时候进来的？"程佳营说："散会后我在办公室待了几分钟就过来了。"赵丽华说："你都看见了吧，大伙的情绪多高涨啊。"程佳营说："是啊，群众是真正的英雄嘛。师姐你跟迟正泰置气犯不上。"

赵丽华说:"我没跟他置气,根本没往心里去。"程佳营站在一旁笑嘻嘻地说:"啥没往心里去呀,当时师姐的小脸气得煞白。"

程佳营和赵丽华是同年入科学戏的,工老生,后来因"倒仓"嗓子没倒过来,加上他练功吃不下这份苦,便弃行改工从事院里的行政工作。小伙子脑瓜灵活,腿脚勤快,又有一个眼色行事见什么人说什么话的本领,升得挺快。由打杂开始,仅四五年工夫就升为京剧院办公室的主任,属于特会来事的那种。院里老人儿曾提醒赵丽华多留神程佳营。赵丽华说:"脑瓜活,会来事儿不算毛病,对人不使坏就是好家伙。"

赵丽华见程佳营这么关心和体贴自己,心里很感动,说:"佳营,你干了这么多年的办公室主任,人也熟了,经验也丰富了,别的先不说,今天咱这方案该怎么写?"程佳营说:"师姐,看你愁的?现在社会上流行一句话说,啥也不是事儿,是事儿就一会儿,一会儿就完事儿。哪有难办的事啊?"赵丽华说:"行啊小师弟,几年不见,能耐真见长啊。我问你咱往上级报的整改方案呢。"这程佳营说:"啥方案不方案的,几句话就完事了。"赵丽华说:"几句话怎么说?"程佳营说:"不是说,是写,给上级写。"

赵丽华还是没有弄明白地瞧着他。程佳营说:"按上级要求的意思,一二三四地写上几条一报不就完了吗?"赵丽华说:"这能行?得联系我们院的实际。"程佳营说:"网上有的是模板,保准行。"赵丽华还是摇头。程佳营说:"师姐,你这官当得还小啊。"赵丽华不解地看着他。程佳营说:"写这个是我的家常便饭……反正我说了你也不明白。"赵丽华说:"说实在的,这个报告我可整不了。"程佳营说:"我给你写,这差事交给我好了。"

赵丽华看着程佳营,还是不放心地说:"不能出事吧?"程佳营说:"以前院里的各种汇报材料,全年工作总结,什么先进经验的都是经我手出去的,有一件出事的吗?再说,有些材料报上去只是个形式，谁看呀？"她见赵丽华还在犹豫，又说："师姐，万一出点娄子，算我的。"赵丽华说："这事是下级单位对上级组织上的事，怎么往你身上推？"程佳营说："好歹我也是中层干部，万一有差错，你就说院里责成我程佳营写的，过错由我揽过来不就完了吗？"赵丽华又嘱咐说："不能糊弄，我们一定要端正态度，接受批评，改正错误，力争先进。把下一步整改的具体措施都写清楚。"程佳营连连点头说："我知道我知道，你就赈好吧。"

俗话说，人要点儿背喝口凉水都塞牙。这口凉水不光塞了赵丽华的牙，还让她得了急性肠炎。那天，正是赵丽华率领二团在百里之遥的大石山矿演出的第二天，她记得这天是送报那份整改方案期限的最后一天。她给程佳营打电话问："报告是否写完了？"程佳营说："昨天就写好了。"赵丽华说："今天我回不去，你再好好看看就送上去，可千万别出事。"程佳营说："师姐呀师姐，你就放一百个心吧，哪有那么多倒霉的事偏让你赶上啊。"

然而，这倒霉的事偏偏就让赵丽华赶上了。在程佳营把材料送去的第二天，事情就败露了。一个领导在召开系统全体大会上用他特有的大嗓门对这件事进行了严厉批评："有的单位在纠正不正之风时顶烟上，被查出不正之风后，不但不深刻检讨、不认真总结、不认真写整改方案，反而继续欺上瞒下地制造不正之风，借用其他单位的整改方案一字不改地抄报上来，真是演戏演多了，把上级也当成观众了……"

会场上哄堂大笑。虽然他没点京剧院和赵丽华的名字，但人们都知道说的就是赵丽华。

羞愧难当的赵丽华一股急火得了急性肠炎，住进了医院，一住就是半个多月。住院期间，丁晓岚一直白天黑夜地护理着赵丽华，来医院看望她的人并不多。倒是剧院办公室主任程佳营头一个来医院的，他一进病房就趴在赵丽华的病床前哭着说："师姐，是我把你害了，我对不起你啊。"赵丽华说："谁也不怪，都怪我自己。"程佳营说："这个责任由我承担。"赵丽华说："你承担好使吗？人家目标对准的是我。"程佳营说："师姐，你是不是得罪人了？"赵丽华说："人要干点事，哪有不得罪人的？就看你得罪的是什么人，得罪得值不值。"程佳营说："此话怎讲？"赵丽华说："得罪好人不值，得罪小人值。"程佳营说："我还是没明白。"赵丽华说："你看过拉洋片吗？"程佳营说："没有。"赵丽华说："你知道有个叫洋片张的人吗？"程佳营说："就是以前在大华商场门口那个拉洋片的老张头儿吧？"赵丽华说："你知道他拉着洋片，怎么唱的吗？"程佳营摇了摇头，赵丽华边做拉洋片的动作边唱起来：

> 看过一片又一片，
> 还有故事在里边。
> 劝人做事要从善，
> 忠义二字记心间。
> 人做好事天在看，
> 人做坏事要遭算。
> 宋江仗义来疏财，
> 统领梁山众好汉。
> 罗成武艺千挑一，
> 不仁不义乱箭穿。
> 呛八七台依冬呛，
> ……

赵丽华连说带唱，嘴里还带敲锣鼓点的。把个程佳营逗得哈哈大笑。不过，他笑的样子实在比哭还难看。

赵丽华出院后做的第一件事，就是写了两份申请报告，一份是请求处分并辞去省京剧院副院长职务；另一份是要求从省京剧团分离出来，组建省青年京剧团并自任团长，由她亲自聘任一位副团长协助工作。

几乎用了一个通宵，赵丽华的故事讲完了。可她那双眼睛却盯着我不放。我又像几年前在北京时那样，用调侃的口气说："你大老远地跑来，又不择手段地找到我，不光是为了听你倾诉吧？"她说："当然不是。"我说："要我为你写一篇文章？是写通讯报道还是写报告文学？"她摇头。我说："写散文、小说？"她又摇头。我说："眼下的影视剧吃香，你是要我给你写影视剧吧？"她笑着说："我可没有那么大的投资。"我说："到底要我干什么？"她神秘地说："天降大任于斯人。"我说："你可别忽悠我了，我只是一介书生，百无一用的书生，我与大任素来无缘。"她说："书生是知识分子，是智慧的象征。"我说："像我这样的人缺智少慧没有大用处。"她说："搞改革开放、搞经济建设、搞京剧事业大发展，哪一样不是靠智慧？"我说："你不会是又把我拽到你那个圈子里跟你一块儿受罪吧？"她说："是受罪还是享福，那是后话，我只要求你一件事。"我说："什么事？"她说："请你继续履行我们的'北京协议'。"我有点发蒙地说："什么'北京协议'？"她指着我说："该罚，这么大的事都忘了！"我说："只知道历史有个'马关条约'，不晓得又出来个'北京协议'。能提示一下不？"她说："'马关条约'是丧权辱国；'北京协议'是'防狼拒侵'。想起来没？"

我摇着头说："还是没回想起来。"她着急地说："怎么就不开窍呢？那年夏天的一个晚上，在北京的苹果园饭店，我们达成的口头协议。""啊——"我一下想起来了。那个时候，赵丽华遭到张晓峰的疯狂纠缠，她请我帮助她，让我以北京青年京剧团李啸勇的名字充当她的情人，为她防狼拒侵，我不但答应了，还在她危难时刻挺身而出，解救了她……

我颇为疑惑地看着她说:"张晓峰已经驾鹤西去,我的任务已经圆满完成了,所谓'北京协议'已自行失效。"她说:"当初事情既然是两个人商定的,没有达成共识怎么说失效就失效了呢?"我说:"客观约定人张晓峰已不在人世了。"她说:"主观约定人赵丽华还在人间嘛。"我说:"你不会是又遭到什么王晓峰、刘晓峰之类的纠缠和侵扰了吧?"她说:"事情比你想的更严重,这回不是纠缠侵扰,而是不遗余力地整治我、排挤我、暗算我。"我说:"今非昔比,当年你只是个初出茅庐的小旦角,而今你是一个京剧表演艺术家,还有一个官衔,省京剧院副院长。谁敢这么胆大妄为?"她说:"明枪容易躲,暗箭最要命。盼你再来救我。"我说:"我手无缚鸡之力,又怎能救你?"她说:"能救我的非你莫属。"我说:"具体地讲。"她说:"你先说愿意我就讲。"我说:"就算我愿意。"她说:"跟我去省京剧院,共谋振兴国粹大业,为京剧艺术闯一条新路。"我说:"我这里的工作还干不?再说我们还隔着省哪。"

赵丽华"嘻嘻"一笑说:"暂时可以协商借调,一切费用由我们拿。"我说:"让我去你们那干什么?"她说:"任省青年京剧团副团长。"我说:"你是说……"她抢过话头说:"对,我的申请报告上级批下来了,同意组建省青年京剧团且我任团长,并批准聘任一名副团长。"我说:"你不是申请辞去省京剧院副院长职务了吗?"她说:"上边没有批准,要我继续留任。"我说:"那个造假报告的事怎么处理的?"她说:"只给了我一个口头警告,副院长接着干呗。不过又提拔了个主抓行政的副院长列我之后。"我问那个人是谁?她说:"就是那个替我出馊主意、帮我写假报告的人。"

我吃惊地说:"就是你的师弟程佳营?"她说:"对啊。"我惊讶地说:"这样的人怎么还会被提拔哪?"她说:"上边有人说他靠近组织,思想进步,工作能力强。"我说:"难怪他写出那么多假材料来。"

她说:"这样的人还不少呢。"我说:"你们都进一个班子共事啦,以后可得小心着点。"她说:"我干我的业务,他抓他的行政,各不相扰。"我说:"你聘我当青年京剧团副团长的目的是什么?"

赵丽华笑笑说:"多创作好剧本,协助我带领全团多演好戏,开创一条京剧艺术蓬勃发展的新路子。"我说:"还有吗?"她说:"至于你个人待遇嘛,我同剧院领导班子商定好了,对你本人实行'一翻二带三优先'。"她见我不懂就解释说:"一翻就是对你现在的工资翻一倍;二带就是带家属、带户口;三优先就是对你的政治要求优先、对你的生活待遇优先、对你工作环境优先。"虽然我是个容易满足的人,这些话还是让我的心热乎乎的。不像我现在的单位川阳市京剧团:老爸和老妈都是六十多岁的人了,俩人多病缠身,至今还住在北阳一间不足五十平方米的小平房里;妻子是一个京剧演员,所在剧团解散,四年前,为生计外出搭班唱戏,临走时说去浙江,我去江浙一带找了她好几个月,连个影子也没见着;幼小的儿子寄养在父母家。困难之多,单位领导不但很少过问,更不用说给我解决什么具体问题了。

人常说:"树挪死,人挪活。"我脑子里思索着。赵丽华见我好半天不说话,板着脸对我说:"现在是一个注重实效、互利双赢的时代,也是我们相依相存的大好时机。"她见我默默地看着她还不说话,又说,"若要把我俩比作鱼水关系,我有献媚之嫌。那就比作拴在一条绳上的蚂蚱吧,只有劲儿往一块儿使,才能蹦出生命的辉煌,否则只有绝路一条。"我笑着说:"你为何非要把我和你拴在一起不可呢?"她不但没笑,脸色更加阴沉地说:"你是个搞剧本创作的人,怎么连这样的问题都不懂呢?剧本,不是人们的阅读作品,而是通过演员在舞台上树立起来的综合艺术,它主要是通过人物形象启发和影响观众。如果你的剧本不能被搬上舞台,那就是废纸一堆。你说是不是?"我默默地点点头。她说:"你辛辛苦苦写的剧本,即使稍差一些，被一个好演员演火了，那叫'人保戏'。再者，你呕心沥血地写出个好剧本，被水平稍差的演员演火了，那叫'戏保人'，对不对？"我说："当然对。"她说："如果你写的剧本没有人演，没有人看，请问你的创作还有意义吗？"我一时无言以对。她又说："长此下去，你只剩下两件事可干了。"我说："哪两件事？"她说："背起麻袋到废品收购站去卖你的废稿纸，然后到零工市场找你的新工作。"我说："你是在揶揄和嘲笑我吗？"她说："是在激发你，让你痛下决心。"与其说是被她的一番言语打动，不如说是被她的情真意切感动。

可是，我担心自己从来没干过什么副团长，只怕给人家添烦生乱。赵丽华似乎看透了我的心事，就说："有我在这担着，你还怕什么？你主要做好两件事就行了。"我说："哪两件事？"她说："一是为我量身打造一个好剧本，由我在舞台上树立起来。这个剧本必须是精益求精、好之又好的那种，演出来属于那种戏既保人、人又保戏的强强联合。"

这个理儿我当然懂，梨园行有句话说："说一千道一万，不如演出好戏给人看。"赵丽华又说："一出好戏不但是征服人心的硬件，也是建功立业的根基，它决定着我们的生死存亡和事业的发展。任何一个演员出道前，必须选一出好戏来开坯子；一个好角儿搭班儿时，必须拿一出好戏来打炮。而今，我们建团出征必须拿一出好戏来举旗开路。"

我为赵丽华的精心筹谋而折服，我表示赞同地问："这第二件事是什么？"不知为什么，她倒有些不好意思起来。

过了一会儿，赵丽华从茶几上端起一杯茶水却没有喝，有些不好意思地说："这第二件事么……"她欲言又止。我说："你这个爽快人，今天怎么吞吞吐吐的？"她说："第二件事不是工作和事业上的事。"我说："那是什么事嘛？"她说："也算是我对你提出的一个要求。"我说："什么要求尽管说，凡是我能做到的都答应你。"她说："要求你继续履行我们的'北京协议',继续充当我的恋人。"

听后,我哈哈大笑起来。她说:"你可别把事情想歪了,要求你在生活舞台上配合我演一场戏,这个'恋人'是用来吓人的。"我不解地说:"恋人怎么会是吓人的哪?"她说:"一个女人一旦有了恋人,或者情人什么的,就会使一些心怀叵测的人不敢轻举妄动而免受伤害,所谓'恋人'是一种安全的需要。"

我深思了一会儿说:"这两件事都答应你。"她说:"李副团长,你什么时候走马上任?"我说:"很急吗?"她说:"十万火急。"我说:"总得办完关系吧?"她说:"只要你同意,明天就跟我一同回去,你的借调关系我会马上安排人办理。"我说:"好吧,我得回家收拾一下,明天跟你走。"

赵丽华笑了,她伸出小拇指来,又像四年前在北京那样,跟我拉了拉钩。

第二十章　强强联手，另辟蹊径

如果说，人生如戏的话，戏中的角色是可能相互转换的。然而，我却不同，尽管转换的战场不尽相同，但仍然过着困兽犹斗的日子。

古朴典雅的住宅，紧锁着的后花园，清爽幽静，这里简直就是一所别具风格的小别墅。青砖碧瓦的一座二层小楼坐北朝南，楼南边一片杨树林，枝繁叶茂地哗哗作响。楼左边的不远处的月牙形水塘里，荷花盛开，香味扑鼻。楼右边不远处砖瓦砌成的八角亭矗立着，高高的椭圆形院墙将喧嚣与尘埃挡在外面。让我没有料到的是，在八角亭一块儿迎面石碑上竟有一个惊奇的发现，就是这个发现拯救了这所宅院的命运，使它免遭毁坏。这里就是赵丽华家的后宅大院，真是一个写作的好地方。我问赵丽华，这么好的别墅是祖传的还是买下来的？她说："这你别管啦，有你吃的、喝的、用的，只管写好你的剧本子就行啦。"她出了小楼，"哗啦"一声锁上院外的锁头走了。

赵丽华每隔一天来这里一趟，给我送些吃、喝、用的东西，说些外边的消息。我每天只能睡上五六个小时觉，除了吃饭睡觉外，时间都投入写剧本上。这个剧本是我和赵丽华共同商议后才动笔的。也就是说为她量身打造的一个八场新编传统剧目，剧本的名字叫《梅娘》。

说的是宋仁宗年间，梅娘家境贫寒，但她自动聪颖好学，嫁于高虹刚为妻。高虹刚是濮阳王董朗府上的一名府吏。那年濮阳水情告急，朝庭拨下百万银两和修堤筑坝的物资。银两物资被濮阳王董朗吞为己有，私建楼阁花园，终日花天酒地，致濮阳境内的渠村大坝决堤，十余万百姓丧命。此事被梅娘和丈夫高虹刚密奏朝廷。不料，奏折落入兵部司马王起之手，王起乃欺君罔上、结党营私、伺机谋反之奸宄，早与董朗等人结拜为盟，并以九佛宝珠立誓："重开江山天地。"王起乔装改扮潜入濮阳，将"密奏"交与董朗，并指使董朗将梅娘和高虹刚全家杀害，唯见梅娘年轻貌美，抢回府中欲纳为妾，梅娘誓死不从。那夜，梅娘在更夫李五相助下，打昏董朗逃出王府。一路乞讨到京城开封府状告董朗，为民除害。董朗凭着"一靠三网"即"靠山、关系网、亲情网和裙带网"，毫发无损，又派人欲将梅娘秘密杀害。梅娘大难不死被巡视灾情归来的包拯救起。梅娘机智勇敢，说服包拯和包夫人，终将董朗、王起等奸宄铡于开封府铡下。

剧情立意鲜明，情节感人。用一个传统故事，折射出现实生活，旨在反腐倡廉，彰显正义。戏中，我本着"四着重"和"四加强"的创作原则。四着重是着重戏剧的完整性、着重戏剧的情节性、着重戏剧中的人物个性和着重戏剧的高潮性；四加强是加强主角的戏剧分量、加强配角儿的烘托作用、加强每场戏的转承起合、加强流派唱腔中的辙韵转换和朗朗上口的发挥。

梅娘这个角色，是一个知工知令的大青衣，赵丽华正是以张派青衣而见长，何况她在北京受张先生亲自传授多年，这个量身打造，犹如天造地设，属于那种戏保人、人保戏的强强推出，她要不红才怪哪！当初，我把这些故事、情节讲给赵丽华听时，她就高兴得不得了，催促我快些动笔，争取早日写出本子来，准备发射一个剧本和演出的"双卫星"。

创作中，我时时被一种无可名状的兴奋冲动着和激励着。本子写得很顺手，原计划两个月时间，只用了四十五天就脱稿了。当我叫来赵丽华听我读剧本的时候，她仔仔细细地听完后，高兴得"啊——啊——"地直喊："好本子，好本子——"看她那个兴奋劲儿，简直要蹦起来了。

赵丽华打电话给丁晓岚，让她去市里最好的月华楼大酒店要几个特色菜，再去买两瓶法国红酒和些许西点，送到她的后院别墅来。时间不长，丁晓岚将美酒佳肴全部送到。我们三个人面临月牙塘，坐在八角亭里来了个开杯畅饮。

饮着饮着，我的高兴劲头却没有了，心情反而沉重起来。赵丽华和丁晓岚似乎感觉到了，她俩问我怎么啦？我说："这酒喝得早了一点，万里长征才开头，接下来的关口还多着呢！"赵丽华说："不就是有的部门要审查把关吗？反正这是一出好戏，我一定要演，这里不让演，我去那里演，咱们省不让我演，我就去别的省市演，反正这出戏我演定啦！"丁晓岚说："对，我姐走到哪，我就跟到哪，我跟定啦！"

"要憋气就写戏。"这是同行们常说的一句玩笑话。谁知这句话像天上落下一块儿石头似的，不偏不倚正砸在了我的头上。也许我的到来有些唐突，也许是我沾了赵丽华的边儿，也许是我当副团长冲了谁的气管子，也许是我的身份有些神秘，我在这个人生地不熟的地方，受到了完全没有预料的重创。那天，当我第一次出现在省文化厅会议室时，引起了人们相当的关注。按惯例当文艺团体要上演一个新剧目或新曲目时，省文化厅剧目创作室和艺术处都要召集一些剧作家和权威专家及方方面面的人士，在这里研究论证一番。经过一场唇枪舌剑之后，才能决定该剧目能否排练和上演。也许是多年没有人写剧本的缘故，这次剧本研讨会似乎与以往不尽相同，它的规格提高了，参加研讨的人也增多了。

省文化厅副厅长何秋江亲自主持会议，省剧目创研室主任胡荣发，省文联副主席巩营营和省里的一些著名剧作家、理论家、评论家、戏剧权威和京剧名家们都悉数到场。赵丽华带着我早早地来到这里，站在门口迎接各位与会者到来。赵丽华将剧本打印了若干份连同剧情梗概摆放在诸位与会者的坐席上。何秋江向大家一一作了介绍。按贯例讨论前先由创作人将剧本通读一遍,然后,专家权威们各抒己见。

我中规中矩地按套路出牌,在会上相当谦虚、相当谨慎地述说和表白了一番。与会者发言很是踊跃,热情很是高涨,评价也很是不错。但是,谈到能否投入排练和上演时,省文化厅剧目创研室主任胡荣发说话了。他说,建议演出单位和编剧暂且不要将此剧匆匆搬上舞台,剧本中存在两个重大失误。一是历史的真实性失误。他说,剧中以黄河在河南濮阳决堤为历史背景,阐述了一段故事,据他所知,古代年间,黄河曾多次水情泛滥、毁坝决堤,但在濮阳并没有如此大的决堤毁坝事件发生,即使撰文戏说,也应该本着历史的真实性,否则会造成人们意识错乱,引发不应有的罗乱。就像一个无辜的私生子找父亲一样,谁愿意承认?二是他的老家是河南,他对河南的历史很清楚。之前也查阅过濮阳县志,宋代年间在此封王的没有一个叫董朗的人,倒有一个叫董会的人。董会不但不是贪官污史,而且是一个清正廉明、受民爱戴的知县,只是时间与宋仁宗年代相差了七八十年。戏剧人物可以杜撰,但要有度,更不能太离谱。何况,眼下濮阳与我们省的某个城市结为友好城市,正要签订多个企业经营合作项目,包括技术转让和产品开发等。假如此剧一出,会不会带来负面效应?会不会影响地区的经济发展?

胡荣发的话刚说完,省文联副主席巩营营说,他很佩服《梅娘》剧本编剧的才华和勇气。这是本着一个创新的原则来进行创作的。但是剧本的场次结构不那么显而易见,这种结构不像是一个严谨而完整的剧本,倒像一个既凝重又浪漫的报告文学。他的话引起人们一阵哄笑。他似乎很受用地呷了口茶,又接着说下去。他说,京剧的特点是故事性强,结构严谨,场场相连,环环相扣,这就是它的独到之处,也是它的魅力所在;反观京剧剧本《梅娘》就不是这样的,或者说,它不适合作为京剧的演出本,建议编剧拿去作为评剧、歌剧、吉剧、龙江剧或者其他地方剧种的演出本更有特点。

好家伙，这不是在研究讨论剧本，也不是在谈修改意见，这就是明确的否定，就是不许你青年京剧团排演《梅娘》这出戏！

会场陷入沉静，气氛也有些紧张。我说："我可以说几句吗？"主持会议的何秋江说："当然可以。"

我向所有的人深鞠一躬说："非常感谢各位领导、各位前辈、各位专家权威的诚恳帮助和不吝赐教。我不想解释什么，只是对刚才两位先生提出的质疑作回答：一是关于历史真实性问题。每个历史时期都有着它的真实性。文艺作品就是通过艺术形象，来反映和表现它的历史真实性，或者说历史的现实生活的一种属性。真实是艺术的生命，是衡量一切艺术作品审美的基本要求，但它不是具体指反映的人或事，而是指它符合生活本质规律与情理上的可信性，也就是说艺术真实同生活真实在本质上是高度统一的。二是关于黄河在河南濮阳段的决堤问题。我国历史上有'自古黄河多水患'一说，从公元前602年起，至1938年，记载的决堤达1590次之多，较大的改道有26次，平均三年两决堤、百年一改道。历史可查，公元前132年，也就是汉武帝元光三年，黄河在河南濮阳西南瓠子决口，决口之水绕东南，淹山东省巨野，由泗水入淮河。从河南暴发的水患如洪水猛兽，冲了山东省的村庄，淹了山东省的良田，夺走了山东人十万余生命。作为学识渊博的河南人胡荣发主任可以说不记得此事，但作为深受其害的山东人的我来说却记忆犹新。洪水是无意识的，人是有意识的，恐怕都不是偶然吧？"

我的话也引起人们的一片笑声和掌声，我又向大家鞠了一躬。我平抑一下情绪，接着说："方才省文联副主席巩营营先生，谈了他对京剧的理解及对《梅娘》剧本的看法，还建议我把它改成评剧、歌剧、吉剧、龙江剧或者其他地方剧种，这让我很感动，谢谢巩先生的良苦用心，但我对京剧的认识却与巩先生大相径庭。京剧虽然被称为国粹，但在改革开放的形势下，在国势人情的变迁中，它已经不是以前那样的'一统天下',它必须改革创新,吸收、借鉴其他姊妹艺术之精华,才能枝繁叶茂。倘若囿于一套固定的表现形式,沿袭旧的思维模式,京剧舞台就会缺少新的思想内容和新的生活气息,就会与'三贴近'背道而驰,也必然受到观众的冷落。只有创新才是京剧艺术的必然选择。"

我的话还没说完,巩营营就大声说:"李先生的言论不符合京剧的历史,也不符合戏曲的历史发展。反映现代生活,利用和借鉴现代艺术手段是京剧的一种选择,但不是唯一的选择,运用经典、运用传统,恰恰是京剧的拿手好戏。几代京剧表演艺术家,哪个不是以传统而起家的?"

我当仁不让地说:"任何一种艺术如果不改革、不创新、不向其他姊妹艺术汲取营养,明明是新鲜水果,就会成了果子干,明明是水灵可口的水萝卜,就会成了腌萝卜,如果不保鲜,那些活色生香就会全部消失。"

唇枪舌剑几个回合,我未败下风。主持会议人的何秋江说:"争论是件好事。仁者见仁,智者见智嘛!好多年未曾有过这样的场面了。但是,今天的会是剧本讨论会,不是学术研讨会。《梅娘》一戏,能否演出?怎么演?需不需要修改?这些问题待有关领导部门研究后再决定。现在我宣布——散会。"

人们相继散去。会议室里只留下我和赵丽华,我们俩大眼瞪小眼地不知该怎么办才好。戏,演又演不了,人,走又走不了。我陷入一种无可名状的愤懑之中,偏巧这个时候,一件意想不到的事情发生了。

那天上午八点左右,我还没起床。前一天夜里修改《梅娘》本子的几处戏,到凌晨三点多我才睡下。无论醒着还是睡着,我满脑子全是戏里的事。蒙眬中,听见有人在敲打大铁门的声音。当时我没有在意,仍在困盹中,可是这声音越来越大,越来越响,还夹杂着喊声。这下我彻底醒了。能是谁呢?不可能是赵丽华,昨晚她来过,我和她一起吃的晚饭。临走时,她告诉我,第二天上午去省文化厅参加一个会议,是关于贯彻落实文艺团体改制的事情。她还说如果中午十二点前不能回来的话,她打电话让丁晓岚过来打理我吃饭。

这个时间敲门的绝不是赵丽华,也不是丁晓岚,她俩都有打开大铁门的钥匙,即使忘了带钥匙,她们也会打电话给我的。再说,也不能这么吵吵嚷嚷的。除此,我在这个城市里没有任何交往。爱谁谁吧,反正和我一点关系也没有。我翻了身,想再睡一会儿。可是,听见"扑通"一声,有人从墙上跳入院子的声音,接着"咣当"一响,那扇沉重的大铁门被人从里面打开了。"呼啦"一下子涌进来一群人,我一下从床上跳下地。连鞋也没来得及穿,就跑到阳台上去看是怎么回事。刚走上阳台,我就看见从被打开的大门外边涌进来二十多人,大多是男的,也有两个女的,统一蓝色着装,头戴大盖帽,臂章上印有"城管"字样。这些人手里拿着铁锹、尖镐和长钎等家伙,边往里走边喊"里面有人吗?"我急忙穿上鞋子和衣服迎了上去,问怎么回事?

领头的是一个五短身材的大脸盘小眼睛的人,他问:"你是谁?"我说:"你们破门而入,应该由我问问你们是谁?"那人说:"我们是城管大队的。"我说:"你们是城管大队的怎么啦?也不能私闯民宅啊。"那人说:"我们不是私闯民宅,是来拆除非法建筑物的。"他的手一挥,说:"哥们儿,动家伙。"我说:"且慢,你们凭什么?"那人从口袋里掏出一张盖有"城管大队执行通知书"的纸,说:"没有这玩意儿敢来动真格的吗?"我看了一眼说:"你们有依据吗?"那人眼睛一瞪说:"这城管大队的通知书不是依据吗?"我说:"你说这是非法建筑物,有依据吗?"他说:"我是执行命令的,不管什么依据不依据的。"我说:"那可不行,一切执行人必须以事实为依据,以法律为准绳。下达命令的人要负下达命令的责任。执行命令的人要负执行命令的责任。你知道吗?"那人说:"我就不知道,你能咋的?"

我说："你不知道我来告诉你。"那人说："你说它是什么？"我说："我肯定地告诉你，它不但不是非法建筑物，而且还是一处国家级的重点保护文物。"那人斜着眼睛问我："你是什么人，一个人在这干什么？"我说："我就是专门来这考察和处理这件事情的。"见他不相信，我从衣兜里取出一个证件，上面印着：中华人民共和国文物保护监察委员会。还写着我的姓名、性别，职务栏里写着：特聘文物监察员。

那人仔细地端详了一会儿，狡猾地一笑说："请问李监察员，这里是何等级别的国家重点文物？"我说："这是一处国家级重点保护文物，你看那片杨树林不多不少正好是四排二十八棵，这是抗日战争时期李兆麟将军亲手栽种的。一九四〇年四月二十八日李兆麟将军就在这里亲自指挥东北抗日联军第三路军，埋伏在大石山，全歼日军宁茨三郎部队八百余人；又在这里组建了东北抗日联军的青年尖刀营，并指挥尖刀营潜入日军情报处和特务处，炸死日寇七百多人。因此，得名'将军林'和'兆麟阁'，国家文物保护监察委员会正要将其定为国家级重点保护文物。请问，你把它拆毁掉，能担得起这个责任吗？"那人说："我只是来执行任务的，我负什么责任？"我说："我可把话说在前头，你负的责任可大了。如果人为地把国家重点文物毁掉，可是违法犯罪行为，开除公职是小事，还要判你的刑。"那人说："你说的挺邪乎，有依据吗？"

我把他领到八角亭里，指着那块迎面石碑上一行刻印的字迹说："你仔细看看，那上写的是什么？"石碑上写的是：

　　绚烂神州地，白山黑水间。八载寒，强敌嚣张，铁蹄肆踏践。中华民族遭蹂躏，惨痛难堪言。骨露原野，血染白山巅。义愤填胸，揭竿齐向前。誓驱倭寇，团结赴国难。民族自救抗日军威，铁血壮志坚。杀敌救国复河山。

　　　　　　　　　　　　　　超兰、烈生　于四月二十八日

一行劲遒有力的字迹虽经风吹日晒，依然斑驳可见。那人看完后，摇着头说："这是啥玩意儿？"我说："这就是李兆麟将军亲笔写下的《第三路军成立纪念歌》的歌词，全歌分四段，这是第一段。"

那人听后一咋舌说："咱是农村来的，哪知道这些事啊？差点闯了大祸。"我说："不知者不罪，但是指使你这么干的人没安好心眼儿，他是让你做违法的事。"那人四下瞧瞧，悄悄地说："是郭大进这个瘪犊子下的令，这不是坑我吗？"我说："郭大进是谁？"那人眨眨眼睛说："城管大队的大队长，他是阚富仁的铁哥们儿嘛。"啊，我全明白了，以前听赵丽华说起过这个人，就是和她争这个宅子的人。

那人拽着我的手说："事情我都告诉你了，到时候你可别把我给捅出去啊。"我说："放心吧，我不干那些没人性的事。"那人说："我怎么回去交差呢？"我说："你就把事情照实说，让郭大进自己来。"那人说："你给我开个条呗。"我说："开个什么条？"那人说："你就写上这个场所是国家重点文物保护单位，不能拆除的话就行。"我想了一下说："好吧，我给你写，让他找我。"我进了屋子取出笔纸写道：

经鉴定：文华路115号赵丽华女士住宅后院的场所，系东北抗日联军李兆麟将军指挥部所在地。属于国家级重点文物保护单位。

鉴定人：中华人民共和国文物保护监察委员会0128号特邀监察员

那人看了看，将字条放进衣兜里说："好了。"我说："郭大进不信，让他直接找我。"那人把手一挥喊："弟兄们，撤——"

晚上赵丽华回来后，我把发生的事情说给她。她吃惊地说："我以为把前后大门一锁他们进不来就没事了，没想到他们还会跳墙而入，这些人真是啥招都使。"我说："差一点你这所楼院就被毁了。"她说："他们再来怎么办？"我说："他们走后，我分别给北京的国家历史文物管理局的秘书长和国家文物保护监察委员会的几个负责人打了电话，他们都说马上给这里的办公厅和文物保护单位打电话，要求他们采取紧急保护措施。估计这个时候，这些部门和单位已经接到电话通知了。"赵丽华说："这座楼院是我爷爷传给我父亲的，父亲又传给我，我们祖孙三代人谁也不知道在此处还曾上演过这么隆重的历史一幕，你是怎么判断出来的？真是神啦！"我说："一点也不神，我就喜欢探究人间鲜为人知的事情，再说，李兆麟将军的那首《第三路军成立纪念歌》在我刚会说话的时候，我爷爷就教我唱过。"

赵丽华惊讶地说："你爷爷是东北抗日联军？"我说："这段历史的详情，他老人家还没来得及详细告诉我，就离开人世了。"她说："那石碑文字的落款明明写着超兰和烈生两个人的名字呀。"我说："李兆麟原名叫李超兰，曾用名李烈生，那个时期他是不会轻易使用李兆麟这个名字的。"她说："谢谢你又一次帮了我。"我说："你怎么谢我？"她说："你让我怎么谢都行。"我说："最好的答谢是你演好《梅娘》这出戏，树立起一个绝无仅有的、美轮美奂的艺术形象。"她叹口气说："这出戏恐怕要流产，我们的计划怕是要宣告失败了。"我大吃一惊，忙问是怎么回事？她说："省里不同意我们上演这个剧目。你说，我们该怎么办啊？"

我深思了好一会儿，对她说："我们只有借鸡生蛋这条路可走了。"她不解地看着我说："什么借鸡生蛋？"我说："必须借一个地方，把这个'双黄蛋'生出来。"她说："那你去找赵本山和宋丹丹好了，他们家的公鸡就能生出'双黄蛋'来。"我说："不管公鸡母鸡，能下出双黄蛋来的就是好鸡嘛。"

司令员姬钢烈名如其人。他高高的个子，健壮的身体，直率的性格,如洪钟般的声音,足以让人感到他的威力所在。

刚见面,他一把抓住赵丽华的手,一握,疼得赵丽华直叫:"哎哟——姬叔叔,你真狠。"看到赵丽华龇牙咧嘴的样子,姬钢烈"呵呵"地笑着说:"你个丫头蛋子,当了院长就不来看我啦?"赵丽华说:"谁让你一会儿北京开会,一会儿各地视察,一会儿这儿、一会儿那儿地总不在家哪?"姬钢烈说:"行,对我的行踪略知一二,还算没有忘记你叔叔。"赵丽华说:"给你打过N次电话,接电话的不是说你去这儿了,就是说你去那儿了。反正听不到你的声音,我还以为警卫员挡驾呢。"姬钢烈笑着说:"没有没有,事情总是没完没了的。"赵丽华说:"今天不忙了?"姬钢烈说:"忙也得先放一放,专门陪你们,我让厨房中午为你们做两个菜,还特地做一道你最爱吃的清蒸武昌鱼。"赵丽华道了个"万福"说:"多谢多谢,知我者叔叔也。"姬钢烈用手指点着赵丽华的脑门说:"还是那么调皮。"

赵丽华把我叫到跟前,介绍说:"这是姬叔叔。"姬钢烈说:"是你的恋人,还是男朋友啊?"赵丽华做个鬼脸说:"随便,你说什么就是什么。"

我走上前,"咔嚓"敬了个军礼说:"姬叔叔好!"姬钢烈打量着我说:"嘀,这军礼还挺标准,当过兵吧?"我说:"报告司令员,在部队文艺团体干过。"姬钢烈说:"好啊,我们部队正好有个文工团,如果你们愿意就来这干吧,待遇从优。"赵丽华说:"姬叔叔,我们正是为这件事来的。"姬钢烈拍了一下她的肩膀说:"真让我猜着了,你是无事不登我这三宝殿,丫头,咱们到办公室谈。"

姬钢烈,江西九江人,行伍出身。原是南京军区作战部参谋,在全国部队大比武中,表现突出,调到成都军区任副参谋长。又屡立战功,二十年前调来东北任部队副司令员,后接任司令员职务。因为他特别爱好京剧艺术,与著名京剧老生演员赵亦菲结为好友,也成了赵家的座上宾,稍有闲暇,他常轻车简从地到剧场看赵亦菲演戏,有时也身着便装地到赵家听赵亦菲说戏。他是个名副其实的戏迷。幼小时的赵丽华经常被这个"大胡子"叔叔抱在怀里，开心地玩耍。

特殊时期，赵亦菲被打成反革命和资产阶级反动权威，受到惨烈批斗和非人对待，九死一生后被投入监狱。姬钢烈也被罗织罪名受到牵连，后下放到内蒙古一个叫霍林郭勒地方的军需装备处任副处长。拨乱反正后，姬钢烈官复原职，回到部队任副司令员，两年前原司令员离休，姬钢烈接任司令员职务。

在那间宽大而简朴的办公室里，姬钢烈让勤务员为赵丽华和我每人沏上一杯浓香四溢的"大银毫"。他说，这茶是他去年春天去贵州参加实弹演习时带回来的，当地人有"不品银毫，白活一世"之说。果然，一杯落肚，就有心旷神怡、耳聪目明之感。

赵丽华将自己几年的经历和近期以来的遭遇向姬钢烈说出来。当讲到《梅娘》一戏的前后过程时，不由悲愤交加、泣不成声。姬钢烈问她那个《梅娘》剧本带来了吗，我赶紧将本子送到姬钢烈手中。姬钢烈边听赵丽华讲述边认真地看着剧本，当赵丽华的诉说暂告一段落时，姬钢烈也将剧本看完了。

姬钢烈感慨地说："党中央再三提倡百花齐放，推陈出新。可是，有些地方的领导人不讲党性原则，专搞任人唯亲、帮帮伙伙那一套。这么好的剧本还讨论什么？说它好，好就好在反腐倡廉，弘扬正气，建立在文化自信上。他们不用我们用，他们不排我们排，他们不演我们演。"赵丽华说："你们怎么排演呢？"姬钢烈说："我们部队文工团的京剧队很棒啊，你们将省青年京剧团融进来，我们共同排演《梅娘》这个戏嘛。"赵丽华说："能行吗？"姬钢烈说："怎么不行？既符合军队和地方强强联手，又推出共同打造强军文化之路，互利双赢，岂不是一件大好事。"赵丽华说："这出戏排完后人家不批准，咱们去哪演出啊？"姬钢烈笑了，他说："到时他们想看，我们还不一定给他们演呢？我们部队的军、师、旅、团、营、连、排、班几百万战士，几千万家属，还不够你演的吗？"赵丽华笑着说："我们什么时候开始排戏？"姬钢烈说："你们稍等片刻，我去和有关领导部门沟通一下。"

说着他起身走出办公室。过了半个小时左右，姬钢烈和一个瘦瘦的个子、白白脸庞的人一同走进来。姬钢烈介绍说，这是部队的方翔政委。我们赶紧上前握手。方政委说："欢迎你们到我们部队排练和演出。"赵丽华和我几乎同时说："谢谢首长。"方翔政委说："我们都是一家人啦，不要客气嘛，排练和演出中遇到什么问题和困难跟我说。"姬钢烈拨一个电话说："宣传部何飞部长，请到我办公室一趟。"不大工夫，门外响起"报告"声，姬钢烈说："进来。"一个中等身材，圆脸大眼睛的男人走进来，他敬个军礼后站在姬钢烈和方政委跟前等待指示。姬钢烈给我们作了介绍，对何飞说："请你接受一个任务。"何飞"咔嚓"又是一个立正，姬钢烈说："你去安排一下，从明天起文工团京剧队的同志，全力以赴地配合省青年京剧团的同志们排练京剧《梅娘》，并安排好他们的食宿和排练场所。"

"是。"何飞敬礼离去。姬钢烈说："丫头，这回满意了吧？"赵丽华说："谢谢姬叔叔，谢谢方政委。"方政委说："先别谢，争取早日拿出戏来。为全军战士和全国人民献一份厚礼。"姬钢烈说："政委说得好，我们等着你们。"赵丽华像是受了我的感染，也敬了一个军礼。姬钢烈拉下她敬礼的手说："你先别敬礼，我的话还没说完呢。等为全军战士演完后，我可指望着《梅娘》这戏，参加一次明年全国京剧艺术节的大奖赛，夺取'大奖'哪。"赵丽华说："是，一定争取。"姬钢烈说："不是争取，是硬性指标，必须的。"赵丽华说："一定完成任务。"姬钢烈说："部队参演的京剧要夺取政府设的'大奖'，那可是蝎子屄屄——独一份噢！"

第二十一章　好个藏龙卧虎之地

两个月后，京剧《梅娘》排练告捷，首场演出在军人俱乐部举行。演出之前，我和赵丽华不止一次提醒姬钢烈司令员和方翔政委，多请些权威专家、名人政要和新闻媒体方面的人士光临，然后再举办一个新闻发布会，目的是加强宣传，扩大影响。可是姬钢烈说，放心吧，他知道该怎么办的。

演出的那天晚上，我在后台帮演员们化妆、试装，到乐队指导文武场定弦、调音，试家伙点儿，又跑到音响室调测播放效果，然后又给几个演员说说戏，等开幕铃声响起的时候，我擦着汗水，急忙跑到台下观众席里去看现场效果。可是，当我走进观众席时，一下子傻了，容纳两千多人的俱乐部里空空荡荡，只有前两排的观摩席上坐着几十个军装整齐的军人。

姬钢烈司令员和方翔政委坐在中间，他俩一边全神贯注地观看演出，一边在本子上写写记记的，还不时地同前后左右的人谈论着。这个姬钢烈又在搞什么名堂？戏是七分演三分捧，就弄来这么几个当兵的看戏，多好的戏也反响不大啊。我无精打采地走向后台，想把这事告诉赵丽华，可又怕她生气影响演戏。

我气呼呼地登上台左边的灯光楼上，索性连戏也不看了，坐在一旁生着闷气。说来也怪，台上演戏的赵丽华不但没受到影响，反而"铆上"了，道白铿锵有力，唱腔满宫满调，那些配角演员也在知工知令地表演着，连乐队也一丝不苟，台上和台下时不时爆发出阵阵掌声和喝彩声。

我心里嘀咕，演戏没人看，效果减一半。再鼓掌，再叫好的，不就台下那么几个人吗？折腾来折腾去也是白折腾，还得折腾些人来看戏呀！也许是此情此景让我失望，也许是这些日子太累了，我竟然靠在灯光楼里木椅上睡着了。曲终戏散，听得有人在喊我的名字时，我才惊醒过来，先听到赵丽华着急地喊道："李团——你在哪儿？"又听到丁晓岚迫切叫我："哥，你跑到什么地方去了——"然后就听见姬钢烈操着浓重的九江口音说："这个秀才，怎么回事吗？"

我慌忙从灯光楼上爬下来，跑到他们跟前。

姬钢烈有些生气地问我："你跑到哪里去了？"我说："一直在灯光楼上看戏来着。"姬钢烈说："你这个大编导，台下观摩席里有这么多位置你不坐，跑到那上面看的哪路子戏嘛！"我说："在那里既能看戏，也能观察到文武场的效果，还可感觉到灯光布景的转换。"姬钢烈说："是不是对今天看戏的人有什么想法哟？"我说："没有没有。"姬钢烈说："我忘了向你介绍了，这些人都是来自部队各单位的真正的京剧行家。"

他指着一个三十多岁的军人说："此人是炮兵团的马团长，天津人，父母都是天津市京剧院的著名演员，马团长十二岁进天津戏曲艺术学校学戏，后来被我们特招来部队，虽是职业军人，但功夫一点儿没有荒废，他现在是部队文工团的艺术顾问，时常参加文工团的演出。一会儿，就请他唱一段纯正马派老生的《甘露寺》，你不叫好才怪哪。"

姬钢烈指着一个二十五六岁的女兵说："她是我们部队总医院的丛护士长，是上海一所大学毕业的戏剧专业硕士研究生，不但是对京剧，对各剧种都有研究。今年春天，在法国举办的国际文化艺术节上，她撰写的《论声腔演唱艺术的走向与发展》论文获得了银奖。"

随后，姬钢烈又指着身后两个二十左右岁的小伙子说："这是一对双胞胎兄弟，北阳人，自幼在北阳戏剧艺术学校学戏，是武生演员。当年自愿报名参军，现在是黑龙江省边防哨的战士，准备让他们先到艰苦的地方锻炼一年，然后调入部队文工团京剧队来。他俩不但军事本领过硬，枪法也好，最拿手的京剧《三岔口》演得令人叫绝，那毯子功即使是各大团的专业演员也无人能及。"转了个身，接着又说，"那边站的几个是王排长和他的战士，刚刚获得全军十项全能团体冠军。这边几个人是今年的十佳模范连长……"

"军队真是藏龙卧虎之地。"我说。"藏龙卧虎是他们的另一个层面。"姬钢烈说。"还有一个层面呢？"赵丽华问。"这个由岚岚回答吧。"姬钢烈说。"啊——"丁晓岚努力思索着。"是京剧的超级戏迷嘛。"姬钢烈说。"姬叔叔说得也不完全准确，是京剧艺术的铁杆粉丝。"丁晓岚调皮地对姬钢烈说。"噢，网络语言又升级了？我对这些时髦的词儿，真的赶不上趟喽。"

我们几个人拍着手说："是戏迷，是粉丝更好了。"姬钢烈说："且慢说好，还有不好的哪。看完戏后，他们提了几条意见和建议。"我说："那就尽管提吧，都是一家人还客气啥呀！"姬钢烈取过记事本说："大家一致认为这是一出难得的好戏，希望早日公演，这些话我就不多说了，所提的意见有两条，建议有三条，我都归纳在这里，现在把它交给你们，希望你们认真考虑。"赵丽华说："我们一定认真对待，马上就改。"我说："一切没问题。"姬钢烈说："先别说没问题的话，我这里还有问题哪。"我和赵丽华说："你说的不是问题，是指示。"姬钢烈说："不是指示，是咱们共同商量的问题，这个问题是方政委提出来的，让政委直接跟你们说吧。"

方政委说："以前按惯例演戏都是由上而下地演，《梅娘》这出戏能不能由下而上地演？"他见我们有些不解的样子，又说："先把戏送到基层的班、排、连和边防哨所，给一线的战士们看，然后到团、旅、师、军和机关演，这样不但为全体指战员送去欢乐，让他们受到中华优秀传统文化的教育，也让他们为振兴京剧艺术加油打气、贡献一份力量。"见我们渐渐懂了,方政委说:"我们这个剧团是全东北唯一的一个部队京剧团,地域之广、沿线之长,你们是想不到的。它从南边渤海湾边界到北边的黑龙江沿线,再由山东、河北、天津转向内蒙古,横跨俄罗斯、日本海和朝鲜边界,在这个总面积几十万平方公里的地方都有我们的驻军。我们一路行来,边走边演,情节不断修改,质量不断提高,要让每个战士都看到戏,可见演出任务是相当艰巨的。"

姬钢烈说:"问题是由于地理、地形、位置不同,各军营和各边防站的分布情况也不一样,兵员集中的地方能演大戏,可是边防哨卡战士分散,会给整出戏的演出造成困难。我们必须商讨一个具体方案,怎样才能使人人都能看到戏,请问诸位有何良策。"见人们都沉默着,姬钢烈开始点将了,他说:"秀才,你是科班出身,论演出经验你最丰富,论筹谋策划你点子最多,论艺术创作你最有才华,实施这样的演出方案你一定有办法的。"

我思索了一下,略带一点轻松的口吻说:"既然是'兵'家所用,不妨也使用兵家战术性演出嘛。"姬钢烈和方翔有些好奇的眼神看着我。我说,"这种演出叫游击演出战术。"姬钢烈说:"怎么个游击演出战术?"我说:"因地制宜,因人而异,在人多的军营演大戏,在人少的单位演小戏,为边防队演折子戏,为巡罗队演彩唱戏,为单岗哨卡演清唱戏。"

我的话刚说完,引起在座人们的热烈掌声。姬钢烈对我又"砰"的一拳,疼得我咧了咧嘴。姬钢烈操着浓重的九江口音说:"好你个秀才,我真的没看错你,我任命宣传部部长何飞为演出团团长,任命你为演出团副团长,率团到部队基层演出。丽华这个丫头是领衔主演,就不要她承担其他任务了。"

姬钢烈见我们点头,又说:"我还对你有一个特殊考虑呢。"我说:"请司令员指示。"他看了方政委一眼说:"这个期间,我们想特邀你当部队的特邀文化参谋。你有什么意见？"我"咔嚓"地向姬钢烈司令和方翔政委敬个军礼说："谢谢首长的器重与厚爱。"

平常我有以诗记事，或者以诗作日记的习惯。下面写的这首诗，就是我们演出团在半年多时间演出的真实写照。

> 趟万水、越千山、穿山峦，
> 走不尽的是绿色营盘。
> 脚下磨破鞋几双，
> 却磨不灭心中火一团。
> 丝竹管弦悠扬，
> 似春风在战士脸上迷漫。
> 北风烈、天地寒、哨所远，
> 白毛风吹裂嘴唇冻破脸，
> 艰难险苦都随风吹走，
> 却刮不去当兵人那含泪的眼。
> 一百八十多个日夜魂牵梦绕，
> 归来时，正是艳阳天。

回到部队，我们没有举行欢迎会，也没有安排庆功宴。姬钢烈司令员和方翔政委给全体演职人员召开了一个总结会。会上强调：总结经验，查找问题，提高质量，一鼓作气，再上台阶。会后，姬钢烈和方翔宣布，京剧《梅娘》的汇报演出定在明天晚上七点进行。

"天啊！明天？这么急能行吗？灯光、服装、布景、道具、音效等还都需要调配，装台还得需要个过程的。"姬钢烈说："士气可鼓不可泄，军人就得这样。"一声令下，各路人马二话不说地分头准备去了。

演出在部队大礼堂举行。全国各大军队文工团几乎都派人前来观摩,好多地方的省、市、县的戏曲团体和专科院校也有人来看戏。姬钢烈虽然不是梨园行出身,但他却请来了行家大师。各家报社、广播、电视台和各大网站等新闻媒体也悉数到来。好家伙,把个容纳三四千人的部队大礼堂挤得个满满登登。紫红色的大幕徐徐拉开,舞台上呈现出的是:天黑似漆的深夜,雷电交加,暴雨如注。巨浪翻滚的黄河之水冲击着大坝,河堤上灯火点点、人声嘈杂,众百姓忙碌着修堤补坝。猝然间,一道利闪划破夜空,一声霹雳震耳欲聋,咆哮翻滚的黄河之水冲毁堤坝,锣声、梆子声响成一片,众百姓扶老携幼急相逃命。悲怆的歌声骤然而起:

苍天哪,苍天!
你大施淫威,
你大发狂癫,
长堤十年八载断,
洗尽千村绝人烟,
万户萧疏人成鬼,
百里饿殍尸骨寒。
风调雨顺是哪日?
安居乐业待何年?
……

台上"序幕"气氛一下把满场观众的心给悬了起来。接下来的《王府密谋》《满门抄斩》《后园逼奸》,使得观众对伸张正义而家遭不幸的年轻女子梅娘产生深深的关切和同情,对结党营私、草菅人命之奸宄董朗、王起等人深恶痛绝。当戏演到梅娘在夜里遭到王爷董朗的威逼利诱欲行不轨,被更夫李五相救逃出王府,历尽千辛万苦,一路乞讨到京城告状,又遭到埋伏在护城河边的奸人勒绑欲行杀害之时，台下鸦雀无声。几千名观众连大气也不敢喘……当戏演到第七场《大堂三告》时，伤痕累累、九死一生的梅娘，撕心裂肺的一声大喊："我冤枉——"乐队开出了"西皮导板"转"西皮原板"变"西皮流水"的板式。梅娘唱出戏中的核心唱段：第一告、第二告和第三告。赵丽华不愧为京剧大师张君秋的学生，她将剧中人物梅娘那凄苦的身世，那悲惨的经历，那告状无门、那申冤无果、那屡受贪官污吏肆意污辱的遭遇，倾诉得如杜鹃啼血，淋漓尽致。尤其是她在旦角的唱腔运用和掌控上，充分发挥和展示出"情、娇、媚、脆、水"的甜润清馨的要素和以情带声、声情并茂之特点，博得满场雷鸣般的掌声。

演出结束后，专家权威和新闻媒体评价说：这出戏是近些年来一场轰动性强、影响力大、反响声好的演出；京剧《梅娘》不但是一支吹响振兴京剧的号角，还是一部反腐倡廉、依法治国的好戏。

舞台变成了联欢现场，领导们登上舞台接见全体演职人员，用力握着他们的手不肯撒开，同行们跑上舞台来祝贺，拥抱着不忍分开，一些亲朋好友涌上舞台，拉着他们又拍又打地不愿停下。

姬钢烈示意大家安静下来，说："下面请著名京剧表演艺术家玖先生讲几句话。"玖先生说："赵丽华四年前在北京青年京剧团学习的时候，学的是'张派'，可她也经常到我们梅剧团向我学习'梅派'唱法。在今晚演出的《梅娘》一戏中，她不是单纯地摩仿和沿袭某一种唱法，而是将京剧旦角的各流派唱法兼收并蓄，着力刻画剧中人物的思想起伏和情感变化。比如，戏中的第三场《劝夫》中的二黄三眼唱段……"玖先生边说边唱起来。

他说："这段唱就使用了典型的'梅派'唱法。为促进京剧各流派发展，更好地振兴京剧艺术，京剧梅派唱腔研究会定于明年的三月在北京举办一个研讨会。我是来邀请赵丽华去北京参加会议的，会上还要将这段唱腔作为示范性表演来演出。"人群中响起一阵掌声。

姬钢烈说："接下来请著名京剧表演艺术家尚先生讲话。"尚先生说:"此次,我不但是来看戏的,而且是带着使命来的,就是邀请《梅娘》剧组到北京的国家大剧院演出,并准备将《梅娘》一戏列为重点推广剧目,向北京和全国的观众隆重推荐这出好戏。"

人们那热烈的掌声再次响起之后,都把目光集聚在姬钢烈和方翔的身上。

姬钢烈说:"如果说我们这个剧组取得了一些成绩和荣誉的话,不如说,我们培养和建造了一支吃苦耐劳、能上能下的文艺队伍。我们同意京剧《梅娘》剧组赴北京汇报演出,并参加有关交流活动。"姬钢烈又打断人们的掌声说,"半年前,我们已同省有关领导和有关部门达成一个口头协议,按协议要求,我们只有一年期限的领导组织权。现在去掉了大半年,还有不到半年时间喽。"

高大波书记说:"这个协议之所以没有公开,是怕影响《梅娘》的排练和演出的进程。"省长祝洪插话说:"省青年京剧团自建团开始,不但推出了一台好戏,经过这次严格的军训,也为他们的成长和发展打下了坚实基础。"高大波说:"我有个想法,请省青年京剧团《梅娘》剧组也借鉴部队演出的经验,回到地方也进行一次由下而上的演出。"姬成钢说:"请高书记作指示。"高大波说:"不是指示,是谈点个人意见。你们青年京剧团已经完成了送戏到部队基层的使命,但是各村、镇、乡、县及所辖各市的群众更热切盼望你们的演出,建议你们深入基层,也来个由下而上的巡回演出,由村庄开始演,一路巡演回到省城,然后,向省城的人民和领导进行汇报演出。"姬钢烈和方翔异口同声地大声说:"那是必须的!"人们又笑了。祝洪也笑着说:"我还担心部队首长舍不得将青年京剧团还给我们了呢。"

姬钢烈也笑着说:"你可别把我们看走眼了,俗话说,铁打的军营流水的兵,部队就是一个培养人、教育人的大学校。《梅娘》剧组取得的成绩和赢得的荣誉,我们与大家平分共享,今后演出的经济所得全部归省青年京剧团所有。我建议把这笔钱作为艺术基金,以便创作、排演出更多的好戏。"人们的掌声更加热烈起来。

谁料,姬钢烈打断掌声,沉下脸说:"我把丑话说在前头,谁要把这笔艺术基金给巧立名目地挪占、截流、私吞的话,我可绝不饶他!"

第二十二章　祸起醉酒之后

男女情事谓之走桃花运。"桃花运"一词出处:"桃之夭夭,灼灼其华。之子于归,宜其室家。""桃花运"这个词,原是算命术语。

在我很小的时候,父亲不止一次地跟我说,"桃花运"是一种倒霉运。人一旦走上这种运,食不甘味,夜里难寐,精神不振,身衰体弱……当我对这句话的含义还没有来得及思索的时候,"桃花运"忽如一夜春风来,突兀地降临在我的头上。

剧组巡回演出到宽江南部时,打住戏后,我仍如以往那样,在宿舍的床铺上用笔记本电脑敲打到午夜两点,收拢一下,准备洗漱一番上床入睡。可是最近几天,发生的事情有些蹊跷,每到夜间十二点,"唰"的一下,屋子里漆黑一团。起初我以为停电了,立马收起电脑上床睡觉。几天后,我发现不对劲儿,附近几个房间里仍然有灯光,只有我住的这间屋子里没有一丝光亮,我想也许是地域性临时限电的缘故。可是,当我要关闭手机的时候,猛听"嘀"的一声,一条信息跃上屏幕。"哥,我爱你!"这是哪个小子在恶作剧?我笑笑,关上手机。可是,沿着牡丹江和松花江流域的临江一带逆流而上的时候,在边演边行中,这件事始终在围绕着我发生。

凡是我住宿的地方,每天都如出一辙——夜间十二点突然停电。那夜入住赵州招待所,半夜十二点我在敲打着键盘,突然"唰"的一下又停电了。窗外的街巷仍然是灯火璀璨,随即我的手机屏幕上"唰"的一行字迹闪现:"哥,我爱你!"哪个兔崽子搞的鬼?这不是拿人开涮吗?我跳下床去,连鞋也没来得及穿,"噔噔"几步蹿到院子里要看个究竟。可是，黑黢黢的院子里连个人影都没有。我一边喊着服务员，一边朝一楼东面的一个房间走去。傍晚临演出的时候，我看见两个二十多岁的女服务员从这个房间进出过。果然，两个女服务员睡眼惺忪地从屋子里走出来。

"先生，有事儿吗？"她们说。

"为什么马路那边有电，我们这都没电了？"我说。

"十二点必须熄灯的。"

"你们是熄灯还是停电？"

"熄灯停电不是一回事儿吗？"

"怎么是一回事儿哪？"

"怎么不是一回事儿？"

"熄灯是一声铃响后要求客房把电灯开关闭了；停电是不用通知，'啪'地把电源切断了。"

"可是，我们也不知道怎么回事啊，反正到点灯就灭了。"

"谁拉的电闸？"

两个服务员摇了摇头。

"电闸在什么地方？"

"好像是在六层楼走廊的最里边。"

"能上去吗？"

"得去三楼把管理员廖大叔喊醒。"

"我去喊醒他看看是怎么回事儿！"

"可是，先生，现在已经过了熄灯时间了，人们都睡了。"

我看一下表，已是夜间十二点半了，就叹了口气说："麻烦你们了，回去休息吧。"那两个服务员一溜烟地回了房间。我摸着黑回到自己的房间，摸着黑收拾好电脑，摸着黑洗了把脸，接着又摸着黑上了床。躺在床上我想，怎么连全国都有名的牡丹江和松花江一带都这样啊！积习难改，十二点前我根本就睡不着觉。屋子里一点光亮也没有，连书都看不了，干点啥呢？这时，我一下想起了这么多天不知道是谁发来的短信。嘿，一天发一条，不多不少正好二十三条短信，内容一字不差："哥，我爱你！"时间一分不差，都是夜间十二点。这个人是谁呢？不像是搞恶作剧，不像是开玩笑，也不像是捉弄人。恶作剧的人、开玩笑的人、捉弄人的人，哪有这么大毅力呢？再说也像是一个女人发来的。

让我不解的是，到团里已经近一年时间，我接触的人没有几个，我首先想到了赵丽华，但很快被我否定了。我们每天生活、工作都待在一起，且无话不说，无事不谈，嘻嘻哈哈，还用得着玩这一套吗？何况，她的手机不是这个号码，给我发这样信息的人一定是个既熟悉又生分、既爱恋又羞涩、既想表达爱情又有几分顾虑的女孩子。

让我更加奇怪的是，这个电话号码所属地竟是河南省。后来，我去电信移动公司查询过这个电话号码，但被告知查询人必须是机主本人，并出具机主身份证等有效证件方可查询。更有意思的是，此人发完信息立即关机，有一次，我刚收到信息，就立即来了个回拨，那边的人"喂"了一声，是个年轻女人的声音。我问："你是哪位？"她一下就把手机关了。我又拨，却被告知："对不起，您拨打的手机已关机……"

这事，真的很蹊跷。反正也睡不着觉，我索性坐了起来，取出一张白纸，借着窗外映进来的光亮在纸上画出一个公式：时间—半夜十二点—信息—"哥，我爱你！"—停电。我反复思索：半夜十二点的含义，信息"哥，我爱你！"的含义和停电的意义。想着想着，突然心里一亮。这个人是在提醒午夜十二点必须睡觉，熬夜有害健康；为了保障我的身体健康，这个人采取了措施，拉断了电闸。最后直接地亮出心底话："哥，我爱你！"我敢肯定，这是一个女孩子，但是，这个女孩是谁呢？在床上辗转反侧了好一阵子，也没想出给我发短信的女孩是谁？我决定去找赵丽华，旁敲侧击地问问她，短信是不是她发的，也就是她能跟我开玩笑了。

第二天吃早饭时，赵丽华来食堂很晚，当我吃完饭往外走时，她才急急忙忙地走过来。我说："干吗来着，饭都不想吃了？"她说："夜里睡得不好，刚爬起来。"我说："有啥心事吧？"她说："想你呀！"我说："你还有想我想得睡不着觉的时候？"她说："这个话题一会儿再谈，食堂快关门了。"说着，她快步向里面走去。我走出食堂在院子里的一个水池旁等着她。

过了一会儿，赵丽华手里拿着半块馒头，一边嚼着一边向我走来。我说："你怎么不喝碗粥、吃点小菜什么的？"她说："怕让你等我的时间太长。"我说："才五分钟不到嘛。"她说："没事，早晨也不饿，嚼口馒头就行了。"

我只是瞧着她，不知道该怎样说。赵丽华瞥了我一眼，说："你找我干吗？怎么不说话？"我灵机一动："你有几个手机？"她奇怪地瞧着我说："我不就一个手机嘛，再说，那玩意儿多了有用吗？"我点点头。她说："怎么啦？"我说："我的手机坏了，有点急事，想借用你的手机打个电话，行吗？"她二话没说，立马从衣服兜里取出手机递给我说："随便打，往哪儿打都行。"我说："好像不是这个。"她愣了一下说："哪个？"我说："原来不是一个黑色的吗？怎么又有个银灰色的？"她说："那个黑色的早就坏了，一个月前我就买了这个，当着你的面打过那么多电话，难道你就没看出来？"我说："你打电话我瞅着瞧着的干什么？万一有点隐私怎么办？"她说："我没有任何个人隐私，你赶快使它打吧。"我说："还是那个电话号码？"她说对。我说："你手机能发信息吗？"她说："现在的手机眼见就要进入'微信时代'了，哪还有不能发信息的手机？"我说："你常给别人发信息吗？"她说："经常发啊。"我说："尽在什么情况下发信息？"她说："一般都是在没有什么大事时，和对方聊聊天，沟通沟通情况的时候呗。"我说："对方给你回吗？"她说："一般情况下都给回复的。"我说："有没有不给你回复的？"她说："几乎没有不回复的吧，只是有回复的时间迟了些的。"我说："假如对方一直不给你回复，你还会不停地给这个人发吗？"

赵丽华有些摸不着头脑地瞧着我说："人家不给你回复，还发什么呀？那不是有病吗？"我"噢"了一声不说话了。她目不转睛地盯着我说："你今天到底是怎么啦？"我说："没怎么。"她用手摸了摸我的脑门儿说："你没事儿吧？"我说："没事没事，只是想增长一些发信息的知识。"她说："你还不会发信息？"我说："当然会发信息，只是不知道如何回复。"她有点发蒙地说："什么叫会发，不会回复？"我说："就是接收到人家的信息，不晓得如何给人家回复！"

赵丽华一下子明白了，说："谁给你发的信息？"我说："不知道啊。"她说："内容是什么？"我说："其实，也没有什么内容，就是反复那么一句话。"她说："什么话？"我有些难为情地低下头。她一把将我的手机从上衣口袋里掏出来，迅速打开手机的信息页，仔细地看着每天排列在信息屏上的一行行、一趟趟、一字不差样的那几个字："哥，我爱你！"她说："还有吗？"我说："每天一条信息，共计二十三条。"她说："你回复了吗？"我说："不是和你说了嘛，我不知道怎么回复。"她说："你想会是谁发的？"我说："当初，我本以为有人捉弄我，可这个人看来好像在和我玩'藏猫猫'，所以我就想到了你。"

赵丽华"噗"地笑了，说："我干吗要和你玩'藏猫猫'的游戏？我们几年前在北京初识的时候，也没有这种浪漫的形式。现在我在你眼中已是半老徐娘了吧？什么话都直接对你说，什么事儿也不背着你，我时刻都在爱着你，想你就来看看你，干吗非要到午夜十二点才给你发这玩意儿？有这个必要吗？有意思吗？"我说："那又会是谁呢？"她看了一眼发来的日期和电话号码，说："电话所属地是河南的，你在河南有类似这样的人吗？"我说："别说有类似这样的人，在河南连一个认识的人都没有。除非是这个人发错了电话号码。"她说："拉倒吧你，一次发错，两次发错，那二十多天都发错？还都是午夜十二点，还称你哥？这时间，这称谓又是多么的神秘，多么的亲昵呀。"我说："那她到底是谁呀？"她说："那你问谁？叫你哥，说明她年龄比你小，说'我爱你'，是在向你求爱。你想在你认识的人中，谁具备这两个特点？"

我挠着头皮说："在川阳没有这样的人，我来这里才不到一年，只有一个女人才具备这两点。"她说："谁呀？"我说："赵丽华呗。"她"啪"地打了我一巴掌，说："这个女孩像是刚陷入初恋期，如果真是我的话，我们谈的不是这个话题了，该是我问你：'哥，咱俩什么时候结婚呀？'"我接过她的话头说："赵副院长，我可不敢和你谈这个问题。"她有些惊讶地说："难道你要背信弃义，自毁条约？"我说："那倒不是的。"她说："什么意思？"我说："那本来就是假的嘛。"

赵丽华冷眉一横说："真亦假来假亦真嘛，那协议上你是按了手印的，你敢说是假的？"我说："咱们今天先不说这个话题好吗？"她思索了一下，说："唉，要说这个女孩子对你真够痴情的，怕你熬夜写作、影响健康，每天都要忍困受苦地熬到半夜十二点，独自跑出去拉下电闸，为的是让你早些入睡，又向你表示爱慕和表示歉意地说：'哥，我爱你！'可谓用心良苦啊！这个连我也做不到啊。"她又乜斜着眼睛看着我说："除了我叫你哥，还有哪个女孩子叫你哥？"我摇着头说："没有了。"她猛地拍了一下手说："岚岚不是也叫你哥吗？"我说："哪个岚岚？"她说："装糊涂啊？丁晓岚。"我说："绝不会是她的，那可是你的亲表妹。"她说："慢说亲表妹，在爱情这个问题上，就是亲姐妹也是当仁不让的。"我说："那个人的电话属地可是河南的。"她说："电话号码像人口一样，全国大流通。那年，我还用了一个陕西联通公司的电话号码，便宜呀，那为什么不用？"

但是，我的头摇得像拨浪鼓似的，说："绝对不是丁晓岚。"她笑着说:"世界上就没有任何东西是绝对的,不管你信也好,不信也好,得用事实来说话。这件事你别管了,由我处理。"我说:"你怎么处理?"她说:"你说应该怎么处理?"我说:"最多也就问问她而已呗。"她说:"那你去问问她吧。"我说:"我们的关系还没有到那个份上,我咋去问?"她说:"还是的嘛,你就别管了,我去问。"我说:"可别难为她啊。"她说:"她是我的亲表妹,还用得着你操这个心吗?"

赵丽华说着径直向丁晓岚的住处走去。

刚刚吃过早饭的丁晓岚正在屋子里收拾卫生,见赵丽华走了进来,她放下手里的拖布说:"姐,你怎么来了?"赵丽华:"我给剧院的赵晓成书记打电话呢,赶巧走到你们住处门口手机没电了,我想借你的手机用用。"丁晓岚赶忙从裤兜里取出自己的手机,递给赵丽华说:"姐,你用吧。"赵丽华接过手机看了看太旧了,说道:"为什么不买个时尚一点的,现在各式各款的手机太多了,价钱也不贵,这破玩意儿,你使用好几年了吧?"

丁晓岚爽快地说:"前几天,我托同学给买了一个'三星'的,可好了,我还没舍得用哪。"赵丽华说:"是嘛,让咱也欣赏一下嘛。"丁晓岚把挂在墙上的黑提包取下来,从里边掏出一个乳白色手机递给赵丽华。赵丽华边看边按着各种键子,连声称赞:"美观大方,外壳烤漆讲究。"赵丽华越看越爱,她突然轻轻按动起键盘,往自己的手机拨了个电话。霎间,赵丽华的手机响了,一个陌生的电话号出现在手机屏幕上:139×××1189。这号码正是每天夜里十二点发往我手机里的"哥,我爱你!"那个号码。

赵丽华心中悚地一惊,她全明白了。原来那个为了哥的健康,每天惊险熬困地强行拉电闸,迫使他早些休息的人,竟是自己的表妹丁晓岚。恼火不得,嫉妒不得,又有话说不得。赵丽华一时不知道怎么办才好,只望着那个乳白色的手机发呆。

丁晓岚似乎没有看出赵丽华的心思,还一边拖地一边说:"姐,这个手机的功能很多，用起来很方便，价钱也不贵，才一千多块钱。姐相中了我马上打电话，让我的同学在河南给咱再买一个寄来。"赵丽华还是没说话。丁晓岚又说："姐要是真喜欢，你就把这个先拿去用吧。"赵丽华说："这里面的卡怎么办？"丁晓岚说："你一块儿拿去用吧。"赵丽华说："那不就断线了吗？"丁晓岚说："从不断线，好使着哪。"赵丽华稍带点"醋味"地说："我是说线一旦断了，这缘分不就也断了吗？"

"什么缘分也断了？"丁晓岚懵懂地问。

"和你哥的缘分呗。"

"这……"丁晓岚一下子全明白了。

"晓岚，别解释了，我全都知道了。"

"姐，我错了，对不起你。"

"你告诉我，你真的爱上他了？"

"嗯。"

"从什么时候开始的？"

"见到他的第一天。"

"你不知道他和我的关系吗？"

"知道你们不是真的，是演戏给人看的。"

"谁说的？"

"你们俩都说过，叫'充当情人'或'充当恋人'什么的嘛。"

"可是，我们也有感情啊。"

"姐，我观察了很久，你们不是恋人那种感情，而是那种朋友式的亲情。"

"所以你就爱上他了？"

"是的。"

"你们到什么程度了？"

"没有程度，我给他发了二十三条信息。"

"他给你回了吗?"

"没有,一条也没回。"

"他为什么不给你回复呢?"

"可能他心里还有别人吧。"

"你知道这个人是谁吗?"

"可能还有一个像姐姐这样出类拔萃的人吧。"

"哈——"

不知道为什么,赵丽华竟然哈哈大笑起来。丁晓岚心里有些发毛地说:"要是你俩真的好了,我向姐姐赔礼道歉,立即退出。"

赵丽华将那个乳白色的手机递给丁晓岚说:"他不是我的菜,你用这个手机继续给他发吧。"

"你不是……"丁晓岚说。

"爱一个人就大胆地去追。"赵丽华说。

赵丽华说完,快步朝外面走去。

丁晓岚追上去问道:"姐,你是不是真的爱他?"

赵丽华笑着说:"哪呀,我们那是在演戏给人们看的。"

"你说的是真的假的?"

"姐还能骗你吗?"

丁晓岚还是用疑问的眼光瞧着赵丽华。

赵丽华朝她抛了个媚眼,说:"傻丫头,他是个好男人。你要不抓紧,错过这个时期,兴许被别的人占先了,到时候后悔可就晚了。"

难怪人们说:"气是下山的猛虎,酒是惹祸的根苗。"所有的人都没有想到,仅仅一个"酒"字,竟闯了这么大的祸,使得好端端的京剧《梅娘》砸了这么大一个"死锅"。要说这件事发生得怪,怪就怪在剧组由各乡、镇、县、市巡回演出后,马上就要回到省里给广大观众进行汇报演出的时候。正应了那句俏皮话,放屁崩后脚跟——赶到点儿上了。

那天,戏演到第三场《满门抄斩》。剧情是正逢濮阳王府府吏高虹刚生日,虽家境贫寒,妻子梅娘,早早地亲手烧好饭菜,备下酒席,并亲手画下一幅青松傲雪图,赠于丈夫高虹刚。高虹刚非常高兴,取来笔墨在这幅画上题诗一首,以言其志:

凭,风雨泼面,
任,寒雪压身。
生,英雄豪杰,
死,忠烈英魂。

此时,梅娘满怀情深地向丈夫唱道:

妻画青松傲雪霜,
根固枝茂成栋梁。
为国为民人敬仰,
浩然正气忠义肠。

夫妇二人依偎在一起,脉脉含情地亮相。此刻,猛然听得门外一声大喊:"众兵将,将高府团团围住了——"高虹刚情知大事不好。董朗率人查闯高虹刚家中,质问道:"当年,你只是个乞食宿庙、受辱于人的流浪娃,是我见你能文善武、年少有为,先招你到我府当侍卫,尔后又命你为王府府吏,你不思报恩,却反目为仇,向皇帝写下'密奏'。你对得起自己的良心吗?"

高虹刚说道:"是你对不起你自己的良心,对不起国家,对不起圣上,对不起生你养你的家乡父老,对不起被黄河之水吞噬的鬼魂,更对不起你董家故去的列祖列宗。"道白完毕,接着一段"西皮流水"

从他的口中倾吐而出，历数着董朗的罪行……

董朗大喊道："来人，把他给我剁成肉泥。"众兵将举刀砍向高虹刚，高虹刚走了个"跺子窜毛"亮相，就在这个时候出事儿了。扮演高虹刚的演员曹晓东，是个嗜酒如命的酒鬼，每天上台演出前总是先喝两口，这酒劲儿一上来，嗓子也好使了，腰腿也格外给力。也许今天上台前他多喝了几口，没想到，他在走"跺子窜毛"时，脖子有点发硬，脑袋没有掖下去，一个直挺就蹿了出去。落地时听得"噌"的一声响，头顶戳进脖腔里，在灯光下，鲜血犹如一道绚烂的扇面形状喷洒在舞台上。曹晓东立马昏过去了。

舞台上乱成了一团，先打"120"后，人们开始急救，捶胸的、搓背的、人工呼吸的，人还是没有苏醒。不大工夫，"120"急救车鸣着警笛开进来，人们将曹晓东抬上车，"120"拉着警笛驶进医院。

高虹刚这个角色没安排B组，只得停戏。演出团团长何飞来到大幕前，向观众深鞠一躬，致歉说："因意外事故，《梅娘》一剧改日再演。请观众见谅并请朋友们到售票处退票。"何飞和我同赵丽华紧急商量后，立刻召开全团大会，通报情况、稳定民心，又选出两个人组成监护小组去医院配合医生治疗和护理曹晓东。何飞又立即打电话向姬钢烈司令员、方翔政委汇报。

姬钢烈在电话里说："你们那边抢救措施有限，曹晓东一时不能演出，你马上向有关领导部门汇报，请领导和京剧院打招呼，选出一名武生演员赶来救场，千万不要影响后面的演出，更不要影响回省城进行的汇报演出。"何飞说了声"是！"挂了电话。何飞、赵丽华和我轮着翻地拨打着电话，可是电话那头不是没有人接听，就是发着"嘟嘟"的忙音。咦，怎么回事？何飞看了一下表，已是半夜十二点了。何飞说："太晚了，咱们先各回住处休息，明天一早再接着打电话。"我们三个人离开剧场，各自回住处去了。不一会儿，姬钢烈把电话打到何飞的手机里，何飞向他作了汇报。姬钢烈问他现在哪里？

何飞将自己的住处告诉了他。姬钢烈说："再过一会儿我就到了。"仅半个多小时，姬钢烈带着司机小张就到了。

刚见面姬钢烈果断地说："兵贵神速，明天才来不及了。"何飞说："请司令员指示。"姬钢烈说："不要指望省京剧院了，从我们自己的剧组里挑选演员顶上。"何飞说："我们除了演员和文武场乐队，剧组把搞舞台美术和打后台灯光布景的人都算上，一共才有三十八个人，哪还有挑选的余地啊？"姬钢烈说："你说剧组共有三十几个人？"何飞说："三十八个人。"姬钢烈说："还有一个人你没算。"何飞说："满打满算真的是三十八个人。"姬钢烈说："真的还有一个人。"何飞想了想说："您说的是他——"姬钢烈说："对，正是那个秀才。"何飞说："就是算上也没有用，他只是个编剧导演，又不会唱戏，怎么要他救场？"姬钢烈说："你又错了不是。这个秀才不但从小是科班出身，还是一个相当不错的'角儿'哪。"

"什么？真没有看出来哪。"何飞颇感惊讶地说。

"这才叫真人不露相嘛。"

"他是演什么行当的？"

"生净两门儿抱。"

"您是怎么知道的？"

"啥都不知道还当什么司令员啊？"

"即便他真是唱老生花脸的，那行当也对不上号啊？"

"怎么对不上号？"

"梅娘的丈夫高虹刚可是武生行当啊？"

"人们经常讲的那个杨小楼是唱武生的，《霸王别姬》的项羽是花脸行啊，杨小楼是怎么演出的？"

"如果真是这样，那个秀才怕是有些年没有唱戏了吧？行话说，戏这玩意儿一天不练自己知道，两天不练同行知道，三天不练观众知道。他都多少年没有练了，别说唱戏，到台上能说出话来就算不错啦。"何飞有些不相信地说。

"戏班里有句话说：'幼功不可弃，弃者必废也。'他自幼披星戴月地冬练三九、夏练三伏，怎么可能说扔就扔了呢？"

"自从咱们演出团组建以来，大半年时间，我也没见他练过功、吊过嗓呀？"

"行话说：'宁可人后练十遍熟，不可人前唱一句生。'"

"啊，他们说的是只有背后受罪，方可人前显贵。就是这个意思。"

"哎，你说了半天，就这句话有点用。"

"那他能接这个活儿吗？"

"凡是戏道上的人大都重义气，讲究'救场'如'救火'。我们去找他吧，这会儿，说不定他已经考虑如何接手这个活儿了。"

"好，咱们现在就去他那里看看。"姬钢烈、何飞和司机小张等人朝剧院的宿舍走去。可是，宿舍的每个房间都找遍了，哪里也不见李副团长的影子。他们就来到赵丽华住宿的房间。

赵丽华已经卸完了妆，一个人背对房门坐在茶几旁，面前摆放着一杯牛奶和几片面包。她边嚼着东西，边望着窗外发愣。姬钢烈示意别人停下来，自己轻步走到她身后，悄悄地伸出一只手，将茶几上那杯牛奶端过来，递给何飞，她竟没有觉察到，眼睛还是望着窗子外面的漆黑的夜空发呆。过了一会儿，姬钢烈又轻轻地伸出另一只手，把放在茶几上的那个塑料袋拿过来递给了身后的司机小张。赵丽华还是浑然不觉，姬钢烈同何飞和小张又悄悄退出门去。过一会儿，赵丽华吞咽下口中的食物又去抓牛奶喝，但手却摸空了。她又去抓面包片，但又没摸着。她的眼睛在茶几上看了一下，心里激灵一下，说："哎哟，怎么回事？明明放在茶几上的牛奶瓶和面包片，怎么一下子都不见了呢？"赵丽华站起身来，前后左右地寻觅起来，甚至连茶几下面都找了，哪里也没有。她觉得不可思议，不由得又念叨："今天真是见鬼了！"

这时门外响起姬钢烈那粗犷的声音:"报告赵副院长,'鬼'在这里。"姬钢烈一步跨了进来。"哎呀,姬叔叔,您怎么来了?"

"我们知道赵副院长一路演出甚是辛苦,特来表示慰问。"他向身后的何飞和小张说,"还不快点把慰问品呈上,这点牛奶和面包是犒劳赵副院长的。"何飞和小张把手里的牛奶瓶子和袋里的面包片,摆放在赵丽华面前的茶几上。赵丽华一边"哈哈"地笑着,一边用小拳头捶打着姬钢烈说:"你们玩的是什么魔术?"

"这叫空中大搬运。"

"什么空中大搬运?"

"就是在门外用手向空中抓一把,然后再吹一口仙气,就把你的东西搬运过来了。"

"我怎么一点也没感觉到啊!"

"因为你心不稳、思不宁,想着下一步这个戏怎么演!"

"姬叔叔就为这事来的?"

"嗯,让你说对了。"

"你这么大首长不会又在骗人吧?"

"那你不好好吃东西,眼睛往窗外张望什么?"

"我在数窗外面的星星,看外面的月亮。"

"看清了几颗星星和几个月亮?"

"一个月亮,满天星星。"

"错了丫头,是两个月亮。"

"除了天上那个月亮,哪里还有呀?"

"大门外面的江里不还有啊?"

"那也算哪?"大伙乐了。

"你想着下一步戏怎么演?对吧。"姬钢烈说。

"叔叔,你真神啦?"

"那个曹晓东的伤情怎么样?"

"他已经苏醒过来了，只是头撞破了，左臂骨折了，没有生命危险，半年后才会好。"

"回省里演出有合适的演员代替他吗？"

"我正为这个事儿发愁呢！"

"省里京剧院那边你别指望了，近几天抽不出演员来。"

"我想过了，那边也没有这样的武生行当的演员哪。"

"那个秀才不也是科班出身吗？"

"听熟悉他的人讲，李副团长以前是个好角儿，但他唱的是老生花脸行当呀。"

"把剧中高虹刚这个角色改成老生或花脸不行吗？"

"行倒是行。但他几年不练功、不吊嗓了，还好使吗？"

"我想一定好使。"

"你怎么知道？"

"一听二看三琢磨。"

"此话怎么讲？"

"这一听，是他说话的声音，不嘶哑、不刺花、不打嘟噜，声音清晰、响亮，发声位置高；这二看，是看他日常中腰腿轻飘，手脚利索，反应敏捷；这三琢磨，戏剧里有句行规术语：'唱戏不练功，等于跳大坑。'我想，像秀才这样的才智过人，能不晓得这个道理吗？所以他不但功夫未弃，而且天天在练功。但不是在大庭广众之下，而是在暗地练'私功'。"

姬钢烈一席话，把在场的人都说愣了，连自幼生长在梨园世家的赵丽华也吓了一跳。赵丽华真没想到，行武出身的姬司令对梨园行里的事情知道得如此详细，了解得这么透彻！她虽然生长在省京剧院，自幼得到父亲的熏陶，在北京和这位"恋人"相识后，如今又相处了这么多年，但并没有觉察出他是京剧演员出身，在他身上没有发现一丝一毫的演员气质，就是一个彻头彻尾的文人，从来也没听他喊过一声嗓子，没有见他练过一招功夫，每天除了写作就是写作，连一段"白口"也没听他念过，连一段"唱腔"也没听他哼唱过。

赵丽华说："您不是幻想症吧，演员出身的多了，自小练功的也不少，京剧是最吃功的一个剧种。也有个行规术语，一天不练功手把生，十天不练功筋骨松，半年不练功一切全白扔。我想，他恐怕最少也有十多年不练功了，甭说嗓子不好使，即使出场亮个相也是'老斗式'。"

姬钢烈说："秀才去哪儿了？"赵丽华取出手机打给李副团长，可是没有拨通，她又打给丁晓岚。接通后她说："晓岚，你哥在你那儿吗？"那头的丁晓岚说："没有啊，刚才你们三个人不是还在剧院里打电话求援来着吗？"赵丽华说："太晚了，都没人接电话，我们就散了回去休息啦。"丁晓岚说："没见到他，不知道他去哪儿呀？"

姬钢烈问："这宿舍的房后有山有水吗？"赵丽华说："房后就是小凉山，不远就是江嘛，可这半夜三更的他一人去那里干什么？除非犯神经病了。"姬钢烈二话不说，扭头朝房后的小凉山走去。赵丽华、何飞和司机小张紧忙跟在后面，他们一同向小凉山处的江那边走去。

在小凉山的山坡上，有一块儿平平整整的三角形方地，有个黑影在那里练着功，先是一排飞脚，接着又是一串旋子，少顷又练起了乌龙绞柱。姬钢烈悄声告诉大家别动，过一会儿再过去。

人们定眼一看，三角形坡地上练功的那个人正是他们要找的李副团长。当他做了一个收式，拎起石头上的衣服，正要下坡往回走。姬钢烈说："好你个秀才，剧组出了这么大的事情，你却不管，一个人跑到这个地方来弄些啥子嘛？"

我赶忙跑下坡说："司令员啥时候来的？"

"我都来了好半天了，就是找不到你哟。"

"怎么专程来找我哪？"

"天都快塌下来了，就得找你这个秀才啦。"

"真有这么严重的事吗？"

"你们戏班里不是有这句话叫'戏比天大'嘛。"

"要我去救场？"

"你这个秀才，是个文武双全的秀才。"

"那又如何？"

"几天后是什么日子？"

"是巡回演出结束，回省里汇报演出的日子。"

"中央有关领导部门要观看这场演出，你知道吗？"

"知道。"

"曹晓东摔伤了，这戏还怎么演？"

"赶紧向省京剧院借调武生演员哪。刚才电话打过去了，人家都睡下了。明天一大早开车直奔省京剧院，如果顺利的话，明天晚上能回来。"

"如果明晚上能回来，后天开始背词、说戏，大后天练唱腔，第四天上午过戏，下午和晚上彩排，第五天晚上可以演出，但时间可够紧的。"

姬钢烈说："可省京剧院也没有演武生的。"

我突然想到个事情，说："哈市京剧团有个叫闵大朋的人，是两年前从天津京剧团调来的，一手的好武生活儿，嗓子也不错，现在就开车去借人，时间也来得及。"

赵丽华说："哈市京剧团的明团长跟我关系不错，去年春天，在上海京剧研讨会期间，我们还坐在一起观摩来着。我这有他的手机号码，我现在就打。"

"这个办法也不错，试一试未必不可嘛。"姬钢烈说。

赵丽华打开手机，拨通后，赵丽华说："是明团长吗？"那边手机里说:"我是,你是哪位?"赵丽华自报家门后,说:"这么晚打电话,打扰您了。"那边明团长说:"赵院长一定有急事吧?"赵丽华说了事情的原委。明团长说:"闵大朋已经借调到你们省京剧院去了,说是赶排一个新编历史戏叫《红玉劫牢》。"赵丽华说:"这是什么时候的事儿?"

"上个月的月初就去了,听说这出戏过几天就要演出了。"明团长说。

"由省里哪个领导出面借的?"

"是一个省领导打了电话,向我们市领导借调的。闵大朋一走,把我们团正在演出的几个戏都给影响了。"

"噢,我知道了,谢谢明团长!"赵丽华撂了电话。

啊!在场的人全愣住了。他们心里全明白了,省京剧院和他们针锋相对的"叫板"从来就没有停止过,而且愈演愈烈。一时间,空气好像凝固了,在场的人大气不敢喘一口。这时,姬钢烈笑呵呵地用眼神瞧着我说:"救场如救火,李副团长是千呼万唤始出来呢,还是犹抱琵琶半遮面呢?"大家的眼神一下都集中在我身上。

"五天的时间是太仓促了些……"我说。

"怎么个仓促?"姬司令说。

"那么多词儿,光背也得背一阵子的,何况还有那么多身上的活儿。"我说。

"你又在蒙我们,是吧?"姬钢烈说。

"没有,没有……"我解释着。

"不用多说了,此剧本是你创作的,导演是你执行的,这台词都在你心里装着哪,你还背什么台词?那戏中的一招一式都是出自你手,你还要跟谁学?"

"当然我比别人是省点劲儿,也可以试一试。"

姬钢烈用手在我的肩上拍了拍,说:"行,你一定能行!"

我说："好吧，时间不早了，你们先回去吧，我一个人再琢磨琢磨。"

赵丽华说："我留下来陪你。"

"陪我干什么？"

"帮你出出主意，陪你说说话也好嘛。"

没容我说话，姬钢烈操着那特有的大嗓门说："不行，得让秀才一个人琢磨出一个崭新的、与众不同的新角色来。赵副院长哎，你谈情说爱怎么也不分个时候哇！"

"哈——"人们一阵大笑。

赵丽华的脸色"腾"地红了。她挥起小拳头落在姬钢烈的身上。

"瞧这丫头，我好不容易积攒在身上的这点尘土，都让你给掸掉了。"姬钢烈说。

人们又哈哈大笑。姬钢烈拉着几个人下山去了。

空旷的山上，只留下一个"不知身与诸天接，却讶云从下界生"的我。

梨园行把戏中的武生行当，换成其他行当来演叫改工。尤其是《梅娘》这出戏已声名在外，已经演出了百余场次，被观众普遍接受和看好。戏中个性化极强的正面人物高虹刚，虽然戏份不如一号人物多，但也是一个主角，这个角色让人印象特别深刻。在第三场的《满门抄斩》中，当他的"密奏"落到奸宄董朗之手时，董朗怒不可遏地率兵将把高虹刚的宅院团团围住，将高家老幼全部杀光，又下令把高虹刚剁成肉泥。高虹刚走"跺子窜毛"而后一个"僵死"倒地，每当演到此处时，台下观众一片掌声。

无论老生花脸或其他行当都有自身规律，绝不原封照搬，剧本是我创作的，台词、道白和唱腔我心中自然娴熟，戏中的唱腔无论是"西皮"还是"二黄"，我的嗓子不闷宫、不塌中、不用降调，原滋原味绰绰有余，甚至比原调还能高出去半个调门儿，但如何从一个新角度来塑造这个人物，使用哪种手段创新这个角色，是我考虑的主要问题。戏班儿有句话说："一招鲜，吃遍天。"这个"鲜"指的就是绝活儿。

在这块三角形土坡上，我用一根树枝画着剧中的场景、人物和戏中的交叉方位。脑子里一遍遍地过着筛子，想着用什么绝活儿来表演和演唱这个大义凛然、慷慨赴死的英雄人物。

一个梨园佳话，几乎人人皆知：京剧大师杨小楼，自幼习练武生行当，被慈禧看好，曾享"内廷供奉"。一日，慈禧传诏杨小楼与梅兰芳进宫演出《霸王别姬》一戏，这可难坏了杨小楼，自古这霸王项羽乃花脸行当扮演，可自己是武生演员如何唱得花脸的活儿？要是唱吧，隔行如隔山，要是不唱吧，可慈禧说话乃金口玉言，抗旨不尊罪应当斩。杨小楼琢磨了整整一夜，第二天他应诏入宫。在九龙大戏台，同梅兰芳一起为慈禧太后演出了《霸王别姬》，或许是杨小楼在哪个地方得罪了这个喜怒无常的慈禧太后，她早早地和一帮皇亲国戚、文武大臣来到皇室小剧场里，坐在飞龙椅上微睁双眼看这出《霸王别姬》怎么个演法。说穿了，就是静等着挑刺哪。

开戏三通鼓打摆。杨小楼扮演的楚霸王精神抖擞、气宇轩昂地上场念"定场诗"："战英勇，盖世无双，灭嬴秦，废楚帝，争长华夷。秦王无道动兵机，吞并六国又分离；项刘鸿沟曾割地，汉占东来，孤霸西。孤王，项羽——"

杨小楼那魁梧的身材，那深厚的嗓音，高低齐备，兼具"炸音"，唱腔扑直爽朗，饶有韵味，念白字音准确，节奏分明，武技动作灵活，似慢而实快，身上（表演）华贵而优美。他台上唱完整个一出戏，把个楚霸王项羽演绎得切切实实、活灵活现，博得满堂一片喝彩，把个慈禧太后看得目不转睛、两眼放光。

戏演罢，慈禧太后令人将杨小楼叫到自己身前，轻声说道："小楼子，你这武生活儿比那花脸活儿演得还好，你是怎么琢磨的？"杨小楼跪身下拜说:"启禀老佛爷,臣理解这楚霸王项羽一不是山野莽夫,二不是草寇野人,是个受过高等教育、有思想、有内涵的人物,理应文武兼备收放自如,所以小的就来了个武戏文唱。"

慈禧太后听后哈哈大笑说道:"好你个小楼子,不但戏唱得好,还有理论根据,来人哪!"太监跪地听旨。慈禧太后说,"取纹银上来,赏杨小楼和梅兰芳各二百两。"太监"喳"了一声,取银来分赏杨小楼和梅兰芳。杨、梅叩首谢恩起身去了。

从此,"武戏文唱"成为梨园的佳话。反观《梅娘》一戏里高虹刚这个人物,自幼家境贫寒,几岁时念过私塾,受过良好的文化教育,十二三岁时父母双亡,他吃穿无着,白日里走街串户四处乞讨,夜里宿在寺庙里,和庙里的僧人学习过武功,也曾明月当灯看书习字,也是一个文武兼备的角色。想到此处,我心里陡然一亮:何不向杨小楼先生学习,在高虹刚这个人物中设计一套别出心裁的程序化动作,也来个"武戏文唱"呢?

于是,我吟着戏的唱腔、吟着戏里的诗、念着戏里的道白、走着戏里的身上,连戏里的"锣鼓经"都背吟而出了……

在东方渐白露出朝霞时分,我反复琢磨的"路子"已经形成了。当我迈着自信满满的脚步向山下走去的时候,竟情不自禁地朝着空旷的天际大声大喊:

"嘿,老天爷——我又回来了——"

省京剧院在省城大剧院摩拳擦掌,赶排新戏《红玉劫牢》。省青年京剧团在巡回演出过程中,"钻锅""救火""补锅"新编历史京剧《梅娘》。各施各的计谋,各有各的招术。这在同一城市的兄弟文艺团体中实属罕见的一场公开较量。

就剧本而言,题材同是新编历史京剧,不同的是省京剧院的《红玉劫牢》是以反映爱国主义为主要内容的,青年京剧团的《梅娘》是以反映现实反腐倡廉为主要内容的;就演员阵容而言,省京剧院人才济济，蓄量庞大，青年京剧团略显单薄；就领衔主演而言，省京剧院是在北京用高薪聘请的青年演员，曾获得中国京剧大奖赛银牌的常倩倩，而青年京剧团的主演是著名京剧表演艺术家张君秋的学生，曾获得中国京剧大奖赛金奖的赵丽华。这一院一团的演出是同天、同时、同城的"德比大战"。嘿，这回可真有好戏看喽！

也就是说，从现在计算离开演只有为数不多的几天时间了。真够热闹的！口号是百花齐放，推陈出新；实质为暗地较量，相互叫板。

各个媒体、新闻单位，相互爆料，大街小巷花边新闻翻新。把个省城炒得火花暴噪、沸沸扬扬，一些"探子"和"好事者"也应运而生，相互传递着两个团里排戏中的情报和情况。

俗话说，没有不透风的墙。青年京剧团在基层巡演中，扮演高虹刚的演员曹晓东不幸受伤，这个人物的戏份虽然不如女一号，但他那英姿勃发、气贯长虹和疾恶如仇的性格，最后为铲奸除恶而慷慨赴死的精神，给观众留下了非常深刻的印象。

这个消息传到省京剧院，程佳营等人意识到：一、省青年京剧团《梅娘》剧组，因为人员不充裕，此剧的几个主要人物根本没安排B角，他们是一个萝卜一个坑，也抽不出演员来做替补；二、高虹刚这个角色分量很重，唱、念、做、打，"四功"俱全，即使找一个有道行的演员"钻锅"的话，没有十天半月的时间是完成不了的；三、他们肯定向全省各市县剧团借调其他演员顶替。但全省各市县的京剧团根本没有一个能担当这个角色的武生演员。只有哈市的闵大朋能担此大任，只要死死地摁住闵大朋，《梅娘》这出戏，只能成为老母鸡孵崽子——趴窝。他们偷偷地笑了起来。

第二十三章 "救场如救火"方显艺术家本色

中国真不愧是地大物博、语言特别丰富的国度，表达一个意思相近的词就有几种甚至十几种，仅以"较量"而言，就有"斗劲儿""较真""搏战"等，按专业术语戏班里管这个词叫"叫板"。

省京剧院和省青年京剧团，就真刀真枪地叫上板了。省京剧院资源充裕、班底雄厚，以新排的《红玉劫牢》要打开几年不"开和"的局面；省青年京剧团则以一出旨在宣扬反腐倡廉、强国富民的《梅娘》，激励人们的斗志，展示京剧艺术魅力及风采。两个剧团就要在同一个档期、同一个城市里鸣锣开戏，被人戏称为"德比大战"。省京剧院在地势繁华、居民众多而有现代范的盛华大剧院演出，青年京剧团则被安排到离市中心稍远些、交通稍偏些、居民稍少些、规模稍旧些的老式剧场中华剧场演出。有关部门就是这么安排的，谁也没有办法。显而易见，从地理位置上、从演出条件及设备上、从宣传上，省京剧院占了先，而青年京剧团在近一年巡回演出、慰问演出和长途跋涉中，已显身心疲惫状态，何况还有损兵折将呢。等他们匆匆赶回省城时，离这么隆重的演出，满打满算只剩两天半的时间。

这老式的中华剧场差不多已有两年时间没有文艺团体在这里演出了。舞台上有些设备损失严重，后台化妆室的窗户上玻璃残缺不全，大风雨雪天，雨雪灌了进来，整个半边墙有雨水冲刷的痕迹，台下的观众席里，且不说有的座位上没了坐垫、靠背，光尘土就有半个大钱厚……

何飞给姬钢烈司令员和方翔政委打去电话，说了剧场的情况。不大工夫，姬钢烈司令员和方翔政委赶到中华剧场。姬钢烈、方翔、何飞和赵丽华等人领着全体演职人员台上台下地观察了好半天，姬钢烈、方翔和何飞又谈了一会儿，决定马上将全团人员召集一起开会。会上，姬钢烈面带微笑地说："同志们，这点情况还叫困难吗？这根本就不算个事。你们曾下哨所、进连队，边防营地连个像样的剧场也没有，你们就搭个野台子不是把戏照样演出了吗？边关、哨卡的大西北风刮得人都睁不开眼睛，你们不是也把戏唱了吗？在为县、乡、村镇和边远山区的群众演出中，遇到停电的时候，十几个人在台上打着灯笼为观众照亮，不也把戏唱得挺好吗？无论是文化艺术还是其他一切工作，技巧和技术是重要的，但不是最重要的，最重要的是人的精神，精神强则人强，精神盛则国盛！中国人民解放军是从来不怕困难的，是专门和困难做斗争的人民军队，大地震中有我们，抗洪抢险中有我们，每当老百姓发生急、危、险、困时我们都首当其冲，你们说是不是？"众口一词地喊道："是——"姬钢烈说："下面请方翔政委讲话。"

方翔脸上带着笑容和那一贯不急不慢的语速说："同志们，我们这支队伍，不但能打好仗，完成好各项任务，还能唱好战歌，演好戏。即便有困难也不要紧，我们敢于直面困难，才能战胜困难，现在我们就分成五支小分队来具体开展工作，争取尽快地解决和消灭这些困难。下面请何飞同志宣布工作队名单和具体工作任务的布置。"

何飞走到前面分配工作，说："一、舞美工作队，请上台认真设置、摆放布景，检查修理脚灯、彩灯和追光灯等一切灯光效果；二、乐队同志，请上台检修一切可供使用的设备和设施；三、请服装队到后台摆放服装的铺位，架起衣箱子，摆放行头台子；四、请化妆队到后台清理化妆间，配置好剧中人物的各种油彩、画笔、粉妆用的物品；五、演出队组织好人员清扫台下观众席上的灰尘，修理好每个座位上缺少的坐垫和脱落的靠背。"

何飞的话还没说完，早就等候在剧场外的戏迷和观众粉丝，以及一些一路追踪而来的票友戏迷"呼啦"一下涌了进来。他们有的拿着笤帚，有的拿着拖布、水盆、抹布等东西，也不需要谁下命令，就七手八脚地干了起来。"人心齐，泰山移。"不知是谁说过的一句名言在这里得到验证。三个小时后，这座老式的中华剧场容貌一新。几乎同时，几支队伍来到姬钢烈和方翔的面前："报告，舞美队任务已经全部完成，请领导验收。""报告，乐队工作已经顺利结束，请验查。""报告，服装队完成任务，请首长指示。""报告司令员、政委，我们演出工作队的清扫坐席和维修工作已经顺利完成，请指示。""报告首长，我们化妆队的房间清理工作、窗子修缮、地面擦拖等已完毕，请检查指正。"

"你们都是内行和专家，你们说行就行，哪里还要我们这些外行检查、验收或者指正什么的？"姬钢烈正用拖布擦着大厅墙上的那排高窗户。

"你们大家都满意，我们就满意，不用报告了。"方翔也把一盆洗拖布的脏水往下水道倒去。

他们冷不丁地一抬头，人们情不自禁地都哈哈大笑起来。原来，姬钢烈的脸上被脏灰勾了个黑头包拯的脸谱，方翔的下巴上涂了两撇八字胡子。

他俩指着对方笑，人们都指着他俩笑，笑着笑着姬钢烈突然收敛起笑容，面色严肃地睁大了一双眼睛四处寻觅起来。人们不知道发生了什么事情，都一齐盯着他的眼睛看，方翔逗他说："你是不是想找个摄影师来，给你拍一张包公的脸谱留个纪念呀？"

姬钢烈面部表情更加严肃和复杂起来。他忽然问何飞："赵丽华副院长在哪里儿？"

何飞说："刚才还在这儿擦坐席来着，现在去后台检查化妆室和衣帽箱去了。"

姬钢烈说:"快去把她找来。"何飞飞快地向后台化妆间跑去。不一会儿就把赵丽华找了过来。姬钢烈两眼直勾勾地看着赵丽华说:"丫头,有件大事我差点忘了。"

"什么大事你差点忘了?"

"我们哪天演出?"

"后天晚上七点。"

"万事俱备?"

"万事俱备。"

"东风何时刮起?"

"什么意思?"

"那个'钻锅''救火'的秀才现在何处?"

"啊,李副团长刚才还在参加劳动来着!"

"他现在何处?"

"这,我也不知道。"

"后天晚上的演出是怎么个具体演法?"

"这,我也说不好。"

"你是干什么的?"

"我是主抓演出的副院长啊。"

"这么大事,你主抓了吗?"

"一直都在抓啊。"

"秀才的'钻锅''救火'这么大的事,你主抓了吗?"

"也抓了。"

"怎么到最关键的地方就变成也抓了?"

"姬叔叔,你放心,他这个人不用太抓,保证错不了。"

"这么重要的事,你是在押宝还是在赌博?"

"我心中有数!"

"戏中几个地方他是怎么改的?"

"这我可说不好。"

"他把高虹刚慷慨赴死地走的那个'跺子窜毛'改了没有？"

"应该是改了。"

"改成走什么了？"

"那，我可不知道。"

"你这也不知道，那也不知道，还主抓什么业务啊？"

这是姬钢烈头一次对赵丽华发这么大的火，人们的心都悬了起来，连方翔政委也不知该怎么办好了。不想赵丽华带着歉意说："首长批评得对，我对他是有些疏忽了。"

说着，她取出手机来打电话。可是，电话里却说："对不起，您呼叫的用户已关机……"赵丽华问大伙儿："谁知道李团去哪了？"人们都摇头不语。赵丽华忽然想起丁晓岚来，哎，怪了，丁晓岚也不在。她立刻明白了，急忙向外面走去。

我小的时候，看到一部描写大庆石油工人的电影《创业》，里面有句话很经典，也很激励人："井没压力不出油，人没压力轻飘飘。"这些天来，离演出时间越近，我心中的压力就像滚雪球一般越滚越大，越压越沉。《梅娘》这出戏是我一字一句地从心眼里写出来的。所有唱腔、念白、做戏都没问题，有些武功的地方真倒有点难度，多年忙于写作，很少练功了，那个"跺子窜毛"我试了几下，真的走不起来……究竟改走个什么好哪？干完活儿后，我把丁晓岚偷偷约出剧场，找一个清静的地方，让她给我搭把手，练练身上，走几个招式。

我和丁晓岚在中华剧场后面的一所小学的操场里打一个左边角画了个小场子，她问我："'僵尸'之前你到底想走个什么'活'？"我说："根据剧情发展和人物需要，走一排'乌龙绞柱'，然后'僵尸'收场。"丁晓岚连忙说："好好，符合剧情，又体现出剧中角色的技巧运用。"

"绞柱"的全称叫"乌龙绞柱"或"五龙绞柱"，是京剧或其他戏曲的中蹉子功。脊背着地挥臂抡腿，拧身体连续翻滚。在京剧中用于受到攻击、侵害时的躲闪。这也是每个演员自幼学戏时所练的基本功。所以我的这项幼功相当好，即使这些年不当演员，在改搞编导后，我也以功当锻炼身体来坚持，只要有个稍宽敞的地方就可以练。家里客厅的地板上、小院里、公园的草坪上，连晚上入睡前和早晨醒来后在床上都可以滚几下，我练的"乌龙绞柱"有几个明显特点，就是越走越快，极致时，如同风火轮似的，然后，直挺挺地立起身来，一个"僵尸"落地。

"僵尸"也是传统戏曲表演程式动作。剧中的角色受到致命一击时，身躯向后突然倒下，表现死去或昏厥。无论是"硬僵尸"还是"软僵尸"，走得干净利落，台下不来个"死好"才怪哪。幸好，走"僵尸"也是我的拿手活儿。在中华剧场后面的小学操场上，我一招一式地走给丁晓岚看，让她替我把把关，她不敷衍、不马虎，特别认真，有的她说好，有的她说还可以，不好的地方她干脆说不行。

丁晓岚年龄不大，但艺龄相当长，道行相当深，不到十岁就考入省戏剧艺术学校京剧专科学戏，工刀马花旦，坐科八年。她不但扮相漂亮，嗓音甜润委婉，武功也十分了得，唯一不足的是，她的戏演得不多，舞台上实践机会太少，加上现在看京剧的人不如以前多，她就成了落架的丝瓜——没长上去。她对戏的理解和认识，不像赵丽华把"戏"看得那么重。什么"宁让三亩地，不让一出戏""戏比天大"之类的话，在她心里没占多大比重。丁晓岚对戏的理解是你让我演我就演，不让我演，我就待着，演不演能咋的？何况在同行当中，演戏累死人没人说你好，不演闲着更轻巧，所以她与戏无争，性格直率，每天嘻嘻哈哈，有个好人缘。人们给她编了个顺口溜：

漂亮旦角丁晓岚，
看人演戏不眼馋。

难得一身好能耐，

　　更有一个好人缘。

丁晓岚见我练得汗流浃背，气喘吁吁的样子，就劝我休息一会儿。

"别练了，过得去就行了呗。"她说。

"过得去哪行，必须过得硬。"我说。

"过得硬又能怎么样？"

"人人满意，个个好评嘛。"

"那不是人，那是神仙。"

"那你当初练功学戏干什么？"

"爸妈让干，没有办法。"

"不想当好演员、艺术家什么的？"

"从来没想过。"

"自甘平庸？"

"成名成家不是咱的事。"

"真是个没出息的丫头。"

"哥，怪不得你和丽华姐那么好呢，你俩可真是一道号的人。"

"不好吗？"

"好什么呀？你看丽华姐，整天戏呀戏呀的，花费多少心血、钱财，耗尽多少时间，得罪多少人，换来的是什么？受气、挨骂、受挤兑，三十好几了连个疼她的人都没有，连个爱她、懂她的人都没有混上，好不容易遇到一个她自己满意的男人……"

"哎，你怎么把我给硬扯进去了？"

"硬扯你还不进去呢？"

"你是替你姐打抱不平？"

"这人哪，真悲哀，有爱不说，有情还不敢表白。"

"哎,那她怎么也不敢说、不敢爱哪?"

"谁说的,她不是天天在给你发短信说'哥,我爱你'吗?她还怕你贪黑熬夜,每天半夜十二点都给你拉电闸,让你保重身体。"

"骗人,那短信不是她发的。"

"你怎么知道?"

"我问过她,她说不是。"

"这事有那么直白相问的吗?话都说穿了还叫什么爱吗?"

"哎呀,小丫头知道的还不少哪,真没看出来。"

"你能看出什么来呀!一天到晚只认得你的艺术、你的戏、你的创作、你的剧本,现在还加了个你的'钻锅'、你的'救场'。"

"我这个锅我不钻行吗?这场戏我不救谁救?"

正当我和丁晓岚半开玩笑半认真地说着,不知道什么时候赵丽华已经出现在我俩背后。赵丽华用手指着丁晓岚说:"你这个丫头蛋子,今天怎么这么反常?你是站在自我的立场上说这些话的。哥做得对,他是站在顾全大局的角度上说话的。你不要乱岔岔了。现在大家关心的是哥的戏练得怎么样了,这才是大事。晓岚,你给哥搭把手,让他把戏走一遍。"

丁晓岚说:"刚才我都看他走了好几遍了,一招一式很认真,'乌龙绞柱''僵尸'也过得去。"

赵丽华说:"过得去哪行?一定要过得硬。"

我笑了,说:"咋样?这话不光是我说的吧?这是领导交办我的任务。"

丁晓岚说:"技巧怎么可以当任务去完成哪?那得慢慢地学,下功夫地练。"

赵丽华说:"这小丫蛋子今天说话怎么这么冲?是吃错药啦?还是哪儿不顺气呀?"

丁晓岚说:"姐,我说的是真心话。让哥做到这个程度就蛮不错了，能做到这两下子可见他下了不少功夫，要不是哥的功底好根本就达不到这样。"

赵丽华说："能否达到演出标准？"丁晓岚说："没有问题。"我说："你俩先打住，百闻不如一见，现在我走一遍，让你们看看到底怎么样？"说着我亮了个相正要走给她俩看，赵丽华一把抓住我说："你走走路子就行了，攒足劲儿，明晚演出时再'铆上'吧。"丁晓岚也说："哥，你真的很棒了，你给我姐走走路子，让她心里有个底，千万别受伤，明晚演出时再真刀真枪地玩命去吧。"我说："那也好。"说完我的一招一式将整个《梅娘》京剧中第三场《满门抄斩》中人物高虹刚的戏路子走了一遍。

赵丽华看后有些惊讶地说："真让姬司令说对了，平时看似不显山、不露水的李副团长城府真是深不可测，我认识你这么多年了，从来没看你表演过，这回领教了。"

"不光这些，还有绝活儿哪。"丁晓岚说。"是吗？岚岚比我知道得还多呀。你们俩好上了？"赵丽华说。

"岚岚比我小十多岁，你胡说些什么？"我不满意地瞪着赵丽华。

"年龄大小不是主要的嘛。主要是我爱哥哥，但我更爱姐姐。我愿给你们当红娘。"丁晓岚说。

"不，岚岚这么爱哥哥，姐姐给你们当红娘。岚岚年轻、天真、活泼、可爱，性格又好，她比我更适合你。"

"那你为何每天怕我熬夜影响身体，十二点前给我拉闸断电，又给我发短信说'哥，我爱你'干什么？"我索性把这个秘密当众揭开。

"谁说的？那是岚岚干的。"

"岚岚，是你干的？"我有些惊讶。

"啊，我是替姐姐干的呀。"

"啊，原来是你俩合起伙来捉弄我。"

我们三个人说着、笑着、闹着、追着地跑了回去。

人，真是不可思议。有时，对某种事心存惧怕，躲着、闪着地不敢去面对；有时，又心血潮涌，跃跃欲试，巴不得跟这种事分个上下高低，斗个酣畅淋漓。这就是我面临在中华剧场汇报演出前的典型心态。离演出还有一段时间，我一边加紧练着剧中人物高虹刚的唱、念、做、打，一边又心里紧张得很，虽然心里有底儿，但毕竟有几年没有正式登台演戏了。可令我自己也感到奇怪的是，还有一天就要演出的时候，自己却觉得站不宁、坐不稳了，心里发痒，大脑发热，有一股抑制不住的亢奋和冲动，恨不得马上就进行演出。

开戏的那天，我提前三小时来到剧场。先穿上刷了三遍白粉的厚底靴子，独自沿着剧中角色所发生事件的地方，虚拟场景、矛盾的发展和情节变化在默默地背戏。一小时后，我走向后台的化妆室，沏上一杯酽酽的茶水，闷着头儿地扮起戏来。

赵丽华是戏中的一号人物，忙得更是不亦乐乎。此刻她自顾不暇，没有时间管我，丁晓岚的戏份较轻，她时不时地来到我跟前帮我归整归整这儿、忙活忙活那儿的。待我穿戴完毕，丁晓岚前后左右仔细看了我好一阵子，她大拇哥一挑说："嘿，这扮相、这派头，哪里是什么编剧和导演呀？分明就是一个挑梁唱戏的大角儿嘛！"听了丁晓岚一席话，我没有言语，可心里却暗暗地叫着自己的名字，说道："李晓星啊李晓星，成败在此一举也！"

这后，我又效仿老先生们的样子，站在舞台口朝着舞台恭恭敬敬地拜了三拜，梨园界称之为"拜台"。当然，我不信这种礼条，但也不想破坏这个规矩。然后，就在上场门候场区，边喝着那杯酽茶边专心致志地候着场。

晚上七点。在一片开幕曲声中，红色的大幕徐徐拉开，嘿，剧场来了个爆满。台下看戏的人，除了观众外，可大致分为三个层次。一是由北京来的国家级专家和权威组成的小组；二是来自各地的戏迷和京剧票友；三是省京剧院部分演职人员和社会上的好奇者、好事者和挑事者，当然好事者和挑事者是有组织、有预谋来的，他们很早就来到剧场，守候每个角落见机行事了。专等那个"钻锅""救火"的人"砸锅"时，或"吃栗子"时，就带头儿"起哄""通台"。这不，他们在台下边看戏边交头接耳，说着悄悄话。

"姓李的那小子是干这个的吗？"

"听说正儿八经地干过二十多年哪。"

"哪儿的人啊？"

"北阳人，川阳市京剧团的角儿。"

"听说此人不但是挑梁唱戏的角儿，还能编、能导又能说戏，全科着哪！"

"那得看咱哥们儿认不认他了？"

"他不好好地在原地待着，跑到咱们这块来干吗？"

"你还不知道哇？"

"赵丽华的铁子嘛。"

"就冲这一点，在场上找个茬儿，就往死里通他。"

说话间，台上第一场、第二场演完了。效果不错，掌声连连。终于，第三场戏在人们的极其期待的心情中和极其复杂的目光下拉开了大幕。

两个丫鬟伺立一旁。赵丽华扮演的梅娘在陈设朴素的房中边作画边唱道：

> 华灯初照霓虹彩影，
> 依窗伴月水墨丹青。
> 虹刚生日夫妻同庆，
> 画松相赠以表衷情。

也许是省城好久没有演出自编自演的京剧了，也许是赵丽华那俊俏靓丽的扮相和优美甜润的声音打动了观众，也许是赵丽华的粉丝太多的缘故，台上响起一阵掌声。此时，我扮演的王府府吏高虹刚在踏着"小锣夺头"中上场接唱：

> 好个青松傲雪霜，
> 根固枝茂成栋梁。
> 为国为民人敬仰，
> 浩然正气忠义肠。

也许是我的纯正的京剧嗓音韵味独到，唱腔吐字准确流畅，也许是这里的观众太懂戏了，台下的掌声又一阵响起。

我和赵丽华配合默契，表演认真，举手投足都融入了戏中。观众席里时而用叹息来点赞。在接下来我和赵丽华对唱的两段"西皮原板"和一段"反二黄三眼"的唱段中，时不时地被台下观众的掌声遮盖。

随着剧情的发展，风云突变，高虹刚和梅娘把濮阳王董朗将朝廷下发用以修堤筑坝的银两贪污占用以私建楼阁花园，终日不理政务而饮酒作乐之事，写下密奏托人奏与圣上，不料密奏落入董朗的死党兵部上书王起之手。王起扮作僧人连夜快马潜入濮阳，将密奏交与董朗。董朗大怒，于当日夜晚率兵将百余人把高虹刚的宅院团团围住，将高家老小全部杀死。高虹刚指着董朗唱道：

> 贼子本性忒毒残，
> 勾结朋党尔为奸。
> 筑堤钱财你吞占，
> 百里坝溃遭水淹。
> 无数人命死得惨，

尔做游戏当笑谈。
　　白骨堆上建楼阁，
　　血海之中筑乐园。
　　终有一日拿到案，
　　国法条条不容宽。

　　我唱完这段"西皮流水"，台下"好——"地一阵喝彩。董朗说道："来呀，把他给我剁成肉泥。"众兵将冲上来把高虹刚乱刀砍死。

　　嘿，这见棱见角的"乌龙绞柱"功夫早就在我身上按捺不住了，我就势一个"扑虎"落地，身子一挺，脖子一梗，走起了"乌龙绞柱"。

　　不知是何缘故，此刻，我竟觉得自己的身子又轻又飘，挥臂抡腿气力十足，拧身如风，翻身似浪。"呼啦"一声，舞台上，犹如陡然刮起了一阵旋风。台上的演职人员涌到边幕旁，台下的戏迷观众涌到舞台前，齐声为我呼喊着翻滚的个数，尤其是在边幕旁的赵丽华和丁晓岚的声音尤为响亮："一、二、三……十三、十四、十五、十六……二十……"

　　说实在的，此时我也记不清自己走了多少个"绞柱"了。突然听得赵丽华在边幕旁下达指令："停！"我立即停止翻滚，挺直身躯，一个"僵尸"朝下摔去。

　　"好——"这下，台上台下"炸窝"了。连扮演董朗的"白脸末"演员张胖子光顾看我的戏、听我的唱了，竟忘了自己的台词。幸亏他身后扮演兵将的演员替他解了围。他们拍着张胖子的肩膀叫道："哎，哎，哎——王爷，王爷，你傻看什么哪？高虹刚已经死了。"张胖子如梦方醒地说："他，他，他是怎么死的？"众兵将说："是被我们砍死的。"张胖子知道自己"吃栗子"了，忙说："他，他真的死了？"众兵将说："真的死了。"张胖子又故意加了点戏，他揉揉眼睛上前看了看说:"嗯,他真的死了,回府!"

大幕落下。我一个"叠筋"地站起身来。呵,好家伙,剧组的人们一下子向我涌来,有的人给我擦汗水,有的人为我掸尘土,还有一帮人搀扶着我向后台走去。说来也巧,这场戏下来,正是中场休息的时候。后台休息室里,姬钢烈司令员、方翔政委、何飞、赵丽华、丁晓岚同几乎整个全剧团的人都等候在那里,他们见到我,全迎上前来,我别的不怕,就怕谁拍我一下或揉我一把,最怕的是姬钢烈司令那铁拳再落在我的胸脯上,此时的我已是精疲力竭了,一阵风都能把我吹倒,他要真的一拳头下来,非把我打趴下不可。不过,这回他们没人拍打我,也没人推搡我,他们一通点赞后,只是目不转睛地看着我,好像压根就不认识我似的。倒是和我"知交"的那几个,每个人都感慨地说了一句话。

"我说哥呀,您这么好的一个角儿,干吗非要熬心血、伤身体地当什么编导,去写什么剧本啊?"丁晓岚说。

"李副团长,你真够可以的,被你蒙骗了七八年,今天见识了,我上当啦。"赵丽华说。

"创作是制作的蓝图,演员是实践蓝图的践行者。祝贺你创作和实践双丰收。"方翔政委说。

"秀才就是秀才嘛,文武全才,城府深得很喽!"姬钢烈说着,又伸出他的铁拳头来,吓得我急忙用双手护在胸脯上。不过,他的拳头只在我面前晃了一下就收回去了。

还没散戏,一大群不认识的戏迷和票友找上台来,不由分说地将我连拉带抱地拖出剧场,也不征求我的意见,就把我架到一台大型客车上。呵,满满登登的一车人,我刚上车就"呜"的一声开走了。"这是去哪儿呀?"我懵懵懂懂地问了一句。可是,谁也不告诉我,看样子也不像是绑票啥的。

我正纳闷的时候,一个剃大光头的胖男人说:"哎呀,李副团长啊，我们省的生净行当，多少年也没有一个像你这样的人才了。我们是戏迷票友俱乐部的，今天全体会员请你吃夜宵，然后再聘请你为我们的指导老师，你看行不？"我说："现在不行，剧组那边人都在等着我哪。"胖男人说："不要紧，要么把你送到那，再回来把丽华她们全接过来。"我说："我可怎么交代啊。"胖男人说："不用你交代，我和丽华说好了。"在我将信将疑的时候，赵丽华给我打来了电话，问我在哪儿哪。我向她简要地说了一下情况。赵丽华说："那胖子叫老严，是省戏迷俱乐部的主任，人特热情豪爽，但是，今晚你哪也不能去。你的身体严重透支，你最重要的任务就是休息。"我说："我已经被老严他们架到大客车上来了。"赵丽华说："你把手机递给老严，我跟他说话。"我把手机递给老严，老严立马规矩了。他"嗯嗯……啊啊……"地答应着。关上手机后，他对我笑着说："呵呵，对不住了兄弟，明天我再来接你和丽华一块儿去我们俱乐部做客。"

第二十四章　本是同根生，相煎何太急

花开两朵，各表一枝。

盛华大剧院地处省城最繁华的地区，左边是商业一条街，右边是商品贸易城，后边是文化中心广场，前面是政府办公大楼。晚间七点，盛华大剧院是灯火辉煌、花团锦簇。新编历史京剧《红玉劫牢》快要开演了。剧院里却是一片人烟寂寥的景象，偌大的一个现代化剧院，只有前五排上有人看戏，后面一大片座位空空荡荡的。戏倒是不错，灯光、布景、服装、道具、效果也样样不差，演员阵容倒也齐整，行当也齐全，加上生、旦、净、丑无一缺少，唱、念、做、打都得到充分的展示，唯一的缺憾就是观众稀少。前些日子省文化厅和省文联及省演出集团公司等相关部门都做了大量的宣传、组织工作，还向相邻省市的领导、专家和京剧表演团体发出演出邀请，打了招呼，并由省、市广播电视台做了演出花絮，由省市报业集团和各新闻媒体做了大量宣传报道。

演戏没人看，等于吃零蛋。大幕拉开时，台下只有前五排的人，后边空空如也。这下急坏了剧组的演职人员，急坏了省京剧院领导，急坏了这次演出的组织人——何秋江、胡荣发和巩营营。他们邀请的人倒是来了，可是，不知为什么，他们转身都跑到中华剧场观看那《梅娘》去了。

在中华剧场观看京剧《梅娘》时，北京来的一位领导边看戏边赞扬说："《梅娘》这个剧本写得很好啊。"张玉信接过话头说："盛华大剧院演出的《红玉劫牢》也不错，这是我们在几年前开始着手抓的两个剧目。"领导说："听说，创作《梅娘》这个剧本的还是个能演能唱的青年人，是由外地调过来的，在剧中扮演高虹刚角色的就是他吧？"张玉信说："是的。不过就这个本子而言，还存在着提升空间，目前还有点争议。"领导说："挺好的嘛，有哪些争议哪？"张玉信说："可是……"此时，坐在里边的姬钢烈接过话头说："这件事情都过去了，那时，这个剧本还没投入排练哪，争议早就达成共识啦。"领导说："其实，有争议是件好事情，'百花齐放，推陈出新'嘛。"姬钢烈和张玉信都说："是的是的。""这个小伙子是哪人啊？又是谁这么慧眼识珠地给调过来的？"张玉信说："具体是哪儿的人，谁调过来的，还说不明白，我从中央党校刚回来不久，有些情况还没有来得及了解。"姬钢烈说："此人叫李晓星，是北阳人，以前是川阳市京剧团的挑梁演员，现在是咱们省青年京剧团的副团长，是那个扮演梅娘的赵丽华亲自给办来的，听说还是她的男朋友哪。"

张玉信觉得喉咙像被什么东西卡住了。台上的戏在一片掌声、笑声和喝彩声中结束。各地赶来的戏迷、票友们不肯散去，涌到舞台前向台上谢幕的演员鼓着掌、挥着手。几个领导由姬钢烈、方翔和张玉信引领着，依次兴高采烈和演员们一一握着手。可是，当张玉信走到赵丽华面前时，却视而不见地迈了过去。赵丽华有些不知所措，仍然喊了他一声："张书记，你什么时候回来的呀？"张玉信回过头有些尴尬地点点头，并没有答话。

姬钢烈却成了接见队伍的主导人，他向各位领导和每个来宾如数家珍地介绍着台上的每一位演员和在剧中扮演的角色，连这些演员的特点、见长及个人情况都说得准确无误，尤其对赵丽华与李晓星等几个主要演员介绍得更为详尽。当介绍完毕后，接见的各位领导都下台去，姬钢烈、方翔和张玉信把他们送上车，由专人送去宾馆。姬钢烈和方翔又回到台上来。

姬钢烈那瞪人的眼睛在队列中寻找着，他突然大喊一声："哎，秀才哪里去了？"赵丽华说："他演完戏就下去了，刚才戏迷票友俱乐部的老严把他送了回来，可能卸了妆回去休息了。"姬钢烈的脸立马沉了下来说："不行，你马上给他打电话给找回来，我还有话跟他说呢。"

其实，我并没有走远，老严送我回来，戏还没散，我就溜下舞台在一个不太显眼的角落里看起戏来。因为角度转换不一样，台上看戏大多是看它的艺术表演与技巧的运用和发挥，而台下看戏却是与观众感同身受地看，难得的是，我身临其境地与观众同喜、同乐、共同感受着。当《梅娘》整出戏的帷幕徐徐合上时，当人们涌到舞台前恋恋不舍时，当领导们走上台和演员共同庆祝时，当人们欢呼雀跃、击掌相庆时，我的心却没有冷静下来，觉得自己又回到了二十多年前的情景。那时的我，每当散戏后，就常常混迹在观众的人流里，听他们对戏的热议、评价和意见，觉得只有在这个时候他们说的才是掏心掏肺的真话。我知道，一部好作品、一出好剧目、一个好演员，如果离开了群众，必然成为枯木朽株。于是，我拿出手机，点开录音开关，快步走进人流之中。

当我在人群中收获满满时，赵丽华给我打电话说，司令员有话要跟我说，接着姬钢烈的声音响了起来。他说："我们虽然取得一点成绩，但此时还不是休息的时候，更不能刀枪入库、马放南山。我再强调，眼下该做的是：心，可聚而不可散；劲，可鼓而不可泄；戏，可再精雕细琢而不可松垮拖沓。"我说是。他问我在哪里？我说："报告司令员，我在观众人群里。"他说："你在干吗？"我说："听听群众的意见，顺便重温一下我儿时的梦想。"他说："好你个秀才，又先行了一步。那你就说说群众对这出戏的真实反映吧。"我掩饰不住内心的激动，说："我统统都录了下来。"他说："那好啊。"我说："还有一件大好事情没有来得及向司令员报告。"他说："既是好事就赶紧说吧，不要吊我们的胃口啦。"我说:"报告司令员,剧场外面排出长长的购票队伍,于经理说,京剧《梅娘》一剧的十场戏票已全部被抢购一空了,现在人们排队买的票是十场以后的预售票。"姬司令也掩饰不住激动地说:"好事好事,你赶紧到舞台上来跟大伙分享,我们一起高兴高兴嘛。"我说:"是。"

一段较长时间的昼夜奋战,仿佛自己的力气都被耗光了,当最后一场戏演罢,我觉得自己一下子瘫软下来。

当夜回到我的住处,连水也没喝一口,便一头扎在床上。我对赵丽华和丁晓岚说:"你们走时把我的房门关好,把我的手机关闭,在我没醒过来之前,任何人也不许打扰我。"

"这里是给你准备的吃的,如果你睡饿了,吃点、喝点,再接着睡。"赵丽华说。

"哥,这里给你准备了满满一暖瓶开水,杯子在小盘里,啥时候渴了就喝两口温水,可千万别喝凉的,凉水会把嗓子激回去的。"丁晓岚把为我准备的东西往我面前推了推。

"好的,我都知道了。"

蒙眬中,我听见"砰"的一下关门声,就睡了过去。这一觉,我睡了个一塌糊涂,睡了个浑浑噩噩。醒来时,有种"不知天上宫阙,今昔是何年"的感觉。我看了看床头的日历表,已经是第二天傍晚,这一觉睡了十四五个小时。真让赵丽华和丁晓岚说着了,如果不是饥饿难忍,我还不会醒过来的。我也顾不得洗手了,一把抓过她俩给我准备的果篮,拽过一根香蕉,剥了皮就往嘴里塞,却被人一把抢了过去。啊,屋子里怎么还有人呀?我着实地吓了一跳,翻身一看,地上站着的却是丁晓岚。

"饿死我了。"我说。

"空腹不能吃香蕉,它属寒性。你这么长时间没有进食了,寒入脾胃容易引起急性腹泻。"丁晓岚说。

"哎哟，你哪来的这么多知识？还偏偏来唱戏？"我说。

"谁让你也来唱戏哪。"她说。

"嗯，可也是。"

"我是想拽着你的龙尾巴才来的。"

"唉，傻丫头，弄错了，你姐才是龙哪。"

"你俩都是龙，一雌一雄。"

"哎，你是什么时候进来的？"

"哥，今天下午一点就进来了。"

"我怎么一点也不知道？"

"姐姐安排的，按人的睡眠极限推算，怕你睡得热呼呼吃冷东西伤害身体，让我在这守候，在下边饭菜都准备好了。说等你睡醒后咱们就开饭。"

"啊……"我心头一热，不知道该说些什么。这时，听得楼下面的赵丽华，一边敲打着炒勺一边喊道："你俩还在嘀咕什么哪？这饭菜全都好了，再不下来，我一个人可都吃啦。"丁晓岚走了下去。"哎，下去喽。"我赶忙穿好衣服走了下来。

嚯，看着一桌子菜，凉的、热的、炒的、拌的……食欲大振的我心里说："这个赵丽华不光能唱戏，还有一手好厨艺，荤素搭配，煎烹炒炸，冷盘热蒸，样样齐全。我刚想抓个炸虾片先捞吧一口，赵丽华用她手里的笊篱挡住我的手说："坏毛病，先去洗手。"哟，瞧她和丁晓岚对我看护的还挺严。洗完手，我顾不得客气与谦让，坐下来就是一顿狼吞虎咽。就是这顿饭的粗犷吃相，给她俩留下了深刻的印象，从此也落下了讥笑和挖苦我的话柄：说相处这么多年，还从来没有见过我这样"吃相"的，那才叫狼吞虎咽哪，哪里像个文化人，当时那个样子，就是一个饿了许多天没讨到饭吃的乞丐。

谁也甭说谁，我们三个"吃货"，在饭桌上尽情地发挥着自己的潜能，也尽情地发挥着发自内心的欢声笑语。这顿饭吃了两个多小时，要不是院外有人在"砰砰"地敲门，也许我们还得消耗一些时间。

没想到，一位不速之客闯进我们这顿盛宴来。赵丽华快步走向大铁门旁往外看了会儿，然后又蹑手蹑脚地走了回来。她一副欲言又止、忐忑不安的样子。我说："怎么啦？"

"好像是那个阚大棒子在敲门。"

"哪个阚大棒子？"

"阚富仁嘛，外号大棒子。"

"怎么叫个大棒子哪？"

"他是靠运动起家的头头，手里总拎着一个大棒子，过去曾叫嚣要横扫东北三省。"

"他敲你家的门，怎么还把你吓成这个样子？"

"那年，我家的财产全部被没收了，父亲被投入监狱，我被遣送到农村插队。那年全省遇到一场洪水，在抗洪救险中，这个阚大棒子左腿被泥石流砸断，立了大功，当时的临时革命委员会将我家的这处住房奖励给他，并授予他'抗洪救灾英雄模范'称号。"

"这房子就归他了？"我问。

"我由农村回来后，一直住在省京剧院的单身宿舍，后来是省文化厅艺术处的张处长把房子又给我要了回来。"她说。

"他凭什么还要管你要房子？"

"他手里有政府给他的房产证。"

"你不也有这个房子的产权证吗？"

"当然有。"

"这就怪了，怎么一女二嫁？"

我们正说话，这边院子的大铁门又被紧一阵、快一阵地敲响起来。不能让他就这么砸下去了。我站起来向外面走去。

赵丽华和丁晓岚紧跟在我后面一句跟着一句地嘱咐我说："千万不要跟他动手，阚大棒子有钱有势，咱们干不过人家。再说，他还会两下子武把式儿，他的司机就是保镖，倘若动起手来，你要吃亏的。""放心吧，我想跟他讲理，不跟他动手。"我应道。

名如其人，阚大棒子长得真像一根粗大而挺壮的棒子。不过此时的他，手里已不再拎着一根木头棒子，而是拎着一根银色光亮的手杖，也许是显示他特有的威严和地位，他说话时总是用手杖朝人指一下，或者往地上撑两下。他身旁站着一个三十岁左右的高大男人，肯定是保镖兼司机了。

我走出去把大门打开。在阚富仁的跟前说："谁呀，跑到这里砸门？"

"你是谁？"他说。

"怎么反问起我来了？"

"鄙人姓阚，叫阚富仁。"

"用这么不礼貌的方式砸门，你可真是为富不仁哪。"

"此话怎讲？"

"仁字是'仁、义、礼、智、信'之首，你这样做仁吗？"

"赵丽华住我的房子不还，她仁吗？"

"办事靠法律，说话凭证据。"

"那当然了，我有这房子的房产证的。"说着，他从衣袋里掏出一沓白纸来在我面前一晃，"这是此房房产证的复印件。"

我拿过来看后说："原件在哪？"

"怕发生意外情况，原件留在保险柜里。"

"快去把它拿来。"

"拿来干什么？"

"我把它给撕了。"

"什么什么？你敢把它给撕了？"阚富仁瞪大眼睛，用手指着我说:"你好大的胆子!虽未谋面我也知道,你就是一个什么青年京剧团的副团长呗,说穿了你就是赵丽华的情人嘛。你也不用二斤棉花去纺一纺我是谁?"

"是谁也好,都得以法律说话,对吗?"

"我的房产证是政府发的,不合法吗?有问题吗?"

"问题大啦。"

"什么问题?"

"你看看,它是由哪级政府颁发的?盖的什么章?"

"省临时××委员会。"

"那个特殊时期发生的事,对与错你自己说。"

"那我不管,反正房子是奖励给我的。"

"作为一个厅局级的领导干部,党的决策和决议你都不管,你还能管什么?"

"那……我这个房产证就算作废了?"

"不是现在作废了,'拨乱反正'后就作废了。"

"我的功劳也作废了?"

"人的功过是非到什么时候都不会作废。它会永远记在人民的心中。"

"就说我的这条腿吧,为了抗洪救灾,被泥石流砸成骨折,也作废了?"

"党和政府不是给予你很高的荣誉地位了嘛,要不是这点,你怎么会被授予'抗洪救灾英雄'称号呢?怎么会入了党?升了官?当上了厅局级领导干部?"

"你说的也在理儿,但我心里还是不平衡。"

"局长大哥,平时咱们的关系都挺好的,平不平衡的没有关系,外面有风,咱们进屋里慢慢说,总不能冷落了您呀。"赵丽华和丁晓岚不知啥时候也出来了,她对阚富仁说。

阚富仁思索了一下，对那个大个子男人说："你先到车里等着。"

我们三个人连拉带扯地将阚富仁请到内院的别墅里来。赵丽华又亲自为他炒了几个菜，端上来，问道："阚大哥，喝点白的还是啤的？"阚富仁到底是豪爽之人，他一拍大腿说："白的啤的我各自罚三杯，然后，咱们再一块儿整，行不？"我们全笑了。

赵丽华说："要罚也得罚我们，您是大哥，又是领导，怎么能罚您哪？"阚富仁说："丽华，有你这片情意，我心里就舒坦多了，我先走几个，然后咱们再一块儿整。"说着，阚富仁抓过啤酒瓶，"哗"的一声自己连斟满三杯，"咚"的一声喝了一杯下去。接着又干了第二杯、第三杯。然后抓过白酒瓶，自己又斟满，刚要喝，却被赵丽华拦住了。

赵丽华从他的手里把酒杯拿过来，笑呵呵地说："大哥先别急着喝，吃口菜，不算赖嘛。"阚富仁说："不行，说罚就得罚，不喝耍奸猾，罚完再吃菜，那才不叫赖。"边说边连干了三杯白的。赵丽华说："阚大哥一辈子就有三大爱好，玩鸟、喝酒、交朋友。"我挑着大拇哥说："大哥这侠肝义胆、豪爽之气真让我敬重。"阚富仁拍了我的肩膀说："小老弟，要说值得敬重的是你。难怪姬钢烈司令称你为秀才，你真是个上知天文、下知地理、通阴阳八卦、晓天下风水的大秀才，我不但敬重你，而且愿做你的最知心朋友，你愿意吗？"

我赶紧站起来，抱拳齐胸说："多谢大哥厚爱，小弟有您这样的朋友，真是三生有幸，我先敬大哥一杯。"我一口喝干。

我敬完，赵丽华又给阚富仁敬酒，接着丁晓岚又给阚富仁敬酒。果然名不虚传，我们三个人轮番轰炸，愣是没把阚富仁灌醉。他来者不拒地将十多瓶啤酒和一瓶六十度的白酒喝了个一干二净。夜间十一点多，我们才结束了这场"豪情盛宴"。阚富仁拱手作别。他说："这才是真正的不打不相识，我最高兴的是，能和你们这些戏剧家、京剧表演艺术家交上了朋友。"

在我们的簇拥下，阚富仁不紧不慢地迈着四方步走了出去。在院子里，他拍着胸脯说："今后你们有事尽管说话，在这块地儿上，没有大哥我办不成的事。"说完，他身不摇头不晃地拿着那柄铮明瓦亮的白银手杖出了大门，上了等在那里的路虎轿车。

时下，有不少俗语成为禁锢人们思想的词："人怕出名猪怕壮""出头的椽子先烂""枪打出头鸟"……以前也知道这些词汇的存在，却不以为然。没有料到的是，这些词汇像石头一样砸在自个儿的头上，被当成靶子打的时候才知道它的厉害。

剧团放假的第二天，赵丽华和丁晓岚来到我的住处，我们聊了一会儿演出的事儿和团里的事儿。我说："趁放假的机会，我先回川阳安排和处理些事情，然后再回北阳一趟，看望看望老爸、老妈和年幼的儿子。"

"你一走我心里就没底儿，再等两天不行吗？"赵丽华说。

"过几天，再有演出任务，恐怕走不成啦。"

"再等两天走嘛！"

"你——你是什么意思？"

"当初是我和岚岚出了那么大的劲儿，把你接来的，过两天还由我和岚岚把你送回去嘛。"

"大可不必，我又不是回去就不回来了。"

"你万一不回来怎么办？"

"我的人事关系不是在你们手里吗？再说我是那么不靠谱的人吗？"

"靠不靠谱是相对而言的。不怕一万，就怕万一。"

"万一什么？"

"万一你真的不回来，咱们团演戏演不了、排戏又排不成，那可让我怎么收拾这摊子？"

"哈哈，这多年的相处，我就给你这么个印象？"

"印象倒是相当不错,就是不想让你走。"

"好了,我已经准备好了,今晚就走,七八天就回来。"

"你都准备好了的事,才跟我们说?"

我刚要回她的话,突然手机响了。我接通手机说道:"您好,哪位?"

"你是李晓星先生吗?"手机里说。

"是的。"

"我是川阳市公安局,有个问题和你核实一下。"

"什么事情?你说吧。"

"几年前你是在北京戏剧进修学院进修学习吗?"

"我在北京戏剧进修学院学习过两次,你问的是演员进修班,还是编导进修班?"

"是编导进修班。"

"是的。"

"有人检举你曾经多次冒充北京青年京剧团李啸勇的名字,干过一些不光彩的行为,是否有此事?"

我的脑袋"嗡"的一声,说:"你所说的不光彩的行为是什么?"

"不管指的是什么,你假冒别人的姓名,侵犯他人姓名权就是违法行为。川阳市公安局通知你,在本月的九日前来我局接受询问。"

"喂,你怎么称呼?"

"我是案件置查处的庞东生。"电话撂下了。

真的是怕什么就来什么,好不容易静下来要处理一下个人的事情,冷不丁地又来了节外生枝。我愣在那里,不知道如何是好。

"这倒是件好事啊。"赵丽华笑呵呵地说。

"你别给我添乱好不好?"我有些烦恼地说。

"不是添乱,这真的是件好事。"

"什么好事?"

"这回我可以和你一起理直气壮地去川阳甄别此事了。"

"人家询问的是我,又没提你一个字。"

"当初,是我求你以李啸勇这个名字为我济危解困的,事由我起,也是我让你这么做的,当然,只有我才能将事情的原委说得清楚。"

"可也是,那咱们啥时候走?"

"就按你原定计划,今晚咱们就走。"

"是不是把岚岚也带上?"

"小心眼儿,还用你提醒,我刚才不是说过了吗?必须的嘛。"

"我是说,指不定又是谁给咱们整事哪,打官司告状多一个人就多一份力量嘛。"

"甭解释,我知道。"

坐了一夜的火车,到达川阳时,正是第二天的早上七点。临上车时,我给于晓明打了电话。当我们三个人下了火车,他早早地在站台候着了。还没等我说话,于晓明就跑上前来说:"没有打不散的鸳鸯,只有拆不散的情侣。"我给了他一拳说:"你的嘴还是那么贫。"于晓明接过赵丽华、丁晓岚的旅行包和拉杆箱将我们领出车站,上了停在车站外面的那台桑塔纳轿车。他问道:"咱们是先吃饭还是先到宾馆?"

我瞧了瞧赵丽华。赵丽华说:"瞧我干吗?你说去哪儿就去哪儿。"我说:"你是领导,又是客人,当然听你的。"赵丽华说:"客随主便,你是哥,当然听你的。对吧,岚岚?"丁晓岚说:"反正是一个哥一个姐,我听你们俩的。"

于晓明一下子"喷"了,说:"家和万事兴,你们的小日子过不好才怪哪。"我在副驾驶的座位上向他挥了挥拳头说:"一派胡言。哪跟哪儿的事儿啊?"于晓明趁兴又来了一句:"有小道消息说,国家已经着手研究允许生二胎的事了,你们不用费那么大的劲儿,一人生一个就够数了。"

"哈——"我们全笑喷了。我告诉于晓明:"先闭上你那张臭嘴,马上找家饭店吃饭。"于晓明说:"西餐馆还是中餐馆?"赵丽华说:"找家能喝点粥的或者吃点豆腐脑的小饭馆子就行。""欧了——"在我们大伙的一片赞成声中,于晓明把车开到了市中心广场旁的一家舒适干净的永昌豆腐脑专营店。一个小时后,于晓明别具匠心地又把我们送到川阳宾馆。这小子还真神道,不知用什么办法让客房经理又把我们上次住的307号那一里一外的大套间给腾了出来。

我说:"那我住几号房?"于晓明笑嘻嘻地说:"反正是里外两居室,你们内部的事,自行商量解决。"我说:"你小子欠收拾吧,我们还没有到那个程度。"他说:"还差多远?"我说:"我会时常向你报告的。"他说:"要么你也住307号房,要么你到我家跟我一块儿住。"我说:"我回家住也行,你没有把房子给我租出去或者卖了吧?"他说:"你的房子我给出租了,还没卖出去哪。就你那个破房子,即便卖出去了也卖不几个钱。要不你就住隔壁308号房吧,你们有事也便于联系嘛。"

于是,我就在308号房住了下来。我们赶到市公安局,是第二天上午九点。我让赵丽华和丁晓岚在大厅里候着,我先走向案件置查处。待我自报家门后,那位叫庞东生的副科长说:"请出示您的有效证件。"我将自己的身份证交给他。他看后说:"来得正好。"说着,他从卷宗里取出了两封检举信让我看。

两封信都是前几天寄来的,寄发地都是北京。我对他讲述了那年在北京发生这个事件的整个经过。他说:"你说得再多,也是空口无凭啊。"我告诉他:"这个事件的主要当事人赵丽华也来了。"他说:"为什么不进来?"我说:"你询问的是我啊。"他说:"都啥节骨眼了?谁能证实就让谁来嘛,何况,事情主要涉及人就是她。"

赵丽华进来后,向庞东生讲述整个事件的发生经过。庞东生说:"你所说的合情合理,但不合法。这样做违反并侵害了他人的姓名权。

'冒用他人姓名'指的是'使用他人姓名',冒充他人进行活动,以达到某种目的。""我们并没有冒充他人进行活动,也没有达到某种目的啊。"赵丽华说。"仅凭你们冒用李啸勇的名字,这一条就够了。""我们用李啸勇的名字,来达到自身不受侵犯的目的,不对吗?""保护自身不受侵犯的方法那么多,为什么偏偏冒充李啸勇呢?""因为李啸勇是京剧团的演员队长,为人正直忠厚,是我在北京接触最多的一个男人,也是我印象最好的一个男人。""那么,你为什么不让川阳这位李先生使用自己的名字呢?""因为对方认识这位川阳的李先生,而不认识那位北京的李先生。""这位川阳的李先生愿意让你使用他的姓名,然而北京的那位李先生不愿意让你使用他的姓名哪!"

赵丽华气得脸发白,冷静了一会儿,露出笑容说:"北京的李先生同意我使用他的名字,是愿意帮助和解决这场纠纷的。""可是证据哪?"庞东生说。

赵丽华取出手机来,在通信录上翻了翻,拨通了一个号码。然后,她将通话打开免提。那边一个男人操着纯正的北京口音说:"您好,请问您是哪位呀?""啸勇队长吗?我是东北的赵丽华。""噢,是小赵啊,几年不见,你好啊!""我挺好的。您身体好吗?工作怎么样?""都挺好的,你离开北京后,我们又排了几出新戏,眼下正忙于演出哪。听说你当上了省京剧院的副院长了,还创作了一出叫《梅娘》的戏,演出后反响特好,影响也特别大,祝贺你啊小赵。"

"谢谢你啸勇队长。今天有个事情请您证明一下。我在北京青年京剧团学习的时候,遇到一个总是纠缠我的领导,我征得您的同意后,借用您的名字,找人充当我的男朋友,为我多次解了围。您没忘记这回事吧?""没忘,没忘。""有人利用这件事向公安部门举报我侵犯了您的姓名权,现在,我们正在公安部门接受询问,您能给这件事做个证实吗?""噢,有这事?当初是我答应你使用我的名字的。我亲自证实此事,我还证实北京方面绝对没有人发过这样的检举信,肯定是你们本地人干的。"

赵丽华将手机交给庞东生。庞东生接过手机说："您是北京青年京剧团的李啸勇先生吗？""我是李啸勇。""刚才你们通话，我已经听到了。请你写一份书面证实材料，十个工作日内寄给我们好吗？地址是川阳市民主路西大街113号，川阳市公安局，我叫庞东生。""好的，我一定做到。""李啸勇先生还有什么要说的吗？""名字不光是一个人的称谓，还能起到为别人做好事、做善事的作用，这是我的意外收获。为此，我感到很高兴，也感到很自豪。今后，无论是哪个人，只要做对社会、对人民有贡献的事，需要用我的名字，或者需要我本人的时候，对我说一声，我都会毫不迟疑地帮助他。"

"嚯，李啸勇队长说得真好，句句都是正能量。"庞东生把手机交还给赵丽华。

"谢谢您，啸勇队长。"赵丽华说。"小赵，有机会带着你的戏来北京演出。我们大家都挺想你的。""会的，我们省京剧院和青年京剧团，明年年初就去北京参加中国京剧艺术节，我一定会去看望你们的。"赵丽华挂了电话。

庞东生副科长把我们送出大门口，和我们挥手道别。我们几个人默默地走着。谁也不说一句话。可心里却思考着一个共同的问题：这两封匿名检举信，到底是谁干的哪？

第二十五章　好好坏坏全接受，酸甜苦辣皆营养

第二天，于晓明开车拉着我们几个人，来到了我生长的地方——北阳的山东堡。这个让我既熟悉又陌生的地方，那满街的煤烟子味儿和烂白菜帮子味儿好了许多，但显得比从前更冷清了。一些境遇好了的家庭远离了此处的简陋，一些升迁了的人们奔向繁华的街区。居住着八条胡同人家的一个堡子，远远看去像是一座孤岛。堡子的最东头，一个由木板扎起一道围墙的小院子里，两间青砖建造的小屋，孤零零地立在那里，没有一丝声息，院子里没有一个人影。

上午十一点多，我们四个人在院子门口下了车。我隔着木板障子冲屋子里喊道："妈，我回来了。"屋子里妈妈那苍老的声音响了起来："是星儿呀！"我快步进了小院，拉开房门向里边走去。看见炕上坐着一老一小两个人。不用细看也知道，那老人是我的六十多岁的妈妈，小孩是我的五岁的儿子水水。

我说："妈，我回来看您了。"妈急忙从炕上下了地，用手揉了揉双眼说："哎呀，真是俺儿回来了。"她两手抓住我，接着拉过孩子说，"水水，还不快叫爸爸。"可是，水水不但不叫我，反而将身子向炕里退缩着，两只眼睛露着惊诧和羞涩。屋里却不见父亲的身影。我问妈："我爸没在家？"妈妈说："山东老家来信说，你爷爷和你奶奶的坟要动迁，你爸爸知道后就急忙赶回老家去啦，算今天走了六天了，再过个四五天就能回来。"我说："他的身体还能经得住折腾吗？"妈说："可够他受的，自打开春，他那腰疼病犯了几次了，这

回去老家还是拎着一兜子药走的哪。"

赵丽华、丁晓岚和于晓明走进屋子里，一齐亲热地叫着妈。妈忙不迭地答应着。妈妈让水水向阿姨和叔叔们问好时，水水却一头扑向奶奶的怀里"哇"的一声哭了起来。于晓明说："这孩子可不像他爸爸，他爸小的时候乖着哪，别人让他叫什么他就叫什么。"

"哈——"人们一阵大笑。赵丽华说："他爸小时候的事你也知道？"丁晓岚也笑着说："那时候有你吗？"于晓明自己也笑了。

赵丽华和丁晓岚打开自己的挎包，拿出一些小糖块之类的小食品往水水的手里塞。于晓明从车子的后备箱里取出临来时在川阳买的米、面、油、鱼、肉和一些生活用品，放在了灶间里。妈妈说："哎呀，你们买这么多东西，我可咋吃呀？"他们几个都说："放在冰箱里慢慢吃呗，反正也坏不了。"

赵丽华和丁晓岚撸胳膊挽袖子地要帮妈妈做饭。妈妈急忙拦住说："闺女，俺们住的这疙瘩，是北阳有名的落后区，可不像你们大城市里的繁华街区，咱家这生炉子填煤坯的活儿你们可干不了。再说，粗饭粗菜的我自个儿做习惯了，你们快上炕里歇着吧，人一多我还嫌做着不顺手哪。"

我把她俩让回屋里，让她俩休息一会儿。我到院子里先把劈柴和煤坯搬进灶间，先点着炉子把饭焖上，再把平时不常使的电炉子架起来炒菜。站在妈妈的身旁，我说："妈，您做饭，我给您打下手。"妈妈说："打不打下手的没关系，陪妈说会儿话就行了。"

"孩子，你这一走又是两年多了吧？"

"嗯，两年零三个月。"

"萌萌还是没有信儿吗？"

"四年多了，公安局也在帮助查找，已经宣告失踪了。"

"萌萌这孩子也是个苦命的人啊，咋好好的就没信儿了呢？"

"谁也说不清楚是怎么回事。"

"孩子,你没打算再找一个媳妇儿?"

"等以后再说吧。"

"你该有个家了。"

"现在可不是谈这事儿的时候。"

"这两个姑娘不是都挺好的吗?"

"人家都不是一般人。"

"那个年岁大一点儿的,不是跟你挺好吗?"

"人家是一个省京剧院的副院长,还是我的领导哪。"

"那个年轻的姑娘多漂亮啊。"

"人家是比我小十多岁的黄花姑娘,我已经是二手男人啦。"

"都不行?"

"都不行。"

"那跟你到咱家来干啥呀?"

"同我一块儿来川阳办事,顺便跟着到家里看看。"

"你别糊弄妈,我都看出来了。"

"不是妈想的那样。"

"她俩都跟你好着哪。"

"您看出什么来了?"

"反正妈真的好喜欢这俩姑娘。"

"那您总得说说喜欢她们什么嘛?"

"那个年龄大点的,性子挺温柔的,懂生活、会来事,说话招人耐听。那个年龄小的,年轻漂亮,性子活泼,反正她们两个妈都看好了。"

"你以为那是用耙子搂柴火哇。"

"不用耙子搂就用笊篱捞,捞着哪个算哪个。"

"捞饺子呀?"

我被妈妈逗得不行,不由大笑起来。妈妈也跟着哈哈大笑。我们的笑声惊动了屋里面的赵丽华几个人,他们不知道灶间里发生了什么事,"呼啦"的一下子跑出来看我们娘儿俩。一见赵丽华和丁晓岚满脸惊愕的样子,我们不由得又大笑起来。她俩犹如摸不着头脑的丈二和尚。赵丽华说:"你们娘儿俩什么事笑得这么开心?"我说:"笑你们偷听我们娘儿俩唠体恤嗑儿。"她们说:"没有,我们绝没有听见你们娘儿俩说什么!"我说:"我说你俩没笑哪,你们要是听见就笑了。""你们说什么了?"丁晓岚也凑过来一脸惊愕地问。于晓明说:"他们娘儿俩说的话我都听见了,在说你俩哪!""说我们干什么?"赵丽华说。"说你们一个性子温柔,懂生活、会来事,说话又招人耐听。一个年轻漂亮,性子活泼,这两个姑娘都挺好的。""那是妈在夸我们哪。可笑什么哪?"于晓明说:"妈说,一要用耙子搂,二要用笊篱捞,捞着哪个算哪个。""捞谁呀?""捞你们俩呗。""好好的,捞我俩做什么呀?""做妈的儿媳妇!""哈——"这下,满屋子的人全笑了起来。

工夫不大,饭菜全好了。人们把小饭桌摆在炕上吃妈妈亲手做的香喷喷的小黄米干饭和四菜一汤。四菜是一盘刚从屋后的菜地里摘下来的丝瓜炒粉条,一盘新鲜的黄瓜片炒鸡蛋,一盘尖椒炒干豆腐和一盘烹烧茄子,汤是甩袖汤,加上纯天然的苣荬菜蘸酱。好嘛,一个正儿八经的素食宴。好在桌子上的人都不喝酒。人们围拢着妈妈,说着笑着,逗着水水。虽然是素菜素饭没有半点荤腥,但我们个个吃得肚胞腹满。

太阳快要落山时,我们每个人都和妈妈紧紧相拥告别。当车子开出了半里多地时,我回头望去,那剥落的土墙下妈妈牵着水水的手,留在一抹夕阳里,倾着身子朝这边望着。

我让于晓明停下车,急奔到北运河桥旁。这里,就是多年前海中山给我"说功"时,拴马车的那棵大树所在的地方。我紧紧抱住那棵大树,不忍撒手,我又情不自禁地朝着以前练功的河沿边的小树林走去，只见野草疯长，一片荒芜，已经分不出哪是野草哪是树了，当年的场景荡然无存。一阵说不清道不明的思绪，一下子涌上我的心头。

青年京剧团，终于有了新家。原本是为省群众艺术馆建造的，刚刚完工的现代化的五层楼房，被张玉信一句话，就归省青年京剧团所有了。省群众艺术馆方面自是不愿，他们的办公室、活动所早已是破损不堪了。张玉信说："你们再坚持一年，发扬一下精神嘛。青年京剧团是新建的艺术团体，再说，河畔花园那边建设的文化娱乐大楼可是具有巴黎风格的。呵呵，河畔花园那可是风景优美的地方。将来你们可以边办公、边欣赏风景喽。巴黎风格的建筑，在全省来说，可是为数不多的。"

听了这话，群众艺术馆的人，才算安静下来了。青年京剧团入驻那天，相关单位还特意举办了一个庆典仪式。一些文化艺术界的专家、权威莅临，还特别将部队的司令员姬钢烈、政委方翔和宣传部部长何飞邀请到场，领导们在仪式上把青年京剧团好一顿表扬。

他越是表扬，我心里就越紧张；他越是夸奖，我心里就越忐忑。因为我知道，无论是捧杀或骂杀，都是要命的。

赵丽华却不这么认为，她说："表扬是对我们的肯定与激励；夸奖是对我们的关爱和支持。"我说："用不着这样，只要不口蜜腹剑就行了。"赵丽华说："不至于如此吧，要允许人家对我们有个认识过程。现在还担心什么，组织部门把你的人事关系都调过来了。"我说："我怕的就是这个。"

赵丽华却不以为然地笑了。

果然，不幸被我言中。

那天，我和赵丽华正在排练厅里为改动《梅娘》的第五场戏，边说着戏，边走着身上，这时传达室的老田走进来说，有三个人来找我，说是上级领导机关的。我问什么事，老田说不知道。我说让他们到我办公室稍等。老田转身走后,我继续同赵丽华说着戏。又过了一会儿,老田又走了进来说李副团长……我说知道了,马上就去。我身后响起了一阵从喉咙里挤出来的干笑声。回头看,两个男人和一女人出现在我身后。我说:"对不起,我们正忙着说戏,怠慢各位领导了。"高个子男人说:"噢,赵副院长也在这里呀?"赵丽华瞧着他们几人似乎有些面熟,但一时想不起来他们是谁。那个女人说:"贵人多忘事,难怪,难怪。"高个子男人说:"我来介绍一下,我们是调查小组的,我叫郁东风。"他指着身旁的胖男人说,这位叫叶玉振。然后,又指着那个女人说,这位叫李晨晨。他们三年前曾和赵丽华副院长有过接触。

赵丽华一下子想了起来。赵丽华说:"你们去办公室谈吧,那里肃静些。"他们说:"就在这里吧,这里也没有什么人。"赵丽华说:"也好。"说着,她从木椅上拎起自己的外衣说:"你们谈吧。"就走出了排练厅。

看那架势,我知道不会有什么好事。郁东风简单问了问我到这儿工作的情况,就阐明来意。他从一个皮包里取出三个信封说:"这是对你的揭发检举信。"

"我才正式调来不长时间,就有三封揭发检举信。我感到十分荣幸。"

"为什么?"

"说明对我的关注度够高的。再说,类似这样的信件,我已司空见惯了。"

"还哪里有啊?"

"以前在我的原居住地川阳市公安局,也收到过类似的匿名信件。"

"噢,具体内容?"

"无非是思想道德败坏之类的啦。"

"知道是什么人做的?"

"不知道。但知道和写这三封揭发检举信的是一伙人。"

"你不想看看这三封信的具体内容是什么?"

"不用看,和以前没有什么区别。"

"这么干的目的是什么?"

"三句话是可以概括。"

"哪三句?"

"无中生有、造谣中伤、诋毁陷害。"

"那为什么偏偏针对你哪?"

"如果你处在我的位置上,他们也会针对你的。"

"你是不是得罪什么人了?"

"出头的椽子先烂。"

"还挺有特定性的。"

"不是特定性,是典型的中国式忌妒。"

"你结婚了吗?"

"不但结过婚,还有个五岁的儿子。"

"你妻子在哪里?"

"杳无音信四年多了。"

"你和赵丽华是在一起住吗?"

"我住在她家后院小楼。"

调查组三个人相互看了看,又简单地交谈了几句,觉得没有什么可问的了。临走时,他们又问我是否要看看那三封检举揭发信?我说:"不用看了,自己做过的事,我心里有数。"他们说:"看看怕什么?能提个醒也好嘛!"我说:"一是我看了就恶心;二是不想让这些脏东西成为我行进中的障碍。"

赵丽华接到张玉信亲自打来的电话。不过,张玉信在电话里没有多说什么，只是告诉她有件重要事情，让她在第二天上午十点到他的办公室去。

赵丽华本打算早点到张玉信的办公室，可是，当她九点三十分到达的时候，何秋江他们四个人已经坐在了张玉信办公室外的小会议室了，他们正围拢在张玉信的身旁低声地交谈着什么。尽管赵丽华是敲门后进来的，那几个人见了她还是愣了一下神儿，又热情地站起来同她握手寒暄。

程佳营赶紧将赵丽华的小皮包接在手里，挂在身后的衣架上。何秋江握着她的手不停地说："丽华这些日子都累瘦了。"胡荣发说："丽华副院长劳苦功高。"巩营营生怕自己的话落到地上捡不起来，就忙不迭地说："这就是女汉子的表现形式。"

这一番恭维实在让赵丽华有些不舒服。她笑着说："晚辈在各位领导和各位叔叔面前愧不敢当。如有不妥之处，但求给予指正和谅解。"何秋江几个人还是纷纷赞扬："丽华副院长为全省人民争得了荣誉，在全国打出了咱们省的文化艺术品牌。"

张玉信一改往日那不苟言笑的模样，他清清嗓子，望着众人笑呵呵地说："今天是个好日子，我来告诉各位一个好消息，我在中央党校学习期间，曾去台湾参加过一次文化交流活动。台湾华昌文化公司的毕经理是咱们东北老乡，他不但对我盛情款待，还介绍我结识了台海华人文化艺术总会的谢会长。他们都听说我省创作演出的新编历史京剧《梅娘》反响甚好，特别邀请咱们青年京剧团《梅娘》剧组到台湾演出。毕经理和谢会长这两个人可都是正宗的梨园行中人，尤其那位谢会长是位正儿八经地坐过科、唱过好多戏的大角儿，现在他热衷于弘扬民族优秀文化，是致力改革创新京剧艺术的使者。昨天，他们分别从台湾打来电话，说《梅娘》的演出时间已安排妥当。如能成行的话，从下月十五日起，在台北"国家戏剧院"演出六场京剧《梅娘》，一切费用均由台海华人文化艺术总会和台湾华昌文化公司承担。

你们说,这是不是个好消息?"人们边鼓掌边大声说:"好消息,好消息,大大的好消息啊!"张玉信的眼光盯着赵丽华说:"丽华,你表个态。"赵丽华激动地说:"真是个大大的好消息,希望领导支持我们赴台湾演出。"张玉信说:"要是不支持你们赴台湾演出的话,还召集你们来开这个会干吗?不但支持你们赴台湾演出,还派你们以省文化艺术使者的身份和台海地区的文化艺术团体广泛交流,实行文化搭台、经济唱戏的战略思想,为我省经济建设和文化大发展打下良好基础。"

在场的人们报以热烈的掌声。"可是。"张玉信话锋一转说,"不过嘛,问题就来了。《梅娘》剧组涉及全体演职人员四十来号,有近二十人是部队的文工团京剧队的演员,根据上级的有关规定,现役军人进入台湾需要特批,那么在演出时间上就得不到保证,在台民间文化交流方面也会受到限制。我们得研究一下,这个问题怎么办?"

人们都沉默不语了。何秋江、胡荣发和巩营营三个人都把目光盯住赵丽华。赵丽华心里也拿不准主意,说:"容我想想再说。"他们的目光又转向一直没有说话的另一位省京剧院副院长程佳营的身上。程佳营看了看赵丽华,又看了看张玉信、何秋江、胡荣发和巩营营几个人,欲言又止。

张玉信笑了笑说:"佳营是与会人员中最年轻的一个干部,年轻人脑子活,点子多,你有什么想法,尽管说嘛。"程佳营说:"我倒是有两个主意,不知道行不行?如果说得不行,请各位领导给予批评指正。"大家异口同声地说:"你先说说看嘛。"程佳营说:"一是部队文工团京剧队的演员,都是在剧中扮演着一些活儿少、分量轻的配角和龙套,他们可以暂时退出《梅娘》剧组的演出,他们的角色由省京剧院几个没事儿干的演员代替,省得这些人在京剧院闲得闹心。何况对他们来说,虽然业务上不是太精,但跑跑龙套、演演群众什么的,也不需要大动干戈,现学现演就足够了。"

赵丽华没动声色。人们又问:"第二个主意是什么?"

程佳营眨眨眼睛说:"二是,最好的办法是这次赴台湾演出不演全剧,挑选几个重点场子演出,将'折子戏专场'作为赴台湾演出和交流活动也是不错的选择嘛。"

乍听起来,程佳营的话似乎有道理。但赵丽华清楚,《梅娘》一戏演出这么多场次,演职人员磨合了这么长时间,缺少了哪一场、减下哪个人恐怕都不好办。再者说,部队文工团京剧队那几个演员的戏份,也不是从省京剧院随便拉几个演员就能演得了的。这是牵一发而动全身的大事。她思量了好一会儿,还是不知道怎么办才好。她说:"感谢张书记对我们的关心与支持,感谢何厅长、胡主任、巩主席和佳营师弟对我们的表扬和厚爱。去台湾演出与交流活动,是诸位领导对我们青年京剧团的信任,也是我们这支队伍锻炼、学习、提高的大好机会,我们决心不辜负省领导全省人民的期望,保证圆满完成这次任务。但是,《梅娘》这出戏不像佳营说的那样,部队文工团京剧队那些演员的戏份都不少,基本功都很过硬,绝不是换几个演员'钻锅'或者选几场折子戏那么简单的事,即使从咱们京剧院选人顶替,也必须是优中选优,绝不能凑合的……至于采取哪种方式去台湾演出,希望领导再慎重考虑考虑。如果这次会议决定不下来,请领导再召开一次较大规模的会议,集思广益,让更多专家和业内人士充分发表意见,把这件好事办得更好。"

会上的气氛稍显尴尬。何秋江用手指轻轻敲着茶几;胡荣发双眼微闭似在沉思;巩营营仰头望着挂在墙上的字画出神。程佳营干咳了两声,声音不大地对赵丽华说:"师姐,这可是个绝无仅有的大好机会。"

"那也不能以降低戏的质量为代价。"赵丽华说。

"机会难得,时不我待。"

"那就把这个机会让给省京剧院嘛。"

"可人家点名要看《梅娘》。"

"那我们也不能缺胳膊少腿地上去不是？"

"只是比全戏少几场戏而已。"

"好好的一出戏，你把它大卸八块这还叫戏吗？"

程佳营吐了吐舌头，不作声了。

张玉信思索了一下说："丽华说得对，剧情全贯穿，好戏不断片嘛。不能随便拉几个演员上去凑数。这回把大权交给丽华，由丽华亲自在省京剧院挑选十几名思想好、业务精的演员作为青年京剧团的补充，上下一心对《梅娘》一剧精心打磨，达到并超过原排剧目，作为全省人民的文化使者，如期赴台湾演出。"

程佳营有些着急地说："这么挑选人员，省京剧院的演出就受影响了，下月初省京剧院要去矿区演出哪。"张玉信说："要以大局为重，至于省京剧院那边的问题我们可以想办法解决。丽华你抓紧去挑选人员吧，再遇到难办的事情，可以直接找我。"赵丽华激动地站起来说："谢谢省领导的重视，谢谢张书记对青年京剧团的支持与关爱，我们一定不辱使命，胜利归来。"张玉信说："好，我期待你们的好消息，等你们凯旋，我将带领有关领导和相关部门及文化艺术界的人员到机场迎接，并为你们请功嘉奖。"

我也纳闷，凡和海中山的交往聚散，大多在雨雪天气里。趁去台湾演出之前，我回北阳山东堡小住了两天，同爸妈说了一夜的话。临走时，不知为什么我真的好想去看望一下海中山，不知道他现在的情况怎么样，找到那个叫霍华玉的女人没有。

匆忙吃过早饭，我骑着父亲的自行车，顶着"飕飕"的小雪和"呼呼"的西北风，沿着熟悉的马路、沿着铁路向北，直奔人烟稀少的毛君屯。好不容易在濒临倒闭的电焊机厂对面的斜胡同里，找到了海中山住的那间青砖小房。小房更加破落不堪，窗子上的玻璃都不见了，几张发黄的报纸粘糊在上面，房顶上压盖着的油毡纸，在呼啸的风中挣扎着。令人奇怪的是，这间房子连扇门都没有，只用一条又脏又破的棉布帘子遮挂在门框上。

我将自行车停放在一旁，朝屋里喊："有人吗？"屋里传出一个沉闷的男人声："谁啊？进来吧。"我拽开门帘进屋。嚯，屋子里简直下不去脚。小炕塌了半边，露出黑乎乎的炕洞，地上堆满破东乱西，脱落的墙皮散落在地上，屋子里有股难闻的味道。

一个四十多岁、又粗又矮的男人，手里拿着一把钉锤，站在那块还没有来得及塌落的半截炕上，正在钉窗户框。"你是收旧家具的吧？"他头也不回地说。我说："大哥，您好！"他说："今年我过得一点也不好。你是干吗的？"我说："我是找人的。"他说："你找谁？"我说："我是来找海中山海二哥的。"他说："来找他要账的？"我说："来看望海中山的。"他说："还有来看望他的？你和他什么关系？"我说："朋友，跟他学过戏。"他说："像他这样人还有朋友，真没看出来？"我说："他怎么了？"他说："还怎么了，没看，这屋子让他给造成什么样了？"我说："他以前不是在这房子里住得好好的吗？"他说："就是嘛，可他不好好工作、不好好唱戏，也不好好过日子，一天到晚就是瞎作乱闹啊。"我说："他为什么瞎作乱闹啊？"他说："还不都是为了那个姓霍的女人？"

他叹了一口气，用他那又粗又闷又干涩的嗓子说下去。

"海中山真的一门心思扑在霍华玉身上，他吃饭的时候想着她，睡觉的时候想着她，干活儿的时候想着她，甚至连走路的时候也想着她。俗话说：'久思成病。'海中山真的让这个病给毁了。那天，他赶着马车送货路过下洼子时，碰上一户人家娶媳妇，正在拜花堂。他非说那个新媳妇是他的女朋友霍华玉，冲上去拉着新娘的手就往外跑，还说：'华玉，我在这里，这几年我找你找得好苦哇。'新娘子惊恐地说：'你是谁呀？'他说：'我是海中山啊！'把满场的亲戚朋友造得一愣,把人家新郎弄得更是手足无措。

"新娘子被这个脏衣破衫、满脸胡须的家伙吓得'嗷'的一声背过气去,搅了人家的婚礼、冲了人家的喜气,被人家着着实实地狠揍了一顿。然后他们把满脸是血、浑身是伤的海中山,拖到他停在外面马路上的马车里。有句话叫"老马识途",就是那匹老马拉着半死不活的海中山,回到了他住的这间房子前。房主树墩子急忙把他送到医院里救治,活过来后时隔不久,他的旧病又犯了。

"那是一个中秋佳节的晚上,有个叫郁郁的姑娘,手里拎着二斤月饼来后胡同的男朋友家串门。她和男朋友约好了,两个人今夜共同赏月,共度良宵。因为修路,只能从海中山住的房子旁边拐一下,从后胡同往西边绕过去。那位郁郁姑娘不知道怎么绕,就敲了这间小屋的门想打听一下。

"此时海中山正炒了两个菜,烫上一壶酒,坐在小炕上自斟自饮着。酒酣耳热之际,听得有人'咚咚'敲门,他的心也随'咚咚'声跳个不停。几年来,寂寞难奈的他,多么渴望来个亲朋好友来此一聚,即使能来个熟人跟他说说话也行啊。何况今天是中秋佳节呀!他连忙喊道:'快快请进。'进来一个妙龄女子,一身漂亮的布拉基,罩住她那修长的身体,她明眸皓齿、面色白皙,手里拎着两盒月饼。海中山愣把人家也当成自己苦苦寻找多年的霍华玉了。

"还没等姑娘说话,海中山从炕上一下子站起来说:'小玉,你让我找得好苦哇,谢天谢地,你终于找到这儿了,还没吃饭吧?我去给你炒菜。'郁郁说:'我是小郁,想打听一下……'没等她说完,海中山一下子从炕上蹦下地,要拉郁郁的手。郁郁转身就往屋外跑,可是这门怎么也打不开。海中山已经抓住了她的手。郁郁猛地右手一拍,一个大嘴巴打得海中山满眼都是金光闪耀,他连个防备也没有,身子一趔趄倒在地上。郁郁这丫头也够厉害的,她见他要爬起来,顺势把左手拎着的月饼朝海中山砸去。不偏不倚二斤月饼实实惠惠地砸在他的鼻梁骨上。月饼开花、馅子飞迸。甜的、咸的、酸的、苦的、辣的，五味俱全；什么青丝、玫瑰、白糖、红糖、核桃仁啥的……差点没把海中山砸晕过去。郁郁一脚踢开门，边向外跑边大声喊：'救命啊——有人耍流氓了——'这一嗓子在寂静的晚上分外响亮。左邻右舍都听到了，人们'呼啦'一下子跑出屋子，向这间小房奔来。

"郁郁姑娘的男朋友正在这房子的前后左右转悠着等着哪，他同郁郁约好了的，眼看这个时候了，怎么还没来呢？他猛然听到郁郁的叫喊声，就朝着海中山住的小房飞奔而来。当他看到郁郁从海中山住的屋子里蹿出来，一把抱住了她问怎么回事。郁郁大哭着说：'这家的男人要对我耍流氓。'男朋友怒火顿起，'噌'的一下冲了过去。这时海中山从屋子里追出来，想对这姑娘说个清楚，没料到冷不丁地冲过来一个小伙子。这小伙子不由分说照着海中山'咣咣'就是两个'通天炮'外加一个'定根脚'。海中山虽然自幼学武，但醉意蒙眬的他，根本没有一点防备，被一下子打倒在地，满脸都是血。那小伙子还不依不饶地用脚踢打着。

"这时，树墩子和来看望他的三个朋友，正在家里喝酒，听到叫喊声就一起跑了过来看是怎么回事。树墩子跑过来急忙喝住正打人的小伙子，问他为什么下此狠手？ 小伙子说：'他对我女朋友耍流氓。'树墩子说：'他怎么耍流氓了？'小伙子说：'不知道。'树墩子说：'你这也不知道，那也不知道，就知道打人？小伙子说：'打人是轻的，还要到法院告他哪。'树墩子说：'你让你女朋友把事情的来龙去脉对大伙儿说说清楚，让大伙儿给评评理儿再打再告不迟。'左右邻居们说：'是呀，他在哪儿耍的流氓？怎么耍的流氓？流到她什么地方了？说说嘛。'小伙子对郁郁说：'你对大伙儿说说清楚，一点也别给他留着。'

"郁郁就当着众人面把事情的经过，原原本本地说了一遍。树墩子问郁郁：'你到人家的家里去干什么？'郁郁说：'想打听一下，去往后院的道儿怎么走？'树墩子说：'是不是求人问路？'郁郁说：'本来就是啊。'树墩子说：'他怎么说？'郁郁说：'他叫我小玉，说谢天谢地，我可找到你了。'树墩子说：'这不是耍流氓吧？'郁郁说：'不是。'树墩子说：'你往下说。'郁郁说：'他说还没吃饭吧？我去给你炒菜，他跳下了地。'树墩子说：'这不是耍流氓吧？'郁郁说：'不是。'树墩子说：'你接着往下说。'郁郁说：'他要和我拉手。'树墩子说：'拉手也叫握手，这是礼貌和友好的表示，如果你觉得不合适可以不握，这不是耍流氓吧？'郁郁摇摇头说：'不是。'树墩子说：'往多了说，他把你误认作了一个叫小玉的人，你叫小玉吗？'她说：'我姓郁，人们都叫我小郁。'树墩子说：'玉和郁，音同字不同，他要和你握握手，你可以告诉他，你不是他要找的小玉，也可以拒绝握手，为什么偏要说他耍流氓呢？'郁郁说：'我是怕他耍流氓，就跑出来的。'大伙儿发出一阵叹息。

"树墩子问郁郁的男朋友：'这回听明白了吗？'男朋友说：'听明白了。'树墩子说：'被你打的人还倒在那里，你说怎么办？'男朋友说：'怎么办？反正人也打了，咋办都行。'树墩子说：'打人犯法，要承担一切后果，你是想公了还是私了？'男朋友说：'公了怎么讲？私了怎么讲？'树墩子说：'公了是报警，通过法律手段解决，该治疗的治疗、该蹲号的蹲号、该判刑的判刑。'郁郁说：'那私了哪？'树墩子说：'这私了嘛，先向人家赔礼道歉，再把人送到医院治疗伤病，然后再给人家拿点钱完事儿。'郁郁和他男朋友连忙说：'咱们最好还是私了吧。'谁料，此刻躺在地上的海中山说话了：'树墩子，让他们走吧，我没有受多大伤，只是晕倒了，一会儿就会好的，更不能要人家的钱。'大伙儿惊讶了，问他为什么呀？海中山说：'我丢不起那个磕碜。'"

这位大哥把事情讲完了。

我说："大哥，你就是树墩子吧？"

他说:"你怎么知道的?"

我说:"你本人和名字真的很像。"

我俩都笑了。

"这回,我可要去法院告他了。"他说。

"为什么?"我说。

"第一,他不仁不义。"

"啥事呀?"

"当初,这工作是我给他找的,这房子是我们家的,我们一分钱也没管他要。他工作辞了,马车也退了,这么多年甭说个'谢'字,连招呼都不打就走人了。"

"他去哪里了?"

"哼,鬼才知道。"

"还有什么?"

"第二,他不讲道德,甚至有犯法行为。"

"什么事啊?"

"你看,这房子的门都不见了,总不该把门拆了去也带走吧。"

"挺大的一扇门既占地方又很沉,他带那东西干吗?不至于走哪儿背到哪,晚上又不能当床用吧?"

"反正好好的一扇门说不见就不见了。"

"也许让收家具的卸下去拿走了呗?"

"反正跟海中山脱不了干系。"

"他是偷东西的那种人吗?"

"是人是鬼谁也说不好。"

"屋子里的东西还缺少了什么?"

"别的东西也拿不走啊?"

"你在窗户上钉什么哪?"

"我把这窗户框钉上。"

"嘿,他还能回来卸你这窗户框卖了吗?"

"得防备着他点儿。"

"一扇房门能值几个钱儿?"

"少说也值个几十块钱。"

"我这儿有一百块钱,算是为他给你作赔偿吧。"说着,我掏出一百元钱塞到树墩子手里。

"你这是图个啥?海中山也不知道你在背后帮他。"

"我不管他知道不知道。"

"图啥呢?"

"我图的就是海中山说过的那句话。"

"说的哪句话?"

"他丢不起那个磕碜。"

第二十六章　京腔大戏，一把打开心锁的钥匙

位于台北市中山南路的"国家戏剧院"，是台湾独一无二的文化艺术表演场所，尤其对京剧、歌剧而言，更是锦上添花。

这里的观众席分为四层楼，戏剧院三楼另有座"实验剧场"。虽然只容纳不足一千人，但是此剧场却是亚洲地区第一个用"张力索式顶棚"（俗称"丝瓜棚"），由无数钢索编织而成的。它的好处是可同时承载和容纳二十多名工作人员操控舞台上的工作，可以在任何时间、任何地方安置布景、悬挂吊灯、切换光幻，总之可以任意安排剧情所需的效果。

这个戏剧院的外貌为典型的中国传统风格，恰似北京故宫的太和殿。且拥有台湾罕见之庑殿顶，围绕戏剧院建筑四周，一排排红色柱廊罗列，门厅内有四层楼高的水晶吊灯，折射出百花千蕊、霓虹掩映的景象。

在这所剧院里演戏的感觉，真的同在内地的任何剧院都不一样。心里满是紧张、激动、新颖和好奇，连唱腔和念白的声音，都有几分空灵，觉得好像不是从自己的体腔中发出来的。场子比较静默，很少有"喝彩声"和"炸窝声"。当表演到高潮时，台下也发出赞叹声和掌声。与其他不同的是，场次与场次之间连有电视切换模式，加入台式戏剧人或媒体人的导读与讲解，并有简短的评论。只要幕布一落，那些新闻媒体人出现在后台的各处，甚至在每个角落不失时机地对演职人员进行采访或访谈。整个剧院的气氛张弛有度、动静有序、紧而

不乱。最热烈、最欢快的时候,是在中间休息和打住戏后,许多社会组织的民间团体、戏剧票社、各地区的华人联谊会和内地各个地方的老乡会等的慰问、看望、鼓气和加油活动。只要大字在幕布上打出"演出结束"的字样,剧院里灯火通明,前院后场花团锦簇,台上台下人潮涌动,红红火火的一片。

当然,每天最风光的要数赵丽华了,她是戏里的领衔主演,人也特漂亮,粉丝多,戏迷多,送礼的人也多,而且赠送的礼品也是五花八门,有的礼品还让人啼笑皆非。有人竟然把活蹦乱跳的小鸡和一些活物打包贴封地送了来。也许是赵丽华属鸡的缘故,这人将活鸡包裹着送了上来,她刚接住就摸了一手鸡屎,弄得她拿也不是,丢也不是。末了,她还解嘲地说:"送啥的都有,怎么就没有一个送车子的?"

俗话说:"事怕捅破,话怕说穿。"

赵丽华的话音未落,送车子的人可真的就来了。让人意外的是,这车子不是送给赵丽华女士的,上面写的是送给李晓星先生。这下,把赵丽华"气坏了"。她做着戏调侃地说:"听到车子是送给李晓星的时候吧,哈——我心里'咯喽'一声差点没背过气去。"

可不是咋的,此后赵丽华有事没事地拿我开涮。她问我说:"是哪个女老板爱上你了?要不就是你什么时候在台湾军统里还潜伏着个情人啊?"有时,她还炫耀地说,她是我的贵人。所谓"贵人"就是身尊语贵,出口灵验。这不,刚提了句要车的话,车子就来了。那天晚上,是她把这福气带给我的……

经她一说,我反复琢磨,觉得事情也挺怪。那天晚上,我感觉暗地里有一双眼睛在盯着我。这双眼睛,就在剧院的中排座位上。这个人不是在专注地看戏,而是在偷偷地窥探。我在台上唱完那段"二黄原板"时,此人带头鼓掌;我在后台扮戏时,有服务人员送来鲜花。我随口问了句:"是谁送给我的鲜花?"那个服务人员会心一笑,并不作答。当演出结束谢幕时,有位摄影人员不去采访一号人物赵丽华,也不去拍照其他戏份多的演员,而是将我当成主攻对象,手中的镜头始终对准我上上下下、左左右右的"啪啪"地狂拍个不停。这个摄影人的旁边居然还有人指挥,这不,刚刚下得台来,就有人送来一部车子。如果说,这样贵重的礼物是送给赵丽华和丁晓岚她们几个漂亮女演员的不足为奇,要是向男演员送来如此厚重的礼品,那可有"弦外之音"了。

报送人宣布说:"今有台海华人文化艺术总会谢会长,赠送李晓星先生一部纳智捷轿车,现将轿车模型和钥匙奉上,请于明日去车行提取车辆。"

当时,我立马就蒙了,连声问道:"什么?什么?车子是送给谁的?"那报送人又郑重地说:"此车是送给李晓星先生的。"

我当然知道"纳智捷"是一部结合豪华与智慧特质的轿车,约合人民币四十万元左右,是一部性能相当不错的车子。

我迟疑着没有接过他递过来的汽车模型和钥匙,脑子里一片空白。我说:"你们一定是搞错了。"他问我:"你们团有几个叫李晓星的?"我说:"就我一个。"他说:"我们搞错的话,要错一罚百的。何况这车子是好几十万元的物件,我们能赔得起吗?"我说:"如果有人送我一束鲜花或者一件纪念品、吉祥物什么的倒有可能,这样贵重的礼品,我是绝对不敢要的。按我们的土话讲,我没有这样的'事情头'。"那人说:"也许是你的亲属送来的。"我说:"我们祖宗八代没有一个在台湾的,哪来的亲属?"那人说:"也许是你的朋友嘛。"我说:"我从来就没有一个有如此'过节儿'的朋友。"那人说:"有人送礼是件好事,那您怕什么呀?"我说:"往大了说,我怕这是一笔来源不明之财,往小了说,我怕领错了再让人要回去的话,我丢不起那个碜。咱们是代表大陆和全省人民来做文化交流的,国格、人格都应放在首位。"那人一听,哭丧着脸说:"求您了李先生,您要不收下说明我的工作没做好,我是交不了差的,回去也得挨罚。"这时,站在旁边的一个男人说:"我是礼品回收公司的,我有几句话要说。"我说:"您请讲。"他说:"您即便接收了这辆轿车也会遇到很大的麻烦,这辆车需要办转移手续,需要办理托运,还需要办理关税等。事情既分心又劳神,在时间上您也耗不起,莫不如把车子给我公司,将车子收回去只需要开一张票据,您就可以坐享其成了。"我说:"怎么个坐享其成?"他说:"如果这辆车的市价是九十多万台币的话,您就可以坐收三四十万人民币啊,在大陆你得积攒多少年啊?"我说:"我图的不是金钱,图的是送车人的情分。"

那人不懂还是装不懂地说:"情分是什么?"我说:"是知恩图报的良心。"那人说:"我也知道大陆有句老话说:'难得糊涂。'您为什么非要弄个明白呢?"我说:"我必须明白什么东西该要,什么东西不该要。什么钱该花,什么钱不该花。"那人对我耸耸肩、摊摊手地缩到后面去了。见我一副很坚决的样子,报送人说:"李先生,我懂您的意思。今晚您先拿好这车模型和钥匙,明天我设法联系一下这位台海华人文化艺术总会的谢会长,给您一个明确答复,好吗?"

话已说到这个份儿上,我也不能再说什么了。我把轿车模型和钥匙接在手里的时候,脑子里还是一片混沌。

一位作家说过,女人的身体是男人一切冲动的根源。男人首先是想象她的感觉,看到她、感受她。对于一个男人来说,排斥她是很难做到的,对于一个年轻力壮的男人,更是难乎其难。

面对一个高高身材,白皙肌肤,黑睫毛大眼睛且风姿绰约美丽动人的女孩来说,你不可能熟视无睹,而绝对会怦然心动。我甚至有以前在哪里见过她的感觉。还没容我自我介绍,她就说:"欢迎李先生来做客。"也许她看出了我的惊愕,又解释说,"我们看过你的戏了。"她先是用那双大眼睛忽闪忽闪地看着我,又热情洋溢地接待我。

爹的骨头，娘的肉。我敢肯定这女孩有欧洲血缘，她有着中西结合的美。当然，她很乖巧、很殷勤、很懂事，也很会说话。自从我走进这间办公室后，她就忙个不停，一会儿为我泡上咖啡，一会儿为我打开菠萝汁，一会儿为我送上一杯柠檬水。接着，又把削好的苹果送到我面前。

她那长长的秀发拂动时，从我脸颊上轻轻滑过，她身上淡淡的兰蔻香水味儿，煽动着我的鼻翼，我心里泛起一阵情不自禁的波动。戏班里的老艺人常对年轻人说："若要逃脱这种诱惑，只有'入戏'。"于是，我在心里暗暗地打个"叫头"，念上一个"道白"："——哎呀且住，看那边林荫小道好个去处，又见杂草丛生，怪石林立，想这山坡路险必有埋伏。我不免勒住马头仔细看来——"

"叫头"在心里念罢，我渐渐摒弃了杂念，精神世界又重回到了这间宽敞明亮的复式办公室里了。

二十分钟前，台方的礼仪公司专门派人把我送到台海华人文化艺术总会，接待我的正是这位大美人儿章秘书。她是总会的一等秘书，她的普通话说得非常之好。当我说明来意后，她拿出托发的礼品单据给我看，那辆纳智捷轿车是她奉总会会长指令亲手办理的。

我开门见山地问会长叫什么名字，是哪里人。章秘书只是笑而不答。我问会长送车子的目的是什么，她又笑着摇头。我说："你为什么不问问会长，要送这么贵重的礼品给我干吗？"她说："这里的一切都要听会长的，不许问这么多为什么。"我说："会长和内地有什么联系吧？"她的回答只是对着我耸耸肩、摆摆手。我说："难道你非逼我去警察局问问清楚吗？"她说："李先生你错了，这些信息是受保护的，警察局也不会告诉你的。"我说："我要见你们会长。"她说："你们约了吗？"我说："现在就约。"她摆摆手不再说话。我等不及地说："请你禀告会长，我现在求见。"她摇动着头带着笑容说："李先生，我建议您还是喝了这杯咖啡再走。"我说："我见见你们会长再走。"她耸耸肩说:"对不起,我爱莫能助。"这时,楼上复式的观瞻台上传来一个声音说:"章秘书,这么对待客人可不礼貌啊。"章秘书说:"李先生没有您的约见,非要见您不可。"那人说:"人家是远道而来的客人,要见见也是可以理解的,那就破一次例嘛。"

随时说话声,一位体态丰盈、气质不凡的中年女人出现在观瞻平台上。她举止温文典雅,声音悦耳,煞是好听。章秘书指着那中年女人说:"这位就是我们总会的谢会长。"

我心里一愣,暗道,原来这谢会长是个女人啊。章秘书对谢会长说:"会长,这位是来自内地的京剧表演艺术家李晓星先生。"谢会长说:"下面说话不方便,请李先生到上边来吧。"

章秘书将我领到会长办公室,为我沏上一杯茶,说了声:"请慢用。"又对我笑了笑,下楼忙她的事情去了。我与谢会长四目相对片刻,她说:"我知道李先生会来的。"我说:"承蒙会长厚爱,今日特登门拜望。"她说:"谈不上厚爱,只能略表寸心。"我说:"素昧平生,为何以豪礼相送?"她说:"我不是对哪个人的,只是对艺术的尊重。"我说:"任何一种艺术都是通过人来表达的。"她说:"是的,所以我料到你这个人肯定会来的。"我说:"为什么?"她说:"你也是个特别尊重艺术的人。"我说:"尊重艺术是一个人的修养和喜好,而登门拜谢是表达思想感情的,两者有必然联系吗?"她说:"病态的歌喉,是唱不出美妙动听的声腔的。"我说:"您说得有道理,请多加赐教。"

她那双极其有魅力的眼睛注视着我说:"赐教不敢,只能是借此机会表达一下自己对艺术方面的粗浅看法而已。"我说:"太好了,是哪些方面的?"她说:"只是针对你们这出京剧《梅娘》而言的。"我说:"机会难得,请梅娘的扮演者赵丽华也过来听听如何?"她说:"您是集此剧的编剧、导演、主演于一身的人,还有必要再请别人吗?"我说:"那也好,涉及别的角色的话,我把您的建议和意见带回去。"她说:"恰恰相反,我对她们扮演的角色没有格外关注,倒是对剧目中的几个关键之处,有些不太明白的地方。"我说:"您请讲。"

谢会长略一思索说:"一是为什么把戏中的主要反面人物,当作白脸末这个行当来演?二是为什么把心地善良的李五扮作丑行来唱?三是为什么在戏的结尾,将秉公执法刚直不阿的包拯,投进皇家死牢?再有,虽然'西皮板式'唱起来活泼、轻佻,适合表现慷慨、激昂的情绪和渲染内心不平的气氛,但是'二黄板式'则更适用于表达深沉浓郁的情感,包拯在死牢中那场戏的唱段:

　　老包生来命难违,
　　为国为民永不悔。
　　倘若转世有来生,
　　再举铡刀除奸宄。

"这段唱不是宣读誓言,也不是说给人听,而是有着自己的感慨或者留当遗言,确切地说应该使用'二黄板式'。"

我演了这么多场戏,还从未听到过这么犀利的批评。她喝了口水,接着说:"看了此戏,给人一种'三强三弱'的感觉。"我说:"怎么个'三强三弱'?"她说:"艺术性强,戏剧性弱;正面人物强,反面人物弱;吸引性强,感染力弱。"见我有插话的样子,她的手一摆,又说下去,"你不该忽略这几点。"我说:"如果按传统戏的规律而言呢?"她说:"不但传统戏,人间万物的美学都在于跌宕起伏、错落有致,假如每场戏都是高潮迭起的话,反而使整个剧目'戏胆'不分明,'戏眼'不充分,'戏魂'不突出,'人物'不典型。"我说:"京剧的行当毕竟是以生、旦、净、丑而划分的。"她说:"行当概念就是人物概念,凡是一出好戏都是以打破行当来演人物的,任何时候都不要丑化你的敌人,任何时候都不要把坏人当小丑或白脸末来演,坏有坏的资本。往往只有长着漂亮脸蛋的人,才能干出坏事来,因为脸蛋是他（她）们干坏事的资本。"

我想了一下说："也不尽然，现实生活中和舞台艺术上是完全不一样的。"她说："这一点我们见解略同，舞台上放得开的叫好角儿，生活中勒得住的叫好人。"我说："你才看了几场戏，就把这出戏总结得这么透彻？"她说："不多不多，也就十多场吧。"我禁不住地哈哈大笑起来。我说："会长，我们来台湾总共才演了三场戏，还有三场没演呢。"她也笑着说："这出戏在内地我就一饱眼福了。"我惊讶地说："什么时候的事啊？"她说："你们在为各地的巡回演出中，在省城的示范展演中，我就看过了。"她的话，让我大吃一惊。我怔怔地看着她说："真谓用心良苦，你不只是看了我们的戏，连这次来台湾演出，也是你的良苦用心吧？"

她不说话，只是用两只大眼睛注视着我。我还是不解地说："咱俩在内地有过接触吗？"她说："不光有接触，还有过同桌共餐、相互观摩、共同讨论关于京剧艺术的真知灼见的话题哪。"我怔怔地望着她说："我这个人的记忆不太好。"她抢过话头说："这恐怕不能归于记忆的问题，而应归于情感问题吧。"我笑着说："竟扯上情感问题了，真是上纲上线啊。"她说："对啊，当初我们涉及的都是上纲上线的重大事情。"我说："真的记不起来了，请提示一下在什么地方？"她说："在一个山城。"我一拍脑袋说："你是重庆京剧团穆铁梁的姐姐？我们……"没等我说完，她打了个叫停的手式说："什么穆铁梁，不会是穆铁柱吧？中国男子篮球队高大中锋都上来了！好嘛，过一会儿就投篮了吧？"我寻思了一会儿说："你是黄山市京剧团的花旦演员邱晓慧的妹妹？那年去黄山演出时，我在你们家吃过饭，还喝了酒，也去过你们剧团排练场，咱们一同练过功哎，你的把子功可相当不错嘛……"不料她打断我说："停吧您哪，别老往大地方想，小地方也可能是藏龙卧虎之地嘛。"我说："中国大小地方的山城太多了。"

她沉下脸来不言语了。我思索了一下说："请问会长您是哪儿的人?我们在什么地方聚过?"她说:"你怎么才想起来问这些呢?"我说:"刚才已经问过章秘书了,章秘书说,这些是私密信息,即使到警察局也问不出来。"她说:"我可以如实地告诉你,但你能如实地回答我吗?"我说:"我一定能。"她说:"二十多年前你去过塞城演出吗?"我说:"当然去过。"她说:"在哪里演的戏?演了什么剧目?又看过什么戏?结识过什么人?"我说:"在塞城我演了三出戏,头场戏《闯王进京》、二场戏《姚期》、三场戏《铁笼山》;看过塞城京剧团在东方大剧院演的新编历史京剧《林则徐》,结识了林则徐的扮演者言寸,此人本名谢风,原是北京五福京剧团挑梁名净,是被流放到塞城的。"她说:"你们都交流和探讨了哪些话题?打算对哪个行当进行尝试创新?"我不打奔儿地说:"我们交流了京剧的'四功五法',探讨了濒临失传的绝活儿:'铁门槛''云里翻''摔壳子'和'架子花脸铜锤唱'等有关改创的话题。"

我一边回答一边想,这个人一定跟谢风有关系,她不是谢风的姐姐,就是谢风的妹妹,听说谢风姐妹好几个哪。

她有些激动地说:"你们之间有没有承诺与约定?"我说:"当然有啊!她信誓旦旦地说,回京后以戏开路,重整团风,邀我前往做她的搭档……哎,你到底是她的什么人啊?"她说:"你甭管我是什么人,可是,你为何不讲诚信?不履行承诺?"我高声地说:"不是我不讲诚信、不履行承诺,是你们家的谢风言而无信地一走了之。"她说:"你是说,谢风没有给你来信?"我说:"千真万确,连一张纸条也没有寄给我。"她说:"难道你没有收到三封信函和一封加急电报?"我说:"哪有的事啊?"她说:"在她回到北京一周后的事。"我说:"这个谢风怎么说谎呀,也许她把这些都寄到阴曹地府的阎王爷那里去了吧。"

她听后快步走到文件柜前,"啪"地打开铁柜门,从里面拿出一叠签了字的单据给我看。这些正是二十多年前由北京发往川阳市京剧团，用挂号寄发的三封信函和一封加急电报的收据。底单上面印着接收时间，还有我的签名。我大吃一惊地说："你……你就是谢风？"她说："你才认出来？"我说："不是我薄情寡义，你的变化真是太大了！再说，这接收单上根本就不是我亲笔签的字。"她说："哈，那一定是阴曹地府的阎王爷签的吧？"我说："这可真是天大的冤枉，怕是跳进黄河也洗不清了。"我将那份签了名字的单据拿在手里，又仔细地端详着，啊，我一下子明白了。我立马抓起电话拨了一个国内长途号码，那边很快接通了。我按下免提键，电话里传来一个很有特质的女人的声音，此人正是周华。

"您好！"她说。

"您好！"我回应。

"啊，是星哥，你在哪儿？"

"谢谢，你能听出我的声音。"

"您是京剧表演艺术家，我心中的男神啊！我怎么会听不出你的声音啊？"

"你好吗？"

"唉，都豆腐渣岁数了，不好不赖地活着呗。"

"我想问你件事，前提是你必须如实告诉。"

"我的男神，别忘了心直口快是我与生俱来的特点嘛。"

"你干过哪些瞒着我的事情？"

"瞒着你的事情多着哪，连我的爹妈都有瞒着的事，何况你哪？你说瞒着你的是好事还是坏事吧？"

"当然是坏事。"

"坏事也不少，请提示一下呗。"

"二十多年前，干的最坏最坏的事。"

"二十多年前，人家还是妙龄少女哪，干点坏事，情有可原嘛，但差不多全忘了。"

"藏匿我信件的事儿有吗？"

"当然有啊。"

"为什么？"

"当时你才华出众、风华正茂，有多少女人给你写信寄件啊。有的诉说倾慕之情，也有表达求爱之意，当然在那个特殊的年代里，也有挖墙脚的、撬主演什么的。团长安斗争专门找我谈过话，让我时刻不忘'斗争'这根弦，把你看紧点。"

"你怎么又往安斗争身上扯？"

"骗你我是王八蛋。"

"他让看紧点儿是什么意思？"

"就是随时掌握你的情况和动向，预防着好不容易培养出的尖子演员别被糖衣炮弹给俘虏了。"

"那你就偷拿我的信件？"

"我没有偷拿，只是有几封好奇地拆开看了看，又原封不动地给你放入信封里了。"

"还有几封信件为何不见了？"

"哪几封啊？"

"北京谢风寄给我的啊。"

"你说的是那几封挂号信和一封加急电报吧？"

"哪去了？"

"看完后销毁了。"

"为什么？"

"因为我不想让你同她搭到一起。"

"怎么回事？"

"你俩不是一路人。"

"怎么不是一路人？"

"一个是青年京剧表演艺术家，一个是中年江湖艺人，那也不搭配嘛。"

"你心里不舒服是吧?"

"岂止是不舒服,那就是一个羡慕嫉妒恨哪。"

"我对你也挺好的,你怎么可以这样哪?"

"你对我好是假的,对谢风好才是真的。"

"你知不知道这是违法犯罪?"

"你要这么说的话,那我求你个事呗。"

"什么事?"

"您马上去法院告我,让法院多判我几年徒刑。"

"你是什么意思?"

"有位大人物说过,没有坐过牢的人生是不圆满的,所以我想去监狱住几年,求个圆满。"

"小周你怎么这样呢?"

"男神,为您的事被判刑好有轰动效应啊。再说,像我这样学艺不成,百无一用,干啥啥不行,吃啥啥没够的人,能同你的名字牵扯在一起,即使未能得到你的肉体,沾沾你的味儿也是件荣幸的事啊。"

"你怎么这样无耻!"

"无耻不是我的初衷。"

"你的初衷是什么?"

"只是想从您身上蹭点热度。"

"一个女人怎么会这样哪?"

"受过伤害的女人都会这样。"

"你受了什么人的伤害?"

"当然是男人了。"

"你……太不像话了……"

"不像话的东西,恰恰是最诱惑人的东西,你肯给我吗?"

我"啪"的一下撂了电话。

是我错怪谢风了。心里有些愧疚的我，上前握住谢风的手说："姐，真对不起，让你失望了。"没想到我握到的竟是一双冰凉而坚硬的金属物。她急忙抽回自己的手说："这回失望的该是你了吧！"我说："怎么回事啊？"她说："我的手和脚被一场大火夺走了，取代它们的是人工机械物。"我说："你身上还有哪里受到伤害了？"她说："除双脚和右手受伤外，其他都完好无损。"我说："为什么手和脚烧得如此严重？"她说："剧团里着了一场大火，实在没法跑出去。我用身体死死压在姐姐妹妹们身上，上面用一块儿湿毯蒙住。"我说："她们几个人的情况怎样？"她说："大姐烧伤了两个手指，二姐烧坏了一只耳朵，她们三人数四妹厉害些，被烧掉了四个脚指头，但是她们谁也没影响到唱戏。"我说："你父母的情况怎么样？"她说："老母亲回到老宅子看家，幸免于难。那夜，喝醉酒的父亲渴醒了，跑到厨房找水喝，被熊熊大火围住，情急之下他跳到水缸里，虽被烧掉了头发，可一缸水保住了他的性命。"

　　我问谢风，老人家现在可好？她说："父亲是一辈子操心受累的命，仍在惨淡经营着五福京剧团。"我说："团里有多少人受到殃及？"她说："团里三十多人受到不同程度的烧伤或被坍塌物砸伤，但都无大碍，最严重的在医院治疗两个多月，已经痊愈了。正应验了那句老话：积德行善福必报之。但是，那一幢二层小木楼却变成了一片瓦砾废墟。"我说："原因查清了吗？"她说："公安部门说，起火由燃放鞭炮焰火的外因所致，排除了人为纵火的可能。"我说："你们放了多少鞭炮啊？"她说："别说是燃放鞭炮，因为团里日日夜夜忙着排戏、演戏，连根蜡烛都没人点过。"我说："警方怎么解释？"她说："他们说也许是附近人家燃放的鞭炮，残存物落在院子里引起的。"我说："你是什么时候来台湾的？谁来照顾你？"她说："烧伤后即来此治疗伤病、安装假肢，大小手术做过十多次。"

　　我颇为不解地问她："你怎么又来这儿干起了台海文化艺术总会

的会长呢？"她说："章跃明的父亲早年移居台湾，是他带我投奔他父亲来的；章跃明的父亲去世后他子承父业，四年前我们创办了这个总会。"我说："章跃明就是那个塞城东方大剧院的章经理吧？我们还在一起吃过饭。"她说："那个时候他还有自己的家庭，他妻子去世后，我们才走到一起的。"我说："章大哥也是个有情有义的男子汉，关键时刻帮了你，祝贺你们有恩爱幸福的生活！"她说："我们恩爱过，也幸福过，不幸的是两年前他因车祸离世了。"

我吃惊地说："你现在同谁一起生活？"她说："异地他乡，孤家寡人，好在近期有了章秘书陪伴我。"我动容地说："看似辉煌却悲戚。"她说："我的悲戚都不足惜，而你的悲戚却令人惋惜。"我说："你是说我吗？为我惋惜什么？"她说："论资历、论阅历、看能力、看年龄，你明明可以挑班唱戏、自成一家，为何偏要为人配戏、看人眼色、仰人鼻息！"我说："就目前而言，我没有这个能力。"她说："那依靠赵丽华就有能力了？她不是全靠一个省领导罩着吗？这是一碗不香不臭、不酸不甜的软饭，你觉得好吃吗？"

我有些尴尬地说："我连硬饭都不想吃的三尺汉子，何谈吃软饭？是她们挖空心思将我给请来的。一碗饭的香、臭、酸、甜，只有食饭者自己最清楚，且莫定论。不过你的信息量还是蛮大的，连这些都知道！"她说："连这些都不知道，你们是怎么来台湾演出的？"我说："果然不出所料，你这个幕后推手终于浮出了水面，真是用心良苦啊！"她说："既知我用心良苦，那你还推三阻四、百般不肯呢？"我说："我有我的难处。"她说："难处在哪？"我说："我是一个'三无人员'。"她说："怎么个'三无人员'？"我说："一无自家班底，二无权力行为，三无资金周转。"她说："为何不借得东风好行船？"我说："冻封江河无力行船。"她说："你可以因势利导，结交精英、组建团队、排出好戏、打自家名牌嘛。"我说："单枪匹马，何人愿做我的班底？哪个团队愿意接纳呢？"她说："机不可失，姐姐我愿做绿叶，五福京剧团欢迎你来挑班儿。"我说："师出无名。名不正则言不顺，言不顺则事不成。"

她双目注视着我说："有个大好契机我还没来得及告诉你，明年是我五福班儿进京百年纪念日，也是五福京剧团建团六十周年纪念日。联合国相关部门、世界华人联合总会艺术委员会和梅兰芳京剧艺术资金会，为了挖掘中华民族优秀文化，搞好戏曲流派的传承，共同力推五福京剧团恢复展演优秀保留剧目《斩妖妃》。其意义非同一般，梨园界同人热盼此剧重演，以上的各组织机构和业内同人都特意打来电话催问此事哪。"

我高兴地问她什么时间上演？她说："明年的五月上旬。"我说："那可是你的拿手好戏。"她说："事业的兴衰、声名的起落，都是因为这出戏。"我说："你还能唱吗？"她说："整个手脚都废了，唱不了啦。"我说："那还说这些干吗？"她说："肉是皮囊戏是魂儿，魂儿若没了还留命干什么？"我说："如此状况你怎么演？"她说："我虽不能演，但戏魂不散。"我说："除非你有分身术。"她说："我虽无分身术，但可以'借尸还魂'。"我说："尸在哪里？"她说："就在眼前哪。"我说："你是指我？"她说："膺此任者非你莫属。"我笑了笑说："即使戏再好，但我从来就没有看过。"她说："有现成的剧本和曲谱。"我说："可惜你台上的那些活儿我走不了。"她说："那岂不更好，吃别人嚼过的馍还有味道吗？艺术贵在创新，因循守旧是要不得的。"

我思索了一下说："事情来得突然，连点思想准备都没有。"她说："二十多年前你就已承诺，今天为何又说突然？你还要准备什么？"我说："那也得让我回去商量一下嘛。"她盯着我说："同谁商量？是同赵丽华还是同丁晓岚？"我笑着说："连她们你都知道？"她也笑着说："连这个我都不知道，咱们的情意从何谈起？你我的缘分还有存在的必要吗？"

看见我沉默，她又说："你若实在舍不得，让她俩一并随你过来也可,但必须按家属的身份。虽然五福京剧团门面不大,可从来不缺那样的旦角儿。那样的角儿,只可在国营剧团中成长,而不适合在民营体制里生存,一方水土养一方人啊!"我说:"你想多了,我们的关系还没到这个份儿上。"她说:"那两个人可都是数一数二的美女哟,没有一个让你动心的?"我说:"是美女不假,可惜苍天造人各有去处,人生一世各有归属,她俩都不是我的茶。"她说:"你究竟在等哪杯水呢?"我说:"水不在温热而在于开壶,茶不在浓淡而在于味道。"她说:"你是说熟悉的地方没有风景?"我说:"不光是没有风景,无论是知道的事情太多,还是关系走得太近,都是一场灾难。"她说:"一个年富力强的男人,没有美女萦怀,竟是只不吃荤腥的猫?"我说:"也不是不吃荤腥,只能说所思美人不可见,我的美人即是事业上的铁搭档。"她抢白地说:"难道我们这的章秘书也没有让你动过心思?"她的话有些唐突,我不知该怎样回答。

她竟哈哈大笑着说:"无论如何,我可以保证,就事业而言,章秘书是你绝配的铁搭档。"我说:"为什么这样说?"她说:"理由有三。一、她是章跃明的同父异母的亲妹妹,也是我事业上不可或缺的助手和生活中离不开的亲人,关系上可靠;二、她是北京戏曲学校坐过八年大科的高材生,从国家戏剧学院研究生毕业后,又在美国耶鲁戏剧学院苦修三年,成功拿到了戏剧博士学位,是一位才华出众的青年优秀旦角儿演员,业务上精湛;三、论嗓子、个头、扮相、天赋、悟性、年龄、舞台实践、积累的经验和发展等各个方面,都是你的绝配的铁搭档。"

我不由低头深思起来。她望着我说:"你走过的剧团不算少,搭戏的旦角儿也多的是,难道她不是你搭戏的最佳人选吗?"她见我犹疑的样子,又说,"要不是有章跃明这层关系,我岂能把这样好的演员挖到五福京剧团,人家孩子恐怕早已是国家级院团名列前茅的角儿了。"我说:"任何一个演员长期不练功、不演戏地这么沉下去,什么样角儿也会荒废。"她说："这座楼顶层就是一个小剧场，我们总会的京剧艺术团有一百多名演员，天天在练功，经常排戏和演出，从未间断过。凡台海地区的好角儿，都会聚在这里，当然，要说最出类拔萃的当数此旦角儿章小妹了。"

我笑着说："可惜，这么好的一个角儿，我还从没有看过她的戏，以前也没见过这个人啊？"她说："因为年龄的上差异，你唱戏的时候她还是个小孩子哪，但你们见过面确是有的。"我摇着头说："不可能。"她说："又是贵人多忘事吧你？再这么说，人家孩子听见会伤心的。"我一脸懵懂地说："我真的不知道此人是谁？"她说："在认识我之前你就认识她了，人家还帮过你忙呢，你这么说可是无情无义哦？"我摊着双手，满脸无辜地说："哪有这样的事？"她说："当年你到塞城东方大剧院找我的时候，都见过哪些人？"我说："只见过章跃明大哥。"她说："你为什么只记得章大哥却忘了章小妹呢？"我说："哪个章小妹？"她说："就是领着你去找我的那个小书童嘛。"

我一拍脑门说："哎呀，小书童？是那个小洋瓷娃娃啊？怪不得方才我觉得有些眼熟哪。"她说："现在变成大洋瓷娃娃了。"我连连说："真是没有想到。"她说："她做你的搭档是否合适？"我说："她真有你说的那么大道行的话，再合适不过了，可是人家也不了解我，愿意和我搭戏吗？"她说："无论在内地还是在台湾，每次看你戏的时候，我都是同章小妹一起去的，她对你倾慕已久了。"我说："你这情报工作干得不错呀。"她说："信息社会嘛，没有情报哪行啊？话说回来梨园中有道行的好女人多的是，不光只有赵丽华和丁晓岚。"我说："人常道，金随市价升涨，人以戏份增色。我认为，再好的女人，也只不过是戏中的一段'唱腔'、一句'道白'而已。再说，人家赵丽华和丁晓岚一个是省京剧院的副院长，一个是前途无量的优秀旦角儿人才，这个墙脚儿万万挖不得，这个台面也万万拆不得的。"

谢风连连点着头说："那倒是，人的事业固然重要，但梨园中须以'义'字当先!"

我想了片刻说:"真是巧了,明年三月是省京剧院聘任我为副团长合同到期的日子,趁这个空档,我打个'时间差'试演此戏。"她欣喜地说:"什么时候到位?"我说:"在演出的前一个月,我来向你报到。周期足够了吧?"她说:"这回来了可是落班安身,长此久往了?"我说:"先办个停薪留职如何?"她说:"五福京剧团的挑梁大旗可准备让你扛哪。"我说:"弟不敢有贪恋之想,倘若这个戏演黑了、唱砸了、做'呲溜'了的话,我立马扛起行李走人。"她挑起大拇指说:"就这么定了!"

我沉思了一会儿说:"如果饰演这种角色,我不会循规蹈矩的。"她说:"艺术的生命力之所以旺盛,全凭守正创新。"我说:"难道你不怕招惹麻烦,留下骂名?"她笑了笑说:"听喇喇蛄叫唤,难道就不种庄稼了吗?"我也笑笑说:"那我们来它个'千磨万击还坚劲,任尔东南西北风'!"

她却不笑了,庄重地瞧着我说:"壮哉,果然名不虚传,不愧是男神。"我有些不好意思地说:"什么男神?那是人家调侃或揶揄我的一句话,你还当真哪?"她说:"不管你是真谦虚也好,还是假正经也罢,我都顾不了那么多,只要你加盟五福京剧团,不但保住家父的尊严和荣誉,更重要的是保住全团人员的饭碗子。此举我是受父亲和全团员工的殷切委托。剧团招不到顶梁柱,将会散班走人的。"我说:"我真有那么重要?"她说:"办剧团靠人才,唱戏靠能耐。'人才'和'能耐',这两者是每个京剧院团的命根子,更是五福京剧团的命根子啊!""我不相信自己有那么神!"我笑着摇头。

谢风说:"自古戏班以生、旦、净、丑行当为主。你神就神在独辟蹊径的生净两门抱,一人占据了戏班行当的半壁江山。从人物形象和声腔运用上讲,生如龙、净如虎,正所谓龙吟虎啸。你却一人双身,各行当演各行当的戏、各行当唱各行当的腔,不混音、不串调,横平竖直，演老生是中规中矩的老生，唱花脸是知工知令的花脸。这是常人做不到的，莫非你有特异功能不成？"我笑着说："我哪有什么特异功能？生、旦、净、丑，在演唱中只是发声位置和发声方法不尽相同而已。"她说："我不需要空对空导弹。"我说："只有七个字。"她说："我洗耳恭听。"我说："忘记行当演人物。"她沉思良久说："这个道理我也懂，但更晓得超乎常人者，其为神也！所以，我必须把你当神来行以参拜礼。"我说："你快别闹了行吗？"她说："俗话讲'神三鬼四'嘛，我须向男神行三个礼。"说着，她向我恭恭敬敬地鞠了三个躬。慌得我擎着她说："反了，反了，咱俩你是姐我是弟，这不是乱了规矩？"

她郑重对我说："接下来，你可以谈谈条件、提点要求、要些待遇什么的了。"我说："没有，没有……艺术家的宗旨是：'戏比天大。'我与姐姐是人对人、心对心的融合，绝不是利益交换的勾当，只要有好戏唱，跟你一块儿喝粥都行。"她注视着我说："正应验当初我们相互承诺的那句话！"谢风紧紧地握着我的手说："我的弟弟，从今天起，我们的命脉可全都在你手里攥着哪。"我庄重地说："士为知己者死！""不以身相许，愿以命相交！"她也庄重地重复当年自己说过的那句承诺。

我说："咱们既是一家人，姐姐别再说这些外道话了。但是，有一个至关重要的事情还没跟我细说呢。"她说："还有什么比这更重要的事情呀？"我说："五福京剧团起大火事件。"她说："我说弟弟呀，哪壶不开你提哪壶啊，那是件既诡异又晦气的事情。"我说："姐，我这个人不迷信，但相信天道轮回、因果报应，连老子还作过善恶有报的论述哪。倘若我们真的忘了如此严重的历史事件，忘了这两场大火的教训，岂不是是非不清、美丑不辨，岂不是德艺不遵吗？再说，作为一名即将成为五福京剧团的挑梁人来说，能对这场事件的来龙去脉和那首既针砭时弊又激人励志的《墙头诗》不得而知吗？"

听了我一番话，谢风连连道歉后感慨地说："到底是弟弟站得高、看得远，格局不同寻常，我们五福京剧团再创辉煌的时刻终于来了。"

谢风喊来章小妹，俩人将我拉到台北最好的一家酒店的包间里，酒足饭饱的同时，她们把那年所发生的既神秘又诡异的"两场大火"一股脑儿地对我说了个原原本本、明明白白，甚至，每个细节也没落下……

尾声　沧桑人间好戏道

那年的正月十五,一个"瑞雪兆丰年"的日子。

满城大雪飘飘洒洒,纷纷扬扬地下着,连那呼呼作响的西北风也似发着喜悦的欢笑。

京剧《斩妖记》在恢复上演的首场演出中,大获成功。五福京剧团的演职人员,结束演出回到团部驻地的时候,已近午夜时分了。但是大家余兴未消,仍沉浸在一片欢天喜地之中。这样的欢欣鼓舞已是好久没有过了,团长小五福让人打来好酒,吩咐厨房炒了几个硬菜。菜好酒满之际,小五福举着酒杯含着热泪说。这些年来,老少爷们跟着他受苦了,今天是一场胜利宴,也是一场团圆宴,好好犒劳犒劳大伙儿,要求大家尽兴而饮,一吐为快,一醉方休。

大伙儿也轮着番地为小五福和谢风姐妹几个敬酒。一番下来,小五福话不成句地说:"今天是咱们团的大喜日子,谁也不许少喝,谁要喝少了,那就是瞧不起我。"他今天破了例,拿着酒瓶子,先敬年长的;又敬行大的;再敬扮演英王的三女儿谢风,赞她是拯救五福京剧团的英雄;之后又向扮演天王的大女儿谢梨敬酒,称她是五福京剧团的中流砥柱;接着又向二女儿和四女儿谢园、谢范敬酒,说她俩是五福京剧团的好绿叶、好管家;之后,又敬完鼓师敬琴师,敬完文戏敬武戏,敬完衣箱敬头面;连灯光、布景、拉幕的,打杂的大小人物、山神土地都一一敬过。

小五福的酒量本不算小,此时他已经撑不住了。只得摇摇晃晃,找个没人的地方睡觉去了。

谢家四个姑娘倒也知趣，趁着没有完全丧失理智，相互搀扶着回到她们几个人的宿舍里，关上门蒙头大睡。

可是她们做梦也没有想到，一觉苏醒却发生了天翻地覆的变化。好大的一场火。

这场火是什么时候烧起来的无人知道，起火的原因是什么也没有一个人晓得，先着哪儿后烧的什么地方谁也说不清楚。

下了一天一夜的大雪，地上积雪足有一尺多厚。大街小巷、庭院住宅，都被厚厚的雪封盖得严严实实。五福京剧团相隔二百米处的妙春诊所的老板万春登，早晨四点多就醒了，他有早起晨练的习惯。每天清早晨练回来，他吃完早饭就要开门接诊。他起床后，隔着窗子看去，小院里被大雪遮盖，连外面的窗台也被积雪挡住了视线。

万春登心里想，这大雪封道，到西河沿公园的晨练怕是去不了啦，那就赶紧起来扫雪吧。万春登急忙下了地，穿上厚厚的棉衣，推门往外走。可是门怎么推也推不开，原来昨夜的北风太大，把积雪刮起一道道檩子墙将门堵住了。昨夜的风雪真是太大了。大雪封门！他使劲儿推开一道缝，找来一把煤铲子伸出去，将堵住房门的积雪，一点点地清理掉才把门打开。

万春登走到院里的小仓房里，取出铁锹和扫帚，先把大门口的雪除干净，再铲出一条通往马路的小道，使前来就诊看病的人方便一些。他觉得空气中有股焦糊味儿。这味道既刺鼻又难闻，是从马路那边的五福京剧团方向传过来的。他朝那边瞥了一眼。

哎，奇怪，怎么一夜之间五福京剧团一幢二层木楼不见了，一片残垣断壁趴卧在那里。风雪再大也不致于把楼房压塌呀，被白雪覆盖的缝隙间有缕缕青烟飘出。仔细一看，还有蓝色的小火苗从塌梁斜架上若隐若现的。怎么还有两个人体被压在瓦砾中，怪不得昨夜依稀觉得天空出现红彤彤一片，还以为是哪里在燃放焰火哪！这下把万春登的冷汗都吓出来了。他起身就往马路那边跑，地上的雪太厚了，"啪嚓"一下子摔倒在雪里。

他大喊一声："快来人——"这一嗓子把他老伴儿和儿子、女儿都喊醒了。老伴儿说："你一大清早不好好睡觉，怎么把梦话还说到外边去了呢？"儿子和女儿也不满地埋怨着老爸。儿子说："好不容易才有个睡懒觉的机会，你这一嗓子把我的觉头打过去了。"还是女儿幽默，她说："老爸吧，回来睡你的觉吧，这大雪天的就是站在马路上喊破嗓子，也不会招来人看病的。"万春登扯着嗓子朝屋子里吼道："都快起来，你谢叔叔他们那边着火了。"儿子说："哪里蹦出来个谢叔叔？"万春登说："就是五福京剧团的小五福。"女儿说："下大雪着火准不大，甭管它，一会儿就会自消自灭了。"万春登又喊道："还着得不大？整个一座小木楼都烧落架了，里面的人怕是全烧死了。"这下子老万的老伴儿、儿子和女儿都立马穿上衣服跑了出来。

小五福不光有个好人缘，还是万家的常客。他时常来万春登这儿量量血压，询问一下自己的身体状况，有时给他们送几张戏票请他们看看戏，稍有清静的时候，也过来同万春登杀上几盘，有时还带些水果、小食品什么的意思意思，同万家老小都谈得来。

万家几口人瞧着对面五福京剧团一片惨不忍睹的景象都傻眼了，一时不知该如何是好。姜还是老的辣。万春登说："别慌，都别慌，儿子你年轻腿脚好，快去横马路的副食商店那里，用公用电话打消防电话报警，请他们来救火和抢救人员；接着再打电话向派出所报案，请求速来现场勘查。"儿子答应一声，蹚着深雪向外跑去。

老万对女儿说："闺女，你马上到街道办事处报告情况，让他们组织发动居民赶快来抢救受伤人员。"女儿答应一声也踏进深雪里。

老伴儿有些着急地说："我去干些什么？"老万说："你跟着我来喊前后左右的邻居们，让人们速去五福京剧团那边救人。"

老万两口子领着邻居们刚到现场不大工夫，从东边赶来的消防车和从西边赶来的警车，几乎同时鸣着笛开了过来。随后街道办事处组织的救助人员也深一脚浅一脚地跑了过来。

这样惨烈的景象真不多见,一座七八百平方米的小楼,全部被大火烧毁。木头楼架整个塌落下来,将所有楼里的人砸压在底下。因为楼的走廊出入口大门从里面反锁着,无一人逃出来。虽如此,楼里的几十号人没有一个死亡。有的被砸压得头破血流,有的被烧得跟黑炭人似的,但还在喘气儿。在人们七手八脚的抢救下,这些大难不死者全部被抬了出来。

团长小五福只穿着一条短裤晕躺在厨房的水缸里;在男生宿舍里,抢救出管事的小德子和二十多名身强力壮的演职人员;女生宿舍的青衣、花旦、老旦、彩旦、刀马旦等十多人也都被人们扒救出来;住在套间的负责管理衣箱、帽箱的小刀和小邱,被燃烧的毒气熏晕过去,经抢救也醒了过来。

有意思的是鼓师老白和琴师老黄,这一白一黄在排练厅里边喝酒边为【哭皇天】曲牌里的锣鼓经争论不休。当大火烧到排练厅的时候,他们才知道逃跑,可是酒精所致,手脚已经不听使唤了。关键时刻老白不知从哪儿来的一股激劲儿,猛地抡起鼓架子打碎了窗户上的玻璃爬到外边。老黄也跟着也爬了出来,但还是没有逃出这场厄运。猛听"哗啦"一声,房屋的梁架塌落,不偏不正砸在他二人的腰上,没来得及哼一声俩人就什么都不知道了。被救醒时,已是第二天的傍晚了。

人们东找西找的唯独不见谢家四个姑娘的影子。大家大声呼喊着谢梨、谢园、谢风和谢范的名字,都不见回应。谢师娘在保姆的搀扶下,由老宅子那边跟头把式地赶了过来,几次哭晕。她声言活要见人,死要见尸,就是挖地三尺也要把女儿们找到。消防队员和警察以及街道邻居们齐心协力,将这个塌落下的房梁屋架抬起,把各个犄角旮旯清理干净。

让人们惊奇的是,在一个被烧得扭曲变形的铁架床底下,有一双焦糊的人腿露了出来，这个人两只脚上有依稀可见被烧糊了的绷带。刚刚赶来的谢师娘"哇"的一声扑上前去。她喊道："凤儿啊，这就是我的闺女谢凤啊！"人们问她是怎么知道的。她哭着说："那天晚间，她上台演戏时疼得走路都困难，是我亲手把一条白纱绷带缠在她的两只脚上的，你们看这白绷带都烧成黑绷带了。"

人们急忙搬开压在床上的散落物件，小心翼翼地抬开床板。"啊——"里面露出挤压在一块儿、紧紧搂抱成一团的谢家四姐妹，她们被一条湿毛毯遮盖住，四个人都已陷入昏迷。人们七手八脚地将她们抬上救护车，送往医院紧急救治。谢师娘冲着天又对着人，"咕咚咕咚"地磕头，嘴里念叨着："孩子啊，你们谁也不能走呀！要走也得说一声，妈跟你们一块儿去。"

后来，人们才知道事情的经过。

那夜谢凤喝了不少酒，她的双脚越发疼痛起来。虽然极度劳累，但她却没有睡着。她在床上只迷糊了一会儿，一阵钻心的疼痛又让她躺不住了。她怕惊醒了姐妹几个，便无声无息地坐了起来，想要下地喝口水。她将放在床下面小方桌上的止疼药服下去，待止住痛后也好再睡觉。她忍着疼痛下地后，打开暖水瓶倒了一杯水，刚把药片咽下去，觉得有股刺鼻的焦糊味儿直冲气管，她不由自主地咳嗽起来。这味儿越来越浓。

她走到门前把门打开一道缝，想看看谁在走廊里烤什么哪。"走廊里有人吗？谁在烤什么东西？"谢凤向外边问了一声。可是没人回应，走廊里一个人也没有。谢凤又悄悄地上了床闭了灯，在床上躺下来。她刚合上眼睛，觉得不对劲儿，这焦糊味儿更大了，还夹杂着"噼噼啪啪"的响声。她打开灯一看，可不得了啦，屋子里烟气腾腾，走廊里火光一片。

正当谢凤吃惊的时候，那火焰已经从房门缝隙蹿了进来。她大喊一声："着火了——大伙儿快起来！"那姐妹仨急忙爬了起来，刚把门打开一条缝隙,"忽"的一下,滚滚火苗冲进屋里,呛得几个人大声咳嗽起来。谢风喊:"快把房门关上!"站在门旁的谢梨急忙把门关上。

逃是逃不出去了,怎么办!她们几个犹如热锅上的蚂蚁一样。谢风灵机一动,将床上的一条毛毯拽了过来说:"大姐你把它用水浸湿透了,我们几个人钻到床底下面摆在一块儿,用湿透的毛毯遮盖住身体、捂着脸部,快点。"谢梨说:"是个好主意,但是哪里有水呀?"谢风说:"暖瓶里有热水,脸盆里有你们的洗脚水,来,都倒在毛毯上面。"她们仨按照谢风的吩咐,浸湿了毛毯。谢风抢过毛毯说:"快,你们仨都钻进床下面躺下。"待她三人钻进去躺下后,谢风抓住毛毯的两个角儿,将自己的身体平平实实地压在她们仨的身子上面,用这条浸湿的毛毯严严实实地遮罩住她们四个人。但是,谢风那双受了伤的双脚和右手却没有藏得进去。

俗话说:"人不该死总有救。"虽然姐妹四人不同程度地受了伤,在医院里都被抢救了过来。遗憾的是,谢风那双包缠白纱绷带的双脚和右手却永远地失去了。

世上的事情真是千奇百怪。

如果说五福班这场火着得蹊跷的话,那么,后来四顺班的一场大火蹊跷得更加令人瞠目结舌。真谓两年两场火,福祸不可躲。

年三十儿,也是一个大雪飘飘的夜晚,京城沉浸在一片欢乐的气氛之中。夜空闪着烟花簇簇,响着爆竹声声,观不完的春联,猜不绝的灯谜,道不尽的祝福,连收音机里也播送着听不够的歌声与戏曲。

四顺京剧团驻地更是一番热闹景象。年三十儿祝寿有讲究,刚入花甲之年又逢六十诞辰的班主小四顺,身着上等的苏州绸缎长袍马褂,正端坐在客厅中央。小年刚过,他早早地封了箱、放了假,志闲意得地享受起了年味儿。

让小四顺窃喜的是年过六十岁的自己,虽然从文化系统领导岗位上退了下来，但退职不退岗，又被聘为全市民间文化艺术监察员。这职务是虚职不假，但也是他身份价值的体现嘛，再说他自己仍然是四顺京剧团的一团之长。

这不，团里团外来了五十多人为团长小四顺祝寿、拜年。大家把小四顺家的大客厅挤了个满满登登。

华灯初上，小四顺左手端着鼻烟壶，右手捋着八字胡，脸上露着得意的微笑，接受着儿孙们的顶礼膜拜。坐在身边的是一位如花似玉且小他三十多岁的女人，叫铃铛，是他的第四任妻子。

小四顺的四个儿子谢龙、谢吟、谢虎、谢啸都已事业腾达、功成名就。今天他们各自携妻领子赶回家来，特意为父亲祝寿拜年。三世同堂其乐融融，亲朋好友杯觥交错、欢声笑语。小四顺格外高兴，他时而频频举杯，时而笑声朗朗，时而凝神注目地聆听着儿子们对自己那热情洋溢的赞美话和祝酒辞。

大儿子谢龙当仁不让地站起身来，首先为父亲敬酒。他说："我是谢家的长子，是感受父爱厚宠的第一人，没有父爱便没有我今天的荣华富贵。虽名字叫龙，但是我辜负了在梨园行成龙领飞的期望，但我发挥了自身的潜能和优势，在人生的事业期独辟蹊径，建立了丰功伟绩。"

谢龙生于梨园世家，从小耳濡目染，五六岁名正言顺入科，被父亲安排在四顺班练功学戏。按京剧行当生、旦、净、丑排序，生行打头。小四顺让谢龙学习老生，安排班内最好的老生演员教授。但谢龙生性顽劣、贪玩，吃不了这份苦、遭不了这个罪，加上他少班主身份，老师对他都是睁一只眼闭一只眼的，致使他唱念不实，做打不精。

谢龙虽然也学过几个"开坯子戏"，但都成了老和尚帽子——平平塌塌。嗓子没保住，身上也没出来。到了十几岁的时候，谢龙彻底荒废了戏业，混迹于社会。自结识东北军张副营长以来，便成了张的眼线。一年后被招入国民党军部当秘密情报员。他的身份明是四顺班的演员，暗里却是国民党军统特工。几年间，为其提供情报三十多条,其中机密情报十一条,立大功三次,受嘉奖两次。

北京解放前夕,谢龙跟同国民党部队起义投诚。他的军统特工身份随之消失。后来再次加入"四顺京剧团",任团长助理职务。当然,有演员赶不开戏的时候,他也唱过几个"里子活儿"。

……

谢龙为父亲拜年祝寿时,深有感触地说:"我内心深处感恩父亲信任我、提携我、栽培我,没有父亲便没有我的一切。"小四顺抿了一下八字胡说:"目前梨园界竞争如此激烈,你的经营理念是什么?"谢龙说:"六个字:'要发家,三手抓,一只手抓戏,一只手抓钱,两只手抓女人!'"人们"哄"的一声全笑了。他说:"你们笑什么?我说的抓女人就是抓旦角儿。俗话说:'要吃饭,一窝旦。'我团的旦角儿优势不是那么明显,不抓旦角儿怎么行啊?"小四顺满意地点了点头说:"好,咱爷儿俩的这杯酒干了吧。"

"砰"的一响,两只杯子碰了一下,父子干了杯中的酒。

二儿子谢吟捧着酒杯站起身说:"哎哟,我亲爱的老父亲,二孝子给您敬酒了。祝父亲健康长寿,'四喜临门'。"

也许谢吟唱反串男旦惯了,言谈举止总有一股说不出的胭粉味儿。

小四顺说:"怎么个'四喜临门'?"谢吟说:"您荣登花甲、六十顺发、美誉加身、又娶小妈。"满厅的人"哄"的一声笑了。

小四顺笑呵呵地说:"我二儿子出息了,什么时候成诗人了?"谢吟说:"啥诗人啊!儿子不过是胡诌了几句顺口溜而已,意在借着事情头为父亲敬酒祝兴罢了。"

谢吟作为反串男旦,不但与自身性别有反差之嫌,他的为人处事也极为有悖常理。就拿他和翟玉萍的关系为例,足以把人震惊得瞠目结舌。

翟玉萍是京城有名的珠宝大亨周二爷的三姨太,此人二十岁上下的年纪,貌美如花、柔情似水。她早些年在"永和戏班"学过戏。婚后常来四顺班看戏，一来二去地与谢吟相识。两人感情甚笃，很快成为地下情人。

周二爷闻讯怒不可遏，撒下人来四处寻迹。终有一日耳目小文来报，方才亲眼看见三姨太与一女里女气的男人，进了悦来客栈。周二爷率十余人赶往悦来客栈，"砰"的一脚踹开房门，将正行好事的男女捉个正着。

周二爷一把掀开被子见摞在一起的正是三姨太和谢吟。周二爷用手里明晃晃的尖刀直指二人，怒问为何要行这苟且之事。谢吟颤抖着说："因敬仰二爷有财神之道，有发家之运，想借此女之身沾沾二爷的仙气，蘸蘸二爷的油珠，也好发家致富。"说罢，磕头如同捣蒜一般。

周二爷把刀指向三姨太。翟玉萍说："二爷虽有五房妻妾，但无一人生下儿子，为报答二爷知遇之恩，只好改变一下基因，就此借种好为您生个大胖小子，以后好继承您的大业。"周二爷问她怎知这谢吟是个有儿子的种。翟玉萍说，她找相面先生给他相过。周二爷听罢哈哈大笑说："难能可贵，你俩都是好人哪！好人做好事必有好结果，我只能静候佳音了。"可见圣人说的"不孝有三，无后为大"这句话，在周二爷脑子里是何等根深蒂固啊！

周二爷用手中的刀背在谢吟和翟玉萍的屁股上轻轻地拍了几下说："你们俩给我好好地生大胖儿子吧，听好了，可不能混了品种。"说完，把手一挥，率众人扬长而去。从此，谢吟和翟玉萍由地下情人成了半明半暗的夫妻。

也许有人会问，后来他们有儿子了吗？你看，此时谢吟领着那个五六岁又白又胖的小子，正伸着手喊着"爷爷快给压岁钱"哪！那个种，就是谢吟的儿子。知道的人会说，那不是人家周二爷的儿子吗？不用谢吟解释，那个又白又胖的小子自己就说："我的名字正着念叫'周谢'，反着念叫'谢周'，我白天姓周，晚上姓谢，管得着吗你？"

谢吟同小四顺碰了下酒杯说："古语说得好：'不孝有三，无后为大。'我为谢家生了唯一的一个男孩儿，未断了祖宗香火，是父亲的大孝子，是谢家的大功臣。本来嘛，世上万物根本就没有你的、我的、真的、假的。一切拿来为我所用，就是好的。哎呀，爸爸你愣什么神儿啊？咱爷俩碰碰杯走一个吧。"

小四顺耷拉着脸同谢吟干了杯中的酒。

三儿子谢虎长得人高马大、虎背熊腰，说起话来瓮声瓮气，天生一副花脸相。他学了四五年戏，跑了四五年龙套。赶上那些年京剧不景气，经济收入得不到保障。小四顺成天浮在领导层，钻营拍马捧胜之术，根本无暇来管束自己的儿子。谢虎趁机混迹武馆及跤场之中。

那年，市里成立了一所青年武术进修班，专门招收有武功、散打基础好的男青年，是专门为党政军和高层人物做贴身护卫和保镖的。谢虎年龄相当，加上他从小练过腰腿功，虽说都是些舞台上使的那些花拳绣腿，但也着实唬人。被顺利挑选到市武术培训队两年后，军阀吴佩孚以考察为名，亲自到武术培训队选几名护卫人员，便一眼看中了谢虎。谢虎就成为吴佩孚的贴身护卫，也成了其不离左右的心腹之人。

几年间，谢虎为吴佩孚做过多少密事、要事，暗地处决过多少与吴佩孚敌对的政客、仇家，吴佩孚给予他多少好处和利益，竟也无人知道。直到全国即将解放时，谢虎才回到北京的四顺班，接着唱他的京剧花脸。在剧团里他与父亲小四顺的感情不是太亲，和两个哥哥也不是太近，只与四弟谢啸还算不错。

此时，谢虎一手端着酒杯一手拉着谢啸，上前为父亲小四顺敬酒。

谢啸是兄弟四人中唯一读书最多、最有知识、最有才华的。当然，顶数最有心计的他，也是从小坐科，工丑角行。除了读书他一直未离开过四顺戏班。外边有戏就跟着去唱，外边没戏就在家里练功学戏，还算本分地守摊度日。

谢啸虽然没有成为什么京剧表演艺术家，也算是一个知工知令的京剧文武丑角演员。他清楚地知道，凭父亲的经营管理之道，是搞不好剧团的。何况父亲年事已高，多病缠身。大哥和二哥本性恶劣，为人苟且，处世极不地道，不但搞不好剧团，而且早已失去人心。人们也按着四顺班的"四"字开头，背后编了个"四人谣"和"四狗谣"的顺口溜。"四人谣"是说剧团现状的：

> 小四顺一手遮天，
> 谢老大胆大包天。
> 谢二三酒色成天，
> 演员们叫苦连天。

"四狗谣"是说小四顺本人的：

> 对待上级像巴狗，
> 对待下属像狼狗。
> 对待利益像疯狗，
> 对待女人像公狗。

两首谣没有把谢啸编排进去，说明他还是有群众基础的。他早就留着后手哪。拉住谢虎，明交暗连。内勾外结，伺机而动。他拉拢着谢虎准备有朝一日，好搞一场"宫廷政变"什么的。

谢虎和谢啸来为父亲敬酒说："祝父亲福寿康宁，长命百岁。"

小四顺说："你们孝心可嘉，忠义可贵，长命百岁都是糊弄人的虚词。你俩虽然很少涉足团里的事务，但也是班里的栋梁之材、中坚力量，待为父不再料理团里事务的时候，你兄弟二人要精心尽力扶持你大哥,为四顺京剧团继往开来、大展宏图。"

见两个儿子不表态,小四顺把桌上的一双筷子拿在手对两个儿子说:"可知为父的寓意?"谢啸说:"从我们小时候起父亲就讲过很多次了,一根筷子容易断,一把筷子抱成团。"小四顺高兴地说:"到底是啸儿忠孝两全。难能可贵的是,你对父亲的教诲一直念念不忘。"

待爷仨干了酒,那些亲朋好友们都走上前来,争着抢着为小四顺敬酒。小四顺说:"今天来的都是我的亲朋至交,感谢你们多年以来对我的支持,没有你们就没有我的今天,今后如有用得着我的时候,我肝脑涂地,在所不辞……"

小四顺话音未落,听得门口一阵吵闹声。他问:"谁在门口喧哗?"

大儿子谢龙跑来说:"父亲,是朱双杰等几个人闯了进来。"小四顺说:"小民子,你这大门是怎么看的?"小民子说:"前后大门早已锁牢,连只狗都休想进来。"小四顺说:"这些人是怎么进来的?"谢龙说:"父亲,他们是从院外的墙头爬进来的。"小四顺说:"强入宅院是犯法的,何况是在夜里,更是严重犯法了。"谢龙说:"那就按严重犯法整治他。"小四顺说:"他们要干什么?"谢龙说:"说是要钱。"小四顺说:"去问问他要的哪门子钱?"

那个叫朱双杰的中年男子走上来抱拳齐胸道:"班主辛苦!年前团里欠我们两个月的工资没发,我们几个人家有老小,大过年的无粮下锅,我们饥肠难忍啊!"小四顺问谢龙怎么回事。谢龙说:"休听他胡说,两个月工资已经发了。"

朱双杰说:"那是补的九月份、十月份的工资。"小四顺问谢龙:"小年那天,不是把钱都给你了吗?"谢龙支吾了半天没说出话来。

谢吟在一旁说:"呦,还是告诉父亲吧,这钱让大哥在'夜来香牌局'上给输掉了。"小四顺气得用手指着谢龙说:"难怪兄弟几个不服你、群众嫌弃你,果然如此。不成器的东西!"

小四顺把铃铛叫到跟前,把钥匙交给她说:"你去我房间里,取些钱把这几个人打发了。"铃铛接过钥匙，对旁边的朱双杰说："你们几个跟我来，先到门厅里等一会儿，我取出钱给你们送过去。"谢龙却说："你们几个人去门厅吧，我还有账要和朱双杰单算一下。"

说着，谢龙就把朱双杰领走了。

时间不长，铃铛匆匆回到客厅里欲言又止，小四顺问她是否把人打发走了。铃铛压低声音说："别人都打发走了，可谢龙把朱双杰领到地窖那边去了。"小四顺大吃一惊说："地窖那是狼狗圈，那不是要出大事吗？"

小四顺招呼一声说："吟儿、虎儿、啸儿，快到后院地窖那边去看看，把你大哥和朱双杰立马领到这儿来。"

时间不长，朱双杰在谢吟、谢虎、谢啸三兄弟的搀扶下走了进来。只见他双手伤痕累累，满脸是血，衣裤都被狗咬得支离破碎。

没等小四顺发问，朱双杰哭着说："少班主他……"

小四顺从铃铛手里拿过来一摞子钱猛的一下砸在朱双杰的手里说："别说了，这是付给你的双份工资，快回家过年去吧。"朱双杰转身要走，小四顺把他喊回来说："知道多出来的钱是给你干吗的吗？"朱双杰说："是'封口费'。"小四顺说："对外边的任何人都不许说，违约的话，我可不饶你。"朱双杰低着头走了。

小四顺再也无心开怀畅饮了。他对客厅的人说，自己多喝了几杯，身体有些不适，便带着铃铛回自己的房间去了。

少班主谢龙一脚踹开门，进来说："诸位兄弟，今日这盛会都让朱双杰这几个龟孙给他妈的搅了，这家伙强入宅院搅闹盛宴，理应受到惩罚，没让狼狗咬死是托了各位兄弟们的福，父亲那边我明天去解释，今晚千万不要坏了我们的心情，来，我先自罚三杯，算是为诸位弟兄赔礼了。"说着，他连干了三杯酒。

客厅里又响起了杯觥交错，吆五喝六的声音。

时间不长，那些亲朋好友和送礼随份子的人，都辞别小四顺父子各回各家了，只剩下小四顺的四个儿子及其家眷十余口人，烂醉如泥地趴在沙发上和座椅上呼呼大睡。

这年大年三十儿的夜里，雪越下越大。

突然"轰"的一声巨响，一道闪电划破夜空，一个硕大的火球落在客厅的顶棚上（专家们解释说，冬天下雪打雷是极少见的现象）。霎时间，屋子里成了一片火海。只一会儿工夫，"哗啦"一阵响声后，四顺京剧团驻地一座小楼坍塌在一片熊熊大火中。

让人大惑不解的是，这场火无人来救，也无人报警。消防队员和消防车赶到时，大火已经自消自灭了。十多名警察忙活大半天竟没有搜到一点与案发有关的线索。他们擦着脸上的汗水，望着缕缕青烟发呆。

这场火与去年五福京剧团那场火大有相似之处，不同的是那场火有人报警、有人救、有人管。那场火发生在正月十五，这场火发生在大年三十。五福京剧团除了谢梨、谢园和谢范受了些轻伤外，虽然谢风烧得稍重些，但无人丧命，而四顺京剧团小四顺家的老小十余口人，全部葬身火海，无一人生还。

这两场大火在整个京城引起巨大的轰动，人们的各种疑惑、猜测、演绎，越传越神，越说越悬，带有浓烈的传奇色彩。每天来此观瞻和猎奇的人也越来越多，一时到了络绎不绝的地步。后来，不知道是哪位高人在两家中间相隔的宽大墙垛上写了一首诗：

> 梨园风范家国情，
> 龙吟虎啸乱世雄。
> 沧桑人间好戏道，
> 千秋大业警世钟。

……谢风和章小妹将所发生的事情讲完后，一时没有人说话，都陷入了深深的回忆。

半响，我深深感慨地说："历史如镜，借古鉴今。我们不忘昨日走过的足迹，牢记前行路上的沧桑岁月，总结经验，铭记教训，才能创出辉煌的事业。"

她俩还是没有说话，而是紧紧地握住了我的手。

"精神变物质，我们要让大树上结下什么果实哪？"她俩像商量好了似的同时说。

"这个硕大无朋的果实就是，多创作、多演出无愧于时代、无愧于人民大众的好剧本和好剧目。"我信心满满地说。

"好——啊——"

在欢呼声中，我们的手握得更紧了。

我们赴台湾的演出圆满结束。

离开台北的那天，我将谢风送给我的那辆纳智捷轿车退了回去。在邮寄留言上写道：

姐：
　　此生，此道，我与车子、房子、票子无缘！
　　　　　　　　　　弟于即日

我唯一带走的礼物是满满一包《斩妖妃》的剧本、曲谱和舞台设计方案图。

……

我们从台湾载誉归来的时候，正逢一个晴空万里、艳阳高照的日子。当走下飞机的时候才发现，接机大厅的人群排出一字长龙，有省文化艺术界等相关部门领导和新闻媒体单位，连省京剧院的领导和大部分演职人员都来接机了，唯独不见张玉信书记。

我们不约而同地瞪大眼睛，在人群中搜索着。这时，省京剧院副院长程佳营急匆匆地走到我们跟前。

程佳营拉着赵丽华、我和丁晓岚小声地说："张玉信书记来不了啦。"

"怎么了？"赵丽华说。

"他被'双规'了。"

……

人们一时无语。

程佳营思绪不宁，六神无主；赵丽华双眉微蹙，满脸茫然；丁晓岚则是神色淡然，好像世间的什么事都和她毫无关系似的。

人们低下头来边走着路，边想着各人的心事。然而，我除了感到一阵无可名状的轻松外，想的却是，一部好戏全凭好角儿唱，一个好角儿都有自己的"看家戏"。被人们称道的"南麒北马关外唐"为何久唱不衰，就是因为国粹艺术传承魅力之所在。

我想，在接下来的《斩妖妃》戏里，能够大尺度地破一回界规，将"唐派"风格和"红净"（又称红生）的唱法，融入我即将塑造的主要人物中来，再把濒临失传的"云里翻"和"铁门槛"等绝活儿加进去，那才叫好戏哪！

如果真那样，一定会喝彩不断，掌声雷动。但是，也会把囿于一方的洞天，捅出个窟窿来，反响肯定比炸弹强烈，随着"咣——"的一响，不知道将会引起怎样的震动！但我深深知道，每一出好戏的出现，总是带着不同凡响而来的……

初稿于 2017 年 7 月 15 日

二稿于 2019 年 10 月 1 日

三稿于 2021 年 3 月 25 日

四稿于 2024 年 1 月 20 日